MEU

Katy Evans

MEU

Uma história de amor REAL

novo século®

São Paulo, 2014

Coordenação Editorial	Renata de Mello do Vale
Tradução	Júlio de Andrade Filho
Preparação	Marina Ruivo
Diagramação	Project Nine
Capa	Marina Avila
Revisão	Equipe Novo Século

Texto de acordo com as normas do Novo Acordo Ortográfico da Língua Portuguesa (Decreto Legislativo nº 54, de 1995)

Dados Internacionais de Catalogação na Publicação (CIP)
(Câmara Brasileira do Livro, SP, Brasil)

Evans, Katy
Meu : uma história de amor real / Katy Evans ; [tradução Júlio de Andrade Filho]. -- Barueri, SP : Novo Século Editora, 2014.

Título original: Mine.

1. Ficção norte-americana I. Título.

14-05331 **CDD-813**

Índices para catálogo sistemático:
1. Ficção : Literatura norte-americana 813

2014
IMPRESSO NO BRASIL
PRINTED IN BRAZIL
DIREITOS CEDIDOS PARA ESTA EDIÇÃO À
NOVO SÉCULO EDITORA LTDA.
CEA - Centro Empresarial Araguaia II
Alameda Araguaia 2190 - 11º Andar
Bloco A - Conjunto 1111
CEP 06455-000 - Alphaville Industrial, Barueri - SP
Tel. (11) 3699-7107
www.novoseculo.com.br
atendimento@novoseculo.com.br

Dedicatória

Este livro é dedicado a todos os que se sentiam da mesma maneira que eu, e queriam apenas um pouco mais.

AGRADECIMENTOS

Estou tão entusiasmada por lançar *MEU* e a maravilhosa série *Real* pela Gallery Books!

Sou eternamente grata a minha maravilhosa agente Amy Tannenbaum e a Jane Rotrosen Agency pelo apoio e encorajamento; ao meu incrível novo editor Adam Wilson, que é o melhor editor que eu poderia esperar; e as talentosas pessoas da editora que estão fazendo isso tudo acontecer, incluindo os melhores revisores e publicitários de todos os tempos! Obrigada Jennifer, Lauren, Kristin, Jules... Por amarem essa série como eu amo.

Agradeço também a adorável Enn Bocci, por se juntar à equipe e nos ajudar a espalhar o REAL amor por todo lugar! A Sarah Hansen pela arte de capa fantástica. E claro...

Obrigada ao meu lindo esposo, meus encantadores filhos e meus maravilhosos pais; vocês fazem minha vida ser bela o ano todo.

À filha mais amável do mundo, por ler antes de todo mundo e dar milhões de dicas.

Às minhas amigas autoras que leram este livro em primeira mão, entre elas Monica Murphy, Joanna Wylde, Kim Karr, Jen Frederick, Wylie Snow e L. M. Augustine. Escrever é um negócio solitário, e você consegue muito mais quando tem amigos compreensivos que podem impulsionar você.

A Kati Brown, você merece de mim um agradecimento especial e muito amor. Sua participação neste livro foi gloriosa. Obrigada, Kati!

A Stacey Suarez, a melhor especialista em condicionamento físico e querida amiga, uma *expert* em tudo relacionado a esportes e nutrição.

A minha querida e talentosa Marilyn M., e Erinn G., e as minhas fabulosas assistentes, antigas e novas; Anna, Ellie, e Lori e Gel. Obrigada por me concederem mais horas para escrever.

E também, um agradecimento especial para todos os blogueiros maravilhosos que foram torcedores incríveis do Remy desde o começo. Como posso agradecê-los, senão compartilhando um pouco mais dele com vocês? Muito obrigada a cada um, e, por favor, me perdoem pela falta de espaço para citar o nome de todos que enviaram e-mails, que leram, que revisaram e que foram completamente sensacionais! Vocês são irreais!

Neda, não tenho palavras para sua amizade, apoio e a maravilha que foram os fantásticos blog tours que ajudou a planejar; meu amor vai também para todos aqueles que participaram. Jenna, seu vídeo detona! Obrigada a todas!

As incríveis Dana, Erin e Kelly, e aos adoráveis "Scaries", que são na verdade anjos disfarçados. Abraços para Dominique, Stacy, Jen e Kerry.

A todos os meus leitores que esperaram, pacientemente, por essa história; obrigada por amarem meus personagens como eu amo!

E por último, mas muito especialmente, agradeço a cada um que sofreu ou sofre de algum transtorno mental, e para todos aqueles que amam os que sofrem dessa condição. Acredito que há uma luz na escuridão, e espero que vocês encontrem a sua.

Beijos e abraços!

A lista das músicas de *Meu*

Estas são algumas das músicas que eu ouvia enquanto escrevia o livro. Espero que você goste delas tanto quanto Remington e Brooke! ♥

"Iris", de Goo Goo Dolls
"Dark Side", de Kelly Clarkson
"I Choose You", de Sara Bareilles
"Beneath your Beautiful", por Labrinth e Emele Sandé
"First Time", por Lifehouse
"Stay With You", de Goo Goo Dolls
"Between the Raindrops", por Lifehouse
"Breathless", pelos Corrs
"According to You", de Orianthi
"Here Without You", por 3 Doors Down
"When You're Gone", de Avril Lavigne
"Far Away", de Nickelback
"Hold Me Now", de Red
"Uprising", de Muse
"Demons", com Imagine Dragons
"Kiss Me", de Ed Sheeran
"From This Moment On", com Shania Twain e Bryan White

MEU

♥ ♥ ♥

O coração é um músculo oco, e vai bater bilhões de vezes durante nossas vidas. Mais ou menos do tamanho de um punho, ele tem quatro câmaras: dois átrios e dois ventrículos. De que forma esse músculo pode abrigar algo tão abrangente como o amor é algo que está além de minha compreensão. É esse coração que ama? Ou você ama com a sua alma, que é infinita? Não sei. Tudo o que sei é que sinto esse amor em cada molécula do meu corpo, em cada respiração, em todo o infinito em minha alma. Aprendi que você não pode correr se romper um ligamento, mas o seu coração pode ser partido em um milhão de pedaços, e você ainda pode amar com todo o seu ser.

Fui destroçada e reunida de novo.

Fui amada, e amei também.

Estou apaixonada, e serei para sempre transformada por esse amor, por esse homem. Eu costumava sonhar com medalhas e campeonatos, mas agora sonho apenas com um lutador de olhos azuis que um dia mudou a minha vida quando colocou seus lábios nos meus...

♥ ♥ ♥

UM

BEM-VINDO DE VOLTA, ARREBENTADOR!

BROOKE

Já se passaram dois meses, mais exatamente sessenta e dois dias, desde que voltei para ele. Foram 1.488 horas de desejo, de necessidade dele. Foi mesmo até mais tempo do que isso, uma vez que milhares de mulheres, homens e fãs em todo o mundo o viram cair.

Ele está de volta.

É isso. A primeira luta da nova temporada do Underground, aquelas que não seguem as categorias e as regras oficiais.

Ele vem treinando como um louco. Conseguiu mais músculos. E está mais violento do que nunca, por isso sei que nesta temporada ele está pronto para tomar o que é seu.

O público na arena de Washington, D.C., é composto por cerca de mil pessoas, e quando o vencedor da primeira luta é anunciado, a multidão fica inquieta.

Todos nós sabemos que é a *sua* vez de ser chamado. Seu assistente, Pete, fica tenso e está sentado à minha direita. Pete me disse que o "âncora" é ele, que quase todo mundo na arena está aqui para vê-lo.

Bem, sei que *eu* certamente estou aqui por esse motivo.

O ar está carregado de emoção e impregnado de perfume, cerveja e suor. Os dois lutadores anteriores estão saindo do ringue agora, um deles amparado por sua equipe, e meu coração bate enquanto permaneço imóvel em meu lugar, na primeira fila, bem no centro da plateia, exatamente onde o meu homem me quer. Aqui estou eu, esperando, meu corpo hiperativo e meu coração batendo o seu nome. *Remington, Remington, Remington...*

Os alto-falantes crepitam quando o locutor liga o microfone, e quase salto para fora da minha pele.

– Senhoras e senhores, todos nós nos lembramos de como nossas almas ficaram esmagadas quando o favorito de todos perdeu a final do campeonato no ano passado.

As vaias da multidão reacendem a lembrança, e minha garganta quase se fecha pensando no jeito que o corpo arrebentado de Remy tinha sido retirado do ringue.

– Não temam, pessoal, não temam!

– *REMY!!!* – alguém grita.

– *Tragam o cara agora!* – mais gritos.

– Oh, sim, nós o faremos. Não tenham nenhuma dúvida, vamos fazer isso – diz o locutor, aproveitando a vibração da multidão. – Depois de muita especulação e muitos rumores, agora é completamente oficial. O homem estará lutando nesta temporada, e ele não vai fazer *nenhum* prisioneiro, pessoal! Aqui está ele, senhoras e senhores. Aqui está ele. Todos vocês sabem de quem estou falando?

A multidão ruge:

– Arrebentadooor!

– *Quem?*

– ARREBENTADOOOOR!

– Mais uma vez, porque eu *não consigo ouvir vocês!*

– ARREBENTADOOOOOOR!

– Isso mesmo, senhoras e senhores! Aqui está o nosso bad boy favorito com aquele sorriso infame e aqueles punhos mortais, pronto pra talhar um "descanse em paz" na cara de qualquer um que ficar em seu caminho este ano. O primeiro e único Remingtoooon Tate, o seu ARREBENTADOR!

Uma excitação selvagem me percorre, enquanto a multidão se levanta e ruge como nunca antes tinha feito.

– Meu Deus, os fãs estão sedentos por ele – sussurra Pete.

E eu também estou. Meu Deus. *Eu também*.

Do outro lado do ringue, as mulheres estão acenando com calcinhas no ar. Calcinhas! Outra mulher levanta uma placa que diz "ACABA COMIGO, REMY!".

Minha boca está seca, e mil e uma coisinhas aladas ficam vibrando no meu estômago quando vejo um flash vermelho.

E então ele está mais perto.

Trotando pela passarela e para dentro do ringue.

Para o ringue que é *dele*.

Meu corpo se enche de sensações enquanto ele passa no meio da multidão.

Alguns fãs saíram de seus assentos e foram para frente para tentar agarrá-lo, mas Remy empurra facilmente as pessoas de seu caminho, com o rosto sombreado pelo capuz de seu manto de cetim vermelho. Remy. Meu Remy. O homem que eu amo com cada grama de meu corpo.

– *Remy, você faz o sexo ficar mais sexy!*

– *Porra! Faz um filho em mim, Remy!*

Ele sobe no ringue dando um salto ágil, e então tira o roupão lentamente, sem pressa. Centenas de mulheres gritam em meus ouvidos enquanto ele vai para o seu canto para entregar o manto a Riley, o seu segundo treinador.

Riley dá um tapinha em suas costas musculosas com um sorriso e lhe diz alguma coisa. Remington joga a cabeça para trás como se estivesse rindo e, em seguida, toma o centro do ringue, estica os braços longos e fortes e começa a fazer seu giro lento e arrogante, como se dissesse eu-sei-que-todas-vocês-querem-dar-pra-mim.

Estou morrendo.

Nunca, nunca irei me acostumar com a visão dele no ringue. Meu coração bate frenético em minhas costelas, e minhas entranhas pulsam com a necessidade, meu peito mais parece um balão prestes a explodir de emoção. Forte, esbelto e perfeito, ele é todo perigoso, todo gostoso, e *todo* meu.

Meus olhos absorvem cada centímetro do que todas as outras mulheres por aqui estão babando para possuir, e não posso fazer nada senão deixar o meu olhar correr para cima e para baixo ao longo de sua forma atlética perfeita. Meus olhos acariciam amorosamente seu bronzeado e beijam as escuras tatuagens celtas sobre seus bíceps. Admiro seu torso e as pernas longas e fortes, os braços esculpidos, sua cintura definida e os ombros largos. Cada músculo de seu corpo perfeito é tão definido que você sabe com exatidão onde termina uma estrutura e onde começa a seguinte, bastando para isso arrastar os dedos ao longo de seu corpo magnífico.

E quando ele gira ainda mais, vejo o tanquinho com oito gominhos, sim, oito! Sim, é impossível, mas ele os tem... E seu rosto.

Oh Deus, mal consigo olhar sem babar.

A mandíbula com barba curta. Os brilhantes olhos azuis. O sorriso sexy. As *covinhas*. Ele mantém um sorriso em seu rosto, e sua expressão, que diz que ele tem um monte de coisas planejadas para a noite e você não vai querer perder, é brincalhona e jovial.

Um suspiro coletivo se espalha nas fileiras atrás de mim quando ele se move e vem nos encarar.

As borboletas no meu estômago acordam quando aqueles olhos azuis ficam dançando e começam a examinar a multidão, rindo de todos nós, em silêncio. Ele está claramente se divertindo com a nossa obsessão por tudo aquilo que diz respeito a Remington Tate!

Ao meu lado, uma loira de meia-idade com excesso de Botox salta para cima e para baixo e grita como louca:

– *Remy! Deixa eu provar como é ser arrebentada!*

O impulso de arrastar a mulher pelos cabelos, para fora da cadeira, me possui, mas, ao mesmo tempo, sei que você não consegue olhar para ele sem se dissolver em uma poça de desejo.

Ele é um garanhão. Foi feito para acasalar. Para *procriar*.

E eu não consigo ficar sem ele, do mesmo modo que não consigo ficar sem respirar.

Eu o quero mais do que qualquer uma dessas mulheres gritando o quer.

Quero cada parte fragmentada dele. Quero seu corpo. Sua mente. Seu coração. Sua bela alma.

Ele diz que é meu, mas sei que há uma parte de Remington Tate que ninguém nunca vai ter.

Eu sou sua, mas ele é indomável e invencível.

O único que pode derrotar Remington Tate é ele mesmo.

E lá está ele, em cima do ringue, sempre esquivo e misterioso, uma caixa preta de mistério sem fim. E quero ficar perdida nele, mesmo que quando sair eu não seja mais a mesma.

Pete dá uma leve cotovelada em minhas costelas e sussurra no meu ouvido:

– Meu Deus, é injusto que ele receba toda a atenção e este – diz, sinalizando seu magro eu – não ganhe nada.

Sorrio. Com seu cabelo encaracolado e olhos castanhos, Pete está sempre vestido com um terno preto e gravata. Ele não é apenas o assistente pessoal de Remy, também é como seu irmão mais velho e um dos meus amigos mais próximos.

– Nora gosta de você exatamente como você é – provoco, falando da minha irmã mais nova.

Ele sorri com isso e mexe as sobrancelhas quando balança a cabeça de forma intencional na direção do ringue, onde Remington termina a sua volta e fica quase totalmente de frente para mim.

Minhas terminações nervosas se mexem e formigam de excitação quando seus cintilantes olhos azuis deslizam descendo pela minha fileira, onde ele sabe que estarei. Juro que cada parte de mim treme de expectativa, à espera de seus olhos chegando para me encontrar.

E eles fazem isso.

Ele me eletrifica. Correntes invisíveis saltam entre nós. Seu sorriso brilha e me atravessa, e de repente, de dentro do meu peito, onde meu coração bate, sinto como se uma tocha tivesse sido acesa por ele.

Seus olhos me seguram apertados no calor amoroso dele, e eu posso ver a sua alegria tranquila esta noite, seu caráter possessivo, o olhar territorial que diz a todos nesta sala que eu sou dele.

Então ele aponta para mim.

Meu coração para.

Parece que os olhos de todos seguem aquele dedo apontado em minha direção, apontado diretamente para o meu peito, onde o meu coração pulsa por ele, seu olhar azul incandescente dizendo de forma clara: "Este aqui é para ela".

Um rugido de satisfação explode da multidão em torno de mim. E me atinge como a adrenalina, como se fosse uma dose de tequila que voa diretamente para a sua cabeça, a forma como seus fãs o amam. A maneira como ele os ama em troca. O jeito que ele *me* ama.

Estou espantada pelo modo como o público reage a ele e pelo jeito com que ele está lá de pé, com suas covinhas piscando, sugando toda a energia do salão e canalizando-a em "Arrebentador".

Deus, eu o *amo*, e desejo que ele nunca se esqueça disso!

Vencida pelo impulso, sopro-lhe um beijo!

Ele pega e esmaga-o à boca.

A multidão grita ainda mais alto. Remy aponta para mim, rindo, e eu estou rindo também. Meus olhos ardem um pouco, porque estou tão feliz que simplesmente não consigo caber dentro de minha pele. Estou feliz que *ele* esteja feliz, e ele está onde devia estar.

Esta é a sua temporada. Neste ano, nada vai impedir Remington Tate de ser o campeão da liga Underground. *Nada*.

Ele fará o que for preciso, porque ele é um homem poderoso, motivado e apaixonado, e mesmo com medo, preocupada, animada, ou todas as opções juntas, vou apoiá-lo.

– E agora, senhoras e senhores, por favor, uma salva de palmas para acolher um novato na arena, vindo do Clube de Combate, o famoso, temido e mortal Grant Gonzalez, "Gooodzillaaaa"!

Assim que o adversário é anunciado, Remington circunda o ringue inquieto como uma pantera, até que um enorme volume prateado sai de uma segunda passagem. Remy flexiona os dedos nas laterais do corpo enquanto observa o homem entrar no ringue. Hoje à noite, todos eles usam suas mãos sem luvas, bem do jeito que os homens lutavam antigamente.

O novo lutador mal tirou seu roupão quando o público começa a vaiar.

– *Buuu! Fora!*

– Esse cara já matou algumas pessoas lutando – disse Pete em voz baixa. – Ele é um filho da puta sujo e cruel.

– Não me diga que pessoas já morreram *nestes* eventos? – pergunto horrorizada, sentindo um tremor preocupante dentro do meu estômago. Pete revira os olhos.

– Brooke, essas são lutas clandestinas, sem regras. É claro que acontece merda.

O pensamento de Remy lutando com assassinos catapulta os meus habituais medos pré-luta a um nível totalmente novo. Medos que eu tinha reprimido quando meu homem bebeu a adoração do público. Temores que agora me pegam pelo ventre e me apertam como se fosse um punho.

– Pete, a *morte* é mais do que uma merda que acontece.

Remington bate os punhos nos de seu adversário e a multidão silencia. Minhas entranhas ficam totalmente imóveis. Estou como uma louca, quase desesperada, medindo o cara novo, como se eu conseguisse obter alguma informação apenas por sua aparência. A pele branca do homem está coberta de algo que se parece com graxa. Eles são autorizados a ficar escorregadios assim quando estão lutando? Ele tem cabelo comprido amarrado em um rabo-de-cavalo e braços musculosos, como a maioria dos outros lutadores que já vi. Ninguém é tão elegante e bonito como Remy. Aposto que ninguém cuida de seu corpo nem treina com a mesma dedicação como ele.

Quando o gongo soa, acho que não estou mais respirando.

Eles se aproximam um do outro. Remington aguarda o outro homem para mover sua guarda erguida com perfeição, cada um de seus poderosos músculos relaxados para que possam rapidamente ser acionados. Finalmente, o Godzilla balança. Remy se abaixa e ataca a lateral do corpo dele e – de maneira inacreditável – nocauteia aquele monstro enorme, que cai com um som estrondoso.

Engasgo em completa descrença quando a contagem do árbitro começa.

Um sorriso curva os lábios de Remy ao olhar para a figura imóvel, praticamente o avisando para não se mover.

O cara não se move.

Um rugido rasga no meio da multidão.

Pete salta para os pés dele e atira seu punho no ar.

– É isso aí! Quem é o cara? Hein? Quem é o CARA?

– UM SOCO, senhoras e senhores! – A voz grita através dos alto-falantes. – Um puta soco! ELE ESTÁ DE VOLTA! Ele está de volta! Homens e mulheres, meninas e meninos, porra, eu lhes dou hoje à noite seu primeiro e único Arrebentadooorrrr! Arrebentadoooorrr!

O mestre de cerimônias puxa o braço de Remy e lhe dá a vitória.

E apesar de toda a arena gritar seu nome, seus olhos azuis dançando voltam-se imediatamente para mim, e todo o meu corpo começa a doer em cada lugar.

Deus.

Ele é um puta deus do sexo. E esse maldito homem me *excita*.

– Remy, por favor, oh, *por favor*, deixe-me tocar em você! – Uma mulher gritando corre para a beira do ringue, estendendo a mão através das cordas em direção a ele.

Remington parece ter pena dela e agarra sua mão. Ele vibra os lábios em seus dedos, e a mulher começa a gritar histericamente. Eu rio, mas em seguida uma víbora ciumenta começa a rastejar em minhas entranhas. Remy olha para mim quando a libera, e então, daquele jeito ágil que ele se move e que me faz lembrar grandes felinos mortais, desce do ringue.

Uma total quietude cai sobre a arena até que tudo o que posso ouvir é o meu batimento cardíaco.

Remington... Remington... Remington...

Ele caminha até mim, o sorriso em seu rosto me dizendo que ele acha que ele é tudo aquilo.

– Você está com ciúmes – diz ele, naquela voz profunda que me faz arrepiar.

– Um pouco – digo, rindo de mim mesma.

Ele não ri, mas abre um sorriso que brilha em seus olhos azuis enquanto desliza os dedos pela lateral do meu pescoço, então eu sinto a ponta do polegar esfregando suavemente em toda a carne do meu lábio inferior. As borboletas em meu estômago despertam. Seus olhos estão semicerrados enquanto ele examina minha boca. Ele o faz com lentidão, de canto a canto, e então, porque ele parece pensar que é dono dessa boca, desce rapidamente e a beija.

Sua boca me acende. Meu estômago gira quando ele força para que eu abra meus lábios, e quando sua língua quente, úmida e poderosa invade minha boca para provar um rápido gosto inebriante de mim, sufoco meu gemido.

– Não fique – diz ele com voz rouca, enquanto olha para a minha boca e aprecia sua obra por um momento. Ele aperta os lábios na minha testa por uma fração de segundo, e então volta ao ringue naquela maneira graciosa que ele anda, relaxado e quase trotando.

Atrás de mim, ouço vozes ofegantes.

– *Puta merda, eu quero fazer isso de dez maneiras diferentes até domingo.*

– *Que porra! Ele estava bem aqui!*

Eu lambo meus lábios, e ainda posso saborear o filho da mãe sexy, o que só faz meus mamilos ficarem enrijecidos e me sentir toda intumescida com o jeito completamente possessivo dele.

Quando seu próximo adversário é chamado para lutar, Remington flexiona os músculos de seus braços até as pontas dos dedos. Seu sorriso vem, de cima do ringue, para mim, e de forma muito clara as suas duas covinhas me dizem o quanto ele gosta de me deixar em uma poça de amor e saudade. Que diabo.

Um lutador de que me lembro do ano passado, Parker Drake, o Terror, sobe no ringue para enfrentá-lo. E o gongo toca.

Ting.

A multidão se acalma quando a luta começa, e os dois homens passam a balançar e se bater. Os socos de Remy são poderosos, e você pode ouvir o som de seus punhos atingindo o corpo do outro homem, profundos, fortes e rápidos como um relâmpago. *Poom poom poom*! Contorcendo-se no meu lugar, eu assisto e ouço, alternando entre emoção e preocupação, quando Parker cai no chão. Fico de pé e começo a gritar *"Arrebentador"*, em coro com todas as outras pessoas, sabendo que esta é a primeira das muitas vezes que estarei aqui assistindo Remington recuperar tudo, cada coisa de que ele abriu mão por mim.

DOIS

FELICIDADE = ELE

Em toda a minha vida, só passei a noite com um homem. Adoro bater em seus músculos enquanto dormimos. Eu amo como os lençóis ficam com o cheiro dele, o *nosso* cheiro, e como seus ombros tornaram-se meu travesseiro favorito, mesmo que sejam duros como o inferno e eu não consiga entender por que gosto de dormir neles, mas gosto. Eles vêm com o braço em volta da minha cintura e seu cheiro e seu calor, e adoro isso tudo, cada pedacinho. Especialmente quando ele abaixa a cabeça para dobrar o nariz em meu pescoço, e posso enterrar o meu no dele.

O problema é que o *seu* lado da cama parece expulsá-lo exatamente às dez da manhã, e o *meu* lado parece não ter esse botão de ejeção.

Hoje, agora que já posso dizer que ele não está nem mesmo no quarto, me sinto como um peso morto.

O ar fica diferente quando Remy não está perto. Mas fica carregado quando ele está, como uma lenta e poderosa vibração em volta de mim que me deixa hiperalerta e me faz ficar segura e animada.

Realmente me apaixonei por ele.

Seis meses atrás, eu só queria uma noite de amor, para me divertir um pouco depois de dedicar todos os anos da minha vida à minha carreira. Em vez disso... Consegui *esse homem*.

Imprevisível, irritante, sexy... O homem que todas cobiçavam e que eu não queria. Acabei não só o cobiçando, mas de cara me apaixonei por ele.

E agora, amá-lo é como viver na montanha-russa mais emocionante que já andei na minha vida.

Sentando-me na cama, esfrego os olhos para me acostumar à luz do sol que entra no quarto e desejo tomar um Red Bull para fazer minhas veias se agitarem, como Remy faz. Quase não dormimos, fazendo o que mais gostamos – sexo – e ele já está ansioso para ir. Eu até vejo a sua mala na porta, com tudo pronto para partirmos para nossa próxima cidade da turnê, enquanto ainda preciso fazer as minhas.

Apertando os olhos novamente quando começo a deslizar para fora da cama, vou para o pequeno armário procurar algo para vestir quando vejo a carta na mesa de cabeceira do lado dele, perto do iPhone que pouco usa, exceto para ouvir música. A visão de minha carta traz uma onda de memórias horríveis para mim, e tenho que suprimir a vontade de agarrá-la, rasgá-la, e jogar os pedaços no vaso sanitário.

Mas Remington ficaria louco. Ele valoriza essa estúpida carta que eu deixei para ele quando parti.

Porque nela digo-lhe o que nunca ninguém lhe tinha dito antes.

Eu te amo, Remy.

Minhas pernas começam a tremer, e fecho meus olhos e digo a mim mesma que não sou perfeita. Nunca fui ensinada a fazer isso. Nunca sonhei em amar, em ter um parceiro... Costumava sonha com os esportes e os últimos lançamentos dos tênis de corrida. Não com um cara de cabelos negros e olhos azuis. Estou tentando aprender. Para ser a mulher de um homem como ele merece. E quero passar o resto da minha vida mostrando a Remy que eu o mereço, e o resto dos meus dias tendo a certeza de que ele tem de volta o que perdeu por minha causa. Se alguém neste mundo merece ser campeão, é ele.

– Vou foder com ele, relaxe. – Ouço sua voz rouca, viril, do lado de fora do quarto principal.

Rio com a resposta do meu próprio corpo ao ouvir Remington falar "foder" – meu ventre se contrai e eu me sinto imediatamente um pouco quente. *Sua vaca.*

Sorrindo, vasculho no armário pelas roupas dele, e então tenho que procurar na mala. Sei que ele gosta quando uso as coisas dele. Acho que isso o faz sentir como se eu fosse sua propriedade, e é insano o quanto eu gosto de provocar suas tendências alfa. Quando está de olhos azuis, ele é possessivo, mas quando está negro, é francamente territorial.

Isso me encanta, quando ele fica todo mal-humorado com esse lance de "você é minha", e ele fica feliz quando uso as coisas dele.

Então, nesta manhã, por que não agradar a ambos? Pego seu roupão de luta e o visto, a seguir me apresso para o banheiro, para escovar os dentes e lavar o rosto, enrolo o cabelo em um rabo-de-cavalo, e volto pé ante pé para o quarto.

Ouço sua risada na sala de estar, mais parecida com uma risada suave sobre algo que Pete murmurou, e minhas entranhas fazem todas as coisas que ele as estimula que façam quando dou a volta.

Meu Deus.

Não posso acreditar no que ele causa em mim. Nem consigo explicar essa combinação dentro de mim de tremores e gorjeios, isso é ridículo.

– Mas ele está checando você, cara, não vejo graça nisso – diz Pete, em alarme. – Seus batedores estiveram perguntando a todo mundo nos hotéis pra saber onde vamos ficar na *próxima parada*.

– Basta relaxar e ficar vigilante, Pete – diz Remington, e eu apenas olho por um momento, prendendo minha respiração.

Meu leão de olhos azuis.

Seu cabelo preto está diabolicamente revolto. As tatuagens celtas em torno de seu braço musculoso se flexionam quando ele bebe lentamente um isotônico. Observo seu glorioso torso bronzeado. Esse moletom baixo em seus quadris estreitos está revelando apenas a ponta da sua tatuagem de estrela. Seus pés estão descalços. Ele parece muito gostoso, forte e aconchegante, e a energia pulsante que parece irradiar a partir de seu próprio ser parece um ímã para mim.

– Brooke, bom dia! – Diane Werner, a chef e nutricionista, diz da cozinha.

Quase com preguiça, Remington se vira e, lentamente, muito lentamente, fica de pé, seus músculos ondulando com o movimento. Olhos azuis brilhantes descem sobre o meu corpo, analisando-me em seu roupão vermelho que desce até os meus tornozelos, e uma faísca de posse brilha em seu olhar de uma maneira que faz com que cada parte feminina de meu corpo se inche com o desejo.

– Bem, olá, senhorita Arrebentador – Pete salta para ficar de pé, os olhos castanhos brilhando com diversão.

Sorrio. Porque eu não apenas quero usar as roupas do meu lutador, eu gostaria que ele me pedisse para usar o *nome* dele, mesmo depois de ter dito uma vez, para a minha melhor amiga, que eu nunca, jamais iria me casar, porque a minha carreira sempre vinha em primeiro lugar. Humpf!

– Oi, Pete e Diane – digo em voz sonolenta, mas os meus olhos estão sobre Remington, e meu coração não consegue ficar parado.

E será que um dia ele vai se acalmar quando estiver perto de Remy? Enquanto olho para meu lutador nesta manhã, do jeito que fiz todas as manhãs durante os últimos meses, digo a mim mesma que não estou sonhando, que ele não é uma fantasia, ele é real. *Meu* REAL.

Ele salvou minha irmã das garras de um homem cujo nome não consigo nem falar. Remington ofereceu a luta do campeonato passado em troca da liberdade dela sem ter a menor hesitação sequer. Sem sequer me *avisar*. Ele perdeu o título, uma enorme quantidade de dinheiro e poderia ter perdido a *vida*, tudo para salvar minha irmã Nora.

Mas eu não *sabia* que tudo isso tinha sido por mim.

Tudo o que vi foi que de repente ele estava na última luta da temporada. Perdendo. Sendo espancado. Maltratado. Caindo. Se levantando. Cuspindo em Scorpion.

Eu queria *morrer*.

Meu lutador, sempre tão motivado, persistente, apaixonado e determinado, recusou-se a *lutar*.

Deus, eu estava tão errada.

Ele não estava me punindo, ele estava salvando minha irmã para mim.

Se ele não tivesse voltado para minha cidade natal, Seattle, com Nora de volta e em segurança, eu teria cometido o maior erro da minha vida, e teria pago por isso pelo resto dela.

Teria vivido o resto de meus dias sem amor, sem sorrisos, e o pior de tudo, sem Remy. Como se eu tivesse merecido esse castigo.

Enquanto luto com os mil quilos de remorso que esta lembrança me dá, ele sorri com covinhas, e se eu achava que estava feliz alguns momentos atrás, nada se compara a esta avalanche.

– Ei – sussurro.

– Então minha pequena tigresa está viva... – diz ele com um brilho diabólico nos olhos.

– Mais ou menos, depois de você...

Ele começa a rir, e Pete tosse.

– Gente, eu, tipo, ainda estou aqui. E Diane também.

Meu sorriso se desvanece, mas apesar de Remington não fazer o mesmo, seu sorriso suaviza, o que também acontece com seu olhar. De repente, ele me faz sentir tímida. Virginal. Como se tivesse me despido na noite passada e nesta manhã eu estivesse sem toda a minha fanfarronice, sem qualquer ponto de proteção, vestindo apenas algo que pertence a ele.

Ainda usando aquelas covinhas como armas letais contra mim, ele se aproxima.

Meu corpo está confuso quando me forço a andar e encontrá-lo no meio do caminho, e engulo de volta um grito quando ele estica um braço musculoso, conecta um dedo na faixa do meu roupão e me puxa para ele.

– Venha aqui – ele grunhe.

Ele inclina a cabeça e deposita um beijo na parte de trás da minha orelha enquanto espalha a mão aberta na parte inferior das minhas costas, acariciando as letras ARREBENTADOR bordadas na parte de trás, como se para me lembrar de que elas estão lá. Estou sem fôlego quando ele abaixa a cabeça para o meu pescoço e me cheira profundamente. Merda, ele me mata quando faz isso, e entre as minhas pernas sinto uma dolorosa contração de necessidade.

– Remington, você está me ouvindo? – pergunta Pete.

Remington rosna meu nome em voz baixa e profunda, do jeito que faz quando transa. *"Bom dia, Brooke Dumas"*. Minha barriga se contrai em resposta a isso e ao beijo suave que ele deixa em meu ouvido, e meus joelhos vão se derretendo, porque ele sempre faz isso comigo, e como a voz de Pete repete o que já disse, eu começo a me afastar, mas Remington não deixa.

Ele chuta a cadeira mais longe e cai sobre ela, me arrastando com ele. Depois me muda para uma de suas coxas para que possa pegar sua bebida esportiva da mesa e, finalmente olha para Pete, sua voz baixa, mas firme.

– Dobre nossos homens e siga os deles.

Seus dedos rastreiam minhas costas enquanto ele desce a garrafa, e Pete está coçando e balançando a cabeça em confusão completa.

– Rem... *Cara*... O filho da puta trapaceia pra ganhar, e ele sabe que vai perder enquanto você estiver lutando nesta temporada. Ele está nos espionando agora e vai fazer o máximo pra sabotar você neste ano. Ele vai tentar mexer com sua cabeça. Provocar a merda toda e fazer você perder a cabeça!

Eu mal entendi a respeito do que é que eles estão falando, mas o que quer que seja, "provocar" Remington não é uma boa ideia. Normalmente, ele tem pavio curto. É cabeça-dura e insistente e teimoso, mas, sobretudo, ele é bipolar, e você não quer despertar o seu lado negro, a menos que esteja preparado para lidar com mais de cem quilos de um cara maluco que não dorme.

Eu gosto de meus mais de cem quilos imprudentes, mas esse lado ainda me preocupa, mesmo que Remy não pareça nem um pouco perturbado pelos avisos de Pete.

Em vez de responder, ele se vira para mim e enfia os dedos no cabelo da minha nuca.

– Você quer café da manhã? – pergunta.

Mordendo o interior da minha bochecha, eu me inclino e baixo a voz para poupar Pete.

– Você quer dizer além daquele que saiu da minha cama?

Ele aperta meu nariz e agora se inclina para mim.

– Negócios chamaram seu café da manhã hoje.

– Eu me sinto com uma estranha ressaca esta manhã, não tenho fome.

– Ressaca do quê? Da minha boca? – pergunta ele, seus olhos dançando.

Olho para sua boca e ela é tão completa e perfeita. A maneira como ele a usa é perfeita. Cada palavra que diz é perfeita. Esse cretino sexy. Claro que ele me dá ressaca, de um tipo que eu nunca *tinha conhecido* até ele aparecer.

– Sabe de uma coisa? – interrompe Pete. – Eu me sentiria menos preocupado com ele e com o que ele pretende fazer se ele não conhecesse agora a sua kriptonita. – Ele acena para mim.

– Ele não vai nem chegar perto da minha kriptonita. Antes de isso acontecer, vou quebrá-lo ao meio.

A convicção tranquila com a qual ele diz isso faz meus braços se arrepiarem, e acho que estou um pouco enjoada.

O último embate da temporada passada é o meu pior pesadelo.

– No entanto, posso imaginá-lo encontrando maneiras de já alcançar a sua kriptonita – diz Pete. – De apertar seu botão vermelho, de deixar você imprudente e incomodado.

Remington se vira para mim, então empurra o meu cabelo de lado e gira minha cabeça para me estudar, como se soubesse que mal posso ouvir o nome daquele homem, muito menos ouvir os dois falando sobre ele.

Black Scorpion é o meu Voldemort pessoal. Aquele idiota machucou minha irmã, depois a mim. E o pior de tudo, ele machucou Remington. Naquela temporada final. Ele o machucou por *minha causa*. Deus, eu fantasio poder matar o desgraçado.

– Ele vai provocá-lo, atormentá-lo... – Pete continua em um tom ameaçador.

Remy me observa em silêncio, seu peito nu, com o pescoço bronzeado e forte, e quando volta sua atenção para Pete, sua voz está mais sombria.

– Pete, ele ainda não fez nenhum movimento, e você já está se borrando todo – diz Remy.

– Porque sobra pra mim consertar as coisas quando *você* se borra – Pete coloca a mão na gravata preta. – Esta temporada pode começar francamente desagradável. Queremos você forte e preparado, cara. Precisamos ir ao aeroporto em meia hora, no máximo, mas já aviso, Phoenix pode não ser tão calmo como prevíamos.

– Tudo bem, ouvi. Mas dobre nossos homens – diz Remington, sério agora, e então ele pega um último gole de sua bebida esportiva e deposita a garrafa vazia de lado.

–Tudo bem, vou chamar mais... – Vejo quando Pete vai até a cozinha e dedilha seu teclado do celular.

Agora a voz de Remington se aprofunda à medida que ele me dá a sua total atenção.

– Você dormiu demais – murmura, segurando meu rosto quando sorri para mim. – Esgotei você ontem à noite?

Sua voz exala todos os tipos de sexo e ternura. Quando assinto com a cabeça, sinto-me ficar quente por dentro.

– Ouvi dizer que os deuses do sexo costumam fazer isso – brinco.

Ele ri baixinho e acaricia meus lábios com o polegar.

– A pura verdade. Pronta pra ir?

Mordisco o dedo dele e sorrio quando confirmo.

– Senti sua falta na cama esta manhã – sussurro.

– Deus, eu também. Eu preciso ser a primeira coisa que esses lindos olhos vejam todas as manhãs.

Ele me pressiona contra seu corpo e afunda o rosto no meu cabelo, e toda a tensão de ouvir a palavra "Scorpion" e a náusea me deixam quando sinto o cheiro dele. Enfio meu nariz em seu peito e o inspiro enquanto ele faz o mesmo, enquanto o quarto desmorona, o mundo desmorona e, neste momento, nada mais importa. Nada importa, a não ser Remy com seus braços em volta de mim e os meus braços em torno dele. Acho que uma parte dele ainda não consegue acreditar que estou em seus braços novamente, porque ele está me apertando com tanta força que mal posso respirar, mas não quero respirar. Estou tão afetada por seu cheiro, pela sensação de seus braços fortes em torno de mim, quando há apenas dois meses eu tinha estupidamente desistido dele, que mal posso aceitar tudo isso.

– Eu amo você – falo baixinho, e quando ele não responde abro os olhos e tremo ao ver seu olhar feroz preso em mim.

Ele acaricia minha boca com o polegar de novo, então me enfia de volta em seu peito como se eu fosse algo precioso. Abaixa a cabeça, os lábios ao meu ouvido:

– Você é minha agora.

TRÊS

VOANDO AO ARIZONA

O jato particular é o maior brinquedo de Remington.

A equipe sempre ocupa a primeira seção de assentos na parte da frente do avião, enquanto Remington e eu gostamos do sofá na parte traseira, que está mais próximo do enorme bar com painéis de madeira e uma televisão de tela plana, ainda que raramente os usemos.

Há emoção no ar hoje quando embarcamos. A temporada está oficialmente *no ar*, e depois de provar um gostinho da luta de Remington ontem à noite, a equipe está animada. Pete e Riley ainda bateram os punhos com o piloto assim que saltamos do SUV.

– As coisas estão muito melhores com você aqui – diz Diane, instalando-se em sua poltrona que é ainda melhor do que as de primeira classe. – Fico tão animada vendo vocês dois juntos de novo.

– Eu tenho que dizer. – O treinador Lupe entra na conversa e honestamente, já que o homem é um mal-humorado a semana inteira, é quase estranho ver aquele sorriso em sua cabeça careca. – Você motiva o meu menino mais do que qualquer coisa que eu já vi. Não apenas estou feliz por você estar de volta, mas secretamente rezava para que isso acontecesse, e olha que sou um maldito ateu.

Rio e balanço a cabeça à medida que caminho pelo corredor, e antes que possa alcançar a parte de trás, Pete já tinha vindo a bordo e me chama.

– Brooke, você viu os nossos novos ternos Boss? – pergunta ele.

Franzindo a testa, giro para olhar Pete, e também vejo que Riley já está a bordo. Pete sorri para mim e leva a mão à gravata preta enquanto examino sua aparência, e Riley sorri e estende os braços, como se quisesse me deixar dar uma boa olhada. Eu não tinha ideia de que seus ternos eram novos.

Eles são, basicamente, a única coisa que esses caras usam, e hoje, como em todos os dias, ambos estão prontos para trabalhar no *Homens de Preto XII*, ou sei lá em que parte está essa franquia.

Pete, com seus cabelos encaracolados e olhos castanhos, seria algum tipo de *geek* da agência. Riley, com seu cabelo loiro e aquele jeito de surfista, seria o único que mata demônios de forma acidental ao abrir lentamente a porta do carro ou algo assim.

– E o que você acha? – estimula ele.

Eu me certifico de que estou usando um olhar de "*uau*!" em meu rosto quando respondo:

– Bem sexy!

Solto um grito quando sinto um aperto na minha bunda, e Remington me puxa pela cintura pelo resto do corredor do avião e para nossos lugares.

Ele me faz sentar e estatela-se perto de mim, suas sobrancelhas baixas desenhadas sobre os olhos.

– Diga isso de novo sobre um outro cara.

– Por quê?

– Me provoque e você vai ver.

– Pete e Riley estão tãããooooooo...

Suas mãos voam e ele faz cócegas em minhas axilas.

– Se tentar de novo... – ele provoca.

– Oh meu Deus, seus homens de preto são tão...

Ele me faz mais cócegas.

– Você nem me deixa dizer a palavra *sexy*! – grito, quando ele para.

Com os olhos azuis brilhantes, os lábios de Remy formam o sorriso mais tentador que já vi e, juntamente com as covinhas no rosto, deixam definitivamente meus dedos dos pés se enrolarem.

– Você gostaria de tentar mais uma vez, Brooke Dumas? – estimula, com voz rouca.

– Sim! Porque eu acho que Pete e Riley estão incrivelmente...

Ele me faz tantas cócegas que chuto o ar e então perco o fôlego e acabo de alguma forma meio sentada, meio esparramada no meu lugar, meus seios empurrando em seus peitorais duros a cada respiração. Nossos sorrisos desaparecem quando uma deliciosa consciência sexual começa a crepitar entre nós enquanto nos olhamos profundamente nos olhos um do outro.

De súbito, ele estende a mão e usa o polegar para dobrar uma mecha solta de cabelo atrás da minha orelha, sua voz ficando mais espessa enquanto uma covinha desaparece depois da outra:

– Diga isso quando disser meu nome – e um arrepio me atravessa quando ele corre um dedo pelo meu queixo.

– Seu ego já não é grande o suficiente? – sussurro ofegante conforme memorizo seu rosto.

O queixo quadrado, o cabelo espetado, as elegantes sobrancelhas escuras sobre aqueles penetrantes olhos azuis que me veem com um pouco de malícia e ciúmes o suficiente para fazer minha vagina se contrair.

– Ele encolheu consideravelmente quando minha namorada olhou com admiração para aqueles dois idiotas.

Ele se afastou para que eu me sentasse e quando faço isso, ele se inclina para trás confortavelmente, do jeito que os caras sexy sentam, com as pernas esticadas e os longos braços apoiados no encosto do sofá, me fitando com os olhos semicerrados.

– O que devo dizer? – provoco com um sorriso. – Que *não* ficam bem nos novos ternos? Eles são como meus irmãos.

– Não, eles são como *meus* irmãos.

– Está vendo? E eu sou sua, então é a mesma coisa – dou de ombros e puxo minha saia até os joelhos. – Agora você sabe como eu me sinto quando mil mulheres gritam por você – adiciono presunçosamente enquanto fecho meu cinto de segurança.

Ele pega meu queixo e me vira para olhar para ele.

– Quem se importa com o que elas gritam quando estou louco por você?

Bump! Meu coração fez isso.

– É o mesmo comigo, então. Você não tem que rosnar quando os caras olham pra mim.

Seus olhos escurecem, e ele deixa cair sua mão ao lado e tranca a mandíbula em uma linha firme.

– Pois agradeça que tenho algum controle sobre mim e não penduro os dois no poste mais próximo. Eu sei que porra eles estão fazendo com você em suas mentes.

– Só porque *você* faz isso não significa que os outros façam.

– É claro que fazem. É impossível não fazer.

Sorrio, porque sei que ele me fode em sua cabeça nas milhares de vezes em que não pode fazê-lo fisicamente. E eu faço o mesmo, é claro. Aposto que até mesmo uma freira que o visse faria a mesma coisa.

Sentindo-me travessa, deslizo meus dedos sob a camiseta de Remy e sinto o tanquinho, saboreando a sensação de sua pele sob meus dedos. Eu adoro tudo sobre o corpo humano. Não só porque sou uma especialista em reabilitação esportiva, mas porque fui uma atleta e fico absolutamente maravilhada com o que nossos corpos podem fazer, como eles sofrem quando são pressionados, como entram em ação com mecanismos inatos para o acasalamento e sobrevivência... Mas amando o corpo humano, o corpo de Remy é meu templo máximo. Nem posso explicar em palavras o que ele faz com o meu.

– Todas as mulheres tiram sua roupa quando você luta – digo a ele, e meu sorriso se desvanece quando um pouco de ciúme se infiltra. – Isso me deixa insegura, porque você me escolheu no meio da multidão.

– Porque eu sabia que você era pra mim. Unicamente, exclusivamente pra mim.

Meu corpo de imediato se contrai com essas palavras, tão sexy quando combinadas com aquele sorriso confiante que ele usa.

– Eu sou – concordo, olhando para aqueles olhos azuis dançando. – E agora não sei o que quero beijar mais, você ou suas covinhas?

Quando ele se aproximou para acariciar meus lábios, as covinhas sumiram, assim como o brilho em seus olhos.

– Eu, sempre eu primeiro. Depois, o resto de mim.

Minha boca se sente quente e deliciosamente massageada por seu polegar quando os empregados terminam de carregar a bagagem e fecham a porta do avião, e eu estou vagamente consciente de que a equipe está conversando em seus lugares, pois ouço meu próprio sussurro ansioso:

– Deixe-me desligar meu telefone para a decolagem... Mas você definitivamente me deve um beijo de bom dia. Mesmo se for meio-dia.

Aceno para ele em advertência.

Sua risada é baixa, e sinto que ela desce por toda a minha pele.

– Sei que devo mais do que isso, mas vou começar com os seus lábios.

Deus. Remington? Ele me mata. Ele fala casualmente, quase como se estivesse cansado dizendo *Tá, vou te beijar agora.* E meu corpo se acende. Meu sangue borbulha quando começo a pensar nisso, e rapidamente puxo meu celular da bolsa para desligá-lo quando vejo uma mensagem de texto de Melanie.

MELANIE: *Minha melhor amiga! Faz séculos e eu realmente sinto sua falta. Quando você volta para casa?*

Mel! Endireito o corpo para poder usar as duas mãos para responder:

Sinto falta de você também! Muito, Mel! Mas estou tão feliz! Eu estou tão feliz que não é engraçado! Ou talvez seja! Viu? Pareço bêbada! hahaha

MELANIE: *Eu quero um Remy.*

MELANIE: *E uma Brooke! Waaah!*

BROOKE: *Agora que começou a temporada vou planejar um bom lugar para que você venha me visitar! Por minha conta! Nora pode vir também.*

MELANIE: *Mas você ainda vai manter sua casa em Seattle?*

Por um momento, tive que franzir a testa com a pergunta, porque quando larguei minha vida e decidi seguir o meu deus do sexo para os confins da terra enquanto ele fazia seu regime de treinamento e se preparava para esta temporada, o aluguel de fato não tinha passado pela minha mente.

Respondi: *Estou mesmo comprometida com ele, Mel, então provavelmente não devo renovar o meu contrato de aluguel quando expirar. Minha casa é aqui e agora. Vamos decolar agora, mas escrevo para você mais tarde. Eu te amo, Melly!*

MELANIE: *VALEU!*

Desligo meu telefone e guardo na minha bolsa. E quando levanto a cabeça, fico excitada ao ver Remy segurando seu elegante iPod prata. *Tump!* Este homem sabe como me seduzir seriamente com a música. Vejo como os seus dedos passam pelas músicas, e a maneira lenta e sensual em que elas rodam provoca uma inundação de umidade entre as minhas coxas.

Ele olha para mim com um sorriso diabólico, então chega mais perto e coloca seus fones de ouvido sobre a minha cabeça, e fico muito animada quando ele aperta o PLAY. A música começa, e olhos azuis penetrantes e curiosos permanecem em mim, observando minha reação.

Estou derretendo em meu lugar.

E sentindo minha alma estremecer dentro de mim.

Porque a música que ele escolheu me fez parar de respirar por completo.

Ele pressiona a testa contra a minha enquanto me observa ouvindo a música, e eu fico tão comovida com essa música, minhas mãos tremem à medida que troco os fones de ouvido e coloco um deles em meu ouvido e o outro no dele, para que possamos ouvir juntos.

Pressionando nossas testas juntos novamente, vejo sua expressão tão intensa quando vê a minha... E ambos ouvimos essa canção incrível. Não é qualquer canção. É a música *dele*.

Iris... do Goo Goo Dolls.

Seu olhar escurece com as mesmas emoções queimando dentro de mim, e então ele pega um lado do meu rosto com a mão. Meu corpo se contrai em antecipação quando ele se aproxima. Sinto sua respiração banhar meu rosto conforme ele encurta devagar a distância entre nossas bocas. No momento em que toca os meus lábios com os seus, eu já os abri e fechei os olhos. Ele toca uma vez, duas vezes. Suavemente. Preguiçosamente. Um som me escapa, como um gemido exigindo que ele me beije com mais força, mas em vez de ouvir isso, ouço outra coisa:

When everything's meant to be broken
I just want you to know who I am

Deus, não posso ouvir esta canção sem me sentir devorada por dentro. Preciso chegar o mais próximo possível dele. Tão perto quanto puder. Eu o desejo da cabeça aos pés, cada pedacinho de mim anseia cada pedacinho dele. Levanto meu rosto e pressiono de leve meus lábios nos dele, ansiosamente deslizando meus dedos em seu cabelo. *Oh, Remy, beije-me com mais força.*

Ele me faz esperar um pouco mais quando usa a mão para virar minha cabeça em um ângulo, e então seus lábios finalmente travam sobre a minha boca, a sua língua mergulhando fundo até que eu abra mais, e eu suspiro, eletrizada, quando nossas línguas se encostam. Não ouço seu gemido, mas sinto seu peito vibrar contra meus seios e estremeço quando toco minha língua na dele e relaxo minha boca sob o seu comando. Porque não há ninguém em quem confie mais, ninguém para quem derrube minhas paredes, a não ser para este homem. Levando uma mão até a lateral do meu corpo, ele suga suavemente minha boca, e sinto o inchaço de calor entre as pernas. A respiração soluçando. O endurecimento dos meus mamilos. A sensação de arrepio ao longo da minha pele.

Eu nem sabia o quanto eu precisava desse beijo, até agora, quando todo o meu corpo vibra em sua boca, e mexo meus lábios e uso a minha língua para trazer a língua dele de volta em mim.

Nem sei se Pete ou Riley ou alguém está assistindo, *Iris* está tocando em nossos ouvidos e nossas bocas estão molhadas e com fome. Ele passa os dedos sob o meu top enquanto suga, chupa, explora, prova. Parece impossível, mas cada centímetro do meu corpo treme e sente prazer apenas pelo que aquela boca faz comigo.

Eu solto um gemido de necessidade, e mordo, e ele perde um pouco de controle.

Remy desata o cinto de segurança e me inclina até que eu esteja espalhada por todo o banco de trás.

A música para e começa outra música, mas ele faz um barulho frustrado quando os fios se entrelaçam entre nós, e empurra os nossos fones de ouvido para fora e os joga de lado. Em seguida, passa os olhos sobre o meu corpo. De repente, já não estou ouvindo nada, exceto as batidas do meu coração quando ele abaixa a cabeça novamente.

– Foda-se, eu quero você – ele diz, então ouço o som molhado de sua boca se encontrando com a minha mais uma vez.

O calor se espalha através da minha corrente sanguínea quando ele faz aquilo com a língua novamente. Carícias das mãos. Línguas se esfregando. A respiração se misturando.

Entre as minhas coxas estou ficando tão inchada que me contorço inquieta sob o peso de Remy, e mexo a minha boca mais rápido e mais ansiosamente sob a dele. Sinto a barriga de tanquinho sob a camiseta e meus nervos se inflamam quando ele desliza de novo as pontas de seus dedos longos e fortes sob o meu top.

Ele está me matando. Eu queria esse beijo, mas agora quero *mais*. Cada poro, átomo e célula explodem em uma supernova. Nossas bocas combinam tão bem juntas, eu me sinto viva, me sinto amada. Eu amo, eu quero, eu preciso... Dele. Muito, demais. Acho que ele nunca vai saber de verdade... O quanto fiquei envergonhada por partir... Como sofro pela forma como ele se machucou por mim ... E como estou determinada a ficar com ele... O quanto eu realmente o amo...

Seus polegares encontram meus mamilos através do meu sutiã e eles estão sensíveis, o menor toque lança setas de prazer pelo meu corpo todo.

– Remy, temos que parar – suspiro, ofegante, enquanto ainda tenho um par de neurônios trabalhando em meu cérebro.

Mas mesmo dizendo isso, estou agarrando os músculos dele e a minha parte doida que despertou nem se importa se o fizermos bem aqui, agora.

Mas acho que ele vai ficar maluco se alguém aqui me ouvir gozar.

Remy se afasta um pouco e solta um longo suspiro, e depois olha para mim com os olhos em chamas, e beija-me outra vez, um pouco mais forte. Ele geme baixinho e para, inclinando a cabeça na minha direção, sua respiração no meu ouvido.

– Escolha uma canção pra mim – diz ele em um murmúrio áspero, me puxando para cima, para que eu me sentasse.

Muito consciente da minha boca inchada, pego o meu iPod e começo a navegar pelas minhas músicas enquanto tento ignorar o latejar entre as minhas coxas.

– Basta me devolver meu cérebro primeiro.

Ele ri e belisca meu nariz.

– Toque uma de suas petulantes músicas de amor.

– Há tantas que nem sei por onde começar.

Começo a procurar quando ele coloca seu polegar sobre o meu e rapidamente começa a me guiar.

– Tenho uma para você. Do tipo que você gosta.

Sua voz perto do meu ouvido provoca pequenos arrepios agradáveis que correm através de mim. Ele clica para tocar uma daquelas músicas atrevidas, mas não é mesmo uma canção de garotas.

É a *Dark Side*, de Kelly Clarkson.

Minhas entranhas derretem quando ouço a música. Eu amo Kelly, mas oh, esta canção. As palavras. Remy quer saber... Que eu vou ficar, que eu prometo não fugir...?

Ele olha para mim de novo, com aquele sorrisinho arrogante. Mas seus olhos não são tão arrogantes. Seus olhos estão questionando. Ele *quer saber.*

E quando pega a minha mão e entrelaça os dedos, num gesto tão de namorados que nunca deixa de me afetar, vou para o ouvido sem o fone para dizer-lhe:

– Eu prometo. Prometo, você tem o meu coração, e você tem a mim. Você sempre terá a mim.

Simplesmente não há canção sobre esta terra, e não há lista de músicas grande o suficiente para lhe dizer que eu realmente o amo. Eu o amo quando seus olhos estão negros e quando seus olhos estão azuis, e embora eu saiba, lá no fundo, que ele não acredita que estou aqui para ficar, um dia, juro que *um dia* vou fazê-lo acreditar em mim. Sorrimos enquanto continuamos a ouvir essa música, e quando ele aperta minha mão, eu aperto de volta, dizendo a mim mesma que não importa o que aconteça, nunca soltarei essa mão.

* * *

Nosso hotel em Phoenix parece algo saído de um desenho. É um edifício de vinte andares espalhado lindamente sobre uma paisagem do deserto, cercado por cactos com flores desabrochando que são extremamente grandes e brilhantes, e tenho vontade de ir e tocá-las, apenas para me certificar de que não são de plástico.

Dentro do átrio em mármore, duas adolescentes sussurram e apontam para Remy quando ele passa, porque *é claro* que elas notaram. Você o nota tanto quanto notaria um touro passando pelo hall de entrada do hotel. Seus olhares parecem rapidamente estar nos avaliando, ao grupo que veio com ele, e logo as duas começam a me checar.

Levanto uma das minhas sobrancelhas com um sorriso divertido, e as meninas parecem determinar que provavelmente sou eu a namorada dele, mas não posso evitar que meu estômago fique louco com os movimentos de propriedade que ele faz, enquanto as duas dão a ele um último olhar esfomeado de cima a baixo.

– Olhe pra essas duas meninas apaixonadas! Ele sempre faz as mulheres virarem a cabeça – diz Diane. – Isso não deixa você com ciúmes?

– Extremamente – respondo, franzindo o nariz em desgosto pelo meu próprio ciúme.

Remy olha para mim e pisca enquanto ele e Pete esperam pelas chaves dos quartos e Diane me dá uma cotovelada e ri:

– Olha só, aquele homem conhece seu eleitorado – diz ela. – Mas eu não iria ficar com ciúmes, Brooke, toda a equipe sente o amor entre vocês dois. Nós nunca o vimos assim com relação a alguém, não importa quantas mulheres tenham desfilado por aqui, ele sempre voltou pra você.

– O que você quer dizer? – franzi a testa para ela. – As mulheres desfilaram por onde?

– Nosso hotel.

– Você quer dizer recentemente?

Meu estômago cai, e eu quero dizer mesmo cai, quando os olhos de Diane se alargam e seu rosto perde toda a cor.

Ela começa a balançar a cabeça, e então... E então ela começa a olhar ao redor, como se quisesse se esconder em um vaso de flores, porra!

– Brooke – sussurra ela, seu tom cheio de desculpa, enquanto dá um passo atrás. Por quê?

Será que ela pensa que eu vou bater nela?

Parece que eu vou bater em alguém?

Não quero bater em alguém, eu mal posso ficar de pé.

Tudo fica borrado quando giro o corpo para olhar as costas de Remy. Do outro lado do saguão. Penso na maneira como ele se move quando fazemos amor, como um predador me possuindo. Na minha mente, vejo seus olhos, a forma como ele me vê gozando por ele. Imagino-o jogado em uma cama de hotel, enquanto dezenas de mulheres dão prazer a ele, seus olhos azuis – os meus olhos azuis – observando-as abrindo-se para ele também.

E depois, acho que ele não poderia ter ficado azul. Ele poderia ter ficado preto. Remy em sua forma mais crua, intenso e maníaco, tão imprudente como sempre será.

Porque ele não é normal. Nem mesmo perto de ser normal. Ele não é só o poderoso Remington "Arrebentador" Tate, ele é bipolar e muda de um estado de humor para outro no espectro. Quando fica no estado maníaco, ele não se lembra muitas vezes do que fez. E naquele mês em que fui embora, ele estava muito, muito maníaco. Seus olhos, pretos e misteriosos, olhando-me desesperadamente de uma cama de hospital...

Minhas entranhas se contorcem até que meus pulmões parecem presos na minha garganta enquanto eu me lembro de como ele tentou puxar seu respirador para longe e me deter.

O coração batendo forte, localizo Riley no saguão, e ele está olhando em seu telefone enquanto me lembro vividamente dele levando um monte de mulheres lindas para a suíte de Remington não muito tempo atrás – para "animá-lo" depois que ele teve um dos episódios "negros".

Antes que eu consiga parar para pensar, disparo em direção a Riley, meus punhos tremendo ao meu lado.

– Quantas prostitutas você trouxe pra cama de Remington, Riley?

– Desculpe-me? – Ele abaixa o telefone em perplexidade completa.

– Eu perguntei quantas... Prostitutas... Você trouxe pra cama dele. Ele estava mesmo ciente do que estava fazendo com elas?

Ele olha para as costas largas de Remington, então me agarra pelo braço e me puxa para perto do elevador.

– Você não tem que opinar sobre isso, Brooke. Lembra-se? Você o deixou. Você o deixou quando ele estava quebrado em uma cama de hospital, porra, e Pete estava cuidando de sua irmã numa casa de reabilitação de drogas, e eu mal conseguia recolher todos os pedaços que a sua carta... A porra da sua carta... Fez com ele! Algo que você nunca, nunca mesmo irá compreender! No caso de você ter esquecido, Rem tem um transtorno de humor. Ele precisava ser puxado pra fora da porra do escuro...

–Ei – Remington puxa-o de volta pelo colarinho e faz um punho como se estivesse prestes a esmurrá-lo. – Que porra você está fazendo!?

Riley se livra e o encara enquanto prende a gravata de novo em seu estúpido terno Boss novo.

– Eu estava tentando explicar a Brooke, aqui, que as coisas não eram tão felizes como são agora, quando ela foi embora.

Remy enfia um dedo no peito de Riley.

– Isso já acabou. Você entendeu?

Riley fecha a mandíbula, e Remington enfia o dedo em seu peito com tanta força que o obriga a dar um passo atrás.

– Você entendeu? – ele exige.

Riley balança a cabeça com força.

– Sim, entendi.

Sem outra palavra, Remington passa sua mão ao redor da parte de trás do meu pescoço e me dirige para dentro do elevador.

Mas durante toda a viagem de elevador, minhas entranhas se contraem com mágoa, apesar de eu tentar argumentar comigo mesma de que não há razão para isso.

Sem realmente ver nada à frente, olho para a nossa cobertura enquanto caminhamos para dentro. É a nossa nova casa. Os nossos quartos de hotel têm sido sempre a nossa casa, mas não a minha. Minha casa está longe. Agora, meu lar é este homem. E eu preciso aceitar o fato de que o amor dele pode me destroçar. Mais e mais, o amor de Remy vai me quebrar por dentro. Quando ele estiver lutando e levar mais socos do que posso suportar, vou me destroçar. Quando ele for amoroso comigo e me der todo o amor que não sinto que mereça, vou me destroçar. Quando ele tiver um de seus ataques, quando seus olhos ficarem negros e ele não se lembrar das coisas que disser ou fizer... Eu vou me destroçar.

– Gostou do quarto, pimentinha? – O calor do seu corpo me envolve quando vem por trás e me enfia em seu corpo com os braços. Eu me sinto quente. Protegida. – Quer correr na trilha quando escurecer?

Seus lábios encontram a curva entre meu pescoço e a clavícula, e esse toque envia uma onda calorosa ao meu coração. Eu me sinto como se tivesse engolido todo o jardim cheio de cactos quando puxo para cima a gola da minha camisa e viro o meu corpo.

– Você transou com um monte de mulheres?

Nossos olhos se encontram, e um arrepio familiar de consciência corre por mim quando olho para o rosto dele. Juro, eu não consigo descobrir o que ele está pensando.

– Entendo que não tenho o direito de perguntar isso – procuro no fundo de seus olhos azuis, e eles me procuram de volta com a mesma intensidade. – Nós terminamos, certo? Foi o fim de tudo. Mas... Você fez isso? Comeu outras mulheres?

Eu espero, e seus olhos começam a brilhar.

Ele está, na verdade... Sorrindo!

– Isso é importante pra você? – ele pergunta divertido, uma sobrancelha de pé. – Se eu dormi com outra pessoa?

A raiva e o ciúme borbulham dentro de mim tão rápidos, que pego uma almofada do sofá e bato em seu peito quando explodo.

– O que você acha, seu maldito idiota?

Ele pega a almofada e facilmente a descarta.

– Diga-me o quanto isso é importante.

O brilho de malícia nos olhos dele só me faz cerrar os dentes com mais força, e eu atiro outra almofada nele.

– *Diga-me!*

– Por quê? – Ele desvia da almofada e vem atrás de mim quando começo a recuar, seu sorriso cheio de divertimento. – Você me deixou, pimentinha. Você me largou com uma carta tão doce, me dizendo gentilmente pra eu ir me foder e ter uma boa vida.

– Não! Eu o deixei com uma carta que dizia que eu te amava! Algo que você não tinha me dito até que eu vim de volta para você e lhe pedi pra me dizer.

– Você fica tão linda assim. Venha cá.

Ele pega a parte de trás da minha cabeça e me puxa para seus braços, e preciso de toda a minha força para me libertar.

– Remington. Você está rindo de mim! – choro miseravelmente.

– Eu disse pra vir para cá.

Ele me recolhe de volta em seus braços, e eu torço minha cabeça e tremo quando me contorço para me livrar.

– Remy, me diga! Por favor, diga-me, o que você fez? – imploro.

Ele me prende contra a parede e coloca a sua testa na minha, seu olhar completamente territorial.

– Gosto de ver você com ciúmes. Isso é por que você me ama? Você se sente minha proprietária?

– Solte-me – respiro com raiva.

Ele ergue uma de suas mãos enormes e segura meu rosto tão gentilmente como se fosse de vidro.

– Eu me sinto. Eu me sinto completamente seu proprietário. Você é minha. Eu não vou deixar você ir embora.

– Você disse não para mim – resfolego, ardendo com a dor por dentro. – Por meses e meses. Eu estava morrendo por você. Eu estava ficando louca. Eu... Gozei... Como uma idiota! Na sua perna! Você se recolheu de mim até que eu... Estava morrendo um pouco por dentro de tanto te amar. Você tem mais força de vontade que Zeus! Mas as primeiras mulheres que trazem à sua porta... No momento que eu me for, as primeiras putas que aparecerem pra você...

Seu sorriso permanece no rosto, mas a luz em seus olhos escureceu, e agora há uma intensidade feroz em seu olhar.

– O que você teria feito se estivesse aqui? Teria detido isso?

– Sim!

– Mas onde você estava?

Minha respiração vem em solavancos.

Ele abaixa a cabeça e olha profundamente em meus olhos, agora curioso.

– Onde você estava, Brooke? – Uma mão quente e enorme se enrola em torno de minha garganta, e então ele começa a acariciar meu ponto de pulsação.

– Eu estava destroçada. – Choro em uma mistura de raiva e dor. – Você me destroçou.

– Não. Você. Sua carta partiu meu coração. – O riso desapareceu de seu olhar enquanto ele corre a ponta do polegar até a minha garganta, então ele o desliza ao longo da curva de meu queixo e, finalmente, arrasta-o, como uma pena, suavemente através dos meus lábios. – O que importa se eu tivesse que beijar mil lábios pra esquecer isso?

Há uma batida na porta, mas as nossas energias em conflito estão travadas como mísseis sobre seus alvos. Ele está muito ocupado me prendendo com os braços, e eu estou muito ocupada com meu coração partido dentro de mim, odiando por ser eu a verdadeira portadora do machado, porque nós terminamos. Sei que ele precisa de sexo quando fica maníaco. Sei que *eu* fui embora. Eu não tinha direito sobre Remington ou sobre qualquer coisa que ele fizesse ou dissesse.

Então, parti meu coração quando fui embora, e agora a realidade do que aconteceu quando me retirei está voltando e continuando a parti-lo. E aqui estou eu, com um enorme nó na garganta e expirando tão forte como um dragão que cospe fogo.

Ele se volta para abrir a porta e arrastar para dentro do quarto uma das malas que um carregador trouxe. Quando tento passar, ele agarra a parte de trás da minha camisa e diz:

– Vem cá, sossegue agora.

Empurro a mão dele e não sei se quero que ele me acalme ou não. Estou sendo irracional. *Eu* terminei. *Eu* fui embora. Sou eu a pessoa de quem estou com raiva agora, em quem quero bater. Minhas entranhas se encolhem de dor quando sustentamos o olhar um do outro, e então enxugo uma lágrima quando vou para a porta, onde Remington continua puxando o resto de nossas coisas.

Sei que causei tudo isso. Porque pensei que fosse forte e tinha tentado me proteger, então magoei a mim mesma e a ele e a um monte de pessoas, porque era forte e pensei que poderia protegê-lo e a minha irmã e ferrei com todo mundo, foi isso que fiz. Mas estou tão ferida por dentro que só quero me trancar em algum lugar e chorar pra valer. Imagino as prostitutas reluzentes entrando neste quarto de hotel quando ele nem estava em seus plenos sentidos e sei que eu vou vomitar.

Digo ao mensageiro:

– Obrigada. Quer enviar esta mochila com a outra mala para o outro quarto?

O cara empurra o carrinho de volta para o elevador e acena com a cabeça.

– Pra onde está indo? – pergunta Remington quando passo para o corredor.

Engulo um soluço e me volto.

– Quero dormir com Diane esta noite. Não me sinto tão bem e prefiro falar sobre isso quando... Quando eu... me acalmar – respondo, com a garganta fechada.

Ele ri.

– Você não pode estar falando sério.

Quando sigo para o elevador e aperto o botão, sua risada desaparece rapidamente.

Quando embarco com o carregador, estou segurando meu vômito e minhas lágrimas. O rapaz sorri para mim e pergunta:

– Primeira vez no hotel?

Concordo com a cabeça e engulo em seco.

Assim que chego ao quarto de Diane, desato a chorar. Ela traz as malas para dentro e fecha a porta.

– Brooke, eu não queria causar problemas! Pensei que você soubesse. As *groupies* e as mulheres – isso sempre foi assim, exceto quando você está por perto. Eu sinto muito.

– Diane, eu terminei com ele! Sim ! Entendo que é tudo culpa minha. Tudo é culpa minha. Inclusive ele ter perdido o campeonato.

– Brooke. – Diane tenta me consolar quando me senta na cama. – Elas vieram e se foram. Não foi...

Limpo as minhas lágrimas e fungo, mas a minha tristeza pesa uma tonelada.

– Ele vivia assim antes de eu chegar. Não sei o que eu esperava quando fui embora. Pensei que ele fosse esperar um tempo antes de voltar a fazer isso, sabe? Mas sei que ser impotente e ficar se lastimando não é Remington. Ele teria sido...

Imprudente. Maníaco. Ou poderia estar causando problemas. Ou poderia quebrar as coisas. Mas e se ele estivesse se sentindo triste? Eu o deixei suportar isso sozinho, e para que Pete e Riley lidassem com isso como sempre fizeram. Novas lágrimas descem pelo meu rosto.

– Vá em frente – Diane me encoraja. Estremeço quando ouço o telefone do quarto. – Sim, Remington – ela sussurra no receptor e, em seguida, desliga.

– Ele está a caminho daqui. Ele quer que eu abra a porta, ou vai derrubá-la.

– Não quero vê-lo assim – choro, fungando e pego um lenço de papel como se pudesse esconder o fato de que estou chorando como um bebê.

Antes mesmo de vê-lo, sinto ele se aproximar como um furacão quando Diane deixa a porta aberta.

– Diane – diz ele em um murmúrio baixo, então atravessa todo o quarto até o local onde estou enrolada como uma bola em cima da cama.

Seus olhos estão escuros com a emoção.

– Você – diz ele, abrindo sua mão. – Venha comigo.

– Não quero – falo, enxugando uma lágrima perdida.

Suas narinas se abrem e posso ver que ele está tendo problemas para controlar a si mesmo.

– Você é minha e precisa de mim, e eu quero que você, por favor, venha pra porra do andar de cima comigo.

Escondo minha cabeça e limpo uma lágrima.

Fungo.

– Tudo bem, venha aqui. – Ele me pega em seus braços. – Boa noite, Diane.

Eu chuto, e ele me agarra e me aperta quando fala no meu ouvido:

– Pode chutar e arranhar o quanto quiser, pode bater, me xingar, mas você não vai dormir em nenhum outro lugar nesta noite que não comigo.

Ele me leva para dentro do elevador e depois para o nosso quarto. Chuta a porta para fechá-la, me joga na cama, e tira sua camiseta. Seus músculos incham com o movimento poderoso, e vejo cada centímetro daquela pele gloriosa, pele que outras mulheres tocaram e lamberam, e uma nova onda de ciúme e insegurança passa por mim. Grito como uma louca e chuto quando ele chega e começa a me despir.

– Seu idiota, não me toque!

– Ei, ei, escute! – Ele me prende com seus braços e seu olhar. – Eu sou louco por você. Eu estive no inferno sem você. No inferno. Pare de ser ridícula – diz ele, apertando meu rosto. – Eu te amo. Eu te amo. Venha aqui.

Ele me recolhe para o seu colo. Eu não esperava essa sua gentileza, esperava uma luta para que eu pudesse desabafar, mas ele me desarma, e ao invés disso vocifero em seus braços enquanto ele me segura, seus lábios na parte de trás da minha orelha, sua voz suave, mas firme e arrependido.

– Você acha que lidei bem com isso quando você partiu? Você pensou que seria fácil pra mim? Que eu não me sentiria sozinho? Traído? Que mentiu? Que não me sentiria usado, descartado? Sem valor? Morto? Você achou que não haveria dias em que eu odiaria mais você do que a amaria por ter me magoado?

– Deixei tudo por você. – Choro, tão magoada que passo os braços ao redor de meu corpo para me manter inteira. – Desde que o conheci, tudo o que eu quis foi ser sua. Você disse que seria meu. Que era... meu... de verdade!

Ele geme baixinho e me aperta com força contra ele.

– Sou a coisa mais real que você vai ter na vida.

Minhas lágrimas continuam descendo enquanto olho em seus olhos, e eles são tão bonitos, os olhos de Remington. Eles são azuis e ternos, os olhos que veem através de mim, os olhos que sabem tudo sobre mim, e eles não estão rindo e, em vez disso refletem um pouco da dor que eu sinto. Não posso mais olhar para eles e cubro o meu rosto quando novos soluços me percorrem.

– Deveria ter sido eu todo esse tempo – digo. – Deveria ter sido só eu, só eu.

– Então, não me diga que me ama e aí me deixa. Não venha com essa porra de implorar-me pra fazer você ser minha e depois fugir na primeira chance que eu não estou olhando, porra. Eu nem podia pegar você. Isso é justo pra mim? É? Eu não podia sequer levantar-me em minhas próprias malditas pernas pra impedir você de fugir.

Choro mais.

– Eu acordei pra ler a sua carta em vez de ver você. Você era tudo que eu queria ver. Tudo que eu queria ver.

Suas palavras são tão dolorosas de ouvir, não posso nem mesmo falar através das minhas lágrimas.

Acho que chorei tanto que dormi no colo dele, e quando acordo no meio da noite, com os olhos e a cabeça doendo de tanto chorar, estou nua. Percebo que ele tirou minha roupa como sempre faz, e sua pele quente está contra a minha, e seu nariz está na curva do meu pescoço e ombro, e sinto seus braços em volta de mim e chego mais perto, mesmo quando dói. Nós somos o objeto de dor um do outro e também de conforto. Ele me puxa para mais perto, e ouço quando ele me cheira como se fosse o último sopro de mim que ele teria, e antes que eu perceba, sinto o cheiro de volta, tão ferozmente quanto ele.

QUATRO

FÊNIX RENASCIDA

Eu me sinto uma merda no dia seguinte, mas então ouço Remington murmurar, enquanto tomamos o café em silêncio:

– Vai correr comigo até o ginásio?

Concordo com a cabeça.

Ele parece estar me olhando como se não conseguisse descobrir o que fazer com uma granada detonada. Estou tentando descobrir o que fazer comigo mesma também. Nunca me senti tão consumida pelo ciúme e mágoa, raiva e autoaversão na minha vida. Estou tão enjoada que nem consigo comer, apenas beber um suco de laranja, e então visto minhas calças de corrida e tênis e tento não vomitar quando escovo os dentes.

Arizona, hoje, é um inferno de calor, e na trilha fora do nosso hotel coloco o boné e me alongo silenciosamente, tentando me concentrar na segunda coisa que eu mais amo no mundo depois de Remington: correr. Sei que vai me fazer sentir bem, ou pelo menos, que vou me sentir melhor.

Nós não falamos sobre isso.

Nós não nos beijamos.

Nós não nos tocamos.

Desde que eu chorei como uma idiota em seus braços na noite passada. Quando acordei, ele estava olhando para fora da janela, o seu perfil ilegível, e quando ele se virou, como se estivesse me sentindo, tive que fechar meus olhos, porque estou com medo de que, se ele for gentil comigo de novo, eu abra o berreiro.

Agora, ele salta no lugar enquanto me alongo. Ele está usando seu moletom cinza, cada centímetro dele é o de um boxeador pelo qual você morreria. Por quem você mataria. Por quem abandonaria sua vida em Seattle.

– Tudo bem – sussurro, acenando.

– Vamos com isso.

Ele dá um suave tapinha na minha bunda e começamos a correr, mas a noite sem dormir significa que eu realmente não tenho a velocidade que quero. Remington parece um pouco cansado hoje, correndo em silêncio ao meu lado, golpeando o ar com os punhos.

Continuo esperando que minhas endorfinas apareçam, mas meu corpo não está do meu lado hoje, nem as minhas emoções. Quero afundar em um canto tranquilo e chorar de novo, até colocar tudo para fora e parar de doer, até não estar mais com raiva de mim, ou dele, por eu dizer sim a tudo em que ele podia colocar as mãos e se recusou a colocar durante meses.

Paro de correr e coloco as mãos nos joelhos, sugando o ar para me acalmar. Remington diminui a velocidade e continua golpeando o ar enquanto volta. Quero gemer em protesto sobre a forma como me sinto uma merda quando ele parece mais do que decente. Ele para perto de mim, e uso meu boné para esconder minha cara de idiota.

– Se vamos correr até o ginásio, precisamos chegar lá hoje – ele fala baixinho, divertido, estendendo a mão e derrubando meu boné para trás. Mordo meu lábio com força quando ele me examina, me forçando a manter seu olhar.

Ele sorri para mim, suas covinhas aparecendo enquanto ele fica lá; um pouco arrogante, muito gostoso, Remington Tate, o homem dos meus sonhos. Nesse capuz cinza. Aqueles olhos azuis olhando para mim. Ele é tão aerodinâmico quando corre, mesmo quando cansado, ele desafia a gravidade. Seus ombros fortes esticam o tecido da camiseta quando seus pés tocam o piso da trilha de corrida.

Por favor, alguém me mate agora.

– Acho que vou andar até lá – respondo a ele, ajoelhando-me num impulso para fazer outro nó nos cadarços do meu tênis, para que eu possa olhar para os meus Nikes em vez de olhá-lo. – Vá em frente sem mim e estarei lá.

Nunca me recusei a correr com ele. Este é o nosso momento, este tempo é especial, mas sinto-me fraca e miserável.

Caindo de cócoras para ficar no mesmo nível que eu, ele ergue o boné e me examina, sem as covinhas no rosto.

– Vou caminhar com você – ele me diz, colocando meu boné no lugar e ficando de pé.

– Você não precisa fazer isso. O treinador Lupe está esperando.

Ele agarra meu queixo e me olha com olhos azuis atormentados.

– Vou caminhar com você. Agora me dê sua mão e deixe-me ajudá-la.

Ele estende a mão e eu a vejo, e eu quero pegar essa mão, e ela está lá. Levanto-me sozinha e começo a andar.

Ele ri baixinho enquanto anda ao meu lado.

– Não acredito nisso – resmunga.

Ele enfia as mãos no moletom, a cabeça escura inclinada enquanto olha para a trilha e caminha ao meu lado. Seu capuz caiu quando ele se inclinou para oferecer sua mão, e seu cabelo preto está uma bagunça adorável; nossa, como quero passar os dedos e beijá-lo e fingir que sou forte como eu costumava ser, mas em vez disso estou enjoada e me sinto tão forte quanto um graveto.

– Quantas eram? Você sabe? – eu me ouço perguntar.

Ele faz um som baixo, rosnando e empurra para trás dois punhados de cabelo antes de deixar cair suas mãos.

– Me diga apenas o que você quer que eu faça. O que você quer que eu diga? Você não vai parar de chorar, você não vai comer, porra, você se afasta do meu toque. Por que diabos você está deixando que isso seja tão importante?

– Porque você nem se lembra, nem sabe o que fez com elas, quem elas são. Uma delas poderia estar grávida de seu maldito bebê enquanto falamos! Elas poderiam tirar fotos de você. Elas podiam... Tirar vantagem de você!

Ele começa a rir e me olha divertido, como se ninguém pudesse machucá-lo, mas podia. Babaca presunçoso, podia sim!

Mesmo sendo o mais forte e mais poderoso ser humano que já conheci, quando está negro ele é imprudente e vulnerável, e ele poderia se machucar e definitivamente poderia ser machucado. O pensamento de que qualquer um, especialmente algumas vadias, tinham acesso a ele quando ele estava assim me faz ter vontade de explodir. Limpo uma lágrima com raiva e continuo andando, então ele me bloqueia com seu corpo e encosta de propósito as costas de suas mãos nas minhas. Ele esfrega o polegar.

– Apenas pegue a minha mão, pimentinha – ele provoca suavemente.

Respirando fundo, forço meu dedo mindinho a se mover, e ele conecta nossos dedos. Sinto o calor de seu toque subir pelo meu corpo e acho que ele percebe que não posso reprimir um pequeno tremor. Ele brinca comigo, numa voz baixa que derrete tudo dentro de mim:

– Eu lhe dou a minha mão, e você me dá seu dedo mindinho?

– Remington, não posso fazer isso agora!

Começo a correr e ele apenas se junta a mim no ginásio, tirando o capuz e batendo as luvas. Ele começa a bater nos sacos de areia sem um único olhar em minha direção e bate com força, muita força. Fico de pé ao lado das linhas laterais, tensa pela forma como o ar crepita entre nós, como um circuito elétrico de repente descontrolado e a ponto de entrar em combustão. O treinador olha para ele, e olha para mim, e Riley surge, igualmente preocupado quando examina a nós dois.

Ninguém fala com ele e ninguém fala comigo.

Vou para o banheiro e começo a vomitar.

* * *

O calor na arena Phoenix é opressivo.

Os assentos caros são amontoados, um após o outro, e cerca de cinco centenas de pessoas estão agora gritando descontroladamente quando Butcher e Hammer acabam de subir ao ringue. Em seguida, *Wham! Tum!* E Hammer acaba ensanguentado e imóvel na lona.

– Uau, isso foi uma pena pro Hammer – diz Pete.

Kirk "The Hammer" Dirkwood nem sequer estremeceu desde que desabou na lona.

Butcher, porém, é um lutador enorme. Tão grande que ele é duas ou três vezes maior do que qualquer outro lutador, seus punhos se parecem com bolas de ferro, e os dedos parecem lanças. Ele acaba de ser anunciado o vencedor, e agora grita uma série de palavrões para a multidão, dizendo que é "o maior filho da puta que este ringue já viu!", e subitamente a lona sob seus pés começa a estremecer quando ele começa a andar, gritando ainda mais alto:

– Tragam-me o Arrebentador! Deixem-me dar uma lição nesse moleque!

Eles estão arrastando o Hammer inconsciente para fora do ringue, e meu estômago está dando um nó quando Butcher bate no peito como um gorila e continua gritando numa voz que parece de um monstro:

– Arrebentador! Você me ouviu? Venha pra fora, bichinha! Venha me enfrentar agora!

– Ele é amigo de você-sabe-quem – Pete me diz revirando os olhos. – E agora, graças à final do ano passado, ele acha que pode derrotar Rem também.

A multidão fica inquieta. Percebo que a fome do Butcher só desperta o público. Eles ouviram o nome, e isso se espalha como fogo em todas as arquibancadas, começando com murmúrios e subindo a um crescendo:

– ARREBENTADOR! ARREBENTADOR! ARREBENTADOR!

Imediatamente eu sei, com cada fibra em mim, que eles vão levá-lo para fora. Ele é chamado não só por Butcher, mas por toda a arena, explodindo em gritos.

– ARREBENTADOR! ARREBENTADOR!

Eu me sinto como se um punho enorme estivesse espremendo minhas entranhas enquanto espero por um vislumbre dele. Ele está com raiva de mim. Ele está com raiva de mim porque eu estou sendo ridícula e odeio não poder deixar de ser ridícula, então estou com raiva de mim também.

– ARREBENTADOR! ARREBENTADOR! – A multidão continua gritando por ele.

Há uma comoção quando os organizadores parecem lutar para cumprir as exigências da multidão, que grita ainda mais alto.

– Arrebentador!

– Porra! Tragam o Arrebentador!

Os alto-falantes voltam à vida e o locutor parece sem fôlego.

– Vocês pediram por ele, senhoras e senhores! Pediram por ele! Então, vamos trazer aquele que todos aqui vieram ver nesta noite! O primeiro e único ARREBENTADOOOORRR!

A multidão ruge em delírio e o meu corpo grita em silêncio enquanto todos os meus sistemas entram em alerta. Meu coração salta, meus pulmões inflam, e meus olhos doem quando os coloco fixamente na passarela. Todos os vasos e capilares no meu corpo se dilatam para acomodar o fluxo de sangue, e os meus músculos da perna se sentem prontos para correr, ainda que tudo o que eu posso fazer seja me contorcer desconfortavelmente na cadeira. Nem parece que consigo fazer o corpo perceber que Remy não está em perigo. Nem eu estou. O meu cérebro não consegue compreender que o homem que eu amo faz isso por esporte, para ganhar a vida. Para o seu bem-estar mental. Então eu me sento aqui, enquanto meu corpo desencadeia os mesmos hormônios como se eu estivesse sendo encurralada por três ursos delirantes prontos para me devorar.

E então eu o vejo entrar na arena – forte, magnífico, no controle.

Ele sobe ao ringue rapidamente e tira o roupão enquanto Butcher se mantém batendo no peito, e a multidão recebe Remington com todo o seu amor e devoção. Como sempre faz.

Prendo a respiração e minhas mãos se fecham no meu colo conforme eu espero que ele se volte para olhar para mim.

Ele me mata. Em primeiro lugar, eu como que assisto em antecipação, depois com medo, então, incrédula, quando ele faz sua volta pelo ringue sem sorrir, e a seguir ele solta os braços ao lado do corpo e fica no lugar. O gongo soa.

Os homens avançam. Estremeço quando a cabeça de Remy voa para o lado pelo primeiro impacto.

– Oh, não! – Meu estômago se contrai, meus olhos borram quando vejo sangue.

Os sons terríveis de ossos estalando contra a carne se seguem, uma pancada após a outra, quando Butcher lança mais três golpes consecutivos, todos para o rosto de Remy.

– Oh, Deus, Pete – suspiro, cobrindo meu rosto.

– Merda – Pete diz. – Por que ele olhou pra você?

– Ele me odeia.

– Brooke, deixe disso ...

– Nós... Ele... Estou tendo problemas para lidar com o lance das mulheres, entendeu?

Pete olha para mim com uma expressão de conflito, e seu olhar se finca ao meu perfil, como se quisesse dizer algo, mas não pode.

Remington rosna com raiva e levanta sua guarda, enquanto balança a cabeça. Seu rosto está sangrando pelo nariz, lábios, pela pequena cicatriz em sua sobrancelha, e eu nem sei onde mais.

Butcher ataca de novo, mas Remy bloqueia, e eles trocam socos por cerca de um minuto até soar o minuto de descanso, e eles vão para o corner de cada um. Riley coloca algo sobre as feridas, e o treinador está gritando coisas para ele. Remy balança a cabeça, sacode os braços, flexiona os dedos, e volta, com raiva agora, e vai de igual para igual com aquela besta terrível e forte e suas mãos poderosas.

Lá vão eles de novo, dançando e golpeando.

Remington finta para o lado e Butcher lança seu punho para o espaço onde Remy estava. Remington volta com um *uppercut* para o rosto, que atinge o oponente com tanta força que ele balança de lado.

Leva alguns momentos para Butcher recuperar o equilíbrio. Ele move o braço, mas Remy se esquiva e volta com um soco nas costelas, no fígado e no rosto, todos com velocidade e precisão perfeitas. *Pow, pow, pow!*

Butcher ativa um punho adiante mais uma vez, apontando para o rosto de Remy, mas Remy bloqueia o soco e de novo volta com um direto, batendo o punho em linha reta no rosto gordo e feio do carniceiro. Butcher cai de joelhos.

Ao meu lado, a emoção de Pete vem crescendo e eu o ouço murmurar:

– Vamos, Rem. Por que você está deixando ele entrar? Você sabe disso. – Ele se vira para mim e sussurra: – Você pode ensinar a velocidade e a agilidade, mas você não pode jamais ensinar um homem a ser um pegador pesado como Rem é. Quando ele começa a atingir do jeito que quer, acabou-se.

Vejo que ele está sorrindo, mas eu não estou.

Remy ainda está sangrando, e enquanto a luta avança, ele continua recebendo alguns golpes em seu corpo.

Eu odeio, odeio quando ele fica machucado, mesmo que o meu trabalho seja ajudá-lo a se recuperar. Ele ri e cospe, quase como se estivesse gostando.

O pesadelo da última luta da temporada passada fez alguma coisa comigo, e assistir a isso de novo me apavora.

Meu medo cresceu e supurou, e hoje à noite é esmagador. Por um momento, minha cabeça gira levemente, mas, ao mesmo tempo, tenho certeza de que minha adrenalina vai me manter acordada, mantendo meu corpo nutrido e pronto para defendê-lo.

Butcher de novo se levanta e acerta outro soco no rosto de Remy, que faz balançar sua cabeça para trás, mas seu corpo permanece firmemente plantado. Minha árvore está sempre tão firmemente plantada. Ele desvia e soca de volta, mais firme. Os dois homens se abraçam, então se empurram e Remington ataca novamente, o sangue no rosto escorrendo bastante agora, à medida que ele desfere mais golpes, *pow, pow, pow!*

Seus socos rápidos e consecutivos fazem Butcher recuar. O grandalhão se encosta na corda atrás dele, mas se recusa a cair. Remy o encurrala, o peito brilhando de suor e seus músculos ondulando enquanto esmaga as costelas do carniceiro e depois seu rosto.

Minha respiração me abandonou. O medo se instala dentro de mim e colide com outras sensações, como esta excitação incrível que sempre me agarra quando o vejo lutar. Ele é tão espetacular. O poder em seu corpo, a ondulação de seus músculos, o flexionar perfeito quando cada músculo endurece e se solta. Remington usa tanto seu intelecto quanto seus instintos para lutar. Ele parece planejar e depois atua conforme o plano, mas, mais do que qualquer coisa, ele parece viver o momento... Amá-lo.

Seu rosto está concentrado agora enquanto esmurra Butcher até que o homem desaba em uma poça vermelha em seus pés. Literalmente, a seus pés. Seu rosto bateu nas sapatilhas de Remy.

Os lábios de Remy se curvam de prazer pela visão, e ele fica de lado, girando seu corpo em minha direção.

– Arrebentador! – o locutor grita, e quando seu braço é erguido para cima, seu olhar finalmente me atinge.

Minha pulsação cessa dentro de mim. O barulho desapareceu. Até mesmo meu coração parece ter parado de bater. É estúpido o quanto eu preciso disso, mas quando ele por fim levanta o braço e balança a cabeça para mim e seu olhar irritado enfim pousa em mim, eu me arrepio no meu lugar.

Seu olhar é vividamente possessivo e furioso, uma gota de sangue escorrendo pela pálpebra do corte na sobrancelha, sangue escorrendo de seu nariz e lábios.

E quando o mestre de cerimônias lhe pergunta algo, ele acena com a cabeça, e outro lutador é chamado para ele.

– Sim, agora ele vai precisar trabalhar essa raiva pra fora – Pete murmura para si mesmo.

Um novo furacão de nervos me varre quando ouço essa frase. Juro, se eu não soubesse, acharia que ele estava fazendo isso apenas para me torturar e punir. As endorfinas irão impedi-lo de sentir qualquer dor. Na verdade, ele é tão orgulhoso e motivado que ensinou seu corpo a ignorar a dor. Ele sempre procura ultrapassar seus limites, e acho que o seu limiar para a dor pode ser maior do que o de qualquer outro atleta que já conheci, mas meus próprios limites foram muito além nesta noite.

Remington acerta vários golpes no novo cara, usando ótimas combinações de socos, mas, embora Riley tente curá-lo em seu corner, o sangue continua escorrendo pelo rosto.

Ambos os lutadores trocam golpes duros e de repente o ringue se transforma num redemoinho de carne e músculos em movimento. Mantenho a visão em Remy pela tatuagem em seu bíceps quando ele solta o que ouvi Riley chamar de "cachos de socos". Ele acerta um nas costelas, um no queixo, e depois joga um gancho de direita, seu soco mais potente.

O oponente gira, tropeça e desaba de cara na lona.

A multidão grita.

– Arrebentador! Senhoras e senhores, o vencedor, mais uma vez! Arrebentadoooor!

Estou tão desgastada. Eu me transformei em geleia, gelatina, tudo mole e estúpido.

– Arrebentador!

Parece uma eternidade, mas na verdade leva apenas cerca de vinte minutos para sair da arena de limusine para o hotel, e as minhas pernas tremem enquanto nos acomodamos no carro. Todos os meus sentidos gritam para que eu cuide de meu homem quando ele se estatela no assento em frente ao meu, ao passo que a parte agressiva de mim ainda quer bater nele porque... Que porra aconteceu lá?

– Cara, que diabos você estava fazendo? – Riley começa, parecendo tão confuso quanto eu.

– Pronto, Rem. – Pete passa a ele um gel para a mandíbula. – Acho que o corte na sobrancelha pode precisar de um ponto.

– Como você se sente, rapaz? Será que ter deixado te foderem na pancada fez você se sentir melhor? – o treinador pergunta em completa indignação, sentado lá na frente. – Onde estava a porra de seu jogo?

Remington pega o pacote de gel, coloca-o de lado, e olha diretamente para mim, sentada imóvel no assento em frente.

Está usando sua calça de moletom cinza e um capuz vermelho confortável, o capuz puxado sobre a cabeça a fim de manter a temperatura do corpo nivelada. Ele está meio deitado, grande e tranquilo, no banco, mas o nariz está sangrando, seus lábios estão sangrando, o corte acima da sobrancelha também. Seu rosto é uma bagunça, e sinto que há uma bomba dentro da minha barriga só de olhar para ele. Mas ainda assim ele olha para mim com os olhos atentos, límpidos e azuis.

Acho que eu deveria me acostumar com o fato de que meu namorado recebe socos para ganhar a vida, mas não posso. Não posso sentar aqui e ver seu rosto, inchado e sangrando, sem querer bater em quem fez isso. Quero muito dar um soco em alguma coisa, e estou tremendo com a necessidade de estender a mão e abraçá-lo e puxá-lo para mim, enquanto conto mentalmente os minutos que levaremos para chegar ao nosso hotel.

Ouço Riley me dizendo:

– Venha, Brooke, vamos trocar de lugar pra que você possa cuidar dele.

Sacolejando ao sair do meu lugar, acomodo-me à direita de Remington, e enfio a mão rapidamente em sua mochila aberta, extraindo meus pacotes com álcool, algumas pomadas e tiras de gaze.

– Deixe-me tentar arrumar isso – sussurro para ele e a minha voz, oh Deus, ela soa tão íntima, mesmo quando o carro inteiro está assistindo. É só que eu não pareço ter outro tom, exceto o que saiu: baixo e repleto de emoção.

Ele se vira por completo em minha direção para me deixar desinfetar as feridas, e seu olhar... Posso sentir isso, uma coisa palpável no meu rosto enquanto aplico o bálsamo na parte de sua boca que sempre fica cortada, a parte mais carnuda de seu lábio inferior. Meus dentes instintivamente mordem o meu lábio quando pressiono a pomada. Deus, eu detesto quando ele se machuca.

– Faça a sobrancelha, também, que parece um pouco profundo – Pete instrui.

– Sim, entendi – respondo, ainda com aquela voz que não quero usar agora, mas parece que não consigo modificar.

Estou tentando ser eficiente com as minhas mãos, mas elas estão tremendo mais do que eu gostaria, e o calor do corpo de Remy, que está mais quente ainda depois da luta, me envolve tão completamente quanto os braços dele fazem às vezes. Sua respiração rápida banha minha testa e preciso de toda a minha energia para abafar o impulso de inclinar-me mais perto e respirá-lo dentro de mim só para me acalmar com o conhecimento de que ele está bem. E pelo menos respirando. Ainda inflada com a adrenalina, vou para o corte no supercílio e pressiono a ferida fechando-a entre dois dedos. Nossa. Quase não suporto ficar assim, tão perto dele. Uma centena de espinhos pequenos corre dos meus dedos para os meus braços, e vão direto para o meu coração que está saltando.

Respirando fundo, adiciono uma leve pressão no corte, enquanto inspeciono o resto do rosto... Para encontrar o azul de seus olhos inteiramente fixados em mim. Coisas se contraem em meu interior.

Ele está deitado no banco do carro, inclinado na minha direção, mas seu silêncio me deixa superatenta, pois consigo sentir toda a energia represada em seu corpo como se ele estivesse pronto para saltar. Em mim.

Meu coração começa a pegar um pouco mais de velocidade, e prendo a respiração quando me inclino mais perto, pego outra gaze e sussurro com a voz mais nivelada que posso controlar:

– Feche este olho.

Mantendo preso o corte acima da sobrancelha, começo a limpar o sangue que escorreu sobre a pálpebra. Obedecendo, ele fecha o olho e mantém o outro me observando, como se houvesse alguma coisa na minha expressão que ele anseia ver.

Sua voz de repente tem um som estridente na escuridão do carro.

– Estou todo fodido.

Aquele sussurro inesperado e gutural perfura a minha pele e quase me faz saltar.

– Meu bíceps direito está fodido, e meu ombro, e dói meu oblíquo esquerdo.

– Cara, isso é insano! Como você pode ferrar tudo isso em uma noite? – pergunta Riley em confusão.

– Brooke, você sabe o que fazer – comanda o treinador do banco da frente.

Balançando a cabeça de modo rápido, olho para os olhos azuis de Remington, a maneira como eles brilham de contentamento masculino, e aperto meu queixo quando finalmente compreendo o que está acontecendo aqui.

* * *

Quando chegamos ao nosso quarto de hotel, estou furiosa.

– Você deixou que ele socasse você de propósito.

Ele se estatela no banco ao pé da cama e olha para mim, jogando uma garrafa vazia de Gatorade de lado.

– Estou todo fodido, vem me consertar.

– Você está fodido, tudo bem, mas não é o bíceps que precisa de algum carinho!

– Tem razão, não é. – Seus olhos brilham à luz suave do abajur enquanto me observa. – Você não vai me consertar?

– Só porque sou paga pra isso. – Bufando de raiva, pego os meus óleos de massagem, especificamente o meu óleo de arnica e o meu óleo de mostarda para a inflamação, então vou abrir o chuveiro. – Você vai tomar um banho de água gelada.

Seus lábios se curvam quando ele fica de pé e acena para mim, me chamando. Quando vou até ele perplexa, ele passa o braço sobre meus ombros.

– O quê? Você precisa de ajuda pra andar? Você estava saltando há alguns minutos atrás – digo a ele.

– A endorfina mascara a dor – murmura ele em meu ouvido quando passo meu braço em volta de sua cintura e o levo ao banheiro. – Eu disse que estava todo fodido.

Eu o apoio na parede e abro a porta do boxe, e enquanto verifico se a água está fria, ele me arrasta em seus braços, gira o registro para médio, e carrega nós dois para dentro, de roupa e tudo.

A água corre sobre nós, eu engasgo de surpresa e chuto o ar, conforme as minhas roupas se grudam à minha pele.

– O que você está fazendo?

Ele tira os meus sapatos e joga-os sobre a divisória de vidro acima do boxe, então me coloca de pé e puxa a saia pelas minhas pernas. Todos esses feromônios que ele põe para fora depois de lutar de repente travam uma batalha contra os meus sentidos, e começo a me sentir tão quente que a única coisa impedindo de me transformar em cinzas é a água batendo na minha pele.

– O que você está fazendo? – exijo saber, sem fôlego.

Ele puxa o meu top e o atira para o chão de mármore com um som molhado. Tira a roupa e fico tão esmagada pela raiva por causa da forma como ele se deixou ser socado, e tão excitada pela visão de seus músculos flexionando enquanto ele tira a camiseta e exibe sua pele dourada e molhada, que tenho vontade de bater nele e beijá-lo ao mesmo tempo. Quando seus shorts batem no chão e ele os chuta de lado, oh Deus, meus olhos doem.

Tenho que morder meus lábios, tentando sufocar o instinto de me atirar para cima dele e dar-lhe qualquer coisa que ele precisar. Mantendo seus olhos nivelados nos meus, ele recua para baixo da ducha, seus ombros largos me protegendo da água, então, quando sinto o lento esfregar de seu polegar deslizando até meu queixo e delicadamente puxando um dos meus lábios livre dos dentes, ouço sua voz grossa quando ele sussurra:

– Isso é meu pra morder.

Não estou respirando. Ele tem esse efeito avassalador em mim. Eu poderia lutar contra ele, mas perderia. Meus olhos se mantêm nos dele, e o brilho possessivo em seu olhar me perpassa. A água escorre de sua mandíbula quando ele agarra minha bunda e pressiona-me para mais perto, sua ereção picando minha barriga enquanto ele olha para mim com intensidade implacável.

– Você – ele diz, a voz concisa e enérgica vibrando enquanto arrasta o dedo molhado em meus lábios – vai me amar até eu morrer. Vou fazer você me amar mesmo que doa, e quando doer, farei melhor, Brooke. – Ele enfia o dedo na minha boca e esfrega-o propositadamente contra a ponta da minha língua, o movimento silenciosamente exigindo que eu o lamba. Quando faço isso, meus seios começam a doer enquanto o vejo tirar o dedo e esfregar meu lábio molhado. – Você vai me amar mesmo se isso matar a nós dois.

Meus pulmões doem querendo respirar e o resto de mim anseia sua mão em meu corpo. E quando ergo os olhos e encontro os olhos azuis fixados nos meus, seu rosto ferido e molhado, toda a testosterona do mundo passa através dele, puxando e me envolvendo, então mal consigo imaginar o quanto o desejo neste momento. Ele me faz sentir essa necessidade dolorosa que me consome e corta o coração, uma necessidade dolorosa por ele que é mais do que física, mais do que emocional.

Meu sexo se contrai tanto que preciso fazer um esforço enorme para não gemer. Meus sentidos são intensificados pela sua proximidade. Não posso deixar de notar como a gota de sangue em seu lábio é da cor de seu roupão, brilhante e perfeitamente oxigenada. Como sua respiração quente e constante banha meu rosto molhado. Como, lentamente, os dedos se espalham mais pela minha bunda, e um de seus polegares roça a pele do meu queixo. Ele acaba comigo.

– Pare de se machucar – digo miseravelmente, tentando sair de seus braços apenas para bater no mármore frio atrás de mim.

– Não dói – ele diz, e então me puxa pela bunda para perto dele e então me cheira. – Você. Chorando nos meus braços, porra. Porque eu machuquei você. Isso dói. Você... Não me tocando. Não olhando pra mim com aqueles pequenos olhos felizes e doces. Dói. Estou sofrendo como um filho da puta e não há um pedaço de mim doendo do lado de fora como onde você faz doer.

Lutando para manter minhas emoções cruas escondidas, baixo o meu olhar e pisco furiosamente a umidade em meus olhos.

– Eu machuquei aqui também. – Ele guia a minha mão sobre a sua ereção massiva. – Foi dolorido durante toda a noite, vendo você se separar de mim. Esta manhã. E na academia.

Ele me puxa para mais perto, e gemo baixinho e desço minha testa para seus peitorais enquanto me esforço para não desmoronar de novo.

Ele tem pena de mim e solta a minha mão, mas meus dedos queimam nas laterais de meu corpo, e não sei o que fazer com as mãos. Minha cabeça gira com sua proximidade. Quero levar meus dedos para seus músculos e apagar o toque de todas as outras mãos que estiveram lá. Eu quero...

Nem sei bem. Não consigo pensar em nada agora, exceto no latejar crescente e doloroso dentro do meu corpo. Dentro do meu coração. Entre minhas pernas. Ele pegou o sabonete e começa a ensaboar o meu corpo nu. Como se estivesse fazendo isso pela primeira vez, Remy observa suas mãos trabalharem entre as minhas pernas, seus dedos ensaboando os meus seios, os polegares esfregando o sabonete nos meus mamilos.

– Você gostou da luta? – pergunta em sua voz calma e profunda, enquanto suas mãos poderosas deslizam com suavidade do lado de fora das minhas pernas, até o interior de minhas coxas, esfregando minha vagina. Ele dá a volta, ensaboando e massageando a carne da minha bunda e no meio dela.

O prazer desse toque familiar é tão completo que mordo de volta um gemido quando o vejo me lavar.

Um de seus olhos está um pouco inchado, e o corte acima da sobrancelha ainda parece brilhante e vermelho. Seu lábio inferior ainda está cortado no centro. Ele está machucado, mas se machucar assim não é nada para ele. Ele queria a minha atenção e faria qualquer coisa para obtê-la, e mesmo que eu quisesse socá-lo por ser tão irresponsável, a vontade de beijar cada corte é mais forte do que qualquer coisa.

Remington foi abandonado durante toda a sua vida. Pais. Professores. Amigos. Até eu mesma. Ninguém jamais ficou junto o tempo suficiente para mostrar que ele vale a pena. O que ele fez, só para me ver tocá-lo e dar-lhe um pouco de amor, me faz desejar afogá-lo com o meu amor, até que ele nunca mais tenha que pedir por ele de novo.

– Eu me recuso – sussurro de modo fervoroso – a me sentar lá e assistir a você se machucar de propósito.

– Eu me recuso a deixar você se afastar de mim – diz ele com igual fervor, enchendo sua mão enorme com um seio ensaboado.

Balançando a cabeça com uma careta, deixei meus olhos se fecharem quando ele inclina o chuveiro em meu rosto. A ducha lava o xampu e quando Remy desliza as mãos pelo meu cabelo para ajudar o sabão a escorrer por meu corpo, mal posso me segurar.

Agindo antes de perder os sentidos, pego o sabão e faço muitas bolhas e logo alcanço os músculos fortes de seu peito e esfrego os dedos ensaboados sobre a pele lisa. Seu peito estremece ao meu toque inesperado, e quando meus olhos se encontram com os dele, meus joelhos enfraquecem. Todo o meu corpo se contrai quando fico encarando aqueles olhos azuis famintos, meus dedos esfregando o braço grosso, descendo pelo peito, passando pela barriga de tanquinho. Minha voz, cheia de emoção, quase não é ouvida acima da água escorrendo.

– É isso que você queria? Quando você estava lá fora, de forma imprudente deixando-se espancar?

Gentilmente, ele agarra meu rosto em uma mão, sua voz severa e apaixonada quando enuncia cada palavra.

– Eu quero você. Quero que você me toque, que coloque sua boca na minha como antes. Quero que você me ame. Pare de ficar me punindo, Brooke. Eu te amo.

Ele aperta seus lábios nos meus, me testando com um beijo rápido, áspero, retirando-se para olhar para mim com respirações ofegantes.

Seu aperto fica mais intenso no meu rosto.

– Minha garota vai deixar que isso a afete? Vai? Ela é mais forte do que isso... Sei que é, e preciso dela para viver. Preciso dela pra lutar por mim e preciso dela pra lutar comigo. No que me diz respeito, aquilo nunca aconteceu. Só você aconteceu, Brooke. E você ainda está acontecendo, não é, pimentinha?

Nossos olhares se encontram, e já não sei quem está mais faminto, mais carente, ou mais desesperado. O olhar dele se prende em mim, e parece tão faminto que até sinto raiva. Meu peito começa a doer, meu coração a martelar, e antes que eu perceba, aperto meus dedos em seu cabelo e o puxo para os meus lábios, ao mesmo tempo que ele me bate de volta contra a parede do chuveiro e esmaga sua boca contra a minha.

Suspiro quando seu gosto voa pelo meu corpo e ele força meus lábios a se separarem, deslizando uma de suas mãos para cima para enquadrar o meu rosto, me prender no lugar enquanto ele me abre com a força de sua boca, fazendo-me gemer e agarrar seus cabelos ao passo que busco ansiosamente a sua língua com a minha.

Mas ele me encontra antes. Não, ele não me encontra. Ele me saqueia, sua língua esfregando e comendo a minha. Um rosnado baixo e satisfeito atravessa seu peito enquanto ele me levanta no ar para alinhar nossas bocas melhor. Sua proximidade, o toque de nossa carne, me excita. Minha pele se arrepia onde nos tocamos enquanto a necessidade se forma entre nós. Eu me sinto amarrada a ele de uma forma que me deixa a certeza de que nada pode me puxar de volta.

Chupo avidamente sua língua quando ele fecha o chuveiro e leva-nos para fora. Ele joga uma toalha em cima de mim enquanto continuo agarrada, chupando sua língua, mordiscando seus lábios, meu sangue correndo rápido através do meu corpo como um rio despertado quando ele nos leva para a cama.

Remy me deita sobre o edredom, e depois esfrega a toalha levemente sobre a minha pele enquanto abaixa a cabeça e diz baixinho:

– Deixe eu me secar.

Solto um gemido de protesto quando ele vai embora. Estou quente, mas tão molhada e fria, meus dentes batem enquanto assisto as suas nádegas musculosas se mexerem da forma mais sexy que um homem pode ter, conforme ele desaparece no banheiro. Mesmo que cada centímetro de meu corpo pulse, prendo a toalha mais apertada em volta de mim e me seco distraidamente, meus olhos fixos na porta do banheiro.

Oh, estou doendo como uma filha da puta também.

Quando ele finalmente preenche o limite da porta com aqueles ombros largos e aquela magnífica barriga de tanquinho, ainda escorre água de seu cabelo em seu pescoço, no peito e até a toalha enrolada em volta dos quadris estreitos. Minha respiração para. Posso ver que ele esfrega uma toalha sobre a cabeça e seu cabelo preto está de pé, os olhos azuis brilhando com avidez quando ele verifica que estou na cama do jeito que ele me deixou. De repente, todo o amor e o ciúme doloroso que sinto correm através do meu sangue como um relâmpago.

Ele vem pra cama sem retirar os olhos de mim, e eu abro a toalha para ver seu rosto endurecer e os olhos brilharem quando ele me observa completamente nua.

Remy pega sua toalha e a arranca da cintura, e minha respiração falha quando vejo sua enorme ereção balançando, pesada, quando ele vem para perto e usa outra toalha para secar suavemente o meu cabelo molhado.

– Vou esfregar você com óleo primeiro – advirto em um sussurro sem fôlego quando ele termina.

Sorrindo diabolicamente, ele joga a toalha de lado, pega o óleo de arnica que eu estava procurando e joga-o para o tapete para se juntar a ela, então escova o meu cabelo molhado para trás, com os olhos pesados enquanto fecha a mão na parte de trás da minha cabeça e abaixa a própria cabeça para se encontrar com a minha.

– Esfregue minha língua na sua.

Ele abre a boca na minha, e as nossas respirações se misturam, e um delicioso arrepio me percorre enquanto seus lábios me separam e nossas línguas se juntam.

– Seu lábio – sussurro, e então ele é cuidadoso.

Ele divertidamente me belisca e esfrega minha língua na sua outra vez, esfregando um pouco mais forte e me deixando louca.

– Seu lábio – gemo e me contorço de vontade debaixo dele.

Ele recua. Então, tortuosamente e de forma lenta, Remy acaricia a parte de trás das minhas pernas, despertando mil e um formigamentos.

– Remington, o seu lábio – protesto ao ver o corte sangrando de novo, e chego a pegar uma gota de sangue com o meu dedo.

– Sssh... – a língua dele se agita e ele lambe e chupa o meu dedo, então me solta e me observa com aqueles olhos azuis violentamente doces enquanto arrasta os dedos nas minhas pernas para acariciar minha bunda.

Meus seios sobem e descem quando ele passa os dedos pelas minhas pernas, então ele fecha as mãos na minha bunda, de modo possessivo.

– Você fica molhadinha com isso? – pergunta.

– Sim.

Ele desliza suas mãos por trás dos meus joelhos, até as minhas panturrilhas, e em seguida volta lentamente até que esteja me dissolvendo em meus ossos e morrendo.

– Você está muito molhadinha? – pergunta ele baixinho, depositando um beijo em meu estômago.

– Preciso colocar alguma coisa nessa boca de novo – digo ofegante.

Mil chamas ardem e lambem o meu corpo quando me sento e estico o braço para pegar a pomada e colocar um pouco no corte.

Ele pressiona um beijo em meu dedo, e fecho os olhos enquanto setas de prazer invadem meu corpo.

– Remy... – digo, derretendo.

– Deite-se – ele ordena.

Tonta de antecipação, faço o que ele me manda.

– Não me beije, Remington – aviso.

Ele sussurra:

– Depois você conserta.

Um estremecimento vaga por mim quando ele acaricia o meu sexo, abrindo um pouco os meus lábios com os dedos, enquanto, ao mesmo tempo, desliza a língua pela ponta de um seio.

Tenho que me encolher um pouco, miando, e ele ri baixinho enquanto lambe meu outro mamilo, brincando com ele antes de cobri-lo com a boca quente e úmida, chupando-o em seguida.

Ele passa as mãos pelo meu corpo, rosnando:

– Nossa, Brooke. Você me amarra e depois me rasga por dentro. Você vai me sentir agora.

– Está bem – suspiro ansiosamente conforme ele me abre inteira, sua pulsante ereção muito dura enquanto ele me achata nas minhas costas e me cobre com o calor de seu corpo.

A boca de Remy procura a minha e eu me desintegro no colchão. Nós dois estamos enrolados. Eu preciso dele como preciso de ar. A maneira como nossas peles se tocam. A forma como seus calos raspam minha pele. A forma como as minhas mãos deslizam sobre o peito liso. Fecho as unhas em suas costas à medida que ele enterra o rosto no meu pescoço e sua boca trabalha avidamente sobre mim como se não soubesse se deve beijar, morder ou lamber, então ele faz todos os três.

– A quem você pertence? – rosna, com urgência.

– A você – respondo ofegante.

Ele agarra minhas pernas e as puxa em torno de seus quadris, então prende meus braços acima da minha cabeça, olhando para mim, seus olhos devorando o meu rosto, minha boca, me avaliando com um olhar que é escuro e atormentado, e faminto.

Remy entrelaça os dedos nos meus e esmaga a minha boca com a dele. Essa proximidade com ele, o emaranhado de nossos membros, nossas línguas, nossas respirações – tudo isso ativa todos os centros de prazer no meu cérebro e todos os instintos de acasalamento dentro de mim. Línguas de fogo correm em minhas veias à medida que nossas línguas se encontram. Eu gemo, ele geme, meu corpo formiga em cada ponto de contato com o dele quando ele balança seus quadris contra mim. Seu peito contra os meus mamilos. Seu pau na minha boceta. Seus grossos músculos das pernas quase esmagando minhas coxas. Nossas mãos espalmadas.

As minhas células sabem que este é meu parceiro e me preparam para ele. Apenas Remy. Ele me afrouxa em seus braços e então me agarra pela bunda enquanto intensificamos o beijo, seus dedos firmes sabendo que são donos de mim, me levando para mais perto até estarmos perfeitamente alinhados, e eu inclino a cabeça para trás de modo que a língua dele atinge todos os cantos da minha boca.

– Sim – suspiro.

Ele recua e nossos olhos se encontram nas sombras. A necessidade que vejo em seus olhos me tira o fôlego. Ele é a coisa mais masculina e fascinante que já vi. Ele mergulha mais uma vez para colocar os lábios quentes nos meus. Molhados. Muito quentes. Suspiro quando ele desliza a mão entre minhas pernas. Ele se vira para sugar minha orelha, e corro minha língua sobre sua pele e os pelos do queixo, por qualquer lugar que eu possa provar enquanto ele roça o dedo no meu sexo.

– Oh, isso é tão gostoso... – uma onda de calor se espalha pelo meu corpo quando os dedos deslizam entre as minhas pernas para me acariciar. Meu sangue começa a ferver, e minhas dobras ficam mais molhadas.

Ele murmura o meu nome com aquela voz espessa que me deixa louca, então desce a boca para os meus seios, lambendo os bicos. Que estão mais sensíveis hoje, disparando ondas de prazer dentro de mim. Eu suspiro e mordo sua orelha, dizendo o seu nome. Que não me canso de dizer.

– Remy...

– Goze pra mim – ele pede, mergulhando seu dedo mais fundo dentro de mim.

Eu esmurro e agarro seus ombros enquanto seus dedos me tocam. Estou encharcada, meus gemidos de prazer ecoam no quarto.

– Se solta pra mim.

Ele desce pelo meu corpo e se inclina para lamber meu umbigo, e esfrega a língua, que sinto que está descendo mais. Grito quando ele chega ao clitóris. Ele me abre mais com os dedos e lambe fundo. O prazer corre por meu corpo, que se contrai para liberar. Então, gozo.

Ofegante, percebo que ele me chupa enquanto ainda estou sentido as ondas que restam, então fica de joelhos entre as minhas pernas, pega o pau na mão e me penetra fundo. Vejo os músculos dele se contraírem, e o corpo trabalhando enquanto ele enfia mais fundo ainda. Vou gemendo enquanto ele aperta meu clitóris para baixo com o polegar e me fode ainda mais profundamente com seu enorme pau grosso.

Batendo nos ombros de meu homem quando um som de prazer escapa de mim, inclino meus quadris para cima, pedindo mais. Ele murmura o meu nome e se inclina para dar beijos ao longo do meu rosto, arrulhando:

– Você é tão apertada, baby... Você me deixa tão louco.

Quando ele está enterrado em mim, nós paramos.

Ouço a respiração, o meu próprio batimento cardíaco tão rápido, nesta quietude.

A urgência está lá, pulsando e brilhando em nossos corpos. Mas ele está dentro de mim. Eu o tenho, eu o prendi e não vou soltar.

Remy não quer sair, ele está dentro. Duro e pulsante. Me possuindo por completo.

Começamos a nos beijar e ele afunda um pouco mais, a boca crua e primitiva, amorosa, mas deliciosamente áspera. Sinto aquele esticar familiar dentro de mim e mordo o pescoço, gemendo enquanto me ajusto. Ele fica no lugar, esperando que eu comece a me mexer.

Espero, ofegante, meus olhos se fecham enquanto desfruto dele, grande e vivo e comprido, dentro de mim. Amo seus mamilos, sua pele. Ele. Esfrego a ponta dos dedos nos pontos escuros. Ouço quando ele solta o ar de prazer e ergo a cabeça para sugar um mamilo. Adoro seu rosnado. Ele pega minha cabeça na palma da mão e a empurra para trás, me beijando carinhosamente. Eu corro minha língua sobre seu outro mamilo.

– Remy... Não consigo esperar mais...

Ele rosna e começa a se mover, sussurrando ao mesmo tempo que coloca o nariz no topo da minha cabeça e prende os meus cabelos em seus dedos.

– Apertadinha... Minha linda... Brooke Dumas...

Suas palavras me acariciam.

Ninguém nunca lhe ensinou a amar.

Ele faz isso instintivamente.

Puxando-me para mais perto, ele suga, belisca, mordisca e me lambe, prolongando o prazer até que meus olhos ardem. Meu corpo o prende. Não posso respirar, e tudo o que ouço no quarto são os nossos sons de prazer combinados, e os que Remy faz me deixam louca.

Ele penetra, batendo fundo. Ele me deixa tensa e grito. Seus punhos se fecham no meu cabelo, e ele me beija enquanto os quadris bombeiam rápida e violentamente, com quase nenhum ritmo agora.

Gozo pela segunda vez, e ele penetra totalmente e me aperta e fica imóvel por completo. Sinto o seu calor e um rosnado quente seguido de um beijo no meu ouvido quando ele goza em mim. Então nós caímos no relaxamento, a respiração se acalmando.

Ele me agarra e me puxa para seu peito enquanto rola, nossos corpos lisos de suor. Ele me quer nua e eu quero que ele me segure nua. Ele me solta quando começo a relaxar, então ele examina a minha entrada e empurra seu sêmen de volta, me surpreendendo.

Nossos instintos de repente assumem o controle. Meu quadril dança em seus dedos. O calor de sua respiração banha minha garganta enquanto ele aperta a boca sobre minha pele. Eu posso nos ouvir, os ruídos que fazemos – meus gemidos e seus grunhidos de satisfação masculina pelo prazer que dá à sua companheira. Um som agoniado escapa de mim quando começo a estremecer.

Ele não está tocando meu clitóris, que não está recebendo nenhum estímulo, mas a forma como Remy toca meu corpo, como empurra seu sêmen de volta para dentro como se ele nunca quisesse que escorresse, e como lambe minha pele com lentos movimentos da língua, essa maneira faz meu sexo inchar e os bicos dos seios endurecer que até o ar é algo que ele quer me dar. Quando ele morde a parte de trás do meu pescoço, grito:

– Oh Deus!

Ele me empurra para baixo no colchão sobre meu estômago e se mantém mordendo suavemente meu pescoço, me comendo ao estilo cachorrinho.

No momento em que nos espalhamos na cama, é um trabalhão conseguir reunir energia para me mexer. Eu sou um monte desossado debaixo dele, ainda tentando fazer meus pulmões trabalharem.

Molhado de suor, ele rola na cama e usa um braço para me levar com ele, nossas peles brilhantes do exercício. Meu peito está tão cheio de amor e meu corpo tão bem fodido, que eu me sinto tão morta de exaustão quanto viva como o sol. Espalho-me sobre ele e seguro seu queixo com a mão.

– Está doendo?

Passo de leve o dedo sobre os cortes e pela área ligeiramente roxa na testa. Antes que ele pudesse responder, deposito um beijo em cada um, e me pergunto se ele nunca foi beijado onde doía. Então, beijo ali, em cada marca, e beijo depois o machucado no lábio.

Afasto-me um pouco e sorrio, acariciando o queixo firme.

– Você pensou em mim antes de me possuir? Você imaginou se eu existia? E como eu poderia ser?

Ele enfia uma mecha atrás da minha orelha e estuda meu rosto.

– Não.

– Nunca pensei que me apaixonaria. E você?

– Nunca – diz ele novamente, aquelas covinhas sensuais com força total.

Arrasto minhas unhas até a testa, mexendo em seu cabelo.

– O que você pensava enquanto crescia por lá?

– Eu só peguei o que eu tinha e estava satisfeito com isso. – Ele afasta meu cabelo para trás e acaricia minha orelha. – Mas se eu soubesse que você existia, eu a teria caçado, capturado e prendido.

– Mas não é isso o que você fez? – pergunto, sorrindo.

– Exatamente – bate o meu nariz no dele, seus olhos azuis rindo – o que eu fiz.

Suspirando, descanso minha cabeça em seu ombro e esfrego os dedos sobre seus mamilos.

Remy é a melhor cama que existe. Ele está deitado de costas, com um braço por trás do travesseiro, o outro se arrastando ao longo de minha espinha, e eu estou espalhada por cima dele, minha barriga em seu abdômen, meus seios em seus peitorais, minha cabeça em seu ombro e perfeitamente alinhada com a dobra em seu pescoço. A cada vez ele tem um cheiro diferente de sabonete, com tantos hotéis que vamos, e, ao mesmo tempo, sempre cheira a Remy.

Em silêncio, corro meus dedos até seu bíceps e faço uma leve massagem.

– Melhor? – pergunto, trabalhando profundamente no músculo e percebendo que está ferrado. Droga.

Mas ele diz:

– Sim. – Como se fosse nada, e me rola para o meu lado.

Minhas entranhas ficam de imediato em alerta quando ele começa a me manobrar. Ele me puxa para mais perto e gemo baixinho no fundo da garganta e fico intumescida porque percebo o que ele vai fazer. Ele me lança para o meu lado e me ajusta para me encaixar nele, seu corpo enorme e duro atrás de mim. Coloca meu cabelo para trás e me lambe, e estremeço quando ele lentamente começa a acariciar minhas curvas com sua mão pesada.

Ele me lambe, acaricia, arrasta a mão pelo meu corpo enquanto passa rapidamente a língua ao longo da parte de trás da minha orelha, na minha nuca, na curva do meu ombro, lambendo e me provando.

Remy cresceu sem amor, nem mesmo o amor paternal. Prosperou mesmo tendo que lutar contra um transtorno de humor todos os dias de sua vida. Ele prosperou e se levantou a cada vez que caiu. Nas únicas vezes que realmente caí, nas minhas eliminatórias olímpicas e quando ele perdeu a luta do ano passado, fiquei permanentemente marcada e tive dificuldades para voltar a andar. No entanto, ele se levanta instantaneamente para correr.

Ele é tão complicado e imprevisível, temo que mesmo quando tiver dado tudo de mim para este homem, ele sempre terá a mim, mas nunca será meu.

– Estou com fome – Remy fala ao meu ouvido, sai da cama e pula em seu pijama com cordão.

– Oh, não, eu quero dormir...

Resmungo e agarro meu travesseiro quando ele agarra meus tornozelos e me puxa para baixo na cama.

– Vem comer comigo, pimentinha.

– Nãoooo. – Agarro o travesseiro e, na minha última tentativa de permanecer na cama, dou chutes para o ar. – Estou ficando gorda por sua causa! – reclamo, rindo.

Com uma risada sexy, ele me levanta como se eu fosse apenas o travesseiro, e em seguida joga o travesseiro de lado e me mantém presa para me beijar.

– Você é linda.

– Toda mulher bonita do mundo é linda porque ela *dorme* – protesto fracamente, ao mesmo tempo acariciando sua garganta.

Ele pega uma das camisetas de sua mala e a entrega para mim. Enquanto a visto, ele nos leva para a sala da suíte e me coloca em uma cadeira, indo pegar a comida. Traz dois pratos, um transbordando e o outro contendo porções normais. Então se estatela à minha frente e dá um tapinha em seu colo com um olhar significativo.

Eu me inclino para trás em minha cadeira e começo a comer aspargos.

– Temos hábitos alimentares muito ruins. Se você me levar a um restaurante, não posso comer empoleirada em seu colo como uma espécie de canário. As pessoas vão pensar que temos problemas.

Ele enfia uma couve-flor assada em sua boca e mastiga.

– E daí, quem liga pra isso?

– Bem colocado. – Comendo o talo de aspargo até o fim, observo Remy à minha frente, com as tatuagens nos braços, o cabelo uma deliciosa bagunça, e seus olhos azuis brilhando. Deus. Ele é tudo que quero. Neste mundo. Bem naquela cadeira. – E aqui de fato não é tão confortável como você, admito. – Eu me contorço na cadeira para dar ênfase.

Ele levanta uma sobrancelha, seus olhos brilhando diabolicamente.

– Pare de bancar a difícil, Brooke. Já tenho você.

Ele joga um guardanapo de papel em mim. Pego outro, amasso e atiro nele. Remy coloca o garfo no prato, estica seu longo braço e pega a ponta de minha cadeira. Arrasta-a pelo piso, e no momento em que já consegue passar o braço ao redor da minha cintura, ele me transfere.

– Agora, fique quieta. Nós dois queremos você aqui. – Pegando meu rosto e virando, ele me examina com um sorriso terno e com nova intensidade. – Tudo bem agora?

Entrelaçando os dedos na parte de trás do seu pescoço, encontro seu olhar.

– Estou principalmente com raiva de mim. Estou magoada e com ciúmes... Não faz sentido na minha cabeça, mas o resto de mim não escuta. Eu só não esperava ter tanta dificuldade para descobrir como lidar com isso.

– Lide com isso sabendo que eu te amo, é assim que você vai lidar. Eu te amo, porra – sibila. – Não quero nada mais do que dizer-lhe que não aconteceu – continua ele, parecendo torturado. – Você é tudo que eu penso. Tudo que eu quero. Há apenas uma mulher para mim e eu me mataria por você. Perdoe-me – ele de fato quer dizer isso e então ergue seus suplicantes olhos azuis para mim. – Já perdoei você, pimentinha. Perdoei antes mesmo de me pedir pra perdoá-la por ter me deixado. Preciso que você me diga que perdoa também. Aquilo não era eu quando você foi embora, baby, qualquer pedaço que tenha restado de mim, não era eu.

Meu coração se aperta quando olho para ele. Pego uma couve-flor assada entre dois dedos como uma oferta de paz e levanto-a aos seus lábios, dando-lhe de comer.

Com os olhos brilhando, Remy leva tudo à boca, incluindo parte dos meus dedos, lambendo-os. Ele ainda está se deleitando com eles quando segue o exemplo e pega um pedaço de couve-flor e dá para mim, e enquanto todos os sabores de ervas e azeite de oliva derreterem em minha boca, chupo os dedos dele também. Amo o jeito que seus olhos brilham quando faço isso.

– Remy, eu amo você, mas nunca permita que os caras esmurrem você de propósito como fez nesta noite – digo-lhe em uma voz crua e emotiva, esfregando os dedos úmidos em seus lábios, sentindo-os se mover sob meu toque.

Então, sua voz rouca ressoa:

– Não farei isso, a menos que você me obrigue.

CINCO

UM PRESENTE

A luz do sol penetra pela janela. Remington não está na cama. Eu me viro para procurar pelo quarto, mas não o vejo em nenhum lugar. Eu me forço a deslizar para fora da cama e vestir a roupa.

Depois de me refrescar, pego meus tênis e saio do quarto descalça para encontrar Diane na cozinha.

– Bom dia, Brooke – diz ela alegremente.

Amo a maneira como ela leva seus aventais em nossas viagens e dá a cada um dos nossos quartos de hotel um ambiente tão acolhedor.

Ela ainda viaja com suas panelas verdes de cerâmica – aquelas que não deixam sair alumínio, assim a comida de Remington é completamente pura.

– Hum, que cheiro delicioso – respondo, vagando em busca do café da manhã.

– Sirva-se. O homem me pediu pra lhe deixar uma tonelada.

Levanto a tampa de uma tigela com batata-doce e pego uma.

– A que horas ele saiu?

– Pete veio e o levou alguns minutos atrás.

– Pete? Não Riley? Para qual ginásio eles foram?

Há uma batida na porta, e lambo o óleo de coco que Diane usou para cozinhar as batatas-doces antes de atender.

– Brooke Dumas?

Uma mulher está segurando uma caixa de tamanho médio embrulhada em papel vermelho, mas sem uma fita.

– Sim?

Seu sorriso se alarga.

– O sr. Tate encomendou isso pra você. – Ela me entrega a caixa enorme, e eu olho em descrença.

– Remington me mandou isso? – pergunto estupidamente.

– Sim, senhora. Aproveite.

Fecho a porta assim que ela vai embora, minhas mãos cheias da grande caixa-surpresa que Remington me enviou.

Oh meu Deus. Ele é mesmo surpreendente. Ele não só me seduz com a música, com seus olhos azuis, com seu cabelo espetado, com suas covinhas e seu delicioso cheiro, e ainda me manda presentes?

Rasgo imediatamente a caixa e abro a tampa, e vejo um monte de embalagens brancas de amendoins lá dentro. Enfio a mão pelo plástico-bolha e sinto cócegas correndo pelos meus dedos. Franzindo a testa, trago a minha mão para fora, e três enormes escorpiões saem ligados a ela.

Por um momento, tudo está em câmera lenta.

Tudo.

Posso ver perfeitamente os bichos subindo pelo meu braço. Posso ver as caudas longas segmentadas. A garra na ponta da cauda, as duas garras na frente, e as oito patas movendo-se no meu antebraço. Também registro três pontos pretos na cabeça de cada um, como se eles tivessem três olhos. Os escorpiões têm três olhos?

Tudo, eu registro.

Em meio segundo.

E então, no segundo seguinte, registro outra coisa. Que este é um dos momentos mais QUE PORRA É ESSA da minha vida.

Caio para trás e chuto a caixa. Uma dúzia ou mais de escorpiões vêm rastejando para fora enquanto tento sacudir aqueles que já estão em mim. Meu coração voou até minha garganta e agora está comprimindo minhas vias aéreas enquanto vibra e pulsa em minha completa histeria.

– PUTA MERDA! PUTA MERDA! DIANE!

Tenho escorpiões. Rastejando pelo meu braço! Eles são enormes, metade do tamanho da palma da minha mão, cada um com oito patas. Sério? Somente oito? Eu sinto mil patas em cima de mim. Sinto-as em cada polegada e centímetro da minha pele. Começo a ter convulsões e a me agitar como louca no chão, gritando ao sentir a primeira picada no meu antebraço.

Oh meu Deus, DIANE!

De repente, sinto um quarto escorpião subindo no meu tornozelo e percebo que, durante todo esse tempo, Diane ficou gritando histericamente.

– Brooke! Meu Deus! Alguém faça alguma coisa!

– TIRE ELES DE CIMA DE MIM! DIANE! TIRE!

Não sei por que estou gritando freneticamente, como se isso fosse assustá-los. Com medo de tocá-los com a minha mão, fico me contorcendo no chão quando um balde de água cai sobre mim. Fico engasgada enquanto assisto Diane correr de volta para a cozinha, encher outra panela de água e jogá-la em mim. Mas os escorpiões continuam pendurados.

Pego um deles e tento empurrá-lo para longe de mim, e sua cauda me atinge. O ferrão bate no polegar. Uma dor instantânea percorre minha mão enquanto os outros continuam subindo. Rastejando. Em cima de mim. Não sei se eles foram drogados ou se estão com fome ou se deram algo a eles para alterar seu comportamento. Eles estão rastejando em mim como se fossem aranhas, rápidos e frenéticos. Um deles balança a cauda e enfia seu ferrão na pele do meu braço, então enfia um segundo ferrão em mim. A dor se espalha. Sinto outra picada no meu braço, e então paro de me contorcer e congelo. A reação de lutar ou fugir está bem forte em mim. Mas não posso correr, e não posso lutar, e agora congelo, meu corpo paralisado de medo, enquanto todos os meus órgãos vão à loucura com a ameaça que essas coisas representam para mim. Todo o meu medo se precipita para frente, e começo a chorar, impotente.

Estou no chão, chorando, a única coisa se movendo em mim são as patas horríveis dessas criaturas asquerosas, quando ouço Diane gritando trêmula no telefone:

– Volte aqui! Volte aqui, por favor! – Ela fica repetindo a mesma coisa, mais e mais, quando de repente abre a porta e grita para o corredor: – REMINGTON!

Tudo fica enevoado quase imediatamente, ou talvez alguns minutos mais tarde, eu não sei... A porta se abre com um barulho de coisa batendo. Através das minhas lágrimas eu o vejo, e posso imaginar o que ele vê. Escorpiões sobre todo o meu corpo e eu sem fazer nada, chorando como um bebê, com mais medo do que jamais tive em toda a minha vida. Minha visão fica completamente borrada com algo diferente de lágrimas, e eu me pergunto se é o veneno. Sinto choques em cima de mim. Sinto os escorpiões sendo arrancados de mim com as mãos, um após o outro, enquanto soluço.

Então, ele me agarra, e estou em seus braços enormes, braços firmes que seguram um corpo que é o meu – meu? Este corpo que está caindo aos pedaços é o meu? – e estou tremendo e em uma agonia de dor.

Tento subir mais alto, como em uma árvore, e agarrar-me ao seu pescoço enquanto soluço e tento respirar, sugando seu cheiro como se fosse a única forma de o meu corpo poder se lembrar de respirar novamente. Ele está respirando com dificuldade. Suas mãos estão fechadas em punhos nas minhas costas, e estão tremendo. Então começam a esfregar para cima e para baixo. Suas mãos alcançam o meu rosto e ele furiosamente enxuga minhas lágrimas.

– Pronto, já te peguei – Remy sibila apaixonadamente no meu ouvido, me apertando de forma não muito gentil. – Já te peguei. Já te peguei.

– Uma mulher veio e bateu. – As palavras assustadas de Diane tremem com as lágrimas. – Ela disse que Remy tinha encomendado essa caixa.

– Jesus – exclama Pete com nojo. – Não vamos jogá-los fora, Diane, é preciso ver de que tipo eles são. Chame os paramédicos e vamos esmagar os filhos da puta, me dê uma panela.

A voz de Remington é dura como granito no meu ouvido.

– Eu vou matá-lo – ele me promete. – Juro por Deus, vou matá-lo tão lentamente.

– Então guarde isso para o ringue, Rem. Sabotar o seu campeonato é exatamente o que ele quer – diz Pete entre ruídos de paneladas.

A voz de Remy é um silvo, quando sinto que ele esfrega as mãos sobre mim.

– Onde eles picaram? Diga-me exatamente onde, e eu vou sugar todo o veneno.

Estou ofegante como se meus dutos de ar estivessem todos inchados.

– Eu... Em *t-todo* lugar...

– Você não deve fazer isso, deixe-me dar uma olhada nela – diz Pete.

Eu me agarro a Remington, e ele aperta os braços em volta de mim e, lentamente, me balança, todo o seu corpo tremendo quase como o meu quando fala no meu ouvido.

– Já te peguei, pimentinha, te peguei aqui em meus braços – sussurra, e posso ouvir a fúria mal contida em sua voz.

– Rem, deixe-me vê-la – Pete implora.

– Não! – solto um gemido, e me abraço mais forte em Remy porque sei que se eu morrer, esta é a maneira que desejo. Oh meu Deus, vou morrer? Quem vai cuidar dele? – Não me deixe, não me deixe.

– Nunca – promete ele no meu ouvido.

– De acordo com o Google, eles são escorpiões-casca do Arizona. Venenosos, mas não mortais.

– Segure-se em mim – sussurra Remy, e então nós estamos em movimento.

Minha visão fica ainda mais borrada. Minha língua está espessa. Há saliva na minha boca. Não consigo respirar. Estou tremendo quando ele me levanta, e a sensação de estar sendo eletrocutada por dentro aumenta a um nível alarmante.

– Onde diabos você está indo com ela, Tate?

O rosnado de Remington borbulha contra o meu peito e de alguma forma me conforta em meu estado instável e alterado.

– Caralho! Pro hospital, seu merda!

Ouço o estrondo da porta que ele abre com todas as suas forças, e então um rangido, como se ele estivesse passando por cima dela. Então estamos em movimento, indo para algum lugar... Sua respiração rápida e constante...

Pete chama lá atrás:

– Cara, Diane chamou a emergência, vamos dar Benadryl a ela e tomar um calmante.

– Tome o calmante você, Pete.

Estamos caminhando rapidamente por algum lugar, e posso perceber por sua voz que ele mal está se controlando. O pensamento de que isso poderia afetá-lo e fazê-lo ter um ataque me faz entrar em pânico.

– Estou *ueemm* ... – digo, e então ouço minha voz. Pareço uma estúpida. Talvez algumas células cerebrais estejam morrendo por causa do veneno. Não consigo formar algumas letras... – Estou *ueem, Uemy*... – Deus!

Remington congela, e posso senti-lo olhar para mim, mas os meus olhos estão borrados, então ele diz:

– PUTA QUE O PARIUUU!

O elevador chega. Quando as portas se abrem, a voz de Riley me atinge.

– Tudo bem, o que está acontecendo? O treinador está à espera no ginásio, Rem... – ele para de falar.

– Escorpiões vivos – diz Pete a Riley. – Venenosos, mas não fatais, ainda bem...

– Num consigo *uespiuar*... – digo em voz alta. Estou pirando. Pela primeira vez na minha vida, não entendo o que diabos está acontecendo em meu corpo.

– O veneno se espalha através do sistema nervoso, mas não entra na corrente sanguínea. Tente manter a calma, Brooke. Esses escorpiões-casca são otários desagradáveis. Você consegue sentir as pernas?

Balanço minha cabeça. Minha língua está pesada, todo lugar onde fui picada dói tanto que meu rosto está preso em uma careta permanente, e estou respirando aos tropeços.

Pete estica a mão:

– Deixe-me ver isso.

Sinto Remy envolver sua mão em meu braço e esticá-lo e sussurrar:

– Eu vou matá-lo – enquanto Pete estuda.

– Vai dar tudo certo, Brooke – diz Pete. – Eu tive essa experiência uma vez. Horrível, mas você realmente não morre de um escorpião norte-americano.

Concordo com a cabeça e estou me agarrando a essa garantia quando Diane chama da porta.

– Tem uma nota! Virei a caixa e tem uma nota presa embaixo.

– O que ela diz? – pergunta Pete.

Ouço um som amassado quando ele lê:

"Você me beijou. Agora você foi beijada de volta pelo Scorpion. Qual é a sensação de ter o meu veneno em você?"

O corpo de Remington fica em alerta. Posso sentir isso. De repente, uma mudança completa na forma como ele me segura. Ele era protetor e proprietário, e de repente... Quer lutar.

Uma imagem brota dentro da minha cabeça: estou de pé diante da personificação da grosseria e beijando a tatuagem de um Scorpion nojento para que eu pudesse ver minha irmã. Eu me encolho quando uma nova onda de náusea agita a minha garganta.

– Pete, eu vi os capangas dele no térreo. Acho que ele está aqui no hotel – diz Riley.

– O filho da puta provavelmente está lá embaixo esperando por Remington.

– Oh, ele pediu por isso – troveja Remington. – Ele já está morto! – explode.

Fecho meus olhos com força enquanto sua energia tumultuosa me rodeia, e sei, não importa o quanto ele deve ter lutado para ficar azul...

Remy ficou negro.

Seus lábios estão de repente no meu ouvido, e ele sussurra, enquanto segura a minha cabeça:

– Preciso fazer uma coisa exatamente agora. Eu amo você. Amo você inteira, e vou voltar pra colocar você em ordem novamente, está bem?

Aceno com a cabeça, mesmo me sentindo uma merda. Pequenos choques correm através de todo o meu corpo. Mordo meu lábio com força para me concentrar nessa dor, mas ela não pode competir com as picadas no meu corpo. Estou tentando ser corajosa, mas me lembro dos escorpiões em mim... No meu corpo... Os corpos feios, as pinças... Os três pontos pretos na cabeça... Tremo nos braços dele e sinto vontade de vomitar.

– Por que ela está tremendo assim, porra? – Remington exige saber, quando nos movemos de novo.

– É o sistema nervoso que está sendo afetado. Ela sofreu várias picadas, por isso vai ser doloroso. Enquanto a emergência está a caminho, vamos dar-lhe Tylenol.

Estamos de volta à sala, tanto quanto posso dizer, e Remy me deita em algo macio. Do borrão azul que enxergo, parece ser o sofá. Ele passa a mão no meu cabelo e posso sentir seus olhos no meu rosto.

– Estou indo esmagá-lo agora.

Então ele se foi, como uma espécie de furacão para destruir tudo em seu caminho, e meu cérebro está tão atordoado pela rapidez com que ele tomou essa decisão, pela forma calma e fria com que ele fez essa última afirmação, que por um momento me convenci de que ele realmente só foi buscar-me o Tylenol.

– Droga, ele está a todo vapor, Ri, vá atrás dele antes que ele veja o Scorpion ou um de seus capangas! Diane, arrume algumas compressas frias e espere os paramédicos. Precisamos pegar esse homem!

Na última vez que vi Remington ter um ataque e ficar totalmente maníaco, Pete enfiou uma seringa contendo um sedativo em sua jugular, e quando ouço os passos dos homens no tapete, grito imediatamente:

– Pete, não enfie nada na *gauganua dewe*... – então solto um gemido, viro a cabeça para baixo e começo a vomitar.

* * *

A emergência veio e se foi, e ainda estamos esperando, mais de meia hora depois, com os restos dos escorpiões olhando para mim da cozinha, em um pote de vidro.

Disseram-me para tomar Tylenol e Benadryl, usar compressas frias, e chamar, caso a coisa ficasse pior, pois aí eles iriam procurar um antídoto para mim.

Agora, o Tylenol e o Benadryl fizeram efeito e estou um pouco melhor. Tenho uma lata de lixo ao lado do sofá da sala para o caso de eu vomitar novamente.

Parece que vomitei metade do meu peso. Diane está colocando gelo em mim para as picadas não incharem, mas ainda sinto os choques. Estou meio grogue graças ao Benadryl, mas pelo menos o inchaço na minha língua baixou.

– Eu lhe disse que o homem tem o botão de autodestruição mais vermelho que já vi – diz Diane suavemente quando pressiona uma compressa fria em meu braço.

Ela me faz lembrar minha mãe, e por um segundo, estou com tanta saudade de casa que quero chorar. Mas a casa que eu realmente quero é o homem lá embaixo pronto para espancar até a morte o psicopata que fez isso comigo.

– Por favor, não deixe que ele nem mesmo coloque os olhos no Scorpion – falo miseravelmente. – Se eu estragar as coisas para ele de novo...

– Você não estraga nada, Brooke – garante Diane. – Você o ama. Você é a única mulher que ele já amou e a única pessoa que o amou e aceitou como ele é. Ele não recebeu amor quando crescia, foi rejeitado e deixado de lado. Então, o quanto você acha que ele irá defendê-la?

Meus olhos embaçam e minha voz treme.

– Eu quero defendê-lo também e nem consigo ficar de pé – digo, sentindo-me subitamente lamentável e fraca.

No momento em que os caras voltaram, tinha se passado quase uma hora, e todas as minhas terminações nervosas foram corroídas por minha ansiedade.

Estou deitada de lado no sofá com os olhos fechados, bêbada de Benadryl, quando ouço vozes abafadas do lado de fora da porta.

– Segure a porta...

Meu coração afunda no peito. Porque simplesmente não há outra razão para manter a porta aberta, exceto se seus braços estão ocupados segurando algo.

Algo grande e irresponsável e bonito.

Prendo a respiração quando Diane vai ajudar com a porta, e então eu os vejo. Não eles, Remy. Ele.

Pete e Riley estão grunhindo e bufando quando o puxam para dentro, com os pés arrastando no chão, a cabeça virada baixo. Seu cabelo escuro é tudo o que posso ver, e a raiva e o sentido de proteção são tão avassaladores que o único motivo pelo qual não avanço sobre eles dois é porque ainda não posso sentir um de meus pés.

– Seus idiotas! – grito.

Eles olham um para o outro e não dizem nada, quando de repente, inesperadamente, eu ouço sua voz, arrastada e ainda de alguma forma determinada.

– Preciso ver Brooke.

– Espera aí, amigo – Pete diz, ofegante quando se dirigem para o quarto principal.

– Preciso – Remy repete em voz baixa, truncada.

Diane apressa-se a ajudar-me a ficar de pé, meu coração parece um lenço de papel no meu peito, que tem sido usado até o fim. Odeio quando eles usam aquele sedativo pirante em sua garganta!

Mantendo o braço em minha cintura, Diane me ajuda a ir mancando até o quarto principal, onde encontramos os caras tirando as roupas de Remy até deixá-lo em suas cuecas boxer cinza. Em seguida, eles lutam para levá-lo para a cama.

– Pegue do outro lado – diz Pete, e Riley o levanta até a borda mais distante da cama.

– Rem, que diabos vamos fazer com você? Hã, cara? – diz Pete censurando-o, enquanto o coloca na cama e o limpa.

– Brooke – Remington rosna com raiva.

– Ela está vindo, cara! – diz Pete com uma risada.

Eles lutam para ajustá-lo na cama, para que ele me veja. Colocam um travesseiro atrás da cabeça dele, e vejo seus olhos entreabertos. Estão fixados em mim enquanto Diane me leva até a cama, e eles estão totalmente pretos e quase frenéticos quando ele me vê. Eu ainda fico maravilhada com o modo como aqueles olhos lindos podem mudar com tanta rapidez. Como seu corpo pode fazer essa transformação completa em poucos minutos. Suas mãos grandes e bronzeadas estão ociosas a seu lado, mas os espasmos dos dedos continuam, como se quisessem me tocar, e de repente todos os dedos das minhas mãos doem com a mesma vontade de tocar e consolá-lo.

–Tudo bem? – pergunta ele, seu olhar tempestuoso e escuro e vívido, com frustração.

Posso sentir também a sua frustração. Ele queria ir me defender e eles o detiveram. Posso sentir sua confusão raivosa girando em torno de nós, e subo na cama com ele e nos cubro até a cintura.

– Mais do que bem – digo suavemente, passando meus braços ao redor de seus ombros fortes e afagando sua cabeça.

Posso sentir a tensão aliviando-se de seu corpo quando ele fecha os olhos e de repente apaga. Afundando meu rosto em seu cabelo, desesperadamente eu puxo seu perfume em meus pulmões e seguro com força, enquanto seu peso se acomoda contra mim, mudando de posição de modo que sua cabeça está apoiada sobre meus seios.

– Eu te amo tanto – sussurro em seu ouvido. – Acorde logo, entendeu? Eu o peguei agora.

– Esta vai ser uma temporada difícil. – Ouço Pete dizer.

Concordo com a cabeça em compreensão, mas não consigo tirar os olhos de cima dele, seus belos cílios descansando sobre as maçãs do rosto, os lábios entreabertos. Toco naquele rosto de menino com um sexy queixo barbado.

Diz Riley:

– Vou buscar Lupe no ginásio e avisar que nosso cara não vai.

Pete me observa enquanto lentamente passo a mão no cabelo de Remy, então ele me traz um pouco de água e outro saco de gelo e os coloca na mesa de cabeceira, enquanto Diane avisa que vai limpar lá fora.

– Como você está? – pergunta Pete.

Respondo positivamente com a cabeça.

– Melhor com os comprimidos – sussurro. E acrescento: – Me desculpe ter chamado vocês de idiotas.

– Sinto muito termos que fazer, mas... Ele estava lá. O filho da puta. – Pete achata os lábios em uma linha com raiva, então continua a olhar para mim de forma estranha.

– Você é a única pessoa que o acalma, Brooke, mas também é a única que o aciona totalmente. – Pete suspira e olha pela janela para o pequeno jardim do lado de fora do nosso quarto. – E Scorpion sabe que há algo em você que faz Remington perder a cabeça. Ele vai continuar a provocá-lo. Ele vai tentar ferrar com a cabeça dele e atrair cada centímetro da fera que há em Remington.

– Não podemos, Pete, não podemos deixar que ninguém brinque com a sua cabeça. – Beijo a testa de Remy e envio todo o meu amor para o interior de sua mente, tão bela, e silenciosamente prometo: *Não vou deixar que ninguém brinque com você.*

– Remington está mais forte do que jamais foi no momento – diz Pete. – Mas você é uma grande fraqueza dele. Ele iria perder por você, desistir por você. Matar por você. Se medicar por você.

Limpo as minhas lágrimas e puxo a cabeça de Remy mais profundamente entre os meus seios.

– Pete, por favor, não dê mais sedativos. Temos que encontrar outra maneira.

– Cara, ele é tão forte como meia dúzia de homens juntos. Como você sugere que alguém possa detê-lo? Deixe-me dizer uma coisa, se os organizadores dessas lutas clandestinas decidirem que a última luta seja de submissão total... – Ele balança a cabeça e fica de pé.

– O que você quer dizer? O que é isso, submissão?

Ele olha para mim de um jeito triste, depois suspira.

– Nada. Mas Remington tem um desejo ardente de colocar as mãos em Scorpion. Ele é um homem nobre, mas não terá misericórdia daquele idiota, e se ele tiver a chance de matá-lo no ringue, deixe-me dizer-lhe agora, ele vai matar. – Pete caminha até a porta. – Agora me deixe ir procurar outro hotel para nós.

Balançando a cabeça para ele e sussurrando "Obrigada", volto para o meu grande leão.

– Vamos ficar mais confortáveis – digo a Remy.

Tiro minhas roupas com mãos trêmulas, e então retiro sua cueca, porque sei que ele fica sempre nu na cama. Então volto para pegar sua cabeça e pressioná-la contra meus seios, acariciando seus cabelos. Beijo sua testa.

– Peguei você agora.

Sua respiração é lenta e uniforme. Seu dedo se contorce ao seu lado, e pego a mão dele e a envolvo em torno da minha cintura.

– Você gosta de me segurar assim? – pergunto baixinho, sem de fato esperar por uma resposta.

Eu me aconchego e passo meus braços sobre seus ombros, visualizando-o no dia em que o deixei no hospital.

Confuso, maníaco e desesperado para dizer alguma coisa para mim.

E eu estava com muito medo de ficar...

Meus olhos ficam úmidos de novo e, subitamente não só as picadas doem, mas todo o meu corpo dói por dentro.

Engolindo o nó na minha garganta, aperto mais seu corpo e enterro meu rosto em seu cabelo, beijando-o avidamente várias vezes, em todos os lugares que posso. Sua respiração é lenta e nivelada, mas a minha ainda é agitada com tudo que aconteceu. Tudo o que eu sei é que há dor quando olho para ele, quando sinto seu cheiro, quando o toco.

Corro minhas mãos em torno dos músculos duros de seus ombros nus e, em seguida, inclino a cabeça e beijo sua orelha, e então sua testa macia. Ele tem o cheiro que me seduz, e eu me abaixo para cheirar seu pescoço enquanto corro os dedos pelas costas, pelos músculos do abdômen, e encosto os lábios em seu queixo.

Ele murmura algo ininteligível, e os dedos se agitam. Seguro o queixo em minhas mãos e dou um beijo suave em seus lábios.

– Obrigada por me defender, mas não vou deixar mais que estrague seus sonhos por mim.

Corro meus dedos sobre seu peito musculoso, pelo pescoço e pelos braços, curvando-me para beijar o lugar onde se vê a pulsação. Ele emite outro som e me pergunto o que pode estar pensando. Será que me ouviu? Acho que sim.

Pego seu iPod e meus fones de ouvido, para que possamos compartilhar um som, e procuro uma música que gostaria de tocar para ele. Coloco um fone em sua orelha e outro na minha e toco "Stay with You" do Goo Goo Dolls. Tomo sua mão em uma das minhas e beijo os dedos, acariciando seus cabelos enquanto ouvimos a canção, fazendo-me esquecer que cada parte em que eu fui picada dói como se eu ainda tivesse os ferrões dentro de mim. Eu o seguro enquanto escutamos. Meu lutador. Ele luta contra todos, até contra si mesmo, mas amo saber que ele nunca lutou para me amar.

* * *

Ele está completamente agitado.

Dois dias depois do Presente, como agora o chamamos, está em todos os noticiários que o lutador conhecido como Scorpion e sua equipe foram presos e acusados de danos a um quarto de motel devido à explosão de fogos de artifício no seu interior.

Sim. *Fogos de artifício.*

Quando perguntei a Pete e Riley o que aconteceu, apenas disseram que Remington nunca deixa uma mensagem sem resposta.

– Ele poderia ter tentado algo que fizesse Scorpion ser chutado da turnê, mas claramente ele quer acabar com isso no ringue.

Agora Pete está recebendo algum tipo de dispositivo para me proteger durante a próxima luta, e espero muito sinceramente que possa estar carregando um desses dispositivos em caso de eu precisar me livrar de qualquer coisa relacionada a Scorpion.

O som rítmico de Remy socando o saco de areia ecoa no grande ginásio, e hoje todos nós podemos sentir a magia.

Sempre sei quando ele está tendo um bom dia de treinamento, pois sua energia toma conta da sala. Ele me inspira, inspira qualquer um nas proximidades. Seu fogo ilumina nossos fogos. É algo palpável, como uma corda sibilante no ar. A energia de Remington é tão poderosa que posso cheirá-la, saboreá-la.

O treinador ficou andando ao redor da área onde Remington está treinando, nitidamente tocado por toda essa energia. Riley foi assistir nas proximidades, enquanto fica balançando no ar no estilo de boxe nas sombras, e eu passei duas horas correndo em uma esteira de frente para Remy, recebendo toda a inspiração do jeito que ele assume cada um de seus exercícios.

Agora estou me alongando nas linhas laterais. Meu corpo, ainda salpicado com marcas de picada de escorpião, bem espalhado nos tapetes enquanto faço ioga.

Ainda me lembro de ficar acordada na noite das picadas, o pequeno jardim fora do nosso quarto completamente escuro até então. Pequenas alfinetadas de dor correram por todo o meu corpo quando de repente senti Remington me arrastar para perto de seu corpo e começar a passar meu próprio remédio em todas as minhas picadas. Deus. E sua voz, tão preguiçosa, um pouco embriagada pelo sedativo, mas oh, tão carinhosa e preocupada:

–Olhe pra você.

Respondi, sem acreditar:

– Olhe pra mim? Olhe pra você!

E nós rimos miseravelmente. Minha risada era realmente apenas um blefe, porque, francamente, ele parecia preguiçoso e relaxado, sua agitação de fato não aparecendo, por causa do medicamento. Ele não parecia nem um pouco lamentável, não do jeito que eu estava. Remington exala força. Mesmo quando está dormindo. Ou quando está para baixo. *Porra*, um leão que dorme ainda é *um leão*.

Agora ele está se matando no ginásio, e eu estou na postura do cão olhando para baixo quando, de repente, percebo que ele parou de dar pancadas. Desacostumada ao silêncio, levanto a cabeça e olho para ele. Remy está olhando para minha bunda erguida no ar. Minhas entranhas fazem algo estranho, e eu me endireito e lhe envio um sorriso. Suas covinhas aparecem para mim, então ele levanta seus braços poderosos e começa a balançar de novo, batendo em seu saco de areia novamente e novamente.

Amo o jeito como ele treina. Cada batida poderosa cai certeira e pesada, e seu belo rosto tem aquele olhar calmo da concentração que acho tão sexy. Seus bíceps incham quando ele bate no saco várias vezes, e ele fica tão focado no que está fazendo que o ouço rosnar às vezes, um som baixo e profundo em sua garganta.

Paf! Paf! Paf!

O treinador está tendo uma de suas tardes barulhentas, e eu o escuto começar de novo:

– Não vamos aceitar merda neste ano! Não vamos dar nada de graça. Vamos tomar o que é nosso!

Remington não tem nenhuma resposta a não ser bater mais forte.

– Nós vamos precisar de um saco de areia mais pesado se vamos ser campeões, Riley – diz o treinador, do lado oposto de onde Riley está agora tomando notas.

Adoro como o treinador Lupe usa a palavra "nós", como se ele estivesse no ringue, lutando ao lado de Remy. *Pfft!* Como se aquele homem realmente precisasse de qualquer treinamento.

– O que você quer dizer? – Riley grita de volta, sinalizando o saco grande e pesado que Remington está esmagando com os punhos. – Esse saco de pancadas tem cento e vinte quilos, é o mais pesado por aqui.

– Oscila demais! – grita o treinador, balançando a cabeça careca.

Riley ri e aponta um dedo em direção a Remington.

– Vamos mudá-lo para o treinamento de velocidade.

O treinador assobia e aponta o *speedball*, e Remington retira uma luva para que ele possa se hidratar.

Sua camiseta cinza está colada ao peito, e o suor escorre pela garganta, seu torso e seus braços tonificados, musculosos. Uma tatuagem celta espreita debaixo de sua manga quando levanta a garrafa à boca, seu bíceps protuberante como uma montanha em movimento, e ele parece tão comível que os bicos de meus seios ficam duros. Ele está nisso há tantas horas que quase posso sentir o calor de seu corpo do outro lado do ginásio. Meus dedos estão coçando para trabalhar com ele, e nem mesmo comecei a sentir o resto de meu corpo. Vamos apenas dizer que quando ele está negro, fico particularmente consciente de suas "necessidades". E mal posso esperar para satisfazê-las de um jeito muito amigável.

Já estou formigando em antecipação quando uma vibração suave nas proximidades leva os meus olhos para o meu celular, que coloquei ao lado da garrafa de água. Apanho e leio.

MELANIE: *Estou tendo pesadelos com o que aquela besta fez. Já se recuperou daqueles bichos?*

BROOKE: *Não.☹ Ainda sinto as patas rastejando em mim. UGH! Mas não quero que Remy saiba que Scorpion me ferrou desse jeito, não quero que esse animal consiga foder com as nossas cabeças mais do que ele já fez. Mas me sinto uma merda. Assim, muito mal-estar. Vou para o segundo banheiro o mais discretamente possível durante a noite e começo a vomitar!*

MELANIE: *Mas por que você não quer dizer ao Remy que o ANIMAL deve morrer?*

BROOKE: *Mel! Porque ele faria isso!*

MELANIE: *VAI, ARREBENTADOR! MATE O ANIMAL!*

BROOKE: *Não, Mel, eu tenho que lhe dizer que estou bem. Estou tentando apaziguar meu homem das cavernas.*

MELANIE: *Não conheço nenhuma outra maneira de apaziguar os homens das cavernas senão através de comida e sexo, e senti morcegos no meu estômago pensando em você "apaziguando" um Arrebentador agitado!*

BROOKE: *Eu sei, é uma tarefa tão difícil!* ☺ ♥

MELANIE: *Onde está minha amiga atleta, sua vadia! Sinto sua falta, por que não me leva pra aí depressa?*

MELANIE: *Deixe que ele me mostre de novo o quanto ama você, trazendo para você sua melhor amiga. Quero dizer, qual é o problema com ele? Ele já tem o que queria e agora se esquece de impressionar você me levando até aí?*

– Pare de olhar em volta e se concentre! Ela não vai a lugar nenhum, Tate – o treinador late enquanto me despeço dela, então ouço o som que ele faz no *speedball*.

Thadumpthadumpthadump...

Hoje não estamos sozinhos no ginásio.

Duas ginastas estão treinando do outro lado agora, e meu estômago não ficou muito contente quando as duas começaram a cobiçá-lo descaradamente. Elas assistiram a Remy pulando corda. Depois, com os olhos quase pulando para fora das cabeças, elas o viram fazendo exercícios de musculação e abdominais. Minha fera fica tão sexy treinando, as duas ficaram espiando durante toda a manhã e a tarde. Uma delas até caiu de bunda por se distrair olhando.

E acho que o problema comigo agora é que, com cada mulher bonita que eu pego admirando Remy, eu me lembro das *groupies* e prostitutas e fico mal do estômago novamente.

Expirando quando me inclino para a postura do cão na ioga, mantenho-me assim por um momento, e depois passo para a posição de cobra – em que fico espalhada de rosto para baixo sobre a esteira, com as costas e o pescoço arqueados para trás, e recebo um vislumbre dele no saco de velocidade. Lá está Remy, todo socos e pancadas, uma propaganda ambulante para esportes e sexo, todos os seus músculos quentes e em ação, socando poderosamente. Ele move os punhos tão rápido, a bola nunca para de oscilar.

Remy está sem a camiseta agora, e posso ver como todos os músculos se contraem e relaxam. A calça de moletom está baixa na cintura, me presenteando com um vislumbre de sua tatuagem de estrela, Deus, ela me deixa louca. Começo a pensar sobre como a ereção de alguma forma sobe para provocar, seu pau tão alto que cobre o desenho quando está totalmente de pé, e essa lembrança me penetra e me aquece de uma maneira que eu não gostaria de ficar justo agora. Ciente de que meus mamilos estão duros de desejo, aperto os olhos fechados por um momento.

Expirando, obrigo-me a deslizar e esticar as pernas para fora na esteira, primeiro uma e depois a outra, e mais uma vez.

O treinador rosna:

– Está treinando ou xavecando hoje, Tate?

Girando a cabeça para trás, vejo Remy voltar para o saco, tomar posição, levantar as luvas e bater tão forte que a única coisa que se pode ouvir no ginásio é o som de seus socos.

– É disso que estou falando! Quem é esse filho da puta que você está matando? – grita o treinador.

Minha pele formiga quando a voz de Remington explode no grito que ele dá de volta.

– Você sabe muito bem quem é!

– Quem é esse filho da puta que você vai enviar pro coma, caralho!? – o treinador continua.

– Ele é um homem morto!

– É isso mesmo! Ele pegou o que pertence a você! Mexeu com você! Mexeu com sua garota...

Remington ruge e bate no saco, fazendo-o cair ao chão. Ele o chuta e o saco vai para o ar antes de colidir com a parede com um *boom!*

Riley ri quando chega perto.

– Você diria que ele está um pouco irritado, B? – brinca comigo.

Meu estômago se contrai quando Remington olha para cima e diretamente para mim. Seu peito infla a cada respiração, os olhos fixos em mim, e me sinto um pouco nua sob aquele olhar. Eu apostaria minha vida no fato de que, neste momento, Remington está me fodendo gostoso dentro de sua cabeça.

– Daqui a duas semanas, Scorpion lutará nas mesmas noites que nós. Poderemos encontrá-lo. Está nervosa? – Riley pergunta, examinando brevemente as ginastas enquanto fala comigo.

Só de ouvir esse nome sinto minha adrenalina inflamar e tenho vontade de correr para as montanhas. Abaixo o rosto e faço a postura do pombo para abrir meus quadris, e depois troco as pernas e repito o exercício.

– Sim, estou nervosa. Supernervosa, porque fico nervosa em todas as lutas, mas com esse idiota por aí, fico dez vezes mais nervosa – reviro os olhos e Riley ri.

Parece que "fizemos as pazes" evitando estrategicamente falar sobre "isso", mesmo que realmente esteja morrendo de vontade de perguntar a ele e ao Pete o que exatamente aconteceu. Mas eu gostaria de saber mais?

Não.

Nós tínhamos rompido. Não tenho o direito. Ele nem se lembra, com seu transtorno bipolar, e isso já passou. Acabou. Eu sou dele e ele é meu.

– Caramba, até eu estou nervoso, Brooke. A mensagem de Scorpion foi bem clara – diz Riley com um sorriso. – É dentro e fora do ringue. E a mensagem de Rem só disse ao desgraçado que seus dias estão contados. Ninguém se mete com sua mulher.

Eu me endireito e olho para aqueles olhos tristes de surfista, e juro que vi alguma diversão lá. Por isso ri, apenas ri. Porque, sinceramente, esses são homens adultos. Homens. Mas eles ainda são como crianças. E quando olho pelo ginásio e vejo Remy, ele é o mais menino de todos, mais forte e irresistível.

– Riley, você precisa me ajudar a ter certeza de que, não importa o que aconteça, Scorpion não consiga mexer com a cabeça de Remington. Vocês dois, Pete e você, precisam estar atentos para isso também. Você está me ouvindo?

– Sim, senhora – ele diz, saudando como um cadete do Exército. – Agora vá ganhar o seu sustento.

– Ha-ha. Eu trabalho tão duro quanto vocês.

– Sim, mas não recebo o tratamento real que você tem.

– Porque você é um saco, e eu mando bem.

– Não vou nem responder a isso. Valorizo demais meu rostinho. – Ele sorri para algo além de meu ombro.

Uma torre de músculos bem atrás de mim, puxando as ataduras de suas mãos.

– Eu ficaria feliz em quebrá-la pra você – ele murmura.

– Prefiro um adiamento, se você não se importa.

Enquanto Riley vai ajudar o treinador a limpar tudo, Remington baixa seus olhos negros, e vejo suas narinas se mexer como se ele pudesse me cheirar sem nem mesmo descer a cabeça, só de olhar para mim.

– Pronta?

Ele fala naquela voz do tipo "fiz exercícios por horas e sou gostoso pra caramba" enquanto passa os dedos na base de minhas costas, e não sou imune a nada disso.

– Nasci pronta – respondo, um pouco sem fôlego.

Não sei muito bem se ele está ainda naqueles momentos maníacos, mas estou bem consciente da energia crepitante ao redor dele quando Remy está em seus dias negros. Ele é um poço de energia, mas nos dias negros parece ser o dobro. Nós dois vamos para a pequena sala de reabilitação na parte de trás do ginásio. E quando coloca a mão na minha bunda, eu não digo nada, mas sinto tudo. Então, quando ele aperta, preciso de todos os meus esforços para não me virar e pegar sua bunda dura e apertar aquela carne dura contra mim.

– Em cima da mesa, Arrebentador – ordeno.

Gosto de dar-lhe ordens porque ele me dá esse divertido olhar de "tudo bem". Como faz agora, como se estivesse extremamente entretido comigo. Ele se deita em cima da mesa, que é muito parecida com uma mesa de massagem, no centro da pequena sala. Nas proximidades, há também uma geladeira, para guardar os medicamentos e itens gelados que usarei depois para sua massagem com gelo.

Ele se espalha com a cabeça virada para baixo, e sua temperatura corporal é tão alta após o treino que posso sentir seu calor antes mesmo de tocá-lo.

– Você se sente bem? – pergunto, com o meu olhar na linha de sua coluna vertebral. – Algum nó incomodando?

– Gostaria de colocar minhas mãos em você o mais breve possível – sussurra, e eu mordo o interior da minha bochecha.

– Tudo bem, mas como se costuma dizer, primeiro as damas.

Ele geme.

– Não me torture, baby, quero comer você já.

Eu me inclino e dou um beijo na orelha:

– Não é tortura, tente relaxar.

Quero mesmo que ele relaxe, se concentre em seu corpo. Passo meus dedos em seus ombros. A respiração assobia para fora por entre os dentes, e eu também seguro a minha, mas nosso contato faz isso comigo. Expirando suavemente, eu me aclimato a ele e começo a massagear com os dedos. Ele também se aclimata a mim e sei que ele está começando a relaxar quando geme baixinho.

Estamos tão ligados que não posso tocar sua pele sem sentir deliciosas ondulações se irradiando através de mim. Às vezes me sinto como se estivesse absorvendo aquela fonte poderosa que faz Remington Tate ser... Remington Tate. Cada centímetro do meu corpo torna-se consciente de seu músculo e pele sob meus dedos e de tudo o mais ligado a ele. Da maneira como ele cheira agora, cheiro de mar e sabonete e só ele. A forma como o seu peito se expande com seu esforço. A maneira como seu cabelo está espetado e amarrotado e úmido.

Amo trabalhar nele com as mãos.

Este é o meu trabalho, mas este é também o meu amor.

E não consigo pensar em nada melhor do que isso.

Sinto cada músculo, um de cada vez, buscando o seu calor, cavando profundamente para que haja um fluxo de sangue perfeito em cada parte de seu corpo. Eu massageio e separo a fáscia, amassando os músculos com os dedos para fornecer uma boa nutrição naquela área. Quando o músculo se solta, o seu sangue, maduro e com todos os nutrientes de seu modo de vida saudável, entra para ajudar a reparar e fazer crescer aquele tecido.

Tendo o esfregado em ambos os lados, vou até a geladeira para que eu possa lhe fazer uma massagem com gelo. Massagens de gelo são ideais para qualquer nó ou lesão, mas Remington adora e eu lhe faço uma de vez em quando para acelerar a recuperação geral.

Há um copo de isopor já no congelador. Ele contém um bloco congelado de água, e eu esfrego a palma da mão sobre ele, várias vezes, para suavizar o gelo e me certificar de que não vá ferir a pele. Então passo o gelo sobre seus músculos, enquanto seguro a parte de trás do copo, quase como se estivesse deslizando desodorante roll-on sobre sua pele.

Ele se deita e me deixa cuidar dele, seus feromônios masculinos agarrados à sua pele como suor, seu corpo tão quente que o gelo imediatamente começa a derreter. Observo os filetes de água descerem em zigue-zague, brincando junto às costas largas, e quando ele se vira, esses fiozinhos fazem o mesmo na frente de seu peito firme.

Meus olhos seguem a água enquanto a minha mente nada nos pensamentos de lamber cada um deles com a minha língua, especialmente os que deslizam em seu umbigo, aqueles que se enrolam em torno de seus mamilos. Enquanto eu assisto e mentalmente começo a lamber cada belo centímetro dele, Remy me vê trabalhar com olhos quentes e suaves, e de certa forma agradecidos.

– Adoro como você se exercita – sussurro.

– Adoro o jeito que você me massageia.

* * *

No momento em que subimos no elevador de nosso hotel, estamos ambos cansados, eu especialmente. Ainda não me recuperei da merda do Presente e estou cansada o suficiente para pular o jantar e ir direto para a cama.

Depois de oito horas de exercícios, Remy meio que expulsou a maior parte de sua energia negra. Ele se inclina para trás contra a parede do elevador com um braço vagamente envolto em torno de meus quadris, enquanto fico metade de pé, metade apoiada nele, descansando parte da minha cabeça na lateral de sua garganta.

– Banho frio, coma um boi, vejo você amanhã – diz o treinador ao descer em seu andar.

– Deixa comigo – responde Remington em voz baixa e poderosa.

– Boa noite, treinador – digo.

E assim que ficamos sozinhos no elevador, Remington abaixa a cabeça para me cheirar.

A pressão de seu corpo contra minhas costas é forte, os músculos quentes. Ele expira calidamente na minha pele, então lambe a parte de trás da minha orelha, e uma sacudida elétrica me atravessa. Ele, então, fuça seu caminho em toda a volta da minha cabeça, até a parte de trás da minha outra orelha, e me fareja lá também. Meus mamilos se endurecem dolorosamente contra meu top e na primeira lambida de sua língua em toda a volta do meu ouvido, a vontade explode através de mim. Ele me tem encostada contra seu corpo enorme, e sussurra em meu ouvido em tom apreciativo:

– Eu vi você fazendo alongamento. Você estava fazendo isso pelo bem de seus músculos ou dos meus?

Enquanto essas palavras correm por dentro de mim como uma carícia sexual, ele desliza uma mão aberta na frente do meu corpo, e estremeço quando ele fecha a mão sobre minhas calças de Lycra.

– Brooke? Foi por sua causa ou minha?

Ele lambe e suga um ponto nu de pele na parte de trás do meu pescoço, iniciando um doloroso tremor dentro de mim.

– Sua – digo gemendo.

Ele ri baixinho enquanto desliza a mão para cima.

– Gostou de ver me exercitando?

Sua pergunta rouca aciona cada ponto erógeno dentro de mim quando ele enche a palma da mão com um dos seios por cima do meu top.

– Eu e o resto do ginásio – respondo sem fôlego.

Aí vem sua risada de novo. Sexy. Profunda.

Seus dedos sobem e descem pelo meu braço nu, causando todos os tipos de estragos em mim. A lava se infiltra dentro de mim quando ele mordisca minha orelha e a puxa suavemente. De repente, não posso suportar, giro em seus braços e, nossa, ele cheira tão bem que me sinto tonta.

Ele está com uma camiseta limpa, o corpo emanando calor como um vulcão em erupção, e apoio minhas mãos no tecido macio para me preparar enquanto beijo seu pescoço, lambendo-o ávida e desesperadamente. Seu gosto envia dores de desejo a lugares que eu nem sabia que tinha.

Ele rosna baixinho em satisfação e abaixa a cabeça para apertar minha boca na dele. Fecha a mão na minha bunda e me aperta enquanto o elevador sobe o resto do caminho. Eu esfrego minhas mãos em seu peito, sobre sua camiseta, e continuo provando dele.

– Remy – murmuro de novo.

Pressiono meus seios em seu peito e começo a me ondular, e ele ri baixinho no meu ouvido e agarra minha bunda mais forte em suas mãos.

– Você me quer? – Ele estimula, o hálito quente contra meus lábios enquanto aperta sua boca na minha.

– Sim...

Remy desliza a mão entre as minhas nádegas e, por trás, de repente, acaricia meu clitóris através de minhas calças. Meus joelhos quase falham.

– Você está molhadinha? – pergunta.

– Remy… – só consigo dizer isso, dolorida de desejo entre as pernas.

– Sua boceta está molhadinha? – ele pergunta no meu ouvido, sinuosamente mergulhando a língua dentro dele.

– Sim. Oh, sim.

– Deixe-me ver.

Ele gira meu corpo de modo que nós dois estamos de frente para as portas, então enfia os dedos por dentro da minha calcinha e me acaricia por um breve segundo, verificando minha umidade, deslizando o dedo em minha entrada inchada, fazendo-me suspirar, balançar meus quadris e gemer, até que ele diz, em um sussurro rouco e satisfeito:

– Hmmm.

Ping.

Hmmm…

É um som entre nós, e quando ele diz isso, significa que quer me comer. Inteira.

Cerca de um milhão de células em meu corpo tremem com a necessidade, e minha frequência cardíaca aumenta quando as portas se abrem. Ele me coloca no ombro e segura a minha bunda enquanto vamos para a suíte, eu rio de surpresa com o movimento homem das cavernas e dou chutes no ar.

– Diane vai chegar daqui a pouco – guincho, mas ele aperta minha bunda como se isso não importasse e me carrega para dentro, mergulhando o dedo mais uma vez por trás entre as minhas pernas, e por isso passando por cima do meu clitóris.

Minha boceta incha com a necessidade, e eu caio completamente imóvel, deixando que ele me esfregue.

Meus olhos se fecham conforme ele esfrega e esfrega, seus ombros rígidos e fortes sob o meu estômago enquanto ele me carrega.

– Oi, gente – diz Diane enquanto ele me leva para a suíte, e antes que eu possa responder, ele se dirige diretamente para o quarto principal, dizendo por cima do ombro:

– Não estamos com fome ainda, daqui uma hora.

E bate a porta atrás de nós.

SEIS

VOANDO PARA BOSTON

Em nosso caminho para Boston, tenho a oportunidade de conhecer melhor o banheiro do jato. Metade do voo passo vomitando nele.

Quando saio depois da primeira rodada, a carranca de Remington me cumprimenta, enquanto Diane me leva para o seu lugar lá na frente, onde ela tem um prato de melão, mamão, nozes e queijo *cottage* à minha espera. Eu amo mamão. Tem fibras e cargas de vitamina A, e é ótimo para o sistema digestivo. Há uma fatia de limão do lado, que eu geralmente espremo no mamão. Porém, meu corpo tem uma reação diferente, e o cheiro de mamão...

Prestes a vomitar de novo, empurro o prato de lado e corro ao banheiro, levanto a tampa do sanitário e... Diane imediatamente aparece na porta, e eu a ouço falar com alguém do lado de fora. Claro que tenho uma ideia geral de quem é esse alguém.

– Não deixe que ele venha... – imploro a Diane entre suspiros.

Agora, Remy está virado por mais de duas semanas.

Ele se declarou "o rei do mundo" dois dias atrás, seguido por um "rei da selva" e então "rei dos sacos de pancada" e então, naquela noite, ele me pediu para ser sua rainha, e eu ri. Mas, ao mesmo tempo, ele parecia tão encantador e adorável com suas covinhas que quase parecia que ele estava me propondo casamento.

Ele está tão energético. Ele está desgastando a todos nós, mas pelo menos Pete, com olheiras e tudo, está feliz de que ele não tenha mudado para a depressão. O Remington maníaco luta como um gladiador, e ultimamente, parece de muito bom humor, enquanto puder continuar esmurrando as pessoas e fazendo sexo de montão – coisa que estou mais do que feliz em realizar, já que tenho estado tão a fim dele como sempre ou, estranhamente, até mais...

Quando puxo a descarga e tento respirar de novo, Diane me lança um sorriso que me diz que ela pensa que Remy é adorável por se preocupar comigo, mas o seu sorriso desaparece quando ela dá uma boa olhada em mim.

Realmente me sinto uma merda, então devo mesmo parecer uma merda. Engraçado que, não importa quantos anos passem, quando me sinto doente, estou de volta para os meus dias de sopa e sinto falta da minha mãe. Ela nunca nos deixou comer na cama, exceto quando estivéssemos doentes, e então ela trazia uma bandeja com sopa quente.

– Poderia ser um problema estomacal? – Diane sente minha testa. – Sem febre. Quer um pouco de água mineral? Ou Alka- Seltzer?

– Talvez um pouco de água com gás – admito, ruborizando de vergonha quando penso que toda a equipe vai agora saber sobre a minha regurgitação. – Você tem chiclete?

Ela acena com a cabeça e me olha quando rapidamente tento reorganizar o meu rabo-de-cavalo.

– Você deveria ficar no quarto hoje – sugere.

– E perder o treino? Nunca! – suspiro.

– Você parece tão pálida, Brooke.

Belisco ambas minhas bochechas e adiciono um sorriso brilhante.

– Pronto.

Repreendendo-me com um aceno de cabeça, ela sai e retorna com um pacote de goma de mascar, e uma pequena mala de viagem do hotel contendo uma escova de dente de plástico e um tubo de Colgate.

– Coleciono essas coisas de todos os lugares que vamos. Xampus também – ela me diz com orgulho.

– Oh, você é um salva-vidas, Diane.

Enquanto escovo os dentes na pequena pia, começo a me perguntar seriamente o que há de errado comigo, e quando saio, ele está à beira de sua cadeira, com os cotovelos sobre os joelhos, os olhos negros fixos na porta do banheiro.

Somados aos dele, três outros pares de olhos preocupados seguem-me quando vou em linha reta até o meu assento. Sinto-me tão fraca e desidratada que desabo sobre as almofadas e sento-me em cima da minha mala de viagem. Remington a puxa e a atira para a ponta do sofá, então segura com firmeza a parte de trás da minha cabeça e a ergue:

– O que há de errado com você?

– Não sei. Não tenho sido eu mesma desde as picadas.

Sinto, mais do que vejo, a presença de Diane nas proximidades, e ela parece estar nos estudando, e isso tanto faz para mim, eu só quero ser mimada. Quero rastejar no colo de Remington e ficar lá, com os braços ao redor do pescoço dele, e meu nariz em sua garganta, farejando, mas estou muito cansada para me deslocar de meu assento, então só enfio meu rosto em uma de suas mãos e fecho os olhos, cheirando seu perfume de sabonete.

– Brooke, você tem certeza de que começou com as picadas?

Tanto ele como eu nos voltamos para Diane ao mesmo tempo, e ela está com esse sorriso diabólico que nunca vi antes. Seus olhos castanhos alegres fixam-se em Remington, em vez de em mim, e quando ela fala de novo, sua voz treme com algo que soa como excitação.

– Você já perguntou a Brooke se vai ser pai?

Desculpe-me? Acho que engasguei e então engoli uma bola de boliche. No momento em que sinto certo par de olhos negros familiares olhando para mim, meus pulmões parecem que se expandiram ao limite.

Ele espera até que eu olhe para ele, e fala com a voz quase inaudível por causa dos motores do avião.

– Vou ser pai?

Puta merda. Será que estou...

... Grávida?

Essa simples palavra faz com que a bola de boliche na minha barriga dobre de tamanho. Ele está preocupado se estou grávida? Olho para o rosto dele e... Nada. Só um rosto bonito e isso é tudo. Não consigo ler Remy com aqueles olhos escuros.

– *Não!* – insisto. Todas as minhas paredes internas se atiram para cima em modo de defesa quando o medo absoluto do que algo como isso faria conosco se instala. – Eu faço controle de natalidade. Durante anos. Isso fez com que a minha menstruação ficasse irregular então nem sei mais quando são meus dias e... – Faço uma pausa quando Diane mexe as sobrancelhas para mim. – Não estou – garanto para o rosto sorridente dela, agora brilhante.

Ela traz uma garrafa de água com gás, e Remington a toma de sua mão estendida.

– Não pode ser. Não pode – digo, dirigindo-me apenas para ele.

– Quero que alguém a examine – ele abre a garrafa para mim e depois me entrega quando gira a cabeça para frente do avião. – Pete, eu quero que alguém examine a Brooke agora!

– Certo – responde Pete. – Vou fazer algumas ligações assim que pousarmos.

– E que seja mulher, com experiência e boas referências, não um novato – acrescenta Remington.

– Não quero que ninguém me examine – protesto.

Ele parece estar ficando mais agitado ainda, então passo as mãos pelo seu cabelo preto sedoso para acalmá-lo. Ele expira ruidosamente pelo nariz, e quando sinto que se apaziguou, enterro meu nariz em seu pescoço. Não sei por que, mas este é o único lugar onde eu não me sinto doente ou enjoada, com meus pulmões cheios de puro Remy.

– Você vai ser examinada – diz ele com a voz rouca no meu cabelo, então serpenteia os braços em volta de mim e me puxa para o seu colo. Eu quase gemo de gratidão, me sinto tão ridiculamente segura em seus braços.

Ele abaixa a cabeça para cheirar meu pescoço como se para se acalmar com o meu cheiro, também, e depois seus lábios seguem para minha orelha, onde ele fala baixinho e gentilmente para mim, ganhando força a cada palavra:

– Se esses escorpiões causaram qualquer dano permanente, juro que vou matar esse filho da puta e pregar a cabeça dele num poste!

– Eu poderia arrumar um teste de gravidez para ela – diz Diane.

Remington a avalia com os olhos negros semicerrados. E eu não posso deixar de notar, com um pouco de pânico, que eles não estão cintilantes com a ideia e certamente não estão rindo.

– Eu não estou grávida. Não posso estar – insisto.

Meu implante contraceptivo não pode ter falhado tanto assim! Ele não faria isso!

Muito lentamente, Remy passa os olhos sobre mim, desde o topo da minha cabeça até o rabo-de-cavalo, o volume de meus seios sob minha confortável blusa azul-celeste, meus apertados jeans rosa, e se volta ainda lentamente, a expressão ilegível.

– O quê? Você acha que estou? – pergunto em descrédito, e antes que ele possa responder, eu acrescento: – Remy, um bebê seria muito assustador agora.

Ele zomba.

– Quem tem medo de um bebê?

– Eu tenho, meu homem adorável, eu!

Ele sorri:

– Quem sabe eu o assuma se ele se parecer com você.

– Você não vai assumir merda nenhuma porque não tem nada pra assumir!

Ele me observa por alguns instantes, e eu juro que ele parece meio...

– Você parece meio presunçoso, não é? – acuso, mal acreditando no que estou vendo.

Ele levanta uma sobrancelha elegante.

– Isso mesmo. Você parece presunçoso ao pensar que me engravidou quando meu controle de natalidade diz que é quase impossível.

Remy ri aquela risada profunda dele que faz minha pele ganhar vida e eriçar todos os pelos do braço, então me beija daquele jeito de namorado, quando o beijo não tem a intenção de excitar – mas apenas expressar algum tipo de conexão –, e me examina com aqueles olhos negros adoráveis que estão agora brilhando muito, muito mesmo, divertidos.

– Prefiro que esteja grávida de um bebê meu do que estar doente com o veneno dele – sussurra, meio rosnando.

– Nem um caso e nem outro – garanto.

Mas, então, por que estou com essa coisa de ficar duas semanas vomitando?

Merda.

Bosta.

... mas que porra!

Ele me deita gentilmente em seu peito e esfrega as minhas costas, com rapidez, para cima e para baixo, então me diz em voz baixa, suas palavras suaves embalados com aviso:

– Vou colocar você na cama quando chegarmos ao hotel, e você não vai sair de lá. Não me interessa o que tenha de errado. Você não vai sair de lá até que alguém examine você e me diga que vai ficar tudo bem.

– Há! Nem pense que vou ficar na cama o dia todo, nem mesmo se eu me sentir mal. Nunca faltei em um dia de trabalho em minha vida.

Ele beija minha orelha de novo naquele jeito de namorado que estou começando a gostar muito.

– Então você não viveu corretamente.

* * *

Então, não irei apenas faltar ao trabalho e viver no limite agora, mas acabo de fazer xixi numa fita...

Pete arranjou uma consulta com um ginecologista homem e experiente para amanhã, e Remington está ficando impaciente. Ele até perdoou a parte do médico homem, mas não vai esperar tanto tempo para saber. Claro, o Sr. Apressadinho não iria esperar. Eu disse a ele milhares de vezes que não estou grávida, e quanto mais eu digo que não estou, mais convencido ele parece. Agora, ele parece mais animado do que eu sobre fazer xixi numa fita...

Quando saio do banheiro vestindo sua camiseta preta, eu o encontro fazendo exercícios de sombra no quarto.

Observo da porta, admirando seus movimentos. Ele sabe exatamente para onde o punho deve ir, e mesmo quando dá a impressão de que ficou relaxado, sei que o poder embutido em cada soco se parece com um trator.

Apoiando-me no batente da porta, a atleta em mim não pode deixar de admirar o atleta nele. Conheci milhares de desportistas em minha vida. Mas nunca, nunca conheci ninguém como ele. Sua velocidade. Agilidade. Como ele finta. Balança. A forma como ele luta parece ser instintiva, mas ao mesmo tempo, dá para ver tanto em seu regime de treinos quanto em sua luta que sua mente está sempre no jogo.

Penso em meus pais por um momento. Eles sabem que estou em turnê de trabalho, embora eles não tenham ideia de quão profundamente me envolvi com o homem que me contratou. No dia que saí de Seattle, a minha preocupação era se Remington me levaria de volta ou não. Nem sequer considerei dizer aos meus pais que eu estava apaixonada. Que eu conheci *o* cara – aquele que nunca pensei que iria encontrar. O que me fez me apaixonar de um jeito que nunca imaginei. Sei que eles confiam em mim porque sou equilibrada. Ao longo dos anos, tenho provado ser a mais responsável de sua prole, mas se este teste der positivo... Oh meu Deus, se for positivo, ele vai gritar "imprudente" por todos os lugares!

Meu Deus, e se eu estiver grávida? E um bebezinho Tate entrar em minha vida como Remington fez, tomando conta, dizendo: "Sabe de uma coisa? Você pode não saber que precisa de mim, que me quer, e que vai me amar, mas aqui estou eu.".

– Você já verificou?

A voz dele me empurra de volta à consciência. Meu estômago fica emaranhado quando olho para ele. Remy está correndo os dedos pelos cabelos, e cada vez que faz isso, parece desalinhá-lo ainda mais. Seus olhos são escuros, mas a luz que vem do sol ilumina as pequenas manchas azuis neles. Ele parece quente e alegre em sua calça de moletom e capuz – e o pensamento de estar carregando seu bebê me faz sentir inquieta e muito, muito despreparada.

– Brooke – ele insiste em voz baixa.

Meu estômago gira mais uma vez. Uma parte de mim está curiosa, e outra não quer saber e tudo o que quer é manter o *status quo*. Apenas nós. Remy e Brooke.

– Afinal, você fez ou não fez xixi na tal fita? – pergunta Remy quando continuo a hesitar.

– Fiz! Já disse que fiz!

Começo a tremer quando vou buscar o teste, então trago para a mesa de cabeceira e leio as instruções pela terceira vez. Depois, reúno minha coragem, retiro a tampa e olho no visor.

As borboletas saem de dentro de mim.

Meus pais aparecem diante de mim. Mamãe e papai. Outra geração. Talvez Nora tenha contado a eles que estou saindo com o homem para quem trabalho, mas se eles nem souberem que estou com ele, um bebê a caminho vai deixá-los na necessidade de fazer terapia por um mês. Sacudo o pensamento, porque, honestamente, o que é importante agora é o que ele pensa. Ele. *Remington Tate*. O primeiro e único Arrebentador. Possivelmente, em breve, o pai de meu bebê?

Merda.

Isso não pode estar acontecendo.

Mas está.

Eu me viro para vê-lo, e um caminhão carregado de amor bate em meu coração.

Ele está pulando na sala, balançando os punhos no ar, para cima e para baixo. Solta ganchos, jabs, franze a testa, e bate em seu parceiro de boxe imaginário, que parece ser um cara rápido, pelo jeito que Remy está batendo e se esquivando.

Ele é fascinante.

Em forma, rude e tão verdadeiro. Ele é todo meu, ou pelo menos, isso é tudo que eu quero no mundo. Que ele seja meu.

Calmamente, como se me sentindo, ele para de balançar e levanta uma de suas sobrancelhas negras que sempre parece permanentemente inclinada.

– E então, o que é que diz?

–Diz que...

Fico olhando para o pequeno visor, e não, não estou vendo em dobro. Quer dizer, estou, mas não é uma alucinação.

Acho que rochas substituíram meus pulmões, pois não consigo respirar, quando coloco o teste ao pé da cama e caminho até Remy. Passo a passo, olho para aqueles olhos negros e cinzas, com as manchas azuis que observam minha aproximação em crescente curiosidade. Levantando minhas mãos, seguro o queixo barbado e olho para ele de fato enquanto ele olha para mim, só que estou perfeitamente sóbria; ele está perfeitamente divertido.

– Remington, não se esqueça disso – sussurro ansiosa, meu peito pedindo seu apoio. – Você está em seus dias negros, e não quero que se esqueça do que vou lhe dizer. Preciso de você inteiro aqui comigo.

– Ei. – Sua covinha desaparece quando ele emoldura meu rosto em suas mãos enormes e calejadas. – Eu tenho você.

– Deus, por favor.

– Sim, tenho. Eu tenho você. Agora, o que está errado aqui? Hmm? Se você não estiver grávida, então vamos descobrir o que há de errado com você. Se você ...

Afastando-me antes que ele termine, corro para pegar o teste e levar até ele, meu coração pegando um ritmo selvagem. Quero a sua força. Quero a sua confiança. Mesmo quando volátil, ele é sempre assim. Forte! Preciso disso agora.

Sem tirar os olhos de cima de mim, Remy pega a fita que entreguei.

Mas Deus, ele pode não permanecer sorrindo por muito tempo.

Minha voz é calma e surpreendentemente estável.

– Duas linhas significa, supostamente, que estou grávida.

Seus olhos ficam travados nos meus por mais um momento, e então seus cílios descem quando ele vira o visor um pouquinho para a luz do sol.

Minha própria ansiedade me devora por dentro enquanto espero por uma reação. Estávamos brincando no avião, mas ele está sério agora. Tão sério quanto eu. Seu perfil é completamente ilegível enquanto observo a forma perfeita de seu nariz, tão elegante. Sua boca, descontraída e cheia, estupidamente bonita. Suas sobrancelhas, agora um pouco juntas em perplexidade enquanto Remy decifra as linhas. Impossível identificar alguma emoção.

Quando ele coloca o teste de lado, minha respiração para em meus pulmões, e quando ele levanta a cabeça escura, nada mais existe no mundo, exceto este momento. Ele levanta os olhos para mim, e meu estômago se retorce tanto quanto meu coração.

E se ele não me quiser assim?

E se isso for demais para nós?

E se somos fortes o suficiente para nos amar, mas não para continuarmos nos amando junto com mais alguém?

E se não estivermos prontos?

Nossos olhos se encontram. Ele estuda a minha reação enquanto estudo a dele mais desesperadamente. E dentre as mil coisas que eu poderia ter imaginado ver em seu rosto, nunca pensei que iria ver o que eu vejo. Ele está... Contente. Não. Mais do que contente. Seus olhos brilham como se estivesse sexualmente com fome, mas ele está com fome de outra coisa. Em seguida, suas covinhas começam a piscar, e ele ri, e sua perfeita felicidade explode como um arco-íris em mim.

– Venha aqui.

Ele me pega e me levanta, de modo que meu abdômen está em seu rosto, e ele dá um beijo barulhento em mim. Eu grito quando ele me atira na cama e paira sobre mim.

A visão dessas duas covinhas no queixo não barbeado me encanta muito, e começo a rir.

– Você é um louco! Você é o único homem que conheço que joga sua namorada grávida em uma cama!

– Eu sou o único homem – diz ele. – Tanto quanto sei. Há apenas um homem em seu mundo, e esse sou eu.

– Tudo bem, mas não conte a meu pai que concordei tão facilmente...

Esfrego seus ombros e ele emoldura meu rosto e se coloca em cima de mim. Se eu achava que ele parecia presunçoso antes, agora então ele deu um novo significado à palavra.

– Brooke Dumas, grávida do meu bebê – diz ele maliciosamente. Seus cabelos estão tão em pé que passo as mãos por eles e assisto a meus dedos brincando com eles. Uma onda de alegria varre meu corpo. – Minha cabeça está girando. Beije-me.

Ele abaixa a cabeça e junta ternamente seus lábios aos meus, traçando a carne dos meus lábios primeiro, e depois acariciando a minha língua com a sua tão deliciosamente, e todas as minhas papilas gustativas despertam. Ele se ergue para acariciar meu rosto com um dedo.

– Faça com que se pareça com você.

– Mas é você quem me deu...

– Não, você o está dando pra mim.

– Tudo bem, nós dois somos almas muito generosas.

Sua risada é maravilhosa, e ele rola de lado e me puxa para perto para fazer chover um monte de beijos em mim.

– Você é minha agora, do topo de sua linda cabecinha até a sola de seus pezinhos. – Ele acaricia meu rosto com o polegar calejado enquanto beija minhas pálpebras. – E nem ouse pensar em me abandonar de novo ou irei atrás de você e que Deus a ajude, vou amarrar você ao lugar em que eu estiver, em que eu dormir, em que eu comer. Está me ouvindo, Brooke Dumas?

Meus seios já sensíveis se apertam contra o sutiã e eu assinto sem fôlego. Droga, adoro a forma como ele é possessivo, e ele é duplamente possessivo em seus dias negros. Sinto que estou ficando mais molhada entre as pernas.

– Não há uma única parte de mim que não saiba que sou sua – garanto, e pego a mão dele para colocar sobre meu coração.

Ele fecha a mandíbula e uma centelha de consciência primitiva brilha em seus olhos quando ele aperta os dedos ao redor do meu peito. Começamos nos beijando. Primeiro forte e depois mais suave. Nós dois deslizamos para mais perto ao mesmo tempo, precisando do contato como precisamos de oxigênio. Ele sussurra em meu ouvido:

– Sou louco por você – diz, e enfia o nariz em meus cabelos.

Suspiro:

– Amo tanto você, Remy.

Parecendo extremamente satisfeito, quase como quando me dá orgasmos múltiplos em sequência, ele me vira e me ajusta, segurando meu estômago conforme começa a acariciar a parte de trás do meu pescoço, à medida que minha mente continua girando, e imagino um pequeno Remy correndo como os meninos correm, desajeitado e tropeçando, e toco meu estômago enquanto deixo meu leão me acariciar.

SETE

LAS VEGAS, A CIDADE DO PECADO

Estamos em Sin City agora, e seus olhos estão de volta ao seu habitual azul eletrificado.

Ele acordou totalmente azul depois que descobriu que estamos esperando. Nós estamos esperando. Nem dormimos naquela noite. Remy estava duro, e fazendo do seu jeito, comigo, durante a noite toda. Ele me fodeu, me chupou, me fez chupá-lo, me comeu com os dedos, colocou sua mão sobre a minha para que eu o acariciasse enquanto me tocava com os dedos.

No dia seguinte, estávamos bem saciados e sem dormir quando fomos ao médico, que retirou o meu implante contraceptivo. O amável homem lembrou-me de que, depois de cinco anos, qualquer "coisinha" daquela precisava ser mudada. A minha já estava lá há cinco anos e meio, embaraçosamente, e admito que me senti bem estúpida por ter esquecido de fazer as contas, sobretudo quando havia garantido a Remy que usava um contraceptivo eficaz ...

Mas então peguei um vislumbre de seu olhar presunçoso, quando ele me provocou silenciosamente, sugerindo que fiz isso de propósito.

– Bem, você poderia ter usado um preservativo – sussurrei com uma careta.

– Com você? – zombou. Então, cutucou minhas costelas. – Você é minha.

– Seu controle da natalidade não vem trabalhando há algum tempo, e é preciso tempo para o corpo aumentar sua produção hormonal, embora você pareça estar indo muito bem – disse o médico, e depois informou a data prevista. Que felizmente era quase dois meses depois da final do torneio.

Juro que Remy estava adorável no consultório, forte e atlético em seu traje esportivo, sentado em uma cadeira ao lado do médico, ouvindo atentamente o que ele dizia. Boa parte dos termos usados pareciam chinês para nós. Mas ele pareceu curioso e preocupado a respeito de eu poder continuar correndo ou não. E o quanto devo comer? Quanto de proteína e carboidratos? O médico parecia confuso com a sua necessidade de saber a quantidade específica de gramas, e eu tinha vontade de beijar o meu homem só por ter ido comigo à consulta.

Mentira. Eu não queria apenas beijá-lo. Queria pressionar meus seios contra o peito dele até meus mamilos pararem de doer e queria misturar minha boca com a dele, que ele enfiasse o pau em mim, e eu cavalgasse em cima dele até a Austrália, para depois voltar.

Se Remy está loucamente excitado com a minha gravidez, não vou nem começar a descrever o que a combinação de seus olhos azuis e meus hormônios rebelados fazem comigo. Agora ele está determinado a me fazer cheirar a comida que não me faça passar mal, para que eu possa começar a comer por dois. Estou preocupada, assim ele vai me engordar até eu virar uma elefanta. Se ele quer que eu me alimente, prefiro comer alimentos frescos do que lixo vazio. E aqui estamos, Diane e eu, vagando pelas Whole Foods no Las Vegas Boulevard.

Fora da loja, há cartazes de jogos, mulheres e bebidas. Isso é Las Vegas, baby! Mas nenhum de nós está fazendo nada que nos obrigue a "ficar aqui". Remington está detonando na academia, e o treinador aumentou suas horas de treino.

Ele está aumentando os músculos e ficando mais em forma ainda, e toda a equipe concorda que Scorpion merece nada menos do que o melhor do Arrebentador no final dessa temporada. Minha fera tem, assim, treinado nove horas, enquanto desfruto de um pouco de sono extra no período da manhã e, em seguida, vou me juntar a ele na academia antes que ele termine. Remy tem comido proteína como um louco, e o treinador vem dando os shakes de L-glutamina para preservar a massa muscular, por isso agora eu também estou ajudando Diane a escolher os melhores alimentos para seu corpo e mente.

Pete diz que se Scorpion quiser ferrar com sua mente de novo, devemos nos certificar de que Remy durma direito, faça bem seus exercícios e coma corretamente, de modo que fique o mais estável possível. Sobretudo, ele precisa de muita gordura Ômega-3.

Hoje compramos tantos produtos frescos para meu tiranossauro rex que precisamos de dois carrinhos. Ficamos do lado da loja onde se pode comprar frutas, legumes, os melhores queijos, chocolate escuro, grãos e nozes. Depois fomos para a parte das proteínas e pedimos salmão fresco do Alasca, rei entre os peixes e tão livre de toxinas quanto se espera de um peixe.

Enquanto esperamos que embalem os vários quilos de peixe, inspeciono um dos adoráveis brócolis que temos em um de nossos carrinhos. Eu costumava chamá-los de "arvorezinhas" e Melanie de "coisas verdes", que era como chamava qualquer legume e hortaliça. A única razão pela qual ela comia vegetais era a cor. Mel adora cor.

– Minha avó me ensinou tudo que eu sei sobre os alimentos. Ela curou a depressão do meu avô com a dieta – conta Diane.

Pedimos alguns camarões frescos, e tudo o que fosse fresco, e o cara do balcão embala tudo junto.

– Eu tive depressão uma vez – digo de repente a ela, olhando um peixe morto. – Não é uma coisa divertida de se ter.

– Você? Brooke, eu nunca poderia dizer isso olhando pra você. Aconteceu alguma coisa para desencadear isso?

– Acho que a minha vida mudou antes que eu estivesse pronta.

Eu dou de ombros e sorrio tristemente para ela.

– Você nem poderia acreditar nas coisas que passaram pela minha cabeça naqueles dias – admito. – Tudo parecia tão sem sentido. E tão triste. É difícil pensar que alguém possa sair dessa sozinha.

– E como você fez?

– Não sei, acho que uma parte de mim percebeu que eu não era meu cérebro. Ele é apenas outro órgão, como os nossos rins ou nosso fígado.

Diane está séria, balançando a cabeça, em compreensão, e eu continuo, embora pareça loucura:

– Meu cérebro queria que eu morresse, mas de alguma forma surreal, eu podia sentir a minha alma combatendo isso.

Às vezes eu não consigo parar de pensar e comparar: enquanto fiquei deprimida uma vez na minha vida, e por dois meses, Remington passa por isso continuamente, de modo cíclico, subindo e caindo. Qualquer pessoa que passa por isso é um guerreiro. Assim também são os seus entes queridos, que lutam junto. Juro, a alma de Remington é tão forte... Sei que quando ele afunda no vórtice escuro, é sua alma que vence a batalha. Toda essa energia latente dentro dele é poderosa demais para não subir de volta. Como a arrebentação das marés.

– Como você se sentiu? – Diane fala bem baixinho quando o homem finalmente nos entrega vários sacos de gelo.

– Sabe quando se recebe um estímulo visual ou sonoro, ou quando você toca em algo, e seu cérebro dita uma resposta a esses estímulos? – respondo. – Eu vejo você e meu cérebro imediatamente envia uma resposta ao vê-la, a qual, em mim, é algo reconfortante e feliz. Mas, na minha depressão, eu via as coisas, as coisas normais, e as respostas que meu cérebro enviava não combinavam. Foi uma loucura.

– Parece loucura – ela concorda.

Sorrio e nós pegamos os sacos de gelo, agradecemos e empurramos os carrinhos para a seção de queijos e carnes. Continuo:

– A forma como eu vejo é como se nossos cérebros fossem os médicos e as suprarrenais, a farmácia que nos entrega os medicamentos. Você pode ver um comercial com crianças rindo, e uma mente desequilibrada rapidamente prescreve ansiedade e lágrimas para crianças rindo. Mesmo que logicamente não faça sentido, isso não importa. Essa foi a receita que foi dada ao seu corpo.

– Eu realmente sinto muito, Brooke. Nunca tinha pensado em como isso de fato poderia ser.

Colocamos um pouco de queijo de cabra orgânico, leite de coco, leite de amêndoa e leite integral.

– Me deram comprimidos, mas isso piorou muito. A única coisa que me ajudou a sair dessa foi a minha família, além de Melanie, exercícios e sol.

– Sei que Remy sofre disso várias vezes por ano – Diane sussurra enquanto inspeciona o rótulo de uma embalagem de iogurte grego orgânico.

– Eu sabia que havia alguma coisa com ele, mas não conhecia o diagnóstico até que os caras me contaram na última vez que ele foi hospitalizado.

De repente, me vejo transportada uma vez mais para o hospital, para Remington tentando me dizer alguma coisa, e eu fugindo... E depois ele tentando lidar com isso com milhares de mulheres em sua cama.

Juro que doeu muito, bem no fundo, onde está minha alma.

Sem perceber, coloquei a mão em volta do meu abdômen, como se pudesse senti-lo lá. Em mim. Em nosso bebê.

– Ele é um lutador incrível – Diane me diz com admiração, com os olhos brilhando de louvor. – Todo o esforço que ele dedica para ficar bem. Você com certeza já notou que Remington nunca come algo que não seja completamente certo para o seu corpo. Nunca.

Meu estômago ronca quando me lembro de sua saudável montanha no café da manhã, comparada com a água mineral e os biscoitos que comi. Mas não consigo manter nada em meu estômago pela manhã, nem mesmo minhas deliciosas tâmaras orgânicas sem sementes. Mas é claro que eu noto como Remy come bem. Ele come alimentos limpos, e mantém seu corpo no estado mais natural possível. Eu amo isso. Adoro a forma como ele é e o modo pelo qual ele trata o seu corpo gentilmente, com a comida, depois de exigir o máximo dele por horas e horas a cada dia.

E então olho para Diane e posso vê-la de fato, como ela o entende, essa mulher quase na casa dos quarenta anos, com o seu grande sorriso e olhos bondosos, e toda a aura de conforto que ela emana, e todo o calor que ela infunde em cada uma de nossas suítes de hotel, e eu sei como ela cuida dele, como ela poderia muito bem ser a coisa mais próxima de uma mãe que Remington já teve. Num impulso, solto meu carrinho e vou abraçá-la, sussurrando:

– Obrigada. Por cuidar dele, Diane.

– Ora, como poderia não fazê-lo, se ele cuida tão bem de mim? Se você acha que eu cuido bem dele, não tenho palavras para dizer todas as coisas que ele fez pra nós, sempre que ele fica sabendo que precisamos de alguma coisa. Ele foi ao funeral da minha mãe.

Ela faz uma pausa diante do meu olhar de surpresa, e à medida que vamos ao caixa e descarregamos os carrinhos, ela diz:

– Ele nem sequer tem uma mãe, uma de verdade, mas sabia que eu me preocupava com a minha e voou por três estados para ir ao funeral comigo. Rem não disse uma palavra, apenas me abraçou no final, mas só o fato de estar lá...

A voz dela falha inesperadamente e eu entendo o tanto que a silenciosa demonstração de afeto de Remy representou, e minha garganta se aperta também.

– Estamos tão animados com o bebê – ela deixa escapar, mudando de assunto. – Todos nós. Pete. Riley. O treinador. Estamos tão animados com este pequeno bebê. Achamos que é o universo devolvendo algo bom e puro a Remy, nós achamos mesmo isso.

Ela vem até o lado do meu carrinho como se quisesse travar contato com o bebê de alguma forma, mas hesita antes de me tocar. Pego sua mão e, lentamente, coloco-a aberta sobre meu estômago. E segredo:

– Não sabia o quanto eu queria este bebê até que soube que ele estava vindo.

As sobrancelhas dela se erguem em surpresa:

– Ele?

Sei lá, tenho esse pressentimento. Não sei se é o tal sexto sentido que dizem que as mulheres possuem. Ou se é a forma como instintivamente vislumbro um pequeno Remy na minha cabeça quando penso no bebê. Não sei por que, nem como acho que sei, mas parece tão certo para mim, tão certo como estou agora do amor de seu pai, que concordo entusiasmada.

– Ele!

* * *

Vegas é completamente sugada pelo Arrebentador.

Jovens universitários lotam a arena, e as garotas? Elas formam o grupo mais barulhento e agitado de mulheres que já encontrei. Elas estão se apertando em cima dele de tal forma que todo o meu ciúme, ampliado à décima potência por meus hormônios da gravidez, foi totalmente liberado dentro de mim. Essas meninas gritam e eu as ouço comentar sobre os lutadores logo atrás, falando sobre como suas mãos são grandes e o que isso significa.

Pete também parece ouvir, e ele ri ao meu lado e balança a cabeça encaracolada.

Do outro lado do ringue e para a esquerda, um grupo de amigas veste camisetas iguais, cada uma com uma letra estampada, e elas estão praticando, levantando-se ao mesmo tempo, para que todos possam ver que formam a palavra ARREBENTADOR!

Há ainda um ponto de exclamação para a coitada que não recebeu uma letra.

No momento em que a luta se aproxima, já observei cada uma dessas garotas com meu queixo apertado, e então, de repente, eu as amo porque elas o amam muito e ele merece essa adoração.

O que eu queria? Que elas torcessem por um idiota como o Scorpion? Claro que não! Acho que dominei meu ciúme por esta noite.

Na verdade, acho que o domínio foi tão absoluto que me sinto tão nervosa quanto elas quando ele é anunciado.

– Arrebentadoooooorrr! – grita o locutor, com todo o entusiasmo que cada locutor reserva para ele. – O primeiro e único, gente! O PRIMEIRO e ÚNICO!

Ele surge como um lindo raio vermelho e pula para dentro do ringue. O homem é forte como um touro, mas aerodinâmico como os diabos, e quando ele arranca o roupão e vejo-o flutuar até chegar a Riley, quase posso senti-lo em minha pele. O cetim em mim, e como eu amo o jeito que me abraça, o jeito que cheira a Remy.

– E agora, Joey, o "Spider" Mann! Que tem aterrorizado seus adversários hoje à noite!

Antes do Spider-Mann entrar no ringue, Remington olha para mim, seus olhos azuis me queimando. O desejo palpita entre minhas pernas. A noite de ontem lampeja em minha mente. Sei o que ele está pensando, posso senti-lo dentro de mim. Eu não sei o que me liga a ele, mas algo acontece, e quando a testosterona gira através de seu corpo, posso dizer que ele está preparado para lutar e pensar em mim assistindo a ele. E isso o excita. E ele vai lutar como sempre faz, e me comer logo depois. Como ele gosta de fazer. Oh Deus, mal posso esperar. Posso culpar a minha gravidez quanto quiser, mas o verdadeiro culpado por me incendiar desse jeito com o mero olhar é ele.

– Aquele filho da puta se liga em você – diz Pete.

– De fato...

Remy me diz que a luta é metade mente e metade corpo, e talvez ele esteja certo, mas quando você vê Remington lutar, aposto tudo de mim que ele luta com todo o seu coração. Meu coração bate mais forte agora por causa dele, ao vê-lo tocar as luvas com o oponente, já que ambos estão prontos.

O gongo soa e o público fica em silêncio. Realmente não importa quantas vezes eu o tenha visto lutar, fico sempre fascinada pela maneira como ele se move. Ambos vão para o centro do ringue, se aquecendo. Sei que a estratégia de Remington é diferente para cada adversário. Ele joga com alguns. Vai direto para o soco com outros. Às vezes, ele os cansa e guarda suas esquivas para os adversários de mão pesada, mas hoje ele começa a bater rápido, tão rápido que ouço os sons explodindo *puf puf puf!* Fazendo o Spider-Mann, o homem que tinha aterrorizado seus adversários desta noite, tropeçar para trás no primeiro minuto.

– Nós amamos você, Arrebentador! – gritam as meninas com as camisetas com letras. – Nocauteie esse cara por nós!

– Apesar de que, cada vez que você está aqui, ele luta como um lunático – Pete acrescenta.

"Lunático" não é mesmo a palavra. Ele é uma máquina.

A luta está em pleno andamento e os movimentos na minha barriga não me deixam respirar direito. Os músculos de Remy ondulam quando ele conecta com a direita e se protege. Spider-Mann erra e Remy contra-ataca. Ele jabeia várias vezes com a esquerda e a direita e finaliza com um direto que atinge o oponente como uma parede se movendo.

Spider-Mann balança.

Remington salta para trás e deixa-o respirar.

O homem ataca.

Remington finta e o infeliz adversário soca e soca, errando todas as vezes porque Remy se abaixa e volta com um soco no estômago, nas costelas e um no queixo. No momento em que usa seu soco mais poderoso, o gancho de direita, Spider-Mann está suado, sangrando, e morto de cansaço. Ele tropeça.

Assisto a Remy esperar que ele se levante, e tenho certeza de que todas as fêmeas no estádio estão gritando e cobiçando a mesma coisa que eu. Como as gotas de suor descem pelo peito musculoso de Remington. Como as tatuagens nos braços brilham com uma fina camada de suor, e parecem tão negras quanto seu cabelo. Como aquelas covinhas sensuais piscam enquanto ele sorri para si mesmo cada vez que ele balança o centro de sua vítima.

As meninas das camisetas iguais conversam entre si, entre os gritos, como Mel e eu fazemos quando o vemos lutar. Duas delas, o B e o T, estão pulando juntas, se abraçando, aposto que porque o desejo é demais.

Oh, Deus, é demais até mesmo para mim. E supostamente, ele é meu. Mas eu simplesmente não posso acreditar. Eu o vejo, toco, beijo, amo, e noventa e nove vírgula nove por cento de mim não consegue acreditar que alguém tão evasivo, complexo e masculino como ele poderia pertencer a alguém, mesmo que ele me ame.

Um gancho de direita e uma queda barulhenta na lona depois, o braço de Remington está sendo erguido no ar pelo mestre de cerimônias. Peito arfando, famintos olhos azuis me vendo, olhos que me chamuscam até meus ossos. Ele não sorri. Suas narinas se abrem. Meu coração bate e todo o meu corpo se prepara para o que eu vejo vindo em seus olhos.

– Vocês querem mais? – ouço um grito através dos alto-falantes. – Estão prontos pra mais?

O público grita, as meninas de camisetas iguais gritam, e Remington continua olhando para mim enquanto equilibra a respiração, seus brilhantes olhos azuis me despindo na cadeira, e aposto tudo que eu tenho que ele está me fodendo em sua cabeça. Meus seios sensibilizados ficam ainda mais pesados, e quando ele enfrenta seu próximo adversário, fico encharcada e intumescida ao ver os músculos flexíveis e a maneira como ele monta no cérebro a sua estratégia.

Estou morrendo de vontade de tê-lo só para mim esta noite, sua língua na minha boca, fazendo as coisas que ele faz, ele dentro de mim, me penetrando forte e rápido ou lento e profundo... Só quero ficar abraçada com meu leão e dar-lhe todo o amor que ninguém no mundo jamais lhe deu, a não ser eu.

A multidão grita:

– Vai, Arrebentador!

Eles querem a emoção que ele sempre entrega, e estou certa de que Remington quer entregá-la. Ele olha para mim e não sei o que ele está esperando ver no meu olhar, mas seja o que for, ele parece conseguir. Remy olha para o seu próximo adversário, um jovem lutador que nunca vi antes, e antes de perceber, com a velocidade da luz, ele oferece três golpes rápidos, do lado, no centro, e termina com um gancho no queixo e o jovem cai... Plaf!

– Isso! – grita Pete, o braço no ar. – Isso!

Toda a arena está gritando:

– Arrebentadorrrr!

E eu me sento imóvel.

A dor começa como um pulsar, e progride para uma cãibra. Coloco meus braços em volta do meu estômago e mudo de posição desconfortavelmente.

– Arrebentadorrr, pessoal! Mais uma vez, é o Arrebentadooooorr!

Seu braço é levantado e percebo o corte aberto no centro do lábio inferior. Ele pisca suas covinhas para mim, com os olhos brilhando, e estou morrendo de vontade de lamber aquela gota de sangue e colocar pomada nele. Então, a câimbra parece um beliscão e eu me dobro um pouco, e quando eles trazem o próximo adversário, nem estou olhando. Estou me sentindo mais do que ligeiramente mal.

Meus pulmões se contraem quando olho para cima e vejo todos os músculos possíveis trabalhando quando ele luta, os braços abrindo e fechando. Eu o vejo, mas continuo a recuar na minha cabeça. Preocupada, doente. Quero saber o que está acontecendo comigo.

– Pete, eu preciso ir ao banheiro agora – digo em uma voz que eu nunca ouvi antes. Parece assustada, realmente com medo, e tremendo.

Mas ele está com os olhos no ringue e me segue distraidamente para os banheiros improvisados e imundos.

Lá, espero na fila, de pé por alguns minutos, e quando é a minha vez de ir para a casinha de plástico, desço a calcinha, pegajosa, e vejo que está encharcada de vermelho, como se eu tivesse uma menstruação enorme.

– Oh, Deus!

Respiro fundo mil vezes, mas isso não ajuda a me acalmar, e em vez disso, um sentimento nauseante de desespero toma conta de mim. Tento me equilibrar e então saio, procurando fingir que está tudo bem pelo menos até depois da luta. Pete sorri para mim.

– Cara, nunca vi alguém vomitar tanto quanto você. Quantos quilos você perdeu?

– Vamos sentar, tudo bem?

Ando devagar e ligeiramente curvada, porque de pé dói ainda mais e, instintivamente, meu corpo parece querer se enrolar em mim mesma. Sento em meu lugar com extrema cautela, enquanto Remington ainda está lá em cima, seu nome sendo gritado.

– Remy!

Ele parece estar à espera de outro adversário, a cabeça virada em nossa direção como se estivesse esperando por nós. Ele pisca quando me vê. Em seguida, as sobrancelhas descem sobre os olhos e me olha com mais atenção.

De repente, ele pega as cordas do ringue e salta aqui embaixo, e o público ganha vida quando percebem que ele está fazendo seu show habitual, como sempre faz quando salta do ringue.

– *Rem-ing-ton! Rem-ing-ton! Rem-ing-ton!*

A multidão canta e, percebendo que ele está indo em direção a mim, que aquela torre de músculos, força e testosterona está vindo em minha direção, eles mudam para:

– Beijo! Beijo! Beijo!

Ele me pega em seus braços.

O público vai à loucura e meu coração também.

Mas ele olha para mim, alerta.

– Qual é o problema?

– Eu estou sangrando – respondo entre lágrimas.

* * *

A próxima meia hora passa em um borrão.

– Pegue o carro – Remington instrui Pete enquanto ele me leva para fora da arena.

A palavra "Arrebentador" ainda soa em segundo plano quando vamos lá fora, para o ar quente de Vegas, e para o estacionamento do armazém que hospeda as lutas de hoje. Ele me enfia na parte de trás do Escalade, e Pete fica atrás do volante, apertando os botões do GPS para descobrir onde fica o hospital mais próximo. Eu me ouço falar quase freneticamente:

– Eu não vou perdê-lo. Não vou perder seu bebê.

Remington não me ouve. Ele está falando com Pete em voz baixa, enquanto me segura ao peito, dizendo-lhe para "virar à direita, para a emergência", e continuo falando, na minha voz mais determinada.

– Eu não vou perdê-lo. Você quer este bebê, eu quero este bebê, eu como direito, me exercito, você come direito, você se exercita.

Ele me leva para o hospital e segue até o balcão para exigir atenção, e quando eles trazem uma cadeira de rodas, ele fala com a enfermeira por trás dele:

– Diga-me pra onde levá-la.

Posso ouvir seu coração batendo em meu ouvido, e nunca ouvi seu coração bater tão furiosamente antes. *Poom poom poom.*

Ele me leva para uma sala, me coloca na maca, e segura a minha mão com mais força enquanto duas enfermeiras e um médico me examinam e Pete espera do lado de fora. Graças a Deus, porque minhas pernas estão espalhadas e eu estou terrivelmente desconfortável por ter que deixar Remy me ver assim. Mas ele está olhando para nossas mãos entrelaçadas, como se estivesse também muito desconfortável com isso, até que o médico se volta, tira as luvas, e lhe diz:

– Sua esposa está nos estágios iniciais de um aborto.

Enquanto meu cérebro tenta processar o que estou ouvindo, eu rolo para o meu lado, enrolo a mão em volta do meu estômago em posição fetal e balanço a cabeça, sem dizer nada, fico apenas balançando a cabeça porque... Não.

Apenas... Não.

Sou uma mulher jovem e saudável. Mulheres jovens e saudáveis não perdem bebês.

O médico leva Remington de lado e fala com ele em voz baixa, e eu levanto minha cabeça para olhar para o rosto dele. É o rosto dos meus sonhos, e juro que nunca vou esquecer sua expressão feroz quando ele diz ao médico, em voz baixa:

– É impossível.

O médico continua falando, e Remington balança a cabeça, a mandíbula contraída. Ele parece de repente mais jovem e mais vulnerável do que jamais vi. Deus, ele parece tão desencorajado como imagino que ficou no dia em que lhe disseram que ele tinha sido expulso do boxe profissional e nunca mais iria lutar profissionalmente de novo.

Ele arrasta a mão pelo rosto e deixa-a cair para o lado, e o trem de pânico correndo dentro da minha cabeça está ganhando tal velocidade que estico meu braço para fora da cama e me ouço falar em uma voz embargada de medo.

– O que ele está dizendo? O que ele está dizendo?

Remington deixa o médico no meio da frase e vem para o meu lado, pegando imediatamente as minhas mãos em suas mãos enormes e calejadas. Nem tenho palavras para descrever como esse contato parece, mas um fluxo de processos químicos calmantes corre pelo meu corpo e fecho os olhos enquanto saboreio desesperadamente a sensação de minha mão dentro das dele. Não há cólicas. Nada. Nem mesmo o medo. Apenas as mãos de Remington na minha, sua força constante escoando para dentro de mim. Ele se abaixa e começa a beijar meus dedos, e eu suspiro baixinho, inclinando a cabeça para a dele com um sorriso embriagado.

Eu não descubro por que ele não sorri de volta para mim. Ou por que ele parece tão completamente debilitado. Até que ele me leva de volta para o hotel e chama mais dois médicos.

OITO

O LAR É ONDE O CORAÇÃO ESTÁ

Não há nenhuma canção para isso. Ou talvez haja, mas nós simplesmente não sentimos como sendo música.

Tudo o que há de audível entre nós vem do leve zumbido dos motores do avião do lado de fora da janela. Remy não deixou que Pete ou Riley viessem neste voo, e eles ficaram preocupados de que Remy pudesse ter uma crise quando eles não estivessem por perto. Mas nada poderia demovê-lo nesta manhã. Ele me queria sozinha. Desceu-me pelas escadas e depois me carregou para o avião. Deus, quero que ele me leve como acessório, desde que não seja para casa. Mas ele vai me levar para casa. Para Seattle. Onde eu vou ficar, e ele irá também.

Todos os três médicos dizem que eu não posso viajar. Todos os três dizem que vou abortar, com certeza, se não conseguir descansar.

Na cama.

E um creme de progesterona.

Isso é o que eles nos dizem que eu preciso.

Eles não sabem que o que preciso é o meu demônio de olhos azuis, e o pensamento de ficarmos separados por dois meses, até que eu passe o primeiro trimestre e saia da zona de perigo, me dá vontade de chorar.

Agora Remy está esparramado em seu assento habitual, com a cabeça arremessada para trás enquanto olha para o teto do avião, distraidamente acariciando meu cabelo.

Parece tão miserável e triste quanto eu. E ainda posso ouvi-lo, dizendo severamente aos médicos que ele convocou, que prescreviam "não viajar" e "repousar":

– Isso é impossível. Preciso dela comigo. Ela vai para onde eu for.

E quando o terceiro médico disse que sentia muito e saiu, eu me lembro de implorar pateticamente:

– Você não pode estar pensando mesmo em me mandar de volta, não é? Remington, eu vou ficar deitada. Não vou me mexer. Este é o seu filho. Ele vai ficar! Vai. Não vejo como me mandar embora vá me estressar menos. Eu não quero ir para casa. Vou ficar na cama o dia todo, só não me leve de volta!

Ele parecia tão frustrado, pronto para rasgar algo ao meio com as próprias mãos quando disse a Pete:

– Mande aprontarem o avião.

E então se virou para mim, e me olhou com os olhos azuis que perderam todo o brilho. Ele nem sequer teve tempo de explicar, porque comecei a chorar.

E aqui estamos nós agora.

Nesta situação terrível.

Quarenta mil pés acima do solo, voando para Seattle.

Fico deitada sobre o banco com a minha cabeça em seu colo, enquanto ele passa os dedos por todo o comprimento do meu rabo-de-cavalo, e depois no meu couro cabeludo. Ele está olhando para o teto durante uma hora, seu peito se expandindo, lentamente, como se cada respiração fosse para acalmá-lo, mas não fosse bem-sucedida.

Meu coração dói quando penso o quanto de esforço ele precisa fazer para isso não ferrar com sua cabeça. Quero sussurrar palavras tranquilizadoras, mas não posso nem mesmo falar, estou tão chateada com a vida por me atirar uma bola curva novamente.

De repente, ele começa a me beijar com suavidade, de início no topo da minha orelha, então na minha orelha, então no meio, enviando arrepios através de mim quando ele respira seu hálito quente, e rosna palavras que parecem ser arrancadas dele. Meus olhos ardem e estou certa de que tenho um punhal saindo do meu peito enquanto ele me diz:

– Vou sentir sua falta... Vou precisar de você pra ficar bom... Cuide-se bem... Preciso de você...

Minha garganta está tão inchada que só consigo assentir enquanto o vejo procurar no bolso de sua calça jeans um cartão de crédito de platina.

– Use-o – ele sussurra.

Suponho que Melanie morreria se um homem lhe desse um cartão de crédito, mas eu não quero ir às compras ou algo assim. Eu não quero... nada, a não ser a minha vida. Quero que o nosso bebê fique bem. Quero que fiquemos juntos. Eu quero a minha nova vida, em turnê, com ele.

– Brooke – adverte ele, e sinto quando ele coloca o cartão na minha palma. –Quero ver débitos. Diariamente.

Ele olha para mim com um meio sorriso, seu cabelo preto arrepiado mais do que o habitual, a barba ainda mais escura nesta manhã, porque ele não se barbeou, e como você pode amar alguém tanto que o amor queima através de seu corpo? Amo o jeito que seus cílios enquadram seus olhos azuis, e a inclinação exata de suas sobrancelhas. Amo a testa dura, as maçãs do rosto e a mandíbula, e como sua boca consegue ser tão carnuda e macia, mas firme e forte.

Levantando o braço, arrasto as pontas dos meus dedos ao longo da linha de sua mandíbula quadrada.

– Quando eu voltei, prometi a mim mesma que nunca mais iria deixá-lo.

– Prometi a mim mesmo que nunca te deixaria ir. O que mais você espera que eu faça? – Seus olhos estão escuros e torturados, e sei que ele não dormiu.

Ele andou a noite toda, enrolando e desenrolando seus dedos enquanto perguntava se eu sentia alguma dor. Sim, eu sentia algumas estocadas no coração, mas disse: sem cólicas. Ele voltou para a cama para me puxar para perto, beijando-me como se quisesse me devorar. Lembro-me de todos os movimentos de sua língua na minha. A temperatura da sua respiração no meu rosto. E quantas vezes ele levou os lábios para longe, beijou minha testa, e desapareceu no banheiro.

Porque nós também não estamos autorizados a fazer amor.

Portanto, a nossa última noite juntos, passamos nos beijando. E nas várias vezes que ele tomou um banho frio, fiquei chorando no meu travesseiro.

Agora ele empurra os fios soltos de cabelo atrás da minha testa, os olhos presos nos meus.

– Nós vamos ficar bem, pimentinha – sussurra. Ele dirige o seu olhar para baixo do meu corpo e espalha a mão aberta no meu estômago. O gesto de propriedade faz meu coração arder de amor. – Nós temos... ele. – Remy me esfrega suavemente através da minha camisa de algodão, olhando para mim com seus olhos azuis. – Não é?

– Claro que sim – respondo, com uma súbita onda de determinação. – São apenas dois meses, certo?

Ele belisca meu nariz.

– Certo.

– E podemos nos comunicar de outras formas.

– Exatamente.

Sentando-me, descanso minha testa em seu ombro, e ele desliza a mão em volta da minha cintura enquanto massageio seu músculo.

– Deixe seu corpo descansar. Passe gelo após os treinos. Aqueça-se corretamente.

Ele enterra o rosto no meu pescoço e me puxa para mais perto, e ficamos farejando um ao outro com as inspirações mais profundas possíveis. Sua mão aperta meu osso do quadril, e de repente ele lambe meu pescoço, quando sua voz gutural murmura no meu ouvido:

– Não posso deixar que nada aconteça com você, Brooke. Não posso. Tenho que trazê-la de volta.

– Eu sei, Remy, eu sei. – Corro meus dedos pela parte de trás de sua cabeça, porque ele parece tão atormentado. – Nós vamos ficar bem, nós três.

– Assim que tem que ser.

– E como você diz, nós temos isso. Nós temos mesmo.

– Claro que sim.

– Você vai estar de volta antes mesmo de termos tempo de ficar tristes e sentirmos falta um do outro.

– Isso mesmo. Estarei treinando e você vai descansar.

– Sim.

Quando caímos em silêncio, ficamos perto e nos abraçando por um longo tempo, e eu quase pude ouvir os minutos passando, como se fossem pequenas vadias querendo estragar a minha vida. Remington me cheira de novo, como se quisesse guardar muito de meu cheiro para durar esses dois meses, e quase freneticamente, faço o mesmo, inalando o cheiro dele; fecho os olhos, sentindo o músculo do ombro sob meus dedos, tão forte e sólido, enquanto começo a massageá-lo de leve novamente.

– Deixei alguns frascos de óleo de arnica em sua mala. Se você tiver qualquer dor muscular ou machucado.

– Você ainda está vendo sangue? – ele pergunta em voz baixa, e quando eu aceno com a cabeça, ele me traz para o seu colo, onde o abraço e pressiono a testa em sua mandíbula.

– Toda vez que uma câimbra começa, sinto que ele vai sair de mim.

Ele acaricia a mão nas minhas costas e pressiona os lábios na minha testa.

– Sei que vai ficar péssima por não poder correr. Descanse os pés por mim.

– Eu ficaria muito pior se perdesse nosso bebê – respondo.

Corri a minha vida inteira. Mas agora, estou com medo até de andar, de medo de que as dores voltem e eu veja minha calcinha vermelha. Juro que se não puder segurar em mim o bebê do homem que eu amo, não sei o que farei, mas não posso – eu me recuso – perder esse bebê.

– Seus pais sabem que você está vindo? Sua irmã?

– Eu avisei, mas eles não sabem sobre nós ainda. Estou guardando pra falar cara a cara.

– Só Mel e minhas outras duas melhores amigas estão sabendo. – Ele ergue a minha cabeça para poder me olhar.

– Tudo bem. Mas pra quem você vai ligar se as coisas piorarem? Para mim. Quem você vai chamar se precisar de alguma coisa? A mim. Eu serei seu tudo. Eu serei seu cara para fazer sexo por telefone. A qualquer hora, onde quer que eu esteja. Estou sendo claro, Brooke?

– Sinto muito. Minha mente congelou no sexo por telefone...

– Sério? Você precisa que eu lhe esclareça do que se trata?

O diabólico levantar de uma sobrancelha aquece meu corpo como um pequeno vulcão ativo. A ideia de sexo por telefone com Remington me faz rir tanto e me sentir formigando, e acabo empurrando seu peito de brincadeira:

– Não vou ligar para você pra isso. Sei que vai estar ocupado.

Seus olhos brilham.

– Não muito ocupado pra isso.

– Por que esse brilho no olhar? Você já fez isso antes? Aposto que Melanie fez isso com Riley.

Sorrindo, ele passa as mãos na minha nuca e, em seguida, beija suavemente minha orelha, o nariz, com a voz um pouco grossa.

– Quero fazer isso com você.

Meu sexo se contrai e os mamilos endurecem, um fluxo de calor se espalha em meu corpo. Eu amo as nossas primeiras vezes. A primeira vez que ele me tocou "Iris." A primeira vez que ele me convidou para correr. A primeira vez que me beijou, que fez amor comigo. Nunca tivemos uma primeira vez desse tipo antes.

– Eu também, mas não sei se posso. Se eu tocar lá... Com sangue...

Seus lábios pressionam em minha testa, enquanto ele abre os dois primeiros botões de minha blusa, a voz dez vezes mais tensa do que antes.

– É só sangue.

O cheiro dele, os feromônios que exala, me lançam num frenesi. Minha barriga se contrai de desejo, e de repente minha palpitação é tão feroz que meus seios já sensíveis parecem presos no sutiã.

– Remington, nossa, só você poderia me fazer sentir tesão agora, quando estou tão preocupada.

Suas mãos se espalham na minha bunda, e num repente sinto sua boca em minha orelha, então ele está me lambendo delicadamente, e um novo calor se acumula entre as minhas coxas.

– Eu quero você pra caralho.

Sua voz é uma respiração rouca quando ele desliza a mão sob o cós da minha calça jeans e espalma uma de minhas nádegas sob minha calcinha.

Ele fecha as mãos nos meus seios e os aperta juntos enquanto me cheira de lado a lado, rosnando contra a minha pele.

– Sempre que você quiser, eu quero – ele me diz, levantando a cabeça e pressionando sua boca na minha, suas palavras vibrando contra a minha língua quando tento avidamente senti-lo. – Apenas me chame e me diga. Diga-me que você me quer. Que você está com tesão por mim e cuidarei de você. Eu vou cuidar da minha mulher, sempre que ela quiser. Tudo o que ela quiser.

– Eu também, me ligue e eu tomarei conta de você.

Esfrego meu polegar pelo queixo quadrado, então diminuímos a distância entre nossas bocas, e durante o resto do voo ele me beija, me beija, de forma crua e sôfrega.

* * *

Um motorista em um Lincoln Town Car preto extravagante nos espera no aeroporto; Remington avisa aos pilotos que estará de volta em duas horas. Vamos sentados no banco de trás em silêncio e tão perto quanto possível. Observo o cenário familiar e ligo meu iPhone. Percebo que estou fazendo alguma coisa para me distrair à medida que nos aproximamos do meu apartamento. Assim como me carregou ao avião e para o carro, Remy me carrega para dentro do meu apartamento.

Aperto meus braços ao redor do pescoço dele.

– Fique. Remington, fique. Seja meu prisioneiro masculino. Prometo cuidar de você o dia todo, todos os dias.

Ele ri, olhando para mim com aqueles olhos azuis de partir o coração, então analisa meu apartamento com curiosidade, e sinto borboletas quando noto o seu interesse genuíno. Ele quer ver onde moro. Oh, Deus, eu o amo tanto que dói.

– Vamos fazer um rápido *tour*, e depois você terá que levar seu lindo traseiro pra fora daqui – aviso.

Ele sorri.

– Mostre-me o lar de minha mulher.

Com ele me carregando, estendo a mão e lhe mostro a minha sala colorida.

– Minha sala de estar, decorada pela Melanie. Ela é realmente boa. Eclética. E vem sendo mencionada em algumas revistas locais também, mas é claro que ela sonha em ser destaque na *Architectural Digest*. No entanto, Pandora, outra amiga minha, diz que ela tem uma chance melhor na *Playboy*. As duas são decoradoras rivais e gostam de se provocar.

Ele pisca para mim, uma piscada que viaja por todo o caminho para formar um pouco de formigamento nas minhas entranhas quando aponto para o cômodo ao lado.

– E esta é a minha cozinha. Pequena, mas é só pra mim. E então a porta aqui nos leva... Ao meu quarto.

Entramos, ele me coloca ao pé da cama e observa tudo com admiração silenciosa. Olho em volta e analiso tudo com os olhos de Remy. É um quarto simples, as paredes pintadas em cores suaves. Algumas fotos em preto e branco de atletas penduradas nas paredes – *close-ups* de músculos. Há uma parede com fotos minhas, de Melanie, Pandora, Kyle... Alguns outros amigos... Eu tenho duas tabelas nutricionais penduradas, falando de carboidratos, proteínas, gorduras saudáveis . E uma citação enquadrada que Melanie me deu: UM CAMPEÃO É ALGUÉM QUE SE LEVANTA QUANDO NÃO CONSEGUE – JACK DEMPSEY. Ela comprou para mim quando rompi os ligamentos e estava deprimida, e tentei ser esse campeão.

Eu estou olhando para um agora. Todos os dias olho para um.

Ele caminha para a parede de fotos e inspeciona uma foto minha passando a linha de chegada, número 6 no peito, e corre o dedo pela fotografia.

– Olhe pra você – diz ele com orgulho macho mal disfarçado, e não percebi que tinha andado até ele quando ele se vira e me vê.

Ele me apanha e me coloca de volta na minha cama, desta vez no centro, tirando algumas mechas de cabelo do rosto e colocando-as para trás da minha testa.

– Não ande. Por mim – repreende.

– Sim, esqueci. É o hábito. – Deito-me para descansar contra a cabeceira da cama e o puxo para mim. – É melhor ir, senão não vou deixá-lo ir embora.

Ele me abraça por um momento, os braços rígidos, sólidos e envoltos confortavelmente em torno da minha cintura enquanto abaixa a cabeça e beija, lambe e cheira meu pescoço, alternando rapidamente entre os três. Ele nunca me cheirou tanto quanto nas últimas duas horas. Agora, ele me fareja lenta e profundamente, em seguida, me lambe de modo tão lento, e eu sinto as suas atenções, e, por fim, o seu beijo em meu sexo.

– Quando me disser que está na cama, é isso que eu vou imaginar. Isto é o que você vê – ele ronca quando levanta a cabeça.

Estou com lágrimas nos olhos, mas não quero piorar as coisas, então concordo com a cabeça, mas sei que não há maneira de Remy deixar de notar a expressão em meu rosto.

Seus olhos se fecham nos meus quando ele recua.

– Estarei de volta em breve – ele me diz, colocando meu rosto em sua mão grande e calejada, e odeio quando deixo escorrer uma lágrima. Ele sorri para mim, mas o sorriso não alcança seus olhos. – Voltarei em breve – repete.

– Eu sei.

Limpo meu rosto, tomo sua mão e coloco um beijo na palma, então prendo meus dedos nos dele, e não sei se ele quer meu beijo ou não.

– Estarei esperando por você.

– Merda, venha aqui.

Ele me esmaga em seus braços, e todos os meus esforços para me segurar são disparados para o inferno, e as lágrimas escorrem. Começo a gritar.

– Está tudo bem – diz ele, alisando as mãos pelas minhas costas quando uma série de soluços dolorosos toma conta de mim.

Está tudo bem, ouço, *está tudo bem, pimentinha*, mas eu não sinto que está tudo bem. Como poderia estar? Ele poderia precisar de mim. Eu preciso dele. Ele poderia ter uma crise e Pete poderia injetar mais merda em seu pescoço. Algo poderia acontecer em uma luta e ninguém me contaria nada por causa do bebê. Sinto-me fraca e impotente quando tudo que eu queria na vida era ser forte e independente. Mas eu fiquei profunda e irrevogavelmente apaixonada. E agora sou governada por este amor, por este homem que soa como um trovão quando fala ao meu ouvido, e cheira a sabonete e cheiro de mar, e me segura nos braços mais fortes do mundo, e quando esses braços se forem, meu mundo inteiro terá ido com eles.

– Você precisa ir – digo, com uma respiração irregular, e o afasto de mim.

Mas ele coloca a testa e o nariz contra os meus, e respiramos o ar um do outro.

Nós não precisamos dizer nada. *Eu te amo* crepita entre nós e eu ouço as palavras como se alguém as tivesse gritado para mim.

Ele pega a minha mão, beija ferozmente meus dedos, e depois emoldura meu rosto e enxuga minhas lágrimas com os polegares.

– Você está bem, pimentinha?

– Vou ficar. Mais do que bem – prometo.

O meu telefone vibra no meu bolso e, trêmula, verifico a mensagem.

– Melanie chega em cinco minutos.

Minha voz está rouca. Mel sabe onde guardo a minha chave reserva e vai entrar em casa a qualquer momento, e Remington vai sair.

Ele vai sair.

Meus olhos se borram novamente.

– Por favor, vá antes que eu comece a chorar – imploro.

O que é ridículo, porque já estou chorando como um bebê e a sensação é uma merda. Ele enrola os dedos ao redor da parte de trás do meu pescoço e fecha seus olhos quando inclina a cabeça na minha.

– Pense em mim feito uma louca.

– Você sabe que farei isso.

Olhos azuis tormentosos se prendem nos meus, e quando Remy se inclina, sua voz está rouca.

– Agora me beija.

Eu faço isso, e ele geme baixinho enquanto seus lábios se conectam aos meus. Pequenos fogos de artifício explodem em mim, e sinto seu beijo acalmando minha mente e minha alma e meu coração também. Ele estende a mão e acaricia as minhas costas suavemente quando nos beijamos de um modo lento, profundo, saboreando e memorizando, então sua boca absorve uma lágrima perdida na minha bochecha.

– Brookey! Cadê o papai gostosão e a futura mamãe?

Ele pragueja em voz baixa, e nos beijamos rapidamente mais uma vez. Ele morde e suga a língua, mais forte agora, segurando a parte de trás da minha cabeça em sua mão, o seu delicioso beijo cru fazendo meu corpo se sentir sugado e mordido por um leão. Meus seios doem. Meus mamilos pulsam dentro do sutiã.

E eu me contorço e pressiono minhas coxas quando ele finalmente se afasta, nossos olhos se encontrando rapidamente. Os olhos de Remy estão desesperadamente famintos, como se estivessem prestes a rasgar minhas roupas.

– Você é tudo que eu nunca soube que queria. – Remy enfia outra mecha de cabelo atrás da minha orelha, seus olhos brilham assim que recua. – E é toda minha, lembre-se.

Ouço os saltos de Mel estalando lá fora e Remington fica de pé, parecendo maior do que nunca. Grande, forte, de olhos azuis e lindo.

– Completamente minha – diz ele. – Brooke Dumas.

Um arrepio percorre-me quando ele se afasta, seu olhar me fixando na cama.

Sinto-me como se tivesse sido comida aqui, na cama, apenas pelos olhos dele, e tento recuperar o fôlego.

– Estou grávida de seu bebê, se havia alguma dúvida sobre a quem eu pertencia – respondo.

– Vocês dois são meus – diz ele, apontando diretamente para mim. – Em especial você.

Engulo de volta a minha emoção, e Remy se vira para sair.

– Ei – chamo. – Você é meu também.

Ele balança a cabeça, em seguida lança seu iPod em minha direção.

– Não sinta tanto a minha falta.

Eu o agarro e seguro contra o peito.

– Não vou.

Era uma bravata, e então sua voz grave soa no corredor, e ouço Melanie tranquilizá-lo e, depois, vem o som horrível da porta da frente se fechando.

Um silêncio se segue, o tipo de quietude que sinto só quando ele não está por perto.

E eu enfio meu rosto no travesseiro e choro até não poder mais.

NOVE

UM ARCO-ÍRIS EM SEATTLE

Melanie é a melhor coisa que há em Seattle, e quem pensa o contrário só pode beijar seu traseiro. Mel é como um arco-íris permanente em uma cidade que é eternamente cinza. De seus brincos chamativos até o monte de pulseiras que chegam ao cotovelo, ela retinia até entrar em meu quarto numa explosão de cores, tentando me animar quando o meu mundo tinha acabado de sair pela porta do apartamento e precisei de toda a minha força de vontade para não sair correndo atrás dele.

Mel levou um segundo para avaliar a situação antes de agir. Ela viu a massa gritando na minha cama, que era eu, e rapidamente arrancou meu travesseiro e o substituiu com seu peito de seios grandes, e agora sua blusa de grife está encharcada de lágrimas enquanto ela espera que eu fique sem elas.

Já faz pelo menos meia hora, ou mais, e eu ainda estou firme e forte. A cada dois minutos, preciso fazer uma pausa para respirar.

Agora, em um dos meus momentos de respiração, ela me empurra para olhar nos meus olhos com uma curva atrevida de seus lábios.

– Você não estava mentindo quando disse que esse Tate queria que você fosse a mãe de seus filhos, estava? Vocês dois trabalharam firme, hein? – Ela me dá uma cotovelada de leve e olha para minha barriga. – E aí, quando vai me mostrar? Quero ver alguma coisa em algum lugar.

– Eu sei, eu também! – Um sorriso aparece quando penso no bebê. Oh, bebê, as coisas que você está nos pedindo para fazer para provar que te amamos. – Quero muito mostrar, Mel...

Ela sorri e me examina com seus olhos verdes.

– Humm... A gravidez faz brilhar. Você está exibindo isso, mesmo com esses olhos chorosos. Não vejo a hora de ficar grávida, acho isso tão sexy! – ela grita. – O que eu acho que deixa as grávidas sexys é que o papai é sexy. Acho muito sexy ter uma parte dele dentro de você! Como você se sente? Sua galinha, você tem que se sentir como uma mulher agora, você tem o papai mais sexy que existe!

Oh Deus, eu não posso nem mesmo falar sobre Remington com minha melhor amiga sem sentir meus ossos virarem líquido dentro de mim. Mesmo a minha voz assume um tom diferente, o mesmo tom de quando estou sozinha na cama com ele, amando-o.

– É uma sensação incrível, Mel. Como se ele estivesse comigo. Como se a gente estivesse conectado, como se eu tivesse sido supremamente, regiamente fodida.

Eu gemo e me deito na cama e esfrego meus lábios, e adoro saber que ainda posso provar meu Arrebentador neles.

– Brooke, deixe-me dizer uma coisa... – Mel cai de costas ao meu lado e olha para o teto. – Quando eu o vi agora, eu me senti morrendo um pouco por dentro. Ele é tão grande e tão quente que meus saltos quase derreteram e eu imediatamente me senti quatro centímetros mais baixa...

Não posso controlar minha súbita explosão de riso, e Mel chuta os sapatos e rola para o lado, sorrindo para mim de seu jeito travesso.

– Sua boca estava toda vermelha como se tivesse acabado de beijá-la até morrer. Esse cara é um pouco Neandertal, não é? Ele é tão primitivo, oh meu Deus! Aposto que vocês fazem sexo anal.

– Não mesmo! Ele é animal, mas protetor! – grito, contorcendo-me um pouco com o pensamento.

– Cachorrinho com certeza?

– Sim, mas pare de me lembrar! – lamento, bem-humorada. Então, fecho os olhos e abro minhas mãos no meu abdômen, saboreando seu bebê dentro de mim. – Tem mesmo alguma coisa extremamente sensual em estar grávida dele – admito. – Estou superatenta ao meu corpo, e como ele está, e como está mudando por este bebezinho. Sinto os quadris se expandindo para abrir espaço pra ele, meus seios mudando, tudo em mim ... – Suspiro, e então viro a cabeça para olhar a minha melhor amiga. Aquela que de fato me entendeu até Remy aparecer. A única pessoa que gosta de mim de qualquer forma que eu vier. – Mel, eu não posso perder este bebê.

O sorriso que ela estava usando desaparece, e ela aperta a minha mão sobre minha barriga ainda plana.

– Você não vai perder. É o bebê do Arrebentador.

– Não sabia que havia uma festa onde é preciso tocar violinos, mas estamos felizes por não perdê-la – diz uma voz masculina vindo da porta aberta.

Fungando, levanto a cabeça para ver o meu melhor amigo homem, Kyle, em uma camisa polo, de pé ao lado de Pandora, seu cabelo escuro retido em um nó descuidado que envia fios de cabelo em todos os lugares.

– E aí, está prenha? – ela pergunta.

– De acordo com toneladas de testes de laboratório e testes de gravidez, sim. Mas meu corpo ainda não entendeu completamente, além da parte de vomitar.

Kyle vai para a minha mesa e vira a cadeira para sentar, e Pandora pula na cama com sapatos e tudo, o cheiro de sua jaqueta de couro é de repente tudo o que eu posso sentir.

– Pan-Pan, não acho que sua *vibe* seja maternal o suficiente pra Brookey, assim, sente-se ali.

Melanie dá um tapinha na garota para só ela ficar comigo, mas Pandora se aproxima de mim e dá um empurrão em Mel de brincadeira.

– Feche a boca e me deixe abraçá-la.

Pandora olha para mim, com seus olhos escuros e seu batom escuro. As pessoas não sabem que os góticos são pessoas extremamente sensíveis – pelo menos Pandora é. Você vira gótico por uma razão. Acho que ela é apenas naturalmente dramática e angustiada, e foi tudo depois que algum idiota partiu seu coração. É um milagre, Mel diz, que Pandora não tenha virado lésbica.

– Você está bem? – Pan pergunta, e antes que eu possa falar, ela me puxa em sua jaqueta de couro, e sinto Melanie se aconchegar à minha volta também. Melanie não pode jamais resistir a um abraço. Ela ainda diz *hmmm*.

– Vai ficar tudo bem, Brookey – diz Mel. Então acrescenta no meu ouvido: – Prometi ao seu homem que cuidaria de você. Ele me pediu para me certificar de que não ficaria sozinha, que seria bem alimentada e cuidada. Riley me disse que ele e Pete vão precisar de um relatório diário pra que possam manter Remington apaziguado, e ele também me disse que você estava vomitando e que o *pai do bebê* quer que você coma!

Começo a gemer em protesto e me afasto de seu abraço.

– Eu estou bem. Quando ficar com fome, como alguma coisa. Se o meu corpo quiser comida, ele vai me dizer. Acha que a fome foi criada para quê?

– Não interessa se você vai querer comer ou não. Nós somos servos do seu homem em uma missão, e já lhe trouxemos uma coisa, em memória dos velhos tempos – Kyle me informa quando se levanta da cadeira e retorna com um saco do Jack in the Box. Naquele instante, eu me lembro vivamente de como esses três tontos tapearam Pete e Riley naquele *drive-through*, séculos atrás, na noite em que Remington me contratou. E penso naquela noite fatídica, e em como Remy já tinha mudado a minha vida sem que eu percebesse. Todos os meus sentimentos se aglomeram no meu peito, e quando Kyle traz o saco, uma onda de náusea me ultrapassa.

– Tira isso daqui! – imploro, fechando o nariz, o que altera minha voz para o ridículo. – Não estou me dando bem com certos cheiros. Além disso, eu preciso de vegetais para o bebê. Preciso de ácido fólico e cálcio – coisas que essa merda não tem, garanto. Que tipo de amigos são vocês?

Ele ri triunfante.

– Sabíamos que ia dizer isso ou não seria você. O Jack é pra nós. Temos outra coisa pra você. – Ele sai do quarto e volta com um saco marrom do Whole Foods. – Gostou? Como é mesmo a coisa de bons amigos, agora?

Jogo um travesseiro nele.

– Me dá isso aqui. – Olho dentro do saco e vejo um sanduíche de peito de peru, do tipo que eu gosto, e de repente os gestos dos meus amigos em me apoiar e cuidar de mim me envolvem como o abraço que me deram, confortável e apertado. – Vocês são tão bons pra mim – digo, colocando o saco na minha mesa de cabeceira.

Melanie puxa meu rabo-de-cavalo.

– Você reparou que está toda mole agora? – Ela aperta meu braço e quando meu pequeno bíceps responde a ela, ela corrige: – Hã... Por dentro.

Comecei a rir e em seguida fecho os olhos e vejo os olhos azuis e o cabelo espetado. Quero tanto tocá-lo, mas Remy está tão longe. Envolvo minhas mãos em torno de seu bebê em vez disso. Então olho para o meu telefone. Remy não é tão dependente de telefones e Internet, como as outras pessoas. Nem eu, mas agora estou aderindo a meu telefone como minha conexão com ele. Ele nem é do tipo que envia mensagens de texto, mas não me interessa.

Me ligue hoje à noite, se quiser.

Leva mais de uma hora para responder, mas rio quando a resposta chega:

Acabo de pousar. Vou ligar.

Nós assistimos a um filme, então Melanie pula para cima da cama.

– Ei, galinha! Será que eu te disse? O próximo cara com quem eu dormir vai receber um presentão. Acabo de fazer aulas de *pole-dancing* – ela agarra meu abajur de pé e começa a mostrar o que tinha aprendido, movendo o corpo sinuosamente, uma perna vestida de jeans enrolada em torno do pé do abajur. – Kyle, e aí, isso faz seu motor funcionar?

– Cara, seria como incesto se isso acontecesse – diz Kyle, de onde está, na minha cadeira.

– Por quê? Você não é meu irmão! – ela protesta. – Vamos lá, seu motor funciona ou não? – Ela mexe seu bumbum para ele ver.

Kyle fica lá, parecendo exatamente como Justin Timberlake, e diz hesitante.

– Ele... está engasgando...

– Pan, venha cá. Peter Pan, venha se mexer comigo para que o Kyle tenha seu motor enferrujado rodando. Vou te ensinar de graça o que eu aprendi.

Pandora coloca o iPod na base e liga. Um rock explode imediatamente dentro de meu quarto.

– Tudo bem, vamos deixar o Kyle bem duro!

Tirando sua jaqueta de couro como se ela estivesse se desnudando para o pobre homem, ela vai até Mel. E então ela e Melanie começam batendo bundas e se contorcendo, e eu me pego ouvindo a música, tentando encontrar a letra através de todo o barulho, me perguntando se era algo que eu teria tocado para *ele*.

É inútil, então pego o iPod de Remy, coloco os fones de ouvido e ouço Avril Lavigne cantar "When You're Gone". É tão bom ouvir uma música que o agarra. Ou que agarra você. Isso faz você perceber que aquilo que está sentindo é humano e normal, mesmo que possa ser um sentimento que preferia não ter.

Envio uma mensagem a Remy com o link do YouTube. Ele não responde, e suponho que esteja treinando no ginásio e socando os sacos de areia.

Como é que ele vai enfrentar estes dois meses de separação?

Não posso afastar o pensamento de que, mesmo que eu seja a mais emocional dos dois, isso irá testá-lo mais do que a mim.

Ainda estou pensando nisso quando as cólicas começam. Mudo de posição na cama onde meus amigos continuam a conversar e toda a minha atenção se fixa nas cólicas horríveis que me fazem pensar em lutar pela vida. Parece que alguém está machucando o meu bebê. Meu próprio corpo está machucando o meu bebê. Procuro o iPod e pelas músicas que me acalmem, e a única que consegue isso é "Iris".

Mas a dor se intensifica. Removo os fones calmamente e me levanto da cama devagar. Meus amigos ficam em silêncio completo quando me veem andando curvada para o banheiro. Tranco a porta e quando verifico, percebo que o sangue está de volta. E forte.

Por um momento, apenas respiro mais ou menos pelo nariz e inclino a cabeça contra a parede, tentando me acalmar. Toco o estômago amorosamente e tento conversar com o bebê em minha mente, dizendo a ele que ninguém vai machucá-lo. Que ele é muito querido e já é muito amado.

Imagino olhar para os olhos azuis que amo ao ter que dizer a Remy que perdi o bebê. Uma torrente de emoções se apodera de mim novamente, e lágrimas que pensava não ter mais ameaçam vir à tona mais uma vez.

– Mel – eu grito pela porta. – Mel, eu não sei se o bebê vai conseguir ir até o fim.

Ela abre a porta com uma expressão desolada.

– Brooke, ele está chamando. Tocando várias vezes. Atendo?

– Não! Não!

– Você parece mal, mas ele me disse que queria ser avisado no instante em que precisasse dele. Brookey, acho que eu deveria contar a ele que...

– Não, Melanie, não! Olha, ele não pode fazer nada. Ele precisa lutar! Há algo que ele precisa fazer. Nosso bebê e eu vamos apoiá-lo, não perturbá-lo. Você está me ouvindo?

– Então, pelo menos me deixe levá-la pro hospital, você parece estar sendo partida em dois – disse ela.

– Sim... Não! Eu não devia me mexer. Eu tenho que... repousar. Não... vou... perder este bebê – respiro fundo e balanço a cabeça, então: – Por favor, me traga o telefone.

Ela traz o telefone e eu mando a Remy uma mensagem de texto.

Meus amigos ainda estão aqui. Talvez a gente devesse falar amanhã?

Mesma hora?

Sim, qualquer hora.

Tudo bem.

Boa noite, Remy.

Pra vc tb.

Coloco o telefone de lado e fecho os olhos enquanto outra lágrima escorrer livre. Ele é um cara bom e tranquilo e não manda mensagens, mas já me sinto dilacerada. Respiro fundo.

– Me ajuda a tirar o creme de progesterona da minha mala? – digo em voz alta.

Mel sai do banheiro e começa a bater palmas como uma professora da quinta série que já teve o suficiente por um dia.

– Gente, a farra acabou, vou colocar Brooke na cama.

Kyle e Pandora limpam os lanches, e estou com vergonha de olhar para eles com a minha cara inchada, mas posso sentir a preocupação deles quando saio e deito na cama. Quando eles saem, eu me lambuzo com o creme, passando na barriga, nas coxas. Então, Melanie sai do banheiro em uma camiseta velha.

– Faz uma eternidade que não fazemos uma festa do pijama, só nós duas – ela sorri e mergulha debaixo das cobertas comigo, então ela desaparece e eu ouço sua voz perto do meu estômago. – E você? Não recebeu o memorando? Você é um lutador! Filho do Arrebentador e da Brooke! Mostre a sua mãe e seu pai do que você é feito!

Eu sorrio quando ela volta, e fecho os olhos, sentindo-me esperançosa de que nosso bebezinho tenha escutado.

DEZ

VISITA DE FAMÍLIA

Acordo e sinto o cheiro de algo que, pela primeira vez, não me faz enjoar. É doce e perfumado e me convida a inspirar por um longo tempo. Olho em volta e Melanie está entrando e saindo do quarto. O vermelho de Arrebentador está espalhado por toda parte. Rosas vermelhas estão se abrindo dentro de meu quarto.

– Bom dia, Julieta. Seu Romeu enviou tudo isso. Eles ainda estão descarregando o resto do caminhão. E eu estou ligando para a academia avisando que já fiz minha hora de treino.

Sorrio e tento me levantar, mas Melanie diz:

– Nada disso, o que você precisa?

– Fazer xixi! E sentir o perfume disso, para apaziguar meu coração. Aquilo é um bilhete?

Puxo o cartão escondido entre as rosas na minha mesa de cabeceira e meus olhos umedecem quando leio o nome de uma música. Melanie reúne mais alguns bilhetes e os traz para mim, e descubro outro nome de música. Não escutei essas canções ainda, mas já me sinto animada.

Dei a mim mesma a permissão, porque estou grávida e estressada pra caralho de tanto chorar. Todo mundo diz que se eu ficar segurando posso adoecer, e eu não quero adoecer. Quero ser saudável, quero dar a Remy um bebê e uma família. Algo que ele nunca teve. Então eu choro. E envio um SMS, *Sinto falta de seus olhos, de suas mãos, de seu rosto, de suas covinhas!*

Tiro uma foto do quarto, tão cheio de rosas que mal posso ver a minha janela, e envio.

É isso que vejo da minha cama.

E depois beijo o telefone.

– Você é uma tonta – diz Mel ao trazer o resto.

– E daí, quem liga? – respondo ao deixar o telefone de lado, porque sei que ele não vai checar enquanto estiver treinando, e provavelmente vai treinar um tempo extra.

Assim, vou esfregar progesterona em mim mais uma vez. Eu li que posso conseguir uma dor de cabeça se exagerar, mas Melanie e eu estávamos em alguns fóruns na noite passada lendo que o creme impediu toneladas de mulheres de abortar, e quero colocar meu nome nessa lista.

Pego alguns livros, coloco o laptop na cama e basicamente crio um miniescritório, de modo que não precise me levantar. Sinto que meus ovários estão doendo, mas não estão me dando cólicas, e começo a pensar que esse creme está de fato funcionando.

Ouço Mel dispensar os floristas e decido pular o banho, simplesmente porque não quero ficar de pé durante todo esse tempo, então pego roupas limpas e me troco com cautela.

Nora tinha que vir me visitar durante o dia para Melanie poder ir trabalhar, mas ao invés de Nora aparecer depois de Mel me trazer algumas frutas e queijo *cottage* para o café, ouço Melanie me chamar de fora do quarto:

– Brookey! Seus pais estão aqui!

Melanie vai deixá-los entrar, então fico na borda da cama, muito atenta em como estou me sentindo. Como não tenho cólicas, ando até a sala e me sento imediatamente no sofá, e lá estão eles, de olhos arregalados e de pé, me olhando.

– Brooke.

A forma como a minha mãe pronuncia meu nome me enche de pavor.

E no momento em que vejo os meus pais, juntamente com a forma como costumam dizer meu nome, eu sei que eles sabem. O pesar cai sobre mim enquanto absorvo suas expressões normalmente brilhantes e percebo que eles parecem ter envelhecido uma década inteira. Como a notícia de um lindo bebê pode envelhecê-los assim?

– Teríamos esperado isso de Nora, mas de você? – diz minha mãe, e oh meu Deus, eles sabem. Como é que eles sabem?

Ela se senta do outro lado da mesa de café e meu pai se acomoda ao lado dela, de braços cruzados, com o olhar que ele usa para intimidar seus alunos de educação física.

Eles não falam por cerca de três minutos. Que parecem, dadas as circunstâncias, como uma vida inteira, e estou tão desconfortável que nem sei como me sentar.

Amo meus pais. Não gosto de magoá-los. Eu queria ter contado a eles a boa notícia de que Remington e eu estamos apaixonados e vamos ter um bebê. A última coisa que quero é fazer com que eles se sintam desapontados, tratando isso como uma tragédia, que é o que parece.

– Oi, mamãe e papai – digo, em primeiro lugar.

Mudo de posição até que planto meu cotovelo no braço do sofá, apoio a cabeça na mão e dobro as pernas debaixo de mim, mas mesmo quando estou finalmente confortável, a tensão no ar poderia ser cortada com um machado.

– Olá, Sr. e Sra. Dumas – diz Melanie. – Vou deixar você com sua reunião de família e ir ao trabalho. – Ela olha para mim e faz o sinal da cruz para afastar os vampiros, então me diz: – Estou de volta às sete. Nora mandou uma mensagem dizendo que está a caminho.

Concordo com a cabeça, e há um silêncio constrangedor na sala.

– Brooke! Não sei nem o que dizer.

Por um momento, realmente não sei o que dizer, exceto:

– Quero muito este bebê.

Eles dois me dão aquele olhar de decepção que os pais vêm dando a seus filhos por eras.

Mas não vou deixar que eles me façam sentir vergonha.

Senti vergonha quando rompi o ligamento posterior. Meu pai me disse que corredores de verdade não derramavam lágrimas, mas eu derramei. Caí em desgraça com eles depois disso, e agora posso sentir que caí ainda mais longe.

– Desculpem não ter dito nada. Eu queria dizer pessoalmente, mas parece que alguém já o fez.

– Nora – explica minha mãe. – E ela está preocupada com você, assim como nós. Ela me disse que ficou sabendo por outra pessoa. Como você pôde esconder algo assim de nós? Deixe-me dizer que, apesar de você ser um pouco madura, você foi sempre muito protegida dos meninos. Esses rapazes, eles apenas usam e descartam, especialmente quando algo inconveniente acontece. Nora diz que este menino é conhecido por ser um encrenqueiro e ligado a todos os tipos de problemas.

Estou chocada com a maneira de Nora apresentar Remy para eles.

Se eu não estivesse sentada, juro que teria caído de bunda.

Minha bunda tola, estúpida e traída.

Assim, parece que Nora está em casa, agindo como a princesa perfeita, fazendo o que é certo, depois que o *meu namorado* a ajudou a sair do pior relacionamento do mundo e *poderia ter morrido* salvando o traseiro dela.

Sua traição me rasga com tanta força que não posso nem falar por um momento. Inferno, se alguém deveria saber que tipo de homem Remington é, deveria ser Nora!

– O pai do meu filho não é um menino. Ele é um homem. – Seguro meu estômago quando ele começa a doer sob seus olhares acusadores. – E nós, o bebê e eu, não somos inconvenientes.

Meu pai não disse uma palavra. Ele fica lá, olhando para mim como se eu fosse um gremlin que ficou molhado e feio e tem de ser contido.

Sinto que há um continente entre nós. Como se eu estivesse indo para o norte, e eles estivessem determinados a afirmar que o sul é o melhor caminho para mim e que eu nunca, nunca serei feliz se for para o lado oposto.

– Mas Brooke, isso é tão irresponsável e tão diferente de você. Olhe pra você! – minha mãe diz, em completa agonia e desespero.

– O quê? – pergunto, confusa. – O que há de errado comigo?

Só aí percebo que provavelmente pareço um monte de merda. Não dormi. Estou preocupada que possa perder o bebê. Não tomei banho e estou com o rosto inchado de tanto chorar.

– Você parece... deprimida novamente, Brooke. Você deveria parar de usar essas roupas de atleta, agora que não é mais uma velocista, e colocar um vestido, escovar o cabelo...

– Por favor. Por favor, não venham aqui me machucar. Você está dizendo coisas que não quer dizer porque está confusa. Por favor, fique feliz por mim. Se pareço deprimida é porque estou perigosamente perto de perder o bebê, e eu quero muito esse bebê, quero tanto que você não faz ideia.

Eles olham para mim como se eu tivesse perdido meu filho, porque nunca me abri assim, e me sinto tão mal compreendida e tão mal amada, e tão faminta por ser consolada, porque estou machucada por dentro. Meus hormônios estão loucos e estou com raiva porque estou aqui, em vez de onde quero estar. Estou aqui, incompreendida e julgada, em vez de com ele, amada e aceita.

Nem sei como dizer a eles que estão sendo injustos comigo, mas tremo quando fico de pé, pego o iPod de Remy e ligo nele os alto-falantes que tenho na sala de estar. Então, clico *play* e aumento o volume, deixando uma música falar por mim. Orianthi, com "According to You", começa, um pouco irritada e rebelde, descrevendo algo do tumulto que eu sinto, como eles me enxergam de um jeito, menos do que perfeita, mas ele me vê de outra forma, tão bonita e forte.

– É assim que lidamos, como uma adolescente com música alta? – minha mãe grita.

– Abaixe o volume agora! – é o grito do meu pai.

Eu abaixo o volume e, por um momento, me concentro apenas neste iPod prata, que para Remy e eu poderia ser um diário, ou um microfone, ou qualquer outra forma de expressar qualquer outra coisa.

– Vocês não entendem.

– Fale com a gente, Brooke! – diz minha mãe.

Quando me volto, eles parecem tão desamparados como eu me sinto.

–Eu falei, mas vocês não estão ouvindo.

Eles estão em silêncio, e eu respiro fundo, tentando me acalmar, mesmo com todos esses hormônios tumultuados dentro de mim. Quero que saibam que não sou mais uma menina. Que estou me tornando uma mulher, então eu lhes digo.

– Estou de sete semanas de gravidez. Neste momento, as perninhas dele estão se formando. E eu digo "dele" porque acho que é um menino, mas isso pouco importa, porque uma menina seria maravilhosa também.

Enquanto falamos, o seu coração está cada vez mais forte, e ele está gerando cerca de uma centena de novas células cerebrais por minuto. Em mais duas semanas, o seu coração terá se dividido em quatro câmaras e todos os seus órgãos, nervos e músculos começarão a funcionar. Ele vai ter um nariz, olhos, orelhas, boca, tudo já formado, dentro de mim. Este bebê é dele. Dele e meu. E isso me faz tão feliz que vocês não têm ideia.

Minha mãe parece de coração partido.

– Estamos preocupados. Nora me diz que eles usam drogas nesses lugares em que ele luta.

– Mãe, ele não está nessa. Ele é um atleta, de coração, corpo e alma. – Chegando perto deles, acaricio o cabelo prateado dela e pego a mão de meu pai. – Ele não tem uma família como eu tenho, e quero que ele tenha a minha. Quero que vocês o recebam em nossa família, porque vocês me amam e porque estou lhes pedindo.

Minha mãe visivelmente amolece, mas é o meu pai que fala pela primeira vez.

– Eu vou recebê-lo na família, mas quando provar que merece ser o pai de meu neto!

Ele se levanta bufando e caminha até a porta, batendo-a atrás dele.

– Eu nem deveria ter me levantado. Vou pra cama, mãe – sussurro.

– Brooke.

Seus passos lentos e hesitantes me seguem até meu quarto. Ela para na porta e não diz nada quando subo na cama, e sinto seu olhar preocupado em minhas costas por um momento.

– Você não usa proteção, querida? – pergunta ela em voz baixa.

– Deus, eu não vou nem responder a isso – digo.

Ela permanece na porta enquanto um pesado silêncio se instala entre nós, e me enrolo e fico olhando para a parede de fotos, para aquela que Remington tocou. Não vou chorar. Juro, estou cansada de chorar, e estou tentando não odiá-los só porque me sinto solitária, incompreendida e hormonal. Sei que eles me amam. Tudo o que eles sabem é que um cara me engravidou e me largou aqui e que esse bebê vai ser um desafio para mim. Eles não sabem nada a não ser que a minha vida vai mudar, e estão com medo de que eu não possa lidar com isso. Eles podem ser críticos, mesmo me amando, e sinto-me construindo minhas paredes, recusando-me a compartilhar Remy com eles. Recusando-me a partilhar a coisa mais preciosa, valiosa e imperfeitamente perfeita na minha vida.

– Vá pra casa, mamãe – digo, e ela calmamente vai embora enquanto fico na cama, olhando para todas as rosas que ele me deu.

E vejo aqueles olhos azuis...

Você é minha.

Os dois.

Minha garganta dói, e meus olhos idem.

– Brooke, estou aqui – diz Nora, do corredor.

Não respondo. Estou com tanta raiva. Ela parece sentir o perigo no ar, porque permanece ao lado da porta e não entra.

– Você está bem? Você perdeu o bebê? – ela pergunta. Minha raiva se agita dentro de mim.

– Obrigada por me trair, Nora – murmuro. – E obrigada por mostrar o seu apreço completo e absoluto por Remington e pelo que ele fez por você!

– Eles tinham de saber que estava grávida, Brooke – ela grita.

– O segredo era meu e não seu pra você contar! – explodo, sentando-me na cama. – E por que atacá-lo? Ele não fez nada a não ser salvá-la! Você queria uma chance de se mostrar a boazinha pra eles e então me ferrou? Quem lhe contou? Sei que não foi Melanie, ela nunca faria isso comigo.

Os olhos de Nora são também de um tom âmbar, apenas uma fração mais escura do que os meus, mas é aí que todas as nossas semelhanças terminam. Como podemos ser tão diferentes? Ela sempre foi a sonhadora, e eu a realista, mas mesmo assim, nunca me senti tão distante como estamos hoje.

– Pete me disse – diz ela.

Solto um gemido, esquecendo que eles dois têm um lance.

– Ele deixou escapar, pensava que eu soubesse e eu fiquei envergonhada de dizer que não sabia! Você não estaria escondendo isso se não fosse errado, Brooke! Ele é o Arrebentador! Você vai ser descartada do mesmo jeito que eu, se não pior. Esses homens são perigosos, Brooke. Você nunca está livre deles, nunca.

– Remington não é como o seu ex-namorado babaca e doente! Eu estou apaixonada por ele e ele me ama e vou ter um filho dele nem que eu morra, Nora! – grito.

Ela pisca e eu não posso mesmo ir em frente. Talvez eu esteja ressentida porque, por causa dela, quase arruinei a minha vida. Por causa dela, e da minha vontade de salvá-la, Remington foi ferido.

– Desculpa, Nora, eu... – Esfrego meu rosto e balanço a cabeça tristemente.

– Eu pensei que ele estava apaixonado por mim também, você sabe. – Sua tristeza se arrasta para cima de mim, e eu sinto uma sensação horrível retorcendo aqui dentro. – Benny, quero dizer. Eu achei que ele daria tudo pra mim, e no momento em que ficou difícil me manter, ele me jogou fora. – Ela olha para mim, com o rosto cansado e triste. – Ele disse que me amava, e depois nem sequer me olhou nos olhos pra dizer adeus. Se eu disse alguma coisa pra mamãe e papai, é porque não quero que isso aconteça com você.

– Remy é diferente, Nora – digo baixinho.

– Exatamente. Ele tem mil mulheres atrás dele, Brooke. Não. Nem mil. Um milhão a mais do que o Scorpion. Ele é o DEUS DO SEXO do Underground. Esses caras não arrumam esposas e filhos; eles simplesmente não fazem isso. Eu estava lá também, você sabe. Ele simplesmente não pode te amar tanto assim para ir resgatar a mim, alguém que ele não tinha sequer conhecido! E perder um prêmio que praticamente já era dele, tudo por você? Ninguém no seu perfeito juízo pode amar alguém assim – ela grita e sai correndo, batendo a porta atrás dela.

A porta estremece, e eu pisco para ela, totalmente desconcertada.

O que foi isso? Será que minha irmã está fumando agora?

Fico lá sentada, pensando sobre tudo isso. Então me levanto, viro a fechadura, tiro as roupas e escovo os cabelos, deixando-os soltos porque preciso estar bonita para o meu deus. Nossa, como preciso dele... Quero que algo bom aconteça hoje e quero que ele pense que estou bem e segura, assim como ele queria que eu estivesse.

Mando um texto a Remy dizendo que baixei o Skype no iPad dele antes do voo, deixando seu nome de usuário e senha em um post-it. Depois abro o meu laptop e entro e espero. Devo ter cochilado com o telefone perto de mim, e quando acordo mais tarde, vejo *Remington Tate: 11 chamadas não atendidas*.

– Oh, não!

Disco e o telefone toca, mas Remy não atende. Ligo e ligo de novo, então gemo e o deixo de lado, puxando as cobertas até o pescoço, de repente com frio.

Estou caindo no sono de novo quando ouço um zumbido. Vejo o nome dele piscando e meu coração salta e clico para atender, o lençol caindo na minha cintura.

– Você está aí? – pergunto.

Ajusto a tela do laptop enquanto as borboletas rugem dentro de mim.

– Ei, não consigo ver você, mexa o seu...

– Esta é a coisa mais estúpida que eu já fiz – diz ele.

– Você não vai pensar assim quando me vir – ouso responder.

E então, vejo Remy. Apoiado contra a cabeceira da cama, de peito nu e, suspeito eu, de banho tomado. E minha respiração para com a visão de seu rosto dolorosamente juvenil. O quarto do hotel está todo iluminado por trás dele, e meus olhos se estreitam de suspeita.

– Você não está dormindo, não é? – pergunto.

Ele me examina e eu o examino de volta, arrastando o meu olhar sobre o peito bronzeado, ao longo de todo o seu braço musculoso, pelo Gatorade meio cheio na mão. A visão de todos aqueles músculos, tatuagens celtas, seus peitorais, sua garganta – Deus, os tendões grossos de sua garganta, onde enfio meu nariz durante a noite –, essa visão faz meu corpo formigar com a lembrança de como ele é, como cheira e como parece.

Um novelo de necessidade se desenrola dolorosamente dentro de mim, e se espalha por todo o meu ser até que só consigo pensar nessa necessidade de beijar e abraçar Remy, de tocar nele e acariciar esse homem, sentir o cheiro de seu pescoço, seu cabelo, sua respiração em mim e cada pequeno calo de suas mãos.

Percebo que ele ainda está olhando para mim, a parte superior do meu corpo toda nua, e fico instantaneamente molhada ao ver aquele olhar territorial, aquele olhar de foder-a-minha-mulher.

– Isso deveria me fazer sentir bem? – pergunta Remy rispidamente, olhando para os meus seios. – É uma tortura do caralho ficar olhando você por trás de uma tela.

– Remy... – digo.

Suas sobrancelhas descem sobre os olhos.

– Não quero você sozinha. Tem alguém aí com você?

– Nora estava aqui, e acho que Mel está lá fora com ela agora. – Deixo por isso mesmo por ora e não quero contar nada sobre meus pais até que tudo se acalme. Ele foi rejeitado por seus próprios pais e juro que não será rejeitado pelos meus, não importa o que eu tenha que fazer. – Não se preocupe, não estou sozinha.

Remy assente, passando os dedos pelos cabelos, frustrado. Na sequência, deixa cair o rosto e esfrega a tela com as duas mãos. Ele levanta a cabeça e aperta os olhos.

– Quero tocar em você. Estou prestes a dar uma mordida nesta porra desta tela.

Deixo escapar uma risada, depois gemo e cubro os olhos também. Usar o Skype não é uma grande ideia mesmo. Eu o vejo e tenho vontade dele, tudo dói, tudo machuca.

– Dói muito ver você. Quero sentir seu cheiro também – digo.

Ele levanta uma camiseta minha.

– Achei isso na minha mala. – Ele ergue a camiseta e a cheira, e eu engasgo e quase sinto seu nariz em meu pescoço. Sinto-o me lambendo.

– Que merda, Brooke, quero estar aí, pegar você em meus braços, abrir suas pernas e foder você até amanhã cedo.

O desejo explode em meu estômago enquanto essas palavras ásperas me atingem.

– Oh, Deus, eu também.

Seus olhos piscam quando ele se inclina para frente, os músculos em sua parte superior do corpo ondulando com o movimento.

– Queria estar aí apertando seus peitos e mordendo o bico dos seios e falando o quanto te quero.

Meus ossos se desintegraram dentro de mim. O lugar entre as minhas pernas agora queima e anseia. Minha voz está dolorida e carente, cheia de excitação.

– Eu quero você como nunca quis nada na minha vida – digo ofegante. Meus seios nus já estão empinados no ar e sensíveis até mesmo com o sopro do ar-condicionado.

– Você quer o meu pau dentro? – pergunta ele asperamente.

Dando um suspiro, enrolo meus dedos ao redor dos meus seios, simplesmente porque eles estão subitamente pesados e doendo. Eles estão sofrendo muito por ele.

– Remy, você está me matando.

– Não, isto é que está me matando – diz ele em voz baixa, esfregando a tela de uma forma que me permite imaginar o polegar raspando meus lábios, escorrendo por meu queixo, circulando os pontos duros dos meus mamilos. – Diga-me que você quer meu pau em você e depois comece a fingir que eu sou os seus dedos. Solte suas mãos, Brooke. Mostre-me seus seios.

– Remy – respondo, meu coração se espremendo de desejo quando fecho minhas mãos em volta dos meus seios.

Um rosnado baixo e surdo rasga a garganta dele quando se inclina ainda mais perto.

– Brooke – ele rosna, esfregando o polegar sobre a tela novamente. – Quando eu te vir de novo vou botar a porra de minhas mãos em cima de você. Vou correr a minha língua por todo seu corpo. Então vou esfregá-la por horas contra seu clitóris.

– Oh, Deus, Remy...

Meu clitóris palpita entre as minhas coxas enquanto balanço meus quadris e penso em lamber o pescoço dele, o peito, a tatuagem de estrela em seu umbigo.

– Por que você está segurando os seios em suas mãos? Está fingindo que sou eu? – Remy exige com voz rouca. Quando aceno com a cabeça, confirmando, ele me diz: – Ótimo. Então, aperte-os lentamente, como você gostaria que eu fizesse. E depois desça sua mão e se esfregue para mim.

– Mas eu quero tocar em você – respondo, o seu comando enviando picadas de excitação na minha pele. – Quero correr minha língua em todo o seu peito e lamber seus mamilos enquanto levo as minhas mãos para baixo de seus bíceps e esfrego sua barriga...

Os olhos dele brilham maliciosos, e ele balança a cabeça.

– Não, Brooke – ele me repreende. – Não fale assim comigo se você não vai fazer o que eu mandei primeiro.

– Eu vou me tocar só se você se tocar também – ouso dizer a ele, minha pulsação batendo freneticamente na minha garganta enquanto o calor que ele está acendendo dentro de mim começa a me queimar, devagar.

Ele não hesita e se move. Meu corpo se contrai, e um cataclismo de excitação me agarra enquanto assisto a seu antebraço se flexionar e ao braço desaparecer debaixo de sua cintura. Posso perfeitamente imaginar sua mão enorme afagando a si mesmo, e minha boceta de repente fica encharcada.

– Remy, quero te beijar aí – começo a engasgar, a vontade fechando a minha garganta – e então quero comer você inteiro e depois, ficar toda melada e me sentir amada e linda por sua causa.

A voz dele fica suave enquanto fico assistindo ao seu braço se mover ligeiramente.

– Brooke, se eu estou lá ou não, não importa, você é amada e está linda.

– Remy – digo, indo para baixo também com os dedos, porque prometi a ele. Quando me encontro lisa e macia e inchada, inalo profundamente. – Eu preciso de você. Ligue no telefone.

– Como assim, o que quer dizer, pimentinha?

– Ligue no telefone.

A gente fecha o Skype e eu atendo o telefone ao primeiro toque, e sua voz soa mais perto. Tão perto que se derrama em mim, mais sexy do que o sexo em si, profunda e repleta com a luxúria, e eu posso ouvir sua respiração no meu ouvido, e uma vibração apaixonada surge em todos os lugares dentro de meu corpo.

– Eu preciso de você, Remy. – Começo a explodir. – Eu só preciso de tudo de você, seu calor, sua boca, sua voz, você. – Fecho os olhos e deslizo o dedo sobre os lábios externos do meu sexo, acariciando-me como se ele me acariciasse.

– Hmm, me diga o quanto você precisa de mim – ele diz, e sua respiração parece mais rápida e um pouco mais áspera.

E de repente a sua voz parece tão perto que, na minha cabeça, ele está aqui comigo, seus lábios perto do meu ouvido, seu timbre rouco enviando um tremor fraco para minhas coxas, e eu sussurrando para ele:

– É uma tortura querer ver você, ouvir sua voz.

Sua voz é rouca.

– Baby, eu preciso de você perto de mim, me segurando forte.

– Estou morrendo de vontade de vê-lo.

– Em três semanas estarei lutando em Seattle, e irei ver você. E vou tirar sua roupa e explorar todo o meu corpo com o seu. Cada parte dele.

– É horrível você não poder estar em mim – admito com voz espessa, meus olhos fechados enquanto meu corpo se perde no som de sua voz e uma onda de calor se espalha por toda a minha pele.

Ele está respirando com força.

– Não importa. Quando estiver aí, estarei completamente em você.

Ele tomou conta de minha mente. Sou transportada para o nosso quarto de hotel. Para ele. Eu estou lá, na minha cabeça, com ele. Imagino tudo, lembro-me de tudo. A forma como o polegar belisca meus mamilos. Como esfrega pequenos círculos de prazer no meu clitóris. Como a língua dele lava os meus mamilos. Entra em atrito com a minha língua. Traça a costura dos meus lábios. Como lambe minha nuca. A parte de trás da minha orelha. A concha da minha orelha. Mergulhando dentro de mim.

– Por favor...

Suspiro quando começo a tremer, segurando o telefone contra a minha orelha com o ombro enquanto passo a usar uma mão para acariciar meu peito, e a outra para me esfregar.

Sua voz me faz imaginar seu rosto enquanto ele se contrai de vontade e prazer, e isso só me puxa mais para dentro deste turbilhão de prazer, enquanto o escuto rosnar:

– Brooke, tenho meu pau na minha mão e estou enfiando dentro de você. Juro que posso sentir seu cheiro. Diga-me o que você está fazendo...

– Estou trazendo você pra dentro de mim. Estou mordendo seu pescoço e... Remy, Remy...

Nunca soube que poderia gozar assim, mas no instante em que ouço aquele gemido baixo, sexy e arrastado que às vezes ele libera quando está começando a gozar, eu me solto. Porque nunca vi ninguém gozar como ele faz. Os tremores fazem afundar meu corpo, e eu me castigo no lugar enquanto me esforço para permanecer segurando meu telefone, porque me recuso a perder uma única respiração dele, um único som que ele faz.

Nós ofegamos depois, saciados, mas enquanto fico ali tentando me recuperar, uma solidão absoluta se arrasta em cima de mim, de repente, me oprimindo. Eu não posso abraçar o meu leão, nem beijar sua boca para dar boa noite, tampouco sentir sua pele quente e firme na minha. Olho para a minha mão, molhada com meus próprios sucos, e em vez de me sentir conectada a ele, pela primeira vez estou mais consciente do que nunca de que estamos separados.

– Sinto sua falta – sussurro tristemente.

Ele fica quieto por um momento, em seguida fala, suave, ternamente:

– Quero dar um soco nas coisas todo santo dia. Há uma dor em meu peito que quero arrancar de mim, mas é tão foda, tão profunda, que eu poderia rasgar meu coração e ela ainda estaria lá.

– Remy ...

– Esta é a última vez que vou viver sem você. Estou meio louco e já na metade do maldito túmulo. Não gosto disso. Cada monstro na minha cabeça me diz que você vai fugir e eu não vou estar perto o suficiente pra pegá-la. Cada instinto em mim grita para que eu vá te pegar. Todos os ossos do meu corpo me dizem que você é minha, e não uma parte de mim, mas meu cérebro entende por que diabos eu mandei você pra longe de mim. O resto de mim não pode aceitar isso. Você não pode convencer o resto de mim de que ficar assim, longe, é o certo.

– Remington Tate, eu juro, juro que quando for capaz de me levantar desta merda desta cama e correr novamente, você será sempre, sempre, a única coisa pra onde irei correr.

ONZE

AMIGAS E IRMÃS

Nas primeiras noites em que dormi com Remy, eu costumava me deitar e me aconchegar ao seu lado, sem saber o que ele estava fazendo em seu iPad. Até que um dia balancei de lado minha sonolência e decidi investigar.

– O que você está fazendo? – perguntei, endireitando-me para dar uma olhada.

Ele colocou o Apple para o lado e me arrastou para o seu colo, me ajustou entre suas coxas e pegou de volta o iPad, sussurrando em meu ouvido ao me mostrar a tela:

– Detonando o computador.

– Como assim?

– Xadrez.

Eu me inclino para trás contra ele, com os braços esticados em meus lados.

– Você está ganhando? Claro que sim – pergunto e respondo ao mesmo tempo.

Fico olhando para a tela, as peças brancas e pretas, e ele explica cada peça e como ela se move, os peões sendo os mais básicos. Continuamos o jogo, e o que mais gosto de ver é seu cérebro trabalhar conforme ele move suas peças, e de ouvir sua respiração no meu ouvido. E como de vez em quando ele mordisca minha orelha e deposita um beijo em mim.

Ele me diz para escolher qual peça mover quando é sua vez. Eu decido ir para as grandes armas.

Ele ri baixinho.

– Você não vai querer mudar nossa rainha.

– Por que não? Ela parece ser a peça mais versátil e poderosa.

Ele pega a rainha e coloca-a de volta em seu lugar.

– A rainha permanece ao lado do rei. – E beija minha testa.

– Por quê? – eu me oponho.

– Pra protegê-lo.

– De quê?

Eu me viro e olho em seus olhos azuis que estão rindo, e ele deposita o iPad de lado e fecha as mãos em meu rosto, sorrindo, como se eu devesse saber porque a rainha protege o rei.

A seguir me beija, e apenas o fato de jogar xadrez com ele mostra que aprendi algo novo sobre Remy. Que eu também adoro. Assim como o resto.

Deus. Ele é um tesouro vivo, que está respirando, e que está me deixando descobri-lo, e tudo que eu quero é perder-me na sua complexa escuridão divina.

Agora, está a milhas e milhas de distância daqui, voando para Chicago, mas descobri que se eu entrar à noite, posso jogar xadrez com ele e deixá-lo acabar comigo no jogo. E posso escrever pequenos comentários na tela, tipo, *Eu vou pegar você agora!*

Ele apenas responde com um movimento que come um dos meus peões.

E eu faço um movimento estúpido e escrevo, *Você é um homem morto! Tanto o rei como a rainha! Mas eu vou fazer o seu rei assistir, enquanto mato sua mulher!*

Ele digita, *Ninguém toca na minha mulher.*

Eu vou, *Exceto você?*

Agora está começando a entender o espírito da coisa.

E eu rio, e então ele liga para mim, e nos esquecemos do jogo, e eu me perco em sua voz e nas coisas que ele diz para mim.

Por volta da segunda semana, visitei minha ginecologista e já sou capaz de ouvir os batimentos cardíacos do bebê. Melanie registra o evento em seu telefone e envia-o para mim, para que eu envie para Remy, e ele responde com um ponto de interrogação.

Disco o seu número e ouço a sua voz áspera, ele sempre soa um pouco impaciente, como se preferisse fazer qualquer outra coisa do que falar em um telefone, respondendo com um ríspido:

– Sim.

Digo a ele:

– Isso é o batimento cardíaco do bebê.

Nós dois caímos em silêncio por um momento, então ele diz:

– Deixe-me desligar pra que eu possa ouvir. Eu te ligo em cinco minutos.

Eu rio e fico esperando com impaciência.

Por volta da metade da segunda semana, Nora já estava vindo cada vez menos. Ela está com raiva de mim por alguma coisa, ou talvez eu esteja zangada com ela? Não tenho certeza. Mas mesmo Melanie se pergunta o que está acontecendo com ela, e eu às vezes me pergunto se ela vive mal-humorada por causa de Pete, pois ela continua me perguntando sobre as lutas, sobre os nossos horários, e sobre esse mundo clandestino.

Por esta altura, já toquei a maioria das canções de Remy. Minhas favoritas são Nickelback com "Far Away" e 3 Doors Down com "Here Without You", que ouço muitas vezes de noite.

Melanie agora já conhece o entregador de flores pelo primeiro nome. Eu recebo rosas vermelhas todos os dias. Todos os dias. Ela recebe um telefonema de Riley na parte da manhã e outro à noite, pedindo um relatório completo para Remington: se eu gostei das flores. Se estou fazendo tudo certo. Tenho enviado um texto todos os dias, bem, na verdade, mais do que um, e Remy sempre me responde após o treinamento.

Já assisti a centenas de filmes e fiz compras na Internet até me encher, e tenho visto meus pais. As coisas podem ainda estar tensas com eles, mas ficam melhores a cada vez que eles vêm para uma visita. Pelo menos agora parecem aceitar e quase se mostrar animados com o bebê.

Na terceira semana, li toda a bíblia da gravidez, *O Que Esperar Quando Você Está Esperando*, e aprendi que a azia que estou sentindo é normal. O choro? A raiva? As mudanças de humor? Normal. Nos fóruns on-line as pessoas chamam a isso de "drama da mama-grávida". Eu ri à beça com as anedotas de sentimento possessivo quanto aos papais dos bebês, fazendo mil e uma coisas loucas como verificar os recibos e seus cartões de crédito, e ficar fazendo espionagem.

Acho mesmo que tenho feito tudo certo com o drama da mama-grávida, ao menos até o início da quarta semana, quando isso de ficar em repouso começou a me fazer subir pelas paredes. Estou tentando manter minha mente ocupada, se não a mim mesma, mas sinto falta da corrida, do sol, das lutas, e sinto falta dele.

À meia-noite, tive insônia – normal! – e mandei uma mensagem de texto para ele, uma mensagem longa e detalhada, dizendo que tinha chovido em Seattle e que tinha achado uma música que queria tocar para ele. Já teria ouvido falar de "Between the Raindrops?" com o Lifehouse? Ah, e ele foi correr? Eu sinto falta de correr, é tão frustrante ficar olhando para estas quatro paredes...

Então lhe disse que planejava obter a permissão de minha ginecologista para que pudesse ir vê-lo lutar, quando viesse para Seattle na próxima semana. A única resposta que recebi de todas as minhas perguntas foi a que ele enviou via mensagem de texto:

Nada de lutas para vc, pimentinha. Fique em casa.

De todas as coisas que o imaginei dizendo, eu nunca, jamais pensei que Remington diria isso. E assim, o estresse começou quando todas as palavras da minha irmã voltaram para me assombrar, sobre ele ser um deus do sexo das lutas clandestinas... E de repente isso piorou conforme eu imaginava prostitutas dando prazer a ele, enquanto Remy estava sozinho sem mim. Quem está dando a ele todo o sexo que seu instinto masculino precisa? Parece que todos os meus hormônios da gravidez estão trabalhando arduamente, não só para me ajudar a segurar o bebê, mas também para me deixar louca dentro da minha mente.

Obriguei-me a teclar:

Por quê? Por que você não me quer na luta?

Ele não respondeu, e todos os meus medos digitaram ainda mais ferozmente, quando realmente me perguntei: Por quê?

Você não quer me ver?

Ele respondeu:

Basta ficar na porra de sua casa e esperar por mim.

Que dizer, ele não estava ansioso para me ver depois de tudo?

Você me quer em casa? Assim, todas as suas fãs podem gritar com você e ver você e não eu? Foda-se!

Adicionei o *emoticon* vermelho, o furioso, depois disso, para que ele soubesse que tinha me irritado, então joguei o telefone de lado e fiquei fervendo em meus próprios sucos até que tive vontade de explodir. Ficar em casa? Casa é onde ele está. Filho da puta.

Nesta manhã, minhas rosas dobraram em quantidade.

Quando Riley falou com Melanie, de manhã, ele pediu a ela para me dizer que Remington esperava que eu tivesse gostado das flores, e que ele queria que eu enviasse o link da música que eu comentara na mensagem de texto.

Ha.

Desculpe-me, mas me sinto com vontade de mandá-lo à merda.

Nosso bebê está indo bem, e estou tão animada que o creme parece estar funcionando. A mancha parou completamente, mas os hormônios dentro de mim? Eles estão furiosos. Eu estou morrendo. De vontade de vê-lo. Eu o defendi, a mim e a nosso bebê, diariamente para os meus pais, dizendo-lhes que não fui descartada ou usada, que ele me trouxe aqui para que eu pudesse ser cuidada, mas ouvi-lo dizer que ele não me quer na luta de fato é terrível.

Toda a tristeza que venho tentando manter a distância está chegando para mim de todos os lados, agora que estou com raiva dele e não quero ter razões para estar zangada com ele, mas, Deus, não posso evitar. Estar em repouso na cama assim, você não tem nada para fazer a não ser deixar que a sua cabeça venha com mil e uma histórias sobre o que está acontecendo lá, no mundo lá de fora, sem você, e nenhuma dessas histórias é agradável .

– Pare de enviar esses relatórios, Melanie – digo com tristeza naquela tarde.

– Por quê? Riley me pergunta, e Remington me pediu pra enviar relatórios diários antes de sair, todos os dias. Ele quer saber como você está indo.

– Pare de dar relatórios detalhados, ponto.

Ela parece ser completamente incapaz de evitar o riso em sua voz.

– Ei, você quer falar com eles também! Seus olhos pulam pra fora de sua cabeça quando eu estou ouvindo o outro lado da linha, com se quisesse ter ouvidos supersônicos para ouvir a conversa. Ouvi você telefonar ao Pete e perguntar como ele está.

Suspiro e começo a esfregar minhas têmporas.

– Eu só me preocupo com ele.

Chamei Pete para perguntar se estava tudo bem e ele disse que sim. Como um cara típico, Pete não era de falar muito ao telefone, exceto para dizer que estão lá se eu precisar de alguma coisa, e que Remington anda fazendo seu treinamento sem parar. Eu perguntei se ele estava surtado e Pete respondeu que eles estavam todos focados em manter meu amado sob controle, e disse para que eu relaxasse, que Remy estava arduamente tentando se manter calmo.

O que isso significava?

Pete me chamou de gatilho uma vez, e o pensamento de que Remy poderia querer me evitar para ficar calmo me devorou como ácido.

Mel olha para minha cara desesperada e balança a cabeça com um sorriso, como se ela não conseguisse acreditar que eu me reduzira a isto.

– Você está ficando cheia de rugas enquanto falamos, a testa já está franzida – diz ela suavemente enquanto traz uma tigela de pipoca orgânica caseira para comermos enquanto vemos ainda outro filme. – Querida, a turma chega por aqui em uma semana, você deveria estar radiante!

– Não vou poder ir. Remington não me quer por lá.

Respirando fundo, tento me acalmar enquanto me pergunto o que BAG – Brooke Antes da Gravidez – faria.

– Isso porque ele vai vê-la depois da luta. Riley me disse que seu homem planeja dormir aqui com você durante a sua estadia de três noites.

Cubro meu rosto.

– Isso me faz sentir ainda pior. Por que ele está chegando a tempo de lutar e não antes, pra me ver?

Melanie dá de ombros.

– E se Nora estiver certa e ele não me quiser mais? – continuo.

Ela grita com a risada agora.

– Tudo bem, em primeiro lugar Nora é um queijo suíço com pequenos buracos em sua cabeça, e ela se perdeu no caminho, porque me prometeu que estaria vindo para cuidar de você e só Deus sabe onde ela foi parar. Ela está nas nuvens em algum lugar, e você está em outro lugar também, porque quem está falando aqui são definitivamente os hormônios.

– Não posso acreditar que ele não me queira lá. Acho que alguém roubou o telefone e me mandou uma mensagem. Talvez uma daquelas prostitutas estúpidas.

– Brooke, ele está claramente querendo proteger você e o bebê.

Melanie revira os olhos para mim enquanto procura em meu Apple TV algo para alugar.

Os monstros na minha cabeça continuam a prevalecer sobre suas palavras. O bebê está passando melhor. Se a minha médica me dá a luz verde, por que ele não me quer lá? Ele nem mesmo tem saudades de mim?

– Só não entendo – resmungo, agarrando uma das mesmas revistas estúpidas que já li mil vezes e jogando-a contra a parede.

Melanie deixa o controle remoto e vem para acariciar meu cabelo.

– Como se costuma dizer, os homens são de Marte. Alguns dos que eu namorei são mesmo de UrAnus – os idiotas. E você, minha querida, está muito grávida aqui. Você ficou estressada com a possibilidade de perder o bebê, tendo saudades de seu cara, estressada com o fato de sua mamãe e seu papai não te darem nenhum apoio, e Nora não é nenhuma ajuda, sério. Você foi obrigada a ficar presa comigo, uma maluca, nestas mesmas quatro paredes por três semanas, sem sequer sentir a luz do sol. Franguinha, minha querida, é por isso que todos os que já apareceram no Big Brother foram à loucura, e pelo menos eles tinham uma piscina.

Eu a empurrei de brincadeira e comecei a rir.

Mas horas depois, estou olhando para a minha parede da sala, repetindo todos os cenários de Remington não me querendo mais. Ele vendo alguém que gosta na arquibancada. Remington percebendo que um bebê é um pouco mais problemático do que um homem como ele gostaria de ser – pelo menos, como se provou até agora. Estou me torturando, e minha mente ganhou tal ímpeto que não consigo nem parar.

– Você está distante. Está aonde? Com Remy?

– Ele deve estar lutando neste minuto.

Neste momento, centenas de pessoas chegaram para vê-lo. Centenas de mulheres estão gritando o seu nome, cobiçando-o. Agora aqueles olhos azuis terão de olhar para algo ou alguém quando vasculhar o público e notar que não estou lá. E mesmo quando ele estiver aqui, na minha cidade, não irá me querer lá. Não sei o que fazer.

– Ei, eles não transmitem ao vivo em algum site da organização? Vem cá, eu aposto que eles fazem isso! – Ela me puxa para o meu quarto, abre o meu laptop e começa a pesquisar. Minhas entranhas se revolvem quando me pergunto se eles fazem isso mesmo. Melanie grita quando encontra um link e clica no volume. – Ele está lá. Venha aqui! Bem, não é ele. Você acha que ele já lutou?

Examino os comentários. As pessoas o mencionam, mas os comentaristas parecem estar se perguntando quando ele vai chegar Meu coração fica apertado querendo estar lá, e então Mel levanta rapidamente a minha mão quando o locutor usa sua voz de mais suspense:

– Estou ouvindo um nome no meio da multidão. Ele continua a ficar mais alto. Vocês podem ouvi-lo também? – Ele cobre uma orelha, e a multidão grita em uníssono:

– ARREBENTADOR!

Minhas borboletas voltam à vida no meu estômago quando o locutor diz:

– É isso mesmo! Isso mesmo, senhoras e senhores! Agora deem as boas-vindas ao ainda invicto nesta temporada, com uma pontuação perfeita, o garoto maravilha e malvado, o primeiro e único, Remington Tate, Arrebentadooorrr!

Meu estômago se agita quando ele aparece, e ouço os rugidos do público em segundo plano enquanto a câmera focaliza o ringue. E, em seguida, ele sobe, ágil e aerodinâmico, como sempre faz. Ele arranca seu robe de cetim vermelho e o joga no corner, e os gritos das mulheres quase quebram meus alto-falantes portáteis. Ao longe, vejo uma placa que diz ARREBENTADOR PARA SEMPRE erguida no ar.

Fascinadas, Mel e eu assistimos enquanto ele gira o corpo. Ele está sorrindo, bebendo toda aquela atenção. Então vejo Remy parar onde ele sempre para e automaticamente olhar para o meu lugar vazio, e depois o seu sorriso vacila. Ele faz uma pausa por um momento, então estala o pescoço e volta para Riley e se afasta da multidão.

– Ahhh. Acho que ele sente falta de você, também. Ele nunca vai para o seu canto assim. – Melanie suspira. – Brooke? Brooke?

Estou chorando em um travesseiro.

– Brookey, qual o problema?

– Não sei.

– Brooke, o que está errado? Há algo errado?

Aperto o travesseiro com mais força e, em seguida, limpo meus olhos.

– Tem chovido mais dentro de meu apartamento do que em toda a Seattle – reclamo.

Então fico de pé e vou para a cozinha, pegar um guardanapo, e estou secando minhas lágrimas quando ouço o grito do público ao mesmo tempo que ouço um grande estrondo! Corro de volta para perscrutar a tela, e um homem está espalhado sobre a lona do ringue, de bruços, Remington em pé diante dele, com os pés apoiados abertos, peito arfando, braços ao seu lado do corpo. Como um deus da guerra conquistador. A quem eu desejo com todas as moléculas do meu corpo dolorido. Que pode conseguir qualquer mulher no mundo e pode apenas não mais me querer, e não consigo entender a maneira que meu coração vai ficar se tiver que viver sem Remy o resto da minha vida.

– Arrebentador! Senhoras e senhores! O vencedor, invicto nesta temporada, liderando o campeonato no primeiro lugar!

Meu coração incha em meu peito, e pulsa, e eu pego o computador e o giro para mim, para ver o seu braço ser levantado enquanto ele pega fôlego. Remy não está sorrindo hoje. Ele está sombrio e ofegante, olhando para um ponto no meio da multidão como se estivesse perdido em seus pensamentos.

– Eu te amo tanto... Não sei como, mas eu vou fazer você me amar tanto assim também – sussurro, acariciando seu rosto na tela.

– Você vai ser papai, Rem! – Melanie grita. – A mãe de seu bebê o ama tanto!

Remington vira a cabeça para o mestre de cerimônias, e, com um aceno de cabeça, o locutor chama outra pessoa. Meu estômago fica emaranhado quando percebo que ele vai continuar lutando.

Melanie atende ao telefone e me esqueço de dizer-lhe para não fazer isso.

– Riley! Como... Oh, ela está bem. É mesmo? Bem, não, na verdade, ela também não está tão legal. – Fecho os olhos e olho para o meu telefone enquanto eles começam a falar o quanto estamos sofrendo. – Sim, sim, eu disse a ela que ele virá. Logo após a luta? Tudo bem, ela vai ficar feliz.

Mel desliga o telefone.

– Remington acabou a luta e ele queria saber se você estava bem, e Riley queria saber como você está passando, já que Remington não está tão bem. Ele quer que você saiba que estarão na cidade em breve.

A frustração de estar acamada é enorme, mas essa frustração adicional de querer vê-lo me faz ferver. Não suporto pensar que ele estará lutando aqui, em Seattle, e eu não irei assistir sua luta.

De repente, pego o meu telefone sem fio e começo a clicar as teclas.

– O que você está fazendo? Quem você está chamando? – Mel pergunta.

– Dra. Trudy, por favor? Brooke Dumas – digo, então cubro o alto-falante com a mão. – Melanie, eu não me importo se ele não quer me ver. Eu quero vê-lo e vou vê-lo, ponto final.

– Do que diabos você está falando?

– Você precisa me levar pra luta.

* * *

– Eu sempre quis me vestir como uma velha desde que assisti a *Uma Babá quase Perfeita* – Melanie fala, enquanto puxa as perucas que compramos na Internet.

– Mel, eu não vou sair desta cadeira de rodas. Diz de novo que nada vai dar errado?

– Cara, você persuadiu sua médica a lhe dar essa permissão. Tudo vai ficar bem. Remy não vai nem saber que você foi. Somos jovens, Brooke! Olá? Só vive uma vez. – Ela bufa resolutamente e vai tentar entrar em seu vestido floral de velha.

– Mas eu disse à médica que iria visitar meu namorado na casa dele.

– Aqui é o lugar dele. O ringue é a casa de Remy. Além disso, não subestime o poder da felicidade. As pessoas se curam mais depressa quando estão nos braços de seus entes queridos. O bebê vai amar isso, não vai, bebê fofinho? – ela murmura estupidamente para o meu estômago.

Reprimindo uma gargalhada, eu a empurro para longe, mas ela tem razão, tenho certeza de que o bebê vai adorar. Já me sinto revigorada, e de fato não acho que o bebê estivesse se divertindo comigo no meu triste estado atual. Estou apaixonada por um homem complicado, e ele me faz ter sentimentos complicados. Passei por eles na minha cabeça mais de mil vezes, e não dou a mínima se ele não me quer lá. Eu estou indo ver o meu homem. Ponto final.

– O que você acha? – pergunto a Melanie quando termino de ajustar a peruca loira que vai até os ombros.

– Linda. Você parece daquelas bem baratas... Agora me deixe maquiar você.

Ela espalha um bolo de maquiagem em mim, enquanto a perspectiva de vê-lo faz meu coração bater animadamente na minha caixa torácica.

– Mel, meus poros estão tapando.

– Silêncio! Agora eu.

Eu me olho no espelho enquanto ela pinta seu próprio rosto.

– Tudo bem, eu pareço uma prostituta. Eles vão perguntar quanto nós cobramos.

– Temos que fazer com que você não se pareça com você.

– Mas você ainda parece gostosa! Você é uma avó bonitona, por que eu não posso ficar assim também?

– Porque sou eu a única que pode andar, e você é a que vai ficar na cadeira.

Ela me empurra para mais perto do espelho e olhamos para nós mesmas, em nossos vestidos florais. Mel acrescentou um suéter de cashmere no dela e uma flor para sua peruca cinza e branca, enquanto a minha peruca loira tem uma faixa preta de cabeça, no estilo Alice no País das Maravilhas e que prende o cabelo no lugar.

Estou completamente diferente de mim, e se acrescentar os óculos grandes que temos, eu ficaria ainda duplamente menos parecida comigo, mas eles são tão grandes e desconfortáveis de usar que os joguei no bolso do vestido enquanto fomos em direção ao elevador.

– Não quero distraí-lo, certo? Remy não pode ver que estou lá. Ele pode ficar com raiva. Nem sei o que ele poderia fazer, ele é muito imprevisível. E nós realmente nunca brigamos sem termos rompido antes, Mel.

– Minha querida putinha, a julgar pelas rosas que ele tem enviado, Rem quer fazer as pazes. E não se preocupe! Vou trazer você de volta aqui em um instante, e, nesse meio tempo, estaremos caindo fora desse bendito quarto! Uhuuu!

* * *

Trinta minutos mais tarde, descobrimos que o local da luta não era um lugar amigável para deficientes. Aprendemos isso quando Mel tentou me tirar do táxi e, em seguida, para a cadeira, e em seguida, para a casa noturna, para o elevador, e então no Underground. Ela está tão cansada e ofegante que continua dizendo que não parece tão mais legal, "graças a você, sua vaca grávida."

Eu estaria rindo sobre o quão ridícula ela parece ao tentar pedir às pessoas que nos deixem passar, mas quando entramos na arena lotada, isso me soa um pouco como voltar para casa, e os sentimentos misturados de felicidade e frustração por não ter sido convidada colidem em mim numa combinação um pouco complicada.

Este é o lugar onde eu o conheci. Onde eu perdi meu coração em um só fôlego. Onde ele ferrou com a minha reputação. Onde ele beijou meus lábios. Onde ele assumiu o ringue como um ciclone antes de me assumir.

Depois de cerca de um milhão de "licença, desculpe, estamos passando", Melanie finalmente me leva até nossos lugares. Tive que comprar bilhetes com meu próprio cartão que acabei estourando, então temos assentos na primeira fila, embora não exatamente no centro. São bons assentos e poderei ser capaz de devorar cada centímetro do meu Arrebentador bem de perto. Ele não está ansioso para falar comigo? Não está ansioso para me ver? Eu estou morrendo por um mero vislumbre.

– Lembre-se de parecer uma mulher mais velha, Mel – sussurro quando os primeiros lutadores da noite começam a bater no rosto um do outro.

– Aquela mulher continua a nos seguir – diz Melanie preocupada e apontando atrás de nós, mas eu não posso nem me virar. – Sei lá, parece um travesti. Um pouco assustador.

Faço a varredura da área procurando Pete e, ao lado dele, no banco que costumo ocupar, vejo a minha irmã Nora, sorrindo e flertando com ele.

– Uau, então Nora conseguiu que Pete arrumasse um ingresso, hein? – diz Melanie.

Não sei por que, mas ver alguém, qualquer um, até mesmo a minha irmã, no meu lugar, faz despertar mil faíscas de ciúme dentro de mim, e eu estou com raiva de novo. Não com raiva. Furiosa tudo de novo com Remington me dizendo que eu não poderia vir aqui. Maldito.

De repente, o ringue está desocupado e acho que vejo Riley começando a tomar o seu lugar perto do canto do ringue, e minha pulsação dispara.

– Na última vez em que ele veio a esta arena, ele nos deu um nocaute recorde e perseguiu um dos nossos... – a voz brada através do alto-falante, e as mulheres gritam e meu coração se aquece quando me lembro do jeito que ele veio atrás de mim. – Vocês sabem de quem eu estou falando. O homem que vocês estão aqui para ver! Digam olá para o primeiro e único Remington Tate, seu Arrebentadooorrrrr!

Melanie prende a respiração, então murmura:

– Putaquiupariuuuu, eu vi Rem...

Minha pulsação bate no teto quando tento enxergar um vislumbre de vermelho, trotando em direção ao ringue, mas não consigo ver nada desta cadeira estúpida.

– Não consigo ver. – Nossa, como odeio que todos possam vê-lo, menos eu.

– Cara, ele está vindo pro ringue! Algumas garotas estão vindo, mas ele está empurrando todas. Ele é um deus, Brooke. Oh meu Deus...

E por fim eu o vejo, e meu coração literalmente para e meu estômago de imediato se contrai com a emoção. *Eu o amo eu o odeio eu o amo.*

Ele entra no meu campo de visão, um lampejo de vermelho, e oscila para cima no ringue de modo ágil e musculoso, tão elegante e ágil. As luzes brilham para baixo sobre ele, enquanto Remy se livra de seu manto vermelho, e de repente ele está lá. Tão masculino e primitivo. A fantasia de toda mulher e minha fantasia *real.*

Nunca vou esquecer a forma que ele aparenta, em seu traje de boxe, todos os músculos de seu torso rasgado fortes e firmes, ele bronzeado e reluzente. Nunca vou esquecer a maneira como ele sorri para sua torcida. Eu. Estou. Morrendo. Ele parece incrível. Perfeito. Irradiando força masculina e vitalidade. Como se ele estivesse em uma porra de uma praia e eu estivesse no inferno. Parece até que todas as luzes acima se apressam para beijar sua pele bronzeada. Seus braços fortes estão esticados, músculos tensos quando ele começa lentamente a se virar. A arena quase treme sob minhas rodas – os gritos são ensurdecedores.

– Foda com eles, Arrebentador! – as pessoas gritam atrás de mim.

– E depois venha me foder!

Suas covinhas piscam para elas, seus olhos brilham para elas. Ele parece tão descaradamente feliz que quero bater nele. Na verdade, quero ir lá em cima e esmagar sua boca com a minha, enquanto bato nele.

– Brooke, eu me sinto péssima por ser sua amiga, mas estou com muita vontade de seu homem, então, por favor, me diga que você entende! – Melanie diz ansiosa.

Solto um gemido com nojo de mim mesma. Fui abandonada, e aqui estou eu, correndo atrás dele como uma fanzoca, cobiçando-o só porque ele é meu.

MEU.

– E agora, senhoras e senhores, vamos dar as boas-vindas ao Monstro de todos os Monstros, Hector Hex, Herculeeeeeees! – o locutor grita, e Melanie murmura:

– Puta merda...

No momento em que o Monstro de todos os Monstros pisa no ringue, juro que vi a lona ceder com o seu peso. Nunca vi isso antes, mas ele parece ainda maior do que Butcher, e o nó no meu estômago se aperta dez vezes. O novo lutador parece com algum tipo de gigante.

– De qual galáxia veio esse monte de carne? – Melanie pergunta, tão perturbada quanto eu.

Remy toca as luvas com o monstro, e então recua e flexiona os músculos do braço, e eu vejo as tatuagens entre seu ombro e bíceps ondularem. E todo meu corpo ondula lembrando-se dessa sensação na minha pele.

Ping.

Eles vão para o centro do ringue. Meu coração martela dentro de mim quando o Monstro de todos os Monstros soca as costelas de Remington, e

Remington volta com um soco triplo que é tão rápido e tão poderoso, que empurra o cara de volta três passos.

– Brooke, oh meu Deus! – diz Melanie. – OH. MEU. DEUS!

O gigante volta com um murro que atinge Remy direto no estômago. Eu ouço o som do soco e começo a estremecer, mas subitamente escuto os sons da forma como Remington bate de volta. Rápido e duro. PAM PAM POOM! O gigante cai sobre sua bunda. Remington circunda o ringue enquanto espera que ele se levante, sinuoso, gracioso, meu poderoso leão de olhos azuis.

Todo o meu corpo se lembra da forma que esse leão se move sobre mim. Dentro de mim. A forma como os quadris me empurram com perfeita precisão. A maneira como suas mãos passam em cima de mim. Apertando-me e me provocando. A forma como a língua se esfrega contra a minha me provando, me lambendo.

O Monstro lentamente se levanta e sacode a cabeça, como se estivesse confuso, e antes que ele possa entrar com outro soco, Remington o atinge com um direto de direita e o atira no chão de novo, *plaf*, de costas.

Melanie pula e grita.

– SIM! SIM! REMY, você é o rei da selva, PORRA! – ela grita.

E ele se vira com aquele sorriso, e eu congelo quando ele nos encontra. Ele está sorrindo com indulgência para nós, seus fãs, olhando em nossa direção, quando de repente muda sua postura e seu corpo parece se retesar. Suas covinhas ainda estão no lugar, mas os olhos se apertam ligeiramente quando nos analisa, como um predador em modo de caça.

O chão parece cair sob meus pés.

– Acho que ele reconheceu a sua voz, sua idiota! – assobio baixinho, puxando a saia de Mel para que ela se sente novamente.

Mas ele não está olhando para Mel. Oh, não. Remy está olhando para mim. Os pés afastados, seu peito se ergue quando ele de repente me perfura com os olhos. Perfura a mim, só a mim.

Seus olhos azuis se fecham sobre mim, curiosos e questionadores, e estou de repente dolorosamente consciente de tudo o que estou vestindo. O delineador em volta dos meus olhos, o batom vermelho ridículo, a pele rebocada de maquiagem... Rezo, em silêncio e com fervor, que isso seja o suficiente para me proteger dele.

Expiro vigorosamente quando seus olhos deslizam à minha direita, para Melanie, e ela ajusta sua peruca e sussurra:

– Merda do caralho.

E se eu achava que estava salva, o subestimei completamente.

Ele olha para mim de novo, e depois, bem devagar, balança a cabeça.

Meu coração se aperta tanto que pensei que meu peito fosse sofrer algum dano interior permanente.

Ele arrasta a mão pelo cabelo e inquieto anda em torno do ringue por um momento, então levanta a cabeça de novo, e quando seus olhos se prendem em mim e ele balança a cabeça mais uma vez, desta vez com um súbito lampejo de suas belas covinhas, acho que gozei.

Faíscas de eletricidade me percorrem quando seus olhos escurecem com o calor, os lábios sensualmente se curvam, cheios daquele reconhecimento masculino de que eu, ao contrário de todas as suas outras fãs, sou sua fã número um.

Ele sabe exatamente quem eu sou. Posso ver a diversão em seus olhos e quase posso ouvi-lo dizer...

Sua merdinha, eu sei quem você é.

Eu vejo você.

Porra, eu vejo você!

Minha vontade é arrancar esta fantasia idiota, e só correr até ele e escalar Remy como uma árvore. Agarrar essa mandíbula dura em minhas mãos e beijar-lhe a boca e afogá-lo com meus beijos e com todo o amor que eu tenho por ele e que está me afogando por semanas.

Ele enrola os dedos em suas laterais quando outro lutador é anunciado, e enquanto o homem sobe ao ringue, Remy se mantém olhando para mim, abrindo e fechando os punhos, e posso sentir o calor em seu olhar, queimando em cada parte do meu ser, até os dedos dos pés.

A campainha toca, e Remington pisca para mim, uma piscadela que faz a multidão rugir.

Melanie range e aperta minha mão.

– Vamos, fale outra vez que ele não quer você, sua tapada! – E aponta para si mesma. – Esta garota aqui está com um tesão da porra em seu nome! Oh, meu Deus! Ele está comendo você dentro da cabeça!

Quase começo a gemer quando a luta começa.

Remington parece revigorado. Ele dá socos no novo lutador repetidamente, dando jabs, ganchos, esquivando-se, e ele se vira para mim entre socos, só para ver que eu estou olhando.

Eu estou.

Eu o vejo.

Eu o sinto.

Eu o desejo.

Porra, eu o amo mais do que qualquer coisa ou qualquer pessoa neste mundo.

O homem não tem chance contra ele, e eu assisto em fascinação absoluta e completa.

Todas essas semanas, com todos esses hormônios, sentindo falta dele como louca, querendo-o como louca, amando esse homem como louca... Ele está o mais perto que eu já o tive nas últimas semanas, e estou morrendo tanto por ele, eu estou segurando minha cadeira tão apertada que meus dedos estão brancos. Eu o quero dentro de mim como quero a minha próxima respiração. Agora isso é tudo que posso pensar, tudo que posso pensar é que ele é meu, e eu sou dele, que eu não vou deixar que vá embora, que eu vou fazer Remy me querer de novo se algum dia ele deixar de me querer, e que nunca haverá um momento da minha vida em que irei desistir desse homem.

A cada vitória o seu nome é chamado, o braço é levantado, os rugidos da multidão ecoam, e aqueles olhos azuis me encontram na minha roupa ridícula e sua mandíbula se contrai e seu corpo fica tenso, como se ele não pudesse suportar me ver sem me tocar. Todo o meu corpo responde e tremo na cadeira com a maneira como ele olha para mim. Eu posso estar horrível, mas ele ainda me quer. O desejo queima em seus olhos, e a promessa de que ele vai me tomar dança dentro dessas íris. Meu coração palpita. Lembro-me dele.

Lembro-me de sua pele, de seus calos roçando em mim. Sua respiração. Vejo o seu corpo exposto, brilhando de suor, cada músculo esguio e perfeito, e quase posso prová-lo, senti-lo deslizar contra a minha pele.

Durante toda a noite eu sou um poço de felicidade, emoção, nervos e tremor, e uma esmagadora necessidade.

– Mel, não quero que ele venha me ver nestes trajes – digo a ela, pela primeira vez lamentando as minhas escolhas de vestuário.

Estou feia, indecente, imunda e ridícula, e não era assim que eu queria que Remy me visse hoje à noite.

– Tudo bem, vou levar você pra casa e ele irá até você – murmura ela.

Melanie começa a me empurrar, e de repente ouço a voz explodindo nos alto-falantes:

– Nocaute! Sim, senhoras e senhores! Nosso vencedor, nesta noite e mais uma vez, eu lhes dou o Arrebentadorrrrrrrr!

Seu nome ecoa em torno a mim enquanto o público canta:

– Arrebentador! Arrebentador!

– Claro que você faria exatamente o oposto do que eu pedi a você.

Uma voz gutural, profunda e insanamente sensual sussurra atrás de mim, então vejo um tronco musculoso à minha frente, e sou levantada em um par de braços deliciosamente suados.

Remington se vira para Melanie em vez de para mim, e ouço quando ele quase rosna para ela:

– Eu cuido desta pimentinha. Riley pode dar-lhe uma carona para casa.

O cheiro dele gira a meu redor e me desarma completamente. Eu quero bater no peito e dizer-lhe para me deixar ir, porque ainda estou um pouco irritada, mas meus dedos estão ligados na parte de trás do seu pescoço forte, em meu medo de cair, e estou quieta enquanto Remy está parado, absorvendo a sensação de seus braços em volta de mim. Bom. Assustadoramente bom. Seus bíceps protuberantes me espremem dos lados, seus braços grossos brilhando de suor, como o resto do corpo. O resto do belo, irritante, complicado Remy.

– Divirta-se, Brooke – disse Melanie com um brilho nos olhos quando vem para dar um tapinha no meu ombro, sussurrando em meu ouvido: – Cara, nunca na minha vida vi esse brilho nos olhos de um homem antes, ele vai te foder tão gostoso.

Nos vestiários, Riley me cumprimenta com um sorriso além do emocionado em seu rosto.

– Ei, Brooke! Já que Rem está apertando tanto você, eu assumo que você é a Brooke? – diz ele, ao entregar a Remington uma pequena mochila.

Remy balança a cabeça e sussurra alguma coisa para ele, então me leva para fora e chama um táxi e, em vez de me levar para casa, com a voz rouca diz ao motorista o nome de um hotel a duas quadras dali. Ele está desidratado, e abre a mochila, pega uma bebida eletrolítica e começa a engolir enquanto usa o braço livre para me transportar para o seu colo.

Seu aperto se fecha em torno da minha cintura quando tento mudar de lugar, e meu coração martela loucamente no peito quando ele enfia a água de volta em sua bolsa. Remy abaixa a cabeça e faz a mais profunda e mais longa inalação de mim que já fez. O desejo entra em espiral através de meu corpo. Ainda estou um pouco irritada, mas entre as minhas coxas, meu clitóris pulsa a ponto de doer. Ele pega meu rosto, vira a minha cabeça e belisca minha orelha, respirando pesado, completamente excitado em minha bunda como se me quisesse. Como se ele desesperadamente me quisesse.

– Deus.

Remy suspira em meu ouvido, os braços se fechando à minha volta enquanto ele transa com a língua na minha orelha. Um tremor de necessidade corre acima do meu corpo e me faz morder de volta um gemido. Estou indecisa entre bater nele e beijá-lo, porque ele está me matando. Minha calcinha está encharcada, meus seios não param de doer, meu coração dói, cada parte de mim dói quando ele mergulha a língua na minha orelha, do lado de fora da orelha, por trás dela, com o mesmo desespero que eu sinto.

Quando chegamos ao hotel, estou fervendo em minha própria raiva e, ao mesmo tempo, fervendo com luxúria por causa da maneira que Remington trabalhou em uma excitação louca na parte de trás do táxi. Esfregando as mãos em mim, lambendo e me beliscando. Cheirando-me como se ele estivesse com fome de ar.

Ele pega uma chave na recepção e, em seguida, nós estamos subindo no elevador, e eu digo, com uma voz grossa, estranha:

– Ponha-me no chão.

– Em breve – murmura ele, os olhos flamejantes com o calor quando olha para mim.

Mesmo com aqueles olhos azuis me avaliando nas roupas menos sexy de todo o universo, com a pior maquiagem possível, com um terrível batom vermelho vulgaríssimo, aquele desejo primal em seu olhar me penetra como pequenos raios de prazer.

Eu me sinto como um vulcão latente, meu sangue cozinhando nas veias em uma irresistível mistura de raiva e excitação. Mas a excitação, eu odeio como ela está rapidamente ganhando quando o cheiro dele se mantém alcançando meus pulmões. Minha língua dói na boca. Quero lamber seu pescoço e tomar aquela boca sexy com a minha e fazer esse homem me mostrar que ainda me quer e ainda me ama.

Meu coração bate com violência em minhas costelas enquanto Remy desliza a chave na ranhura da porta e me carrega para dentro do quarto, em direção ao final do corredor, onde fica o aposento principal.

Ele me deposita ao pé da cama.

– Não sei se eu deveria te beijar ou bater em você. – Minha voz treme de emoção.

Então eu me sinto reenergizada e bato meu punho em seu peitoral duro e empurro o peito para que ele vá embora. Agarro seu belo rosto e esmago sua boca sexy na minha. Seu sabor me faz estremecer como um tiro de êxtase até que me afasto com raiva e soco aquele peito que parece uma parede de novo.

– Suas canções me fizeram chorar! Senti falta de sua voz, de suas mãos! Sou uma grávida tola e estúpida ansiando por você, e você quer que eu fique como uma boa mulherzinha do século XV, esperando em casa pelo homem, enquanto você está lá fora, molhando as malditas calcinhas de cada mulher. Eu não vou fazer isso. Recuso-me a ser esse tipo de garota, você está me ouvindo?

– Sim, ouvi. – Ele se inclina e desliza os dedos por trás da minha cabeça, em seguida, sua voz rouca e espessa de desejo dança sobre a minha pele. – Agora venha aqui e me beije de novo. – Ele me chama para mais perto e eu soco o peito dele mais fracamente dessa vez, gemendo em protesto.

– Você chegou a tocar em alguém? – choramingo, me retorcendo para me livrar.

Ele aperta seu domínio sobre minha nuca e prende seu faminto olhar nos meus lábios.

– Não.

– Então por que não quer me ver? Não te entendo!

Seus olhos piscam, frustrados.

– Você não tem que me entender, só me amar como o diabo. Pode fazer isso? Pode? – O polegar se arrasta com aspereza sensual em meu lábio inferior. – *Pode?*

Não consigo responder. Enquanto Remy olha para a minha boca com um olhar deliciosamente carnívoro, eu estou bebendo na mandíbula sombreada de barba, os olhos azuis, o cabelo espetado, suas maçãs do rosto salientes e queixo quadrado, as barras escuras de suas sobrancelhas, cada centímetro de seu belo rosto, tão dolorosamente perto que todos os órgãos dentro do meu corpo começam a pulsar. Eu me ouço sussurrar:

– Você ainda me ama?

– Você só pode estar brincando comigo – diz ele.

Vou gemendo alto enquanto seus dedos passam a acariciar a parte de trás do meu pescoço, esse toque que confude os meus sentidos. Ele me inebria com sua proximidade, me faz ficar embriagada com o cheiro do seu suor, seu sabonete, ele. Toda vez que está perto, ele amplia os meus sentidos, e eu estou tão emocional, todas essas horas sentindo sua falta, todos esses hormônios estranhos, e minha voz treme quando falo.

– Você ainda me ama, como antes?

– Eu sou louco por você pra caralho! – grita ele, incrédulo.

Fecho os olhos e gemo baixinho, agarrando-me ferozmente nessas palavras.

– Eu disse que te amava com cada pétala de cada rosa – continua, em um sussurro rouco e baixo.

Então, ele roça a ponta do polegar na minha boca de novo, com mais força desta vez, com mais necessidade, enquanto a sua voz, forte e aguçada, envia uma onda de calor através de mim.

– No instituto, uma de minhas médicas tinha uma rosa. Ela me disse que tinha recebido do seu marido, porque ele a amava e ele estava longe. Não é isso que você envia quando você não está lá para dizer a alguém que a ama, porra? Brooke, eu nunca fiz isso antes, mas porra, dói olhar pra você através de uma tela do caralho. Dói ficar escrevendo aquelas mensagens. Dói como nenhum soco do caralho dói...

Ele espalha seus dedos abertos na parte de trás do meu pescoço como se precisasse tocar o máximo de mim quanto possível, com os olhos brilhando tão ferozmente que isso só faz o meu coração bater mais forte.

– Você não ouviu as músicas? Elas eram todas pra você, Brooke. Você não sabia que pensei em você? Que sentia demais a sua falta? Se não demonstrei o quanto te amo, então me diga de que forma ferrei tudo!

– Queria que você me deixasse ver a luta! Como sempre faz. Você sempre me quis lá antes. Por que não hoje? Por que você não veio me ver antes?

– Deus, eu quero você lá, mais do que tudo. Você acha que eu gosto de um segundo desse inferno? Se eu tivesse visto você antes da luta, por acaso acha que eu ia ter a força de vontade de deixá-la? Como pode pensar que isso é fácil pra mim, Brooke? Como?

A frustração viva em seus olhos me corta de modo tão profundo que baixo a cabeça, porque, não, eu não acho que seja fácil para ele.

– Você acha que precisa de mim, pimentinha? – A pergunta rouca viaja por todo o caminho através de mim, e tenho que pressionar minhas coxas juntas para parar o tremor dentro de mim. – Baby, o jeito que você precisa de mim mal chega à metade do jeito que eu preciso de você.

A tristeza inesperada em sua voz puxa meu olhar de volta para Remy.

– Meu jogo é metade do que costumava ser. Não consigo me concentrar. Não consigo dormir. Eu não posso mais entrar no jogo. Sou como um robô lá fora. Eu sinto um buraco de merda aqui, bem aqui. – Ele coloca o punho sobre o peito. – Só estou tentando proteger a minha menina. Três médicos, três, disseram que ela precisava ficar na cama durante os primeiros três meses, sem nenhuma viagem. Não posso vê-la, não posso fazer amor com ela, estou tentando fazer a coisa certa quando tudo dentro de mim grita que ela pertence a mim. – Ele aperta os olhos, expirando profundamente pelo nariz. – A cada segundo que eu e você respiramos, você pertence a mim.

– Remy, sinto muito. Isso está me deixando louca também.

Cubro meu rosto e procuro tentar respirar através de minha garganta apertada, mas ele agarra meus pulsos e força meus braços a ficar ao meu lado, prendendo o meu olhar com o seu, com os olhos vividamente azuis.

– Eu te amo tanto. – Remy engole o meu rosto com as duas grandes e belas mãos calejadas. – Tanto, Brooke, que ainda não sei o que fazer comigo mesmo – diz, e beija a ponta do meu nariz com um tremor suave da respiração. – Sinto falta de tudo sobre você, da maneira como você sorri até a maneira como olha para mim e a forma como a cama cheira quando você está comigo. Eu te amo mais do que tudo na minha vida, tudo. Isso me come por dentro como uma doença por querer vir buscá-la e levá-la de volta comigo.

Começo a tremer na ponta da cama, todas as minhas emoções, todos os meus hormônios em fúria, todas as minhas células, todo o meu ser, tudo zumbindo em suas palavras. Meu corpo inteiro pulsa de amor, luxúria e a agonia física de ter negada a minha dose de Remy durante semanas. Tremendo, estico amorosamente meus dedos e desço a curva de seu queixo forte.

– Isso – digo, a palavra saindo de meus lábios frouxa – é o que eu vejo no meu quarto. Este rosto. Este rosto é tudo que eu vejo, tudo que eu vejo, Remy.

– Droga, tire essa merda e me deixe olhar a minha Brooke.

Ele agarra a minha peruca e a joga de lado, então prende meu olhar quando nossos sorrisos desaparecem. O ar entre nós pulsa e salta como se a nossa necessidade fosse uma coisa viva e respirando entre os dois.

– Por que alguém iria querer cobrir esse cabelo?

Silenciosamente, tira a rede de cima da minha cabeça, e o baixo farfalhar é a única coisa audível no quarto.

Aqueles dedos lentos e deliciosamente experientes soltam meu coque, e o contato de seus dedos contra o meu couro cabeludo envia frissons pela minha espinha.

No momento em que Remy afrouxa as mechas e meus cabelos descem na altura dos ombros, minhas coxas se dissolveram numa poça úmida, juntamente com o resto de mim. Um suor resplandecente cobre o pescoço dele, e seus peitorais brilham também. Seu tronco é tão sólido que parece impenetrável como uma parede de aço, como se nada pudesse machucá-lo. Seus músculos do braço incham quando ele acaricia suas mãos no meu cabelo, e estou tão desarranjada quanto ele.

Quando falo, minha voz está mais rouca do que nunca.

– Era pra eu ser uma fã velhinha...

– Minha... – diz ele, num sussurro que é muito mais profundo e mais áspero do que o meu.

– O quê?

– Minha doce ... e desobediente ... fã favorita.

Ser chamada como sendo dele de novo...

Um som me escapa, e ele me ouve. Raios de calor correm até meu sexo quando ele passa uma mão sob o vestido. Olhos de um azul vívido me observam enquanto os dedos tocam do lado de dentro da minha coxa, e meu coração galopa a toda velocidade.

Ele olha para a minha boca, e oh Deus, estou inundada de desejo. Ele se inclina, primeiro para provar a minha boca com batom, abrindo--a, depois, por baixo do meu vestido, os dedos deslizam sobre o tecido da minha calcinha. A língua dele corre sobre a minha, e quando ele me coloca de volta na cama, eu tremo quando abro minha boca e gemo baixinho.

Remy é tão gostoso, tão gostoso...

Ele brinca com a minha virilha na borda da calcinha, então a puxa de lado e seu dedo me acaricia diretamente. Uma tempestade de tesão avança em mim quando o beijo suavemente. Ele tem gosto de Remy, e também do meu batom estúpido, e eu estou morrendo quando ele me abre com o dedo e, em seguida, vem com a língua. Quente e úmida, passando ao redor da minha, então me convenço a segui-lo e beber de sua boca quando ele me penetra devagar com seu dedo do meio.

Meu corpo arqueia em direção ao dele.

Ele sussurra em minha boca:

– Se você pode vir pra minha luta, pode vir em meus braços.

Minha respiração para quando ele esfrega seu dedo dentro de mim. Eu sinto estar me espremendo em volta dele, meu corpo ganancioso ansiando alguma coisa dele dentro de mim. Ele acrescenta o polegar para provocar meu clitóris, e quando se afasta para ver o meu rosto enquanto brinca com a parte mais quente e mais molhada do meu corpo, sua boca está manchada com meu batom, sua mandíbula está contraída com o desejo, seus olhos azuis estão brilhantes, seu belo rosto olhando para mim, minha nossa, juro que ele parece tão sexy como se alguma outra mulher o tivesse beijado. Tenho ciúmes de mim mesma e do meu batom enquanto tremo e atiro minha cabeça.

– Remington...

Ele geme e me dá outro beijo, este rápido e forte, com um estreitamento de seus dentes, antes de recuar e retirar o seu dedo.

Sem qualquer pressa, Remy puxa e abre cada um dos botões do meu vestido floral. Cada célula do meu corpo fica frenética quando me sento e o ajudo a abrir os botões enquanto ele abre minha blusa.

– Oh, depressa, me toque – suspiro.

– Psiu – diz ele, enquanto abre o vestido bem no meio, colocando o tecido de lado para que possa pegar minha calcinha de algodão branco.

Meus mamilos picam para fora através do tecido do meu sutiã e minha calcinha está úmida, e eu não achava que fosse mesmo possível para os olhos dele ficarem mais escuros e mais esfomeados do que antes.

– Deus, eu poderia comer você.

Antes que eu perceba, ele encontra o fecho central do meu sutiã com os polegares e, quando o empurra de lado e esfrega os dedos ao redor das minhas aréolas, ele mordisca minha boca, meus lábios, até que abaixa a cabeça e chupa um mamilo.

Oooh, eu ouço. E sou eu. Fazendo todos esses ruídos. Ondulando meu corpo contra o dele.

Ele esfrega a ponta da língua sobre a ponta de meu mamilo e ondas de prazer disparam através de mim. Ele desliza a mão em minha calcinha, e eu dirijo meus dedos em seu cabelo. Ele parece tão faminto, e eu estou com tanta sede que no instante em que me penetra com o dedo do meio, estou tão inchada, tão molhada, tão desesperada, sentindo sua boca chupando meu peito como se estivesse faminto por mim, que começo a gozar.

Meus dedos agarram os cabelos de Remy e eu gemo de prazer quando minha cabeça cai para trás, ao mesmo momento que meus músculos começam a se contrair e se soltar, contrair e se soltar, e Remy mexe o dedo devagar, arrastando o prazer para mim, enquanto suga meu peito ainda mais forte, desencadeando torrentes após torrentes de prazer em mim.

– Oh Deus! – grito, e me ergo e me agarro a ele, virando meu rosto para o pescoço dele, correndo minha língua sobre sua deliciosa pele esticada, bebendo-o desesperadamente. – Nossa, eu estou morrendo para que você me faça sua. Pra sentir você. Você. Dentro de mim.

Ele me olha enquanto recupero o fôlego, o brilho possessivo em seus olhos me eletrizando.

– Ainda não terminei com você – diz com ternura, fazendo-me lamber seu dedo molhado. – Eu vou devorar sua boca, foder sua boceta com os dedos, com a língua, com toda parte de mim que puder. E você vai beijar o meu pau como se não houvesse amanhã.

– Quero beijar seu pau agora.

– Agora não.

Ele se afasta e retira a cueca boxer até que fica só pele, músculos, tatuagens e... Meus olhos saltam ao vê-lo levar sua enorme, bela ereção para o chuveiro e encher a banheira. Ele vem me pegar, e meus olhos ardem com a visão de seu pau enorme em pé, tão perto da tatuagem da estrela acima dele.

Quero beijar aquela parte do mesmo jeito que quero beijar o resto dele. Não. Eu não quero apenas beijar. Quero lamber. Chupar. Saborear. E reclamá-lo meu, para sempre e sempre.

Antes que eu possa agarrá-lo e brincar com ele como Remy brincou comigo, ele toma meu braço, me puxa pelos meus pés e, em seguida, me leva para a enorme banheira de hidromassagem. Redonda e cor de creme, ela fica no meio do aposento, e quando ele fecha os registros, eu me apoio em um de seus braços e mergulho os pés na água, e então espero que ele me siga. Ele dá um passo atrás de mim e nos abaixa na água quente, ligando os motores jacuzzi enquanto nos acomodamos.

Meus olhos se fecham quando ele me envolve em seus braços e imediatamente começa a lamber meu pescoço.

– Remy... – respiro.

Seus dentes raspam a parte de trás do meu pescoço e, em seguida, ele rosna em meu ouvido:

– Nada neste mundo tem um gosto tão bom quanto você, sua pele, sua língua. Nada é tão doce e suculento como sua boceta.

Ele me levanta da água de repente e me vira, mas continua sentado na banheira e seu rosto está no mesmo nível do meu sexo. Abre as mãos em minhas coxas para separar mais minhas pernas, abrindo-as, e enterra a cabeça entre elas, beijando minha boceta por um minuto inteiro, acariciando meu clitóris com a língua, em seguida, empurrando sua língua pra dentro. Posso sentir seu grunhido vibrar por todo o caminho através de mim, e quando ele termina de sentir seu prazer, me vira de volta e se abaixa de volta comigo.

– Você fica ainda mais molhada depois de gozar – fala no meu ouvido, com sua voz grossa, e depois começa a ensaboar meu cabelo lentamente. – E estes... Estão maiores e mais pesados .

Ele corre as mãos ensaboadas sobre os meus seios, e todo o meu sangue parece estar sendo bombeado para o sul, direto para o meu clitóris, e as pontas dos meus mamilos.

– Sim – mal consigo falar. – Eles estão tão sensíveis, sempre enrugados nos bicos.

– Querem ser chupados. – Ele respira contra meu ouvido, e a maneira como ele rola a língua, como se já estivesse provando meus mamilos doloridos, faz meu clitóris pulsar.

Posso sentir sua ereção nas minhas costas, impressionantemente dura, pulsando contra a minha pele, e minha língua está inquieta na boca, porque preciso envolvê-la em torno da cabeça de seu pau com urgência. Pego um pouco de sabonete e começo a esfregar meu rosto, tentando me livrar de toda essa maquiagem.

– Aqui – digo, voltando-me e rapidamente ensaboando seu cabelo.

Ele me olha com um sorriso, como se soubesse a razão da minha pressa. Quando me ajoelho e passo xampu sobre o cabelo e tento lavar com uma concha ao lado da banheira, eu o cavalgo, de forma que o enorme vulto de sua ereção, aquele delicioso e enorme volume, fica bem ali, entre as minhas coxas, enquanto enxáguo o xampu. Ele se inclina e começa a chupar as gotas molhadas de água dos meus mamilos. Eu grito, e ele agarra minha bunda e me arrasta com mais força contra sua protuberância, enquanto seus movimentos de sucção fazem meus dedos enrolar.

– Está doendo? – pergunta Remy, puxando a ponta de um mamilo com os dentes.

– Não, ooh, Remy, isso é tão bom.

Ele geme e balança os quadris para mim, enquanto repete sua sucção no meu outro seio.

– Merda, Brooke, eu poderia gozar apenas chupando você, escutando você...

– Eu poderia gozar com você me chupando, ouvindo você gemer...

Ele pega com a mão um seio e chupa o outro com força, começo a gemer e me mexer sobre seus quadris e antes que perceba, eu o imagino erguendo meus quadris, tendo seu pau em mim, e montando-o, e pedindo para que ele enfie em mim, novamente e novamente. Ele me interrompe.

– Não vou gozar em uma banheira. O único lugar que eu faria isso é em você – rosna Remy.

– Leve-me para a cama pra brincarmos – respiro ansiosamente, passando os braços ao redor de seu pescoço.

No momento em que me leva para fora da banheira e me enrola em uma toalha, trazendo-me para a cama, estou em chamas de tanto tesão, tremendo. O que ele diz a seguir me faz tremer ainda mais.

– Quero rasgar você em pedaços, eu quero muito você. Quero beliscar, morder, e chupar seus mamilos tudo de uma só vez.

Ele me coloca na cama e abre a toalha em cima de mim, então imediatamente começa a me lamber. Oh Deus, eu não posso respirar, pensar, acho que eu não posso nem viver quando Remy começa a beliscar meus mamilos enquanto me lambe em outro lugar.

– Remington...

Ele é hipnotizante. A atmosfera em torno de mim mudou até que tudo o que temos é uma cama, e eu e ele. Juro que posso sentir os raios entre nossos corpos. Ele roda a língua subindo até a garganta, e quase desmaio com a sensação de seus calos deliciosamente raspando na minha pele quando ele os arrasta para baixo em minhas curvas.

– Eu vi você... Na minha cabeça... A cada porra de hora de cada dia... – murmura Remy para mim.

Ele fareja meu pescoço e fecha a mão de novo sobre um peito, e me arrepio quando aperta a carne e lambe minha clavícula. Meus dedos descem pelas costas lisas, cada um dos músculos delineado sob meus dedos, e oh meu Deus, ele está me segurando. Em seus braços. Ele está molhado, o ar frio, mas tudo que ele quer é me secar e me lamber.

Agarro sua mandíbula em ambas as minhas mãos.

– Remington Tate – gemo, esmagando minha boca contra a dele.

Ele toma os meus lábios com ainda mais força, sugando minha língua.

– Brooke Dumas do caralho.

Olhando-me com os olhos cálidos, ele tortura meus mamilos com os polegares, e eu deslizo minha mão por seu corpo e começo a acariciar o seu comprimento tão duro.

– Faça-me beijar você. – Enrolando meus dedos em torno da cabeça de sua ereção, chupo avidamente sua língua molhada. – Diga-me pra beijá-lo aqui. Se eu não posso ter você entre as minhas pernas, quero você na minha boca.

Ele geme e desliza as mãos até meu rosto.

– É onde eu quero estar. A maneira como você usa seus dentinhos. Corra essa língua sobre mim como se quisesse viver em mim. Quero tanto ver essa boca toda no meu pau, nem vou aguentar quando fizer isso...

– Oh, cale a boca. – Mergulho e tomo o seu pênis na minha boca. Completamente. Cada centímetro pulsando quente que eu possa pegar, eu o faço.

Um som baixo rasga seu peito e ele está tão duro e pronto que posso provar imediatamente algumas gotas perdidas de sêmen. Meus cílios varrem para cima, e posso encontrar o seu olhar, e ele está olhando para mim com um êxtase primitivo, vendo meus lábios fechados ao redor de seu pênis. Não na base... Ele é muito grande, longo e espesso. Mas meus lábios estão firmemente em volta dele enquanto minha língua esfrega a cabeça.

Espalho minhas mãos em seu abdômen para me preparar, e ele se contrai quando eu uso os dedos para acariciar a tatuagem de estrela em seu umbigo. Meu sexo queima de desejo e ciúme completo do que a minha boca tem o prazer de estar, agora, repleta.

Remy segura a parte de trás da minha cabeça, como se extasiado, enquanto a minha língua desliza sobre seu comprimento espesso, e tremo só com o olhar carnal e primitivo daqueles olhos. Seguro a base com os punhos e começo a chupar com a minha boca, gemendo de aprovação quando ele muda de posição. Ele fica ao pé da cama, e eu fico de quatro no colchão enquanto ele me dá mais do seu comprimento. Ele geme e empurra, com os olhos fechados à deriva. Posso sentir o gosto dele, salgado e pronto para vir. Ele está pulsando e tão ferozmente duro, que meu sexo dói, com ciúme.

Meus seios oscilam abaixo de mim enquanto o lambo de quatro, quando de repente ele desliza sua mão ao longo de toda a minha espinha, acariciando cada polegada, até que desliza o dedo do meio para baixo da fissura de minha bunda, então corre para baixo e mais abaixo até a minha boceta, e mergulha o dedo dentro de mim.

Ondas de prazer giram por mim. Começo a gemer e a balançar meus quadris para tomar o seu dedo mais fundo, levantando os olhos para ver seu rosto, sua beleza selvagem, o rosto endurecido de luxúria, enquanto Remy me assiste lhe dar o melhor boquete de sua vida.

Seu peito está se contorcendo. Posso sentir a tensão agitando-se por dentro dele enquanto luta para manter o controle. Mas eu o quero perdido e primal. Ele está sendo cuidadoso. Está se segurando. Balançando seus quadris suavemente.

– Você está com fome de mim – diz, e eu sei o que ele está pedindo, se vai gozar na minha boca? Deus, juro que não quero nem parar pra dizer sim.

Começo a acariciar a base com as duas mãos e me afasto para dizer:

– Faminta e insaciável por você. Por favor, dê pra mim.

O som gutural que ele faz só me deixa mais louca. Com suavidade ele começa a penetrar dois dedos em minha boceta ao mesmo tempo que espalha a mão na parte de trás da minha cabeça e me mantém no lugar enquanto bombeia o pau em mim, cada vez enfiando um pouco mais, até que bate no fundo da minha garganta e volta para trás. Mas eu quero que ele se perca, tanto quanto eu, e começo a mexer a cabeça para cima e para baixo sobre o pênis dele, mais depressa.

– Brooke – grita Remy, bombeando no mesmo ritmo que eu, com a cabeça caindo para trás em um rosnado animal.

Então, ele geme e solta jatos dentro de mim, três correntes quentes e salgadas jorrando na minha boca, e eu estou tão desfeita e intoxicada com ele que gozo no instante em que provo Remy e, ao mesmo tempo, sinto que tira os dedos de minha boceta e sobe de volta para o meu clitóris. As cores explodem por trás de minhas pálpebras e enquanto meu corpo estremece, começo a gemer e prender o pênis com as mãos, lambendo febrilmente a ponta, querendo cada gota, até a última gota. Mesmo quando termino, perco o fôlego e avidamente começo a lamber o canto dos meus lábios e a olhar para cima.

– Brooke – diz ele, olhando para mim de um jeito ferozmente possessivo, parecendo maravilhado de alguma forma.

A seguir me levanta e cobre a minha boca com a dele enquanto me puxa para perto, me engolindo em seus braços, sua boca ardente em meus lábios enquanto nos coloca de volta na cama. Talvez minha boca tenha o gosto dele, mas Remy não se importa, ele me beija como se não restasse nada de nós a não ser as nossas bocas. E sinto que essa é a única parte de mim que posso mexer.

Ele nos deita para me abraçar e fecha a mão possessivamente na minha boceta, me tocando de leve com o dedo.

– Gosto quando você está com tanta fome de mim – ele sussurra em meu ouvido, acariciando meu abdômen.

– Estou grávida de seu bebê. Nós estivemos separados e tem sido uma tortura. Tenho tido sonhos e acordo suada e precisando de você e não consigo voltar a dormir, meu corpo inteiro dói – sussurro, gemendo enquanto Remy continua me tocando.

Ele mordisca a parte de trás de minha orelha e usa a mão para me penetrar suavemente.

– Eu não tenho sido capaz de ter uma boa noite de descanso desde que você foi embora. A cama é tão vazia que prefiro tomar um banho frio, ou ficar na academia – murmura ele quando puxa minha orelha. – Mas fico duro só de pensar em você, Brooke. Pensando que coloquei um bebê aí dentro. – Ele continua a dar mordidinhas suaves na minha orelha e mete o dedo em mim. Tremendo de desejo, sinto o comprimento de seu pau atrás da minha bunda, e ele balança um pouco para mim, nossos quadris em movimento. Mais deliciosas ondas de prazer se atiram através de mim quando percebo que Remy ainda não acabou. Ele me rola para encará-lo, envolve uma de minhas pernas em torno de seus quadris.

– Mexe junto comigo – ordena, e então está se movendo contra mim, me fodendo sem me foder, nossos corpos grudados e se esfregando.

Meu peito se enche de amor quando nos beijamos, e depois nos olhamos. Seus olhos azuis, o cabelo espetado, aqueles músculos salientes. Meu sexo se contrai desenfreadamente com cada movimento de balanço de seus quadris, que traz todo o comprimento do seu pau esfregando ao longo dos lábios da minha boceta, acariciando meu clitóris mais do que sensibilizado. Eu te amo, eu quero dizer, mas os sons que posso fazer são aqueles borbulhantes e sussurrados.

– Quem você ama? – ele rosna com ternura.

– Você.

– Quem é o seu homem? – Ele brinca com a língua na minha boca, em seguida, arrasta sua mandíbula deliciosamente junto da minha com um gemido. – Quem é o seu homem?

Eu amo a sensação de sua barba contra o meu rosto, e enquadro o rosto dele e acaricio meu queixo contra o dele novamente.

– Remington Tate, meu Arrebentador.

– E me quer em cima de você?

– Hmm, eu quero você em cima de mim.

Quando eu digo hmm, isso supostamente quer dizer que não vou tomar banho, e só assim eu posso sentir o cheiro dele e seu gemido me diz que o fato de eu ter falado isso o está deixando louco. Mas ele me deixa mais louca com a forma como chama seu sêmen de "dele". Adoro o jeito com que ele gosta que eu sinta sua porra em minha pele, dentro de mim, fora de mim, na minha boca. Hmm...

– Você pediu por mim, Brooke Dumas.

Remy prende meus braços acima de minha cabeça e coloca seus dedos em volta dos meus pulsos enquanto esfrega seu pau na minha boceta, acariciando meu clitóris muito deliciosamente. Ele me olha daquele mesmo jeito hipnotizante e cheio de desejo com que o olhei antes, memorizando-o como ele parece me memorizar. Meu pescoço arqueia enquanto ele retarda os movimentos de balanço, mantendo-me à beira do êxtase por alguns minutos, deliciosos minutos em que nossos corpos se tocam. E aqui estamos nós. Os sons de carne contra carne, os ruídos de nossos corpos molhados, meus gemidos, os gemidos dele, tudo o que estou ciente.

Sussurro seu nome quando gozo, e meus olhos ficam abertos nesse momento em que tudo fica tenso antes de explodir, e eu o vejo em cima de mim, fechando os olhos com força, sua mandíbula contraída quando ele jorra em todo o meu abdômen e convulsiona comigo, seus dedos apertando meus pulsos. Quero que isso me machuque, o jeito que ele me mantém presa quando está gozando, e eu estremeço, nós dois gemendo, sons profundos e arrancados do corpo se aliviando.

Quando tudo acaba, ele me puxa para o seu lado e murmura com a voz rouca:

– Esperei por isso por 39 dias.

– E cinco horas.

– E um pouco mais de trinta minutos. – Sorrindo com satisfação, porque, obviamente fiquei entregue ao silêncio, ele sorve o meu rosto. Corre o polegar rapidamente ao longo do meu queixo. – Penso em você. Constantemente. De dia. De noite.

Ele usa seu polegar para tocar meu rosto e me olha como se quisesse me comer, então se abaixa e faz exatamente isso. Ele me beija como se eu fosse tanto preciosa quanto comestível, me apreciando e me devorando tudo de uma vez. Remy desliza a mão para cima e para baixo das minhas costas. A sensação de seus calos na minha pele me faz tremer.

Ele olha para mim, seu cabelo uma bagunça charmosa, de pé e molhado.

– Porra, você é tão linda.

– Eu estava ridícula.

Ele ri baixinho, então belisca meu nariz.

– Ridiculamente linda.

Fixando seu olhar de volta no meu rosto como se reverenciasse essa visão de mim, Remy então se inclina e beija minha barriga e deixa sua cabeça lá.

– Você ficou bravo por eu vir vê-lo? – pergunto, colocando minha mão em seu cabelo.

– Não. – Ele lambe meu umbigo. – Sei o que eu tenho, e você é um punhado de problemas, isso é o que você é.

– Eu? Você inventou os problemas. Você nasceu e em vez de eles falarem "é um menino", os médicos disseram: "Ahhh, é o problema!".

Sua risada é baixa e gutural, então fica em silêncio e olha para mim, seus olhos sóbrios, quase atormentados.

– Deus, como eu preciso de você. – Apoia sua testa na minha e solta uma respiração espessa. – Como fico louco ao pensar em você. Durante todo o voo até aqui, escutei a música que você tocou pra dizer que me ama.

Sua boca quente se apossa da minha de novo e nos beijamos freneticamente, e ele puxa de volta para se curvar e beijar minha barriga novamente. Sua respiração é pesada. Ele não consegue parar de me respirar. Tocar todo o meu corpo. Lembrando-me de que ele é o dono.

Por horas, não conseguimos parar de beijar e murmurar e fazer o outro se sentir bem, até que deitamos e ele me aconchega perto de seu corpo. Remy fuça meu pescoço por um breve momento e coloca um beijo na cavidade atrás da minha orelha. Depois me acaricia por um tempo, e quando descobre que ainda há alguns remanescentes de seu sêmen na minha pele, ele os pega com dois dedos e esfrega-os em minha boceta.

Suspiro.

– Shh – diz ele em voz baixa. – Eu preciso estar aqui. Bem aqui.

Ele esfrega os dedos dentro de mim, lambendo a parte de trás do meu pescoço suavemente, e estremeço e começo a gozar. Ele ri baixinho e esfrega-me mais, o seu calor dentro de mim, e é como tê-lo penetrando em mim. Meus olhos queimam enquanto continuo tremendo, e ele empurra a palma da mão para me deixar com mais tesão.

Quando termino, parece que sou como uma viciada, pensando em tê-lo dentro de mim.

– Quando fizer amor comigo de novo, quero que você fique dentro de mim. Durante toda a noite, prometa que parte de você vai estar dentro de mim, do jeito que me prometeu.

Ele vira meu rosto em um ângulo que ele parece querer que eu fique e embala a parte de trás da minha cabeça, sugando a minha língua como se estivesse faminto por isso.

– Vou te foder por todas as noites que não pude transar com você e então eu vou ficar dentro de você.

Ele expira devagar, como se apenas esse pensamento já o deixasse excitado, e sua respiração é quente no meu rosto enquanto espera pelo meu consentimento.

Quando aceno com a cabeça, confirmando, ele sorri seu sorriso preguiçoso de pálpebras pesadas, um sorriso masculino, e eu sorrio de volta.

Sinto-me feliz. Completa. Como se o mundo estivesse girando na direção certa esta noite.

Ele leva algum tempo extra me acariciando e fazendo todas as suas coisas divertidas comigo, fazendo com que todas as borboletas em minha barriga se agitem e não me deixem sossegar. Estou tão fraca que só gemo e suspiro como isso é bom, e ele sussurra que meu sabor é delicioso e como sou gostosa. Quando acaba de lamber cada polegada de meu ombro, garganta e orelha, e para de acariciar a lateral do meu corpo com sua mão, ele me aconchega em seu corpo maior e mais duro e nossas pernas se entrelaçam como *pretzels*, e então suspiro quando caímos no sono. No meio da noite, às vezes, ele muda seu nariz de lugar até que o enterra em minha pele. Eu o encontro por trás de mim e acaricio, meio grogue, seu cabelo. Viro o corpo em seus braços para que eu possa sentir o cheiro dele, absorvendo cada sensação de estar de volta na cama com o único homem por quem já estive apaixonada.

E sinto como se meu lar finalmente tivesse vindo para mim.

DOZE

LÁ VAMOS NÓS

Dois dias depois, ainda estamos no mesmo quarto de hotel e eu acordo com a mais deliciosa sensação de bem-estar quando percebo que Remy está me observando. Ele está apoiado em um braço, seus músculos salientes. Seu cabelo preto sexy está totalmente de pé e ele usa o sorriso preguiçoso, sensual, de um homem que se sente satisfeito até quase o coma, e parece tão sexy na cama que quero comê-lo com uma colher. Faço um barulho ronronando quando rolo para o meu lado para encará-lo.

– Não quero sair desta cama – sussurro, deslizando a ponta do dedo ao longo de uma de suas tatuagens celtas.

Ele acaricia a mão pelo meu braço, e a ternura na carícia é quase insuportável. Ele beija o oco do meu ouvido.

– A quem você pertence? – pergunta ele baixinho. Mais uma vez, seus olhos me dizem que eu sou dele.

–Você.

Estendendo a mão, ele me aperta com tanta força contra ele que suspiro.

– Isso mesmo!

Um risinho estranho me escapa, algo que soou como uma risada.

– Você nunca vai parar de me perguntar isso, vai? Oh, eu te odeio! Ouviu isso? Você me fez rir.

Rindo, ele me rola debaixo de seu corpo enorme, e bato no peito com um punho.

– Me fez rir e nem sequer disse nada de engraçado!

– Eu amo isso. Ria novamente agora.

– Nunca!

Eu rio, e isso soa como uma maldita risada.

Odeio rir, mas o verdadeiro prazer em seus olhos azuis dançantes me enche de tanta felicidade, que meu peito se sente como uma granada detonada quando ele ri, e eu continuo com aspirantes risadinhas.

Quando ele para de rir, começa a examinar meu rosto, cada traço dele, e quando o ar muda entre nós, nossos sorrisos desaparecem. Seu corpo está esmagando o meu. Seus peitorais esmagando meus seios. Seu peso me prendendo. Eu o amo tanto, mesmo quando dói para respirar.

Seus olhos ficam líquidos com o amor quando ele se inclina e pressiona seus lábios sobre os meus, durante três deliciosas batidas do coração. Não usamos línguas, somente a pressão dos lábios macios, secos, tão cheios de amor que eu poderia quase levitar.

Minhas mãos percorrem as costas musculosas.

– Quando você vai embora? – pergunto.

– O mais tarde possível e ainda chegarei a tempo para a próxima luta.

Minha mágoa e decepção parecem se mostrar no meu rosto, porque ele aperta seu braço sobre mim, enquanto vira de lado e me traz com ele.

– Você está feliz aqui? Você está sendo bem tratada?

E põe o nariz na minha testa.

– Ninguém me trata ou me entende como você. Exceto Mel.

– E seus pais?

– Eles me amam – é tudo o que digo.

Estou prestes a dizer que eles podem não estar muito entusiasmados com as nossas circunstâncias agora, mas depois de olhar nos olhos daquele homem e perceber que ele não tem pais que o apoiam e se preocupam com ele, percebo quão sortuda eu sou.

– Você sentiu que não era amado quando seus pais não voltaram? – pergunto.

– Não, senti que era incompreendido.

Ele fala casualmente, como se isso não fosse mesmo nada para ele, a não ser um fato insosso e sem importância. Um fato que parte o meu coração cada vez que penso a respeito.

– Oh, Remy. Sinto muito. Eu os odeio por terem feito isso com você.

Ele se levanta e agarra as calças de moletom e eu sei que ele vai querer ir comer, é claro.

– Por quê? Isso não machucou. Por que você sente? Eu ainda vou ser um bom pai. – Ele pisca para mim. – Justamente porque eles eram uma merda, vou ser um bom pai.

Seus olhos são brilhantes, e tenho vontade de chorar quando nós dois ficamos olhando para o meu abdômen. Estamos muito felizes com o bebê, mesmo que não tenhamos planejado isso. Talvez sejamos jovens e estúpidos, jovens e apaixonados, mas estamos tão esperançosos em ter uma família juntos. Prestes a ficarmos juntos.

Um barulho na porta da suíte me faz franzir a testa. Ele também faz uma carranca, então aponta um dedo para mim.

– Fique aqui.

Remy vai abrir a porta e eu enterro meu rosto em seu travesseiro, lamentando que hoje ele vá me deixar novamente. Falei com minha médica e ela insiste que eu não posso viajar até o fim do primeiro trimestre, por isso há ainda mais duas semanas e meia de espera.

Quando ouço as vozes, pego seu robe, enrolo a faixa na minha cintura, e vou para fora. Remington me vê em seu robe de boxe e reage como sempre faz: quase o sinto me agarrando em sua mente e me comendo como se não tivesse sido capaz de me comer desde que engravidei.

Pete parece que não dormiu durante dias.

Remington ainda está me comendo com os olhos, seus lábios curvados com a pura satisfação masculina que ele sente quando estou usando suas coisas.

Ele torce um dedo e me chama para perto. Meu coração derrete e eu vou, consciente de ele estar me observando enquanto estende a mão.

Eu estendo a minha, e ele agarra meus dedos e me leva ao seu lado, onde impulsivamente começo a esfregar os músculos nus enquanto ele fala com Pete.

Mas estou tão envolvida, empurrando os músculos rijos, que levo um par de segundos para perceber o silêncio. Um silêncio tão absoluto que daria para ouvir um alfinete cair no quarto.

– O que está acontecendo? – Paro o que estou fazendo enquanto o meu olhar salta entre os dois.

Pete inquieto afrouxa o nó em sua gravata.

– Tenho más notícias.

Um caroço de medo se instala no fundo do meu estômago.

– Que má notícia?

Ele olha para o chão e arrasta a mão pelo cabelo, e eu tomo conhecimento de Remy olhando para o meu perfil, seus olhos azuis me olhando com tanta intensidade que o pequeno grão de medo no meu estômago se transforma em um nó completo.

– É o Scorpion – diz Pete.

Uma palavra e meu coração é uma britadeira.

– O que tem o Scorpion?

A sensação arrepiante se arrastando na minha pele vem para a superfície com uma vingança. Odeio pensar nele. Falar sobre ele. Eu odeio o seu nome.

Mas Remington está aqui. Seguro. Ele está seguro. Não é? Seus olhos estão pousados em mim. Eles parecem... preocupados.

Merda.

Estou com frio. Paralisada. Congelada.

– Nora passou a noite com ele – acrescenta Pete, sua voz surreal e fria, quase como um robô.

Suas palavras me incomodam de uma forma tão profunda, assustadora, que é um milagre que eu pareça ainda ter células do cérebro suficientes para registrar o que ele está me dizendo.

Minha irmã.

– Eles passaram todo esse tempo em um hotel nas proximidades. Ela saiu com ele, com outra mulher, e seus três capangas. No caminho dele para o aeroporto, aparentemente há uma passagem no nome dela.

– Ela está partindo com ele? – Tropeço para trás, pela força do golpe. – Ela não pode ir com ele, aquela... aquela... ingrata de merda!

– Pimentinha, eu... – diz Remington, mas estou acesa demais para ouvir alguma coisa.

– Oh meu Deus. Ela é uma cabeça de ervilha, irrefletida, imprudente idiota! Não posso acreditar...

Eu estou enlouquecendo, enquanto Remington está calmo e pensativo. Braços cruzados até essas tatuagens em seus braços parecerem esticadas por seus músculos ao limite, com os pés apoiados separados em posição de batalha, os olhos brilhando de concentração. Como pode ele, o lutador, estar pensando, quando eu quero bater em alguma coisa? Ele fez tudo por Nora, em meu nome. Tudo.

E Pete! Pete está apaixonado por ela.

Meus olhos queimam com lágrimas quentes de frustração e minha mente gira em torno da cabeça, repetindo cada momento das últimas semanas, repetindo a minha conversa, quando ela abriu o jogo sobre Scorpion e eu estava tão preocupada com Remington e meu bebê para prestar atenção. Estive tão envolvida em minha mente. Deixei escapar os sinais. Mas quais sinais? Isso não pode ser verdade!

Vou pegar meu celular e ligo, procurando todas as mensagens. Tenho apenas mensagens de Mel, Kyle e Pandora, mas nenhuma de Nora. Disco o número do celular dela enquanto Pete fica andando pela sala, e Remington calmamente me observa, com os braços cruzados, as sobrancelhas puxadas sobre os olhos, como se ele estivesse tentando refletir sobre tudo e ver como resolver.

– Não gosto disso, Rem – Pete diz enquanto fica rodando em círculos, inquieto, balançando a cabeça. Ele parece tão despenteado como se tivesse acabado de ter uma briga com um crocodilo. – Se Nora falar alguma coisa sobre Brooke estar grávida, e aqui, em repouso na cama, ela vai ficar tão vulnerável aqui como se estivesse em turnê, exceto que você não vai estar aqui para protegê-la. Ele poderia machucar você, cara.

– Cai direto na caixa postal – interrompo, quase para mim mesma. Então desligo e teclo novamente.

Nada.

Deus, o que está errado com ela? Ele é o tipo de homem que me mandou uma caixa cheia de escorpiões! Ele não tem escrúpulos, não quer nada a não ser foder Remington novamente. E ele vai usar a minha irmã de novo, e Nora nem sequer percebeu isso?

Quando enfio meu telefone no bolso do meu roupão, vejo Remy me olhando com uma expressão feroz. Sei que ele não está gostando disso nem um pouco, como eu, e sei que ele está descobrindo a conexão também.

Nora voltando a Scorpion neste momento oportuno não pode ser coincidência. Scorpion atraiu minha irmã de alguma forma. Ele quer usá-la novamente. E eu não vou deixar meu homem se machucar por nada no mundo. Nada!

– Eu quero sair em turnê com você – deixo escapar. De repente, eu não me sinto tão segura. Estou grávida, estamos separados... Remington tem aquele brilho de proteção feroz em seus olhos. Não sei o que ele vai fazer, mas meus instintos de proteção, tanto por ele quanto por nosso bebê e por mim, explodem com toda força dentro de mim. – Quero sair em turnê com você – repito.

– Venha aqui – diz ele em voz baixa, estendendo a mão.

Em três passos, estou em seus braços. Nem mesmo os ursos abraçam desse jeito. Sinto-me envolvida por tudo o que ele é quando sussurra:

– Quando você pode vir comigo? – Suas mãos são quentes e firmes quando meu rosto se vira para ele. – Brooke, quando? – insiste suavemente.

– Dezoito dias. – Uma eternidade. Uma vida inteira.

Seus olhos piscam de forma possessiva e ele assente com a cabeça de forma deliberada.

– Estarei aqui às dez nesse décimo oitavo dia.

O que posso responder? Ele está indo embora hoje, e tudo está uma porra de uma bagunça. Meus olhos ardem um pouco, e baixo meu rosto para que ele não possa notar.

Um rosnado furioso se arranca dele quando pisa longe de mim.

– PUTA QUE O PARIUUU!

Ele agarra punhados de seu cabelo e gira em torno de Pete.

– Vamos cair fora da temporada. Ele vai deixar a menina ir quando souber que não estou lutando mais. E eu vou ficar onde sou necessário. Ficar de fora até a minha filha nascer.

Quando percebo o que ele está fazendo, eu o agarro pelos braços grossos até que ele olha para mim.

– Remington Tate! – Sua mandíbula está fixada em um determinado ângulo, e eu estou sobrecarregada com pânico. – Eu prometo a você por tudo o que sou e por tudo o que eu sinto por você, não vou deixar que nada, nada, venha a acontecer a mim ou a este bebê. Nada! – Seguro seu rosto e passo o meu polegar sobre a barba escura de sua mandíbula. – Nós não vamos prender você. Eu não poderia viver sabendo disso. Você vai lá fora e vai lutar. E vença. Confie em mim. Eu escolhi você. Eu amo minha irmã, mas eu te amo mais. Nós vamos ajudá-la quando pudermos, mas não às suas custas! Não mais. Eu não vou escolher ela desta vez. Eu escolhi você.

Ele fecha o punho em meu cabelo solto e olha diretamente para mim.

– Não vou fazer você escolher.

Meus olhos queimam novamente.

Ele esmaga minha boca em um beijo duro, então olha com determinação nos meus olhos com um olhar que brilha através de mim.

– Vou salvá-la quantas vezes ela precisar ser salva. Por você.

O brilho de aço em seu olhar me inunda com mal-estar.

– Não – digo gemendo. – Não, nós nem sabemos mais o que está acontecendo.

Ele me agarra com força.

– Vou precisar de sua coragem, pimentinha. Preciso saber que estará a salvo a cada segundo do dia. Você não vai a lugar nenhum sozinha. Não atenda a nenhuma ligação se não for de Melanie ou nossa. Não receba pacotes. Não acredite em nada que ler ou ouvir de mim. Não faça contato com sua irmã sem meu conhecimento.

Seus olhos cintilam sobre o meu rosto, como se ele estivesse querendo ter certeza de que estou bem e sem machucados. Então, volta para nosso quarto e eu vou atrás, enquanto ele pega algumas roupas e joga-me uma de suas camisetas.

– Eu quero falar com eles.

– O quê? Quem?

– Seus pais. – Ele chega perto e levanta a minha cabeça, a mandíbula fechada. – Trouxe você aqui para ficar segura, protegida, cuidada. Eu quero falar com seus pais. Quero que eles me olhem nos olhos e me deem sua palavra de que estarão cuidando de você. Vou colocar um guarda na sua porta, um nos elevadores do prédio e um dentro de sua casa... Não discuta comigo. – Ele me detém antes que eu possa falar.

Cubro meu rosto com um som de raiva e de frustração.

– Por que estamos falando de mim? Estou preocupada com você! – grito, deixando cair as minhas mãos. – Ele quer foder com você, Remington. Juro que se alguém te machucar eu vou machucá-lo de volta dez vezes!

Ele dá um tapinha na minha bunda.

– Eu sou um menino crescido. Agora vamos falar com seus pais.

– Não pude suportar da última vez! É a decisão dela agora.

– Isso não vai ser como da última vez.

* * *

Estamos esperando meus pais na minha sala de estar.

Já passei por tudo na minha cabeça, querendo protegê-los, querendo proteger Nora; mas no fim, eu simplesmente não sinto mais vontade de mentir para ninguém nunca mais. Meus pais merecem a verdade, mesmo que doa. Não vou sentar e ficar assistindo a eles julgarem e reterem qualquer tipo de carinho a Remington porque acham que ele vai me magoar, quando fui eu quem o magoou com meu falso senso de heroísmo querendo salvar minha irmã.

Deus, mas e se ela não mais puder ser salva?

E se ela estiver tão mergulhada nisso que nunca mais consiga sair, e se sair, e se cair de novo, como uma verdadeira viciada, incontáveis vezes?

Quando meus pais chegam, eles mal olham para mim, os olhos voando em linha reta atrás de mim e até o rosto de Remington.

Meu pai está arisco.

– Então você é o namorado dela? O cara que a engravidou e depois a largou à nossa porta?

Remington anda em volta de mim, uma torre olhando para o meu pai.

– Sim, sou eu. – Ele coloca a mão no meu estômago, acrescentando: – É *melhor* que seja eu.

Eu expulso um suspiro.

– É você. Agora, vamos todos relaxar um pouco.

– Eu não estou relaxado – Remy retruca em sua voz baixa enquanto olha para meu pai e depois para minha mãe. – Ela está sozinha. Se eu quisesse que ela ficasse sozinha, não a traria de volta pra casa.

– Eu estou bem, Remington. Pai, acalme-se e sente-se.

Pego o pulso de Remy e ele deixa que eu o puxe para trás e o levo para o sofá, meus pais fazem o mesmo. Ele se senta ao meu lado e espalha uma mão no meu estômago, quieto.

Respiro fundo e olho para os meus pais.

– Mamãe e papai, Nora enganou vocês. Ela não estava viajando pelo mundo na última temporada. Ela estava saindo com um homem que chamam de Scorpion. Ela não estava no Havaí nem Timbuktu, estava viajando com ele, ao mesmo tempo que eu estava viajando com Remington. Scorpion é um lutador também.

A mão da minha mãe se eleva até a boca, mas não chega a conseguir sufocar seu pequeno suspiro angustiado.

– Scorpion deu drogas pra Nora e a manteve presa a ele. Para que ela fosse liberada, Remy desistiu do campeonato. E acho que ela pode precisar da nossa ajuda novamente este ano.

Os olhos de minha mãe se lançam a minha direita, olhando-me, e meu pai não mexe um cílio, porque ele não está olhando para nada que não seja Remington. E pela tensão que sinto em todos os músculos ao meu lado, sei que Remington está mantendo os olhos nele também.

– Oh, Nora – minha mãe suspira tristemente quando agarra sua cabeça.

– Você fingiu ser nocauteado por minha pequena Nora? – meu pai de repente pergunta a ele. Meu pai é um treinador e ele respeita os atletas. – Deu a luta por ela?

Remy ri baixinho e se inclina para frente, apoiando os cotovelos nos joelhos.

– Não. Dei a luta por Brooke.

Meu pai imediatamente fica de pé, e nesse mesmo instante Remy lentamente, dessa forma leonina dele, trata de ficar de pé.

– Remington, acho que você e eu começamos com o pé errado. – Meu pai vem em torno da mesa de café e estende sua mão. Toda a sua hostilidade desapareceu. Ele parece mil quilos mais leve agora e até mostra um pequeno sorriso. – Eu sou Lucas Dumas.

Remy nem sequer olha para a mão, ele imediatamente a pega e sacode, do jeito duro e firme como ele é, com a voz rouca de emoção.

– Sou Remington.

TREZE

A ESPERA TERMINOU

Ela me deixou uma mensagem.

No meu quarto, na noite que Remington partiu, eu descobri um bilhete debaixo do meu travesseiro.

Não é o que você pensa. Eu estarei de volta após a temporada. Eu tenho que fazer isso. Por favor, não venha atrás de mim!

Que porra é essa?

Dizer que estou aturdida nem sequer começar a descrever a minha reação ao bilhete.

Não consigo parar de lê-lo. É como se quisesse ler algo escondido entre cada uma das letras rabiscadas, mas não há nada.

Mamãe e papai vinham agora diariamente, dizendo que a Nora é isso, a Nora é aquilo. Eles estão acostumados a que ela seja leviana e irresponsável, mas desta vez estão muito preocupados com o que lhes disse. Meu palpite é que a única razão pela qual eles não estão completamente malucos é porque, antes de Remy ir embora, ele lhes pediu que garantissem que eu seria bem cuidada, e que ele faria com que Nora voltasse para casa.

Meus pais sorriram radiantes. E eu?

Pedi licença para ir ao banheiro. Onde me sentei por um tempo, tentando respirar. Ainda não consigo respirar bem, só de pensar em qualquer coisa, qualquer coisa, que tem a ver com Scorpion... E Remy. Pensei em mostrar o bilhete a mamãe e papai, mas como posso somar mais alguma coisa à sua preocupação quando eles essencialmente não podem fazer nada sobre isso? Simplesmente não posso.

No entanto, quis mostrar para Melanie.

– Que merda isso quer dizer? – ela pergunta quando mostro o bilhete no dia seguinte.

Ela olha para mim em confusão completa.

– Não sei.

– Vou te dizer o que significa. Significa... eu sou uma merdinha assim como você sempre soube que eu sou, mas se recusa a acreditar. Eu estarei de volta quando foder com você e com a vida do seu namorado de novo. Não tente me impedir. Isso – diz Melanie com raiva – é o que significa.

Mais uma vez, me lembro do que ela me disse sobre Scorpion, e lamento não ter prestado mais atenção.

– Se ela voltou pra Scorpion, então Scorpion é o que ela merece – Mel bufa.

Sentindo-me tão confusa sobre o bilhete como no primeiro momento que o li, solto um suspiro e falo com a outra mulher na sala.

– Josephine, você quer alguma coisa?

Ofereço à minha guarda-costas interna, a "mulher-macho" que Melanie havia dito que vinha nos seguindo antes, no dia da luta. Na altura eu ainda não sabia que Remington, aquele adorável e tonto possessivo, já tinha contratado alguém para me proteger. E Josephine é realmente uma mulher muito doce, mas grande e perigosa.

– Não, obrigada, senhorita Tate – diz ela em sua voz rouca, lá do canto, mantendo um olho para fora da janela e outro sobre uma revista.

Melanie traz a mão para abafar uma risadinha.

– Você chama o Arrebentador de "senhor Tate"? – pergunta.

Josephine acena educadamente.

– Claro, senhorita Melanie.

– Brookey, não posso acreditar que alguém chame o seu homem de "senhor" de forma alguma. Isso é para os caras engravatados. Será que as duas outras guardas femininas o chamam de "senhor" também?

Josephine assente, e Melanie continua rindo alegremente.

Kendra e Chantelle são as outras duas guarda-costas, propositadamente femininas porque Remy *não* colocaria um homem ao meu redor, mas elas estão sempre fazendo rondas fora do meu prédio ou em torno dos elevadores. Remington foi embora em um estado extremamente agitado por causa de Scorpion e Nora. Malditos...

Pete assegurou-lhe:

– Eles têm a sua irmã agora. Eles não precisam de Brooke pra te foder mais, e irão fazê-lo através de Nora novamente.

– Não! Eu não vou permitir! – prometi. Mas não tinha tido mais notícias de Nora até este bilhete estúpido.

– A raiva que eu sinto está além das palavras, Melanie, além de qualquer descrição – digo a ela enquanto guardo o bilhete no bolso novamente.

– Olha, sua franga, eu estaria fumegando. Nora não merece que um herói como Remy apareça para salvá-la. PONTO FINAL. Ela quer o Scorpion? Isso então é o que ela merece.

– Mel, só de pensar o que ele fez no ano passado por nossa causa já fico doente. Não vou deixar que Remy se machuque de novo por mim ou por qualquer coisa minha. Qualquer coisa. Nem mesmo pelo bebê!

Melanie me abraça.

– Eu sei, só não fique nervosa assim, por causa do bebê.

– O senhor Tate é um homem de muita sorte – Josephine deixa escapar de sua cadeira, balançando a cabeça.

– Oh, Josephine, devia existir uma nova palavra pra definir o amor entre os dois – diz Melanie, empurrando seu cabelo loiro para trás e batendo uma unha bem cuidada em seus lábios enquanto estreita os olhos, pensativa. – Josephine, devemos dar-lhes um nome como Brangelina e todos os casais famosos. Ajude-me a pensar em um agora que você está lendo todas essas revistas de fofocas. Que tal "Bremy"?

– Eu podia inventar "Miley" para você e Riley, que tal? – devolvo na hora.

Melanie sorri e estatela-se perto de mim.

– Eu gosto de suas visitinhas. Ele veio todas as noites, e nós tivemos uma explosão de prazer. Mas ele tem uma coisa boa, Brooke. Ele é leal a

Remy de uma maneira incrível. Ele nunca iria deixar isso que tem por mim, e eu nunca deixaria minha vida por ele. – Mel suspira e deixa cair a cabeça para trás para olhar para o teto. – Então, acho que nós somos amigos.

– Com os benefícios.

Ela sorri descaradamente.

– Isso aí. – E então, pega a minha mão. – Mas eu quero o que você tem. Eu me apaixonei uma centena de vezes na minha vida! Mas nunca como você. Então me pergunto se eu realmente caí de amores ou foi apenas um tropeção, sabe?

Sorrindo, cubro com a mão a pequena protuberância em meu estômago e agarro a mão dela com a outra.

– Aqui. Sinta isso. Esta é a pequena bolha que te falei... – E mesmo Josephine vem para perto.

– Será que o bebê está se mexendo? – pergunta a guarda-costas.

Concordo com a cabeça e pego a mão dela para colocar ao lado da de Melanie.

– Acho que ele já está começando a aprender a se conectar. Mas não diga nada ao senhor Tate ainda – provoco com a parte do "senhor". – Quero que ele sinta quando eu tiver certeza de que é mesmo o bebê.

* * *

O décimo oitavo dia chega amanhã.

O décimo oitavo dia chega amanhã.

Eu não morri. Nenhuma tragédia ocorreu. Nora não tentou travar contato e me colocou em uma posição terrível. Remy não surtou. Minha penitência acabou e eu vou para casa, para Remy. AMANHÃ!

Com meu lindo bebê a salvo no meu ventre, acabando de passar pelo primeiro trimestre agora.

Sinto mil e um formigamentos dentro de mim quando arrumo as minhas coisas. E há um monte de coisas para arrumar. Então, sim, em última instância, me foi dado um cartão de crédito platina e eu estava me sentindo um pouco triste com a falta do meu homem. E com a diabinha chamada Melanie empoleirada no meu ombro enquanto passeamos pela Internet, cedi e acabei comprando um monte de coisas para o bebê e algumas coisas de grávida para mim. Quanto mais eu comprava, mais parecia que eu estava dizendo para as energias à minha volta: *este bebê está acontecendo.*

Então, eu tenho minúsculos sapatos vermelhos Converse, algumas roupas de bebê, só para uma emergência, e um macacãozinho escrito MEU PAI QUE ME FEZ. Também guardei meu superlivro que na verdade não é um livro, como expliquei a Melanie, é a porra da bíblia das grávidas. Tudo isso foi enfiado na mala do bebê.

Estou colocando todas as minhas coisas de treino em uma mala separada, porque enfim serei capaz de correr um pouco novamente, e juro que para mim, correr agora se equipara a voar. Não vejo a hora! E junto com o meu traje esportivo, adiciono alguns jeans com aquela ridícula cintura de grávida, e mais ridículo ainda é que estou ansiosa para usar esses jeans em vez de minhas calças normais – e também tenho algumas blusas bem soltas.

Meu telefone toca enquanto continuo a fechar as malas e respondo ao ouvir a voz de Pete.

– Ele está animado pra ir buscar você.

– Oh, Pete, estou superpronta! – respondo, enquanto olho em volta do meu quarto, feliz por não ser obrigada a olhar para ele por um tempo, então guardo meus tênis de corrida no compartimento com zíper da mala.

– Mas quero dizer *muito* animado! – diz Pete, pigarreando de forma significativa.

Ouço um grito no fundo, e uma voz gutural familiar dizendo:

– Porque eu sou o filho da puta do rei!

Eu paro de guardar as coisas e endireito o corpo, meus olhos arregalados.

– É ele?

– Ele! Está ficando agitado demais!

– Venham pra cá! Estou morrendo de vontade de vê-lo!

– A luta acaba hoje à noite, bem tarde. Mas antes de o sol nascer, vamos voar para aí.

– Esses filhos da puta querem um pedaço do Arrebentador, eles vão todos se afogar! – ouço ao fundo.

Rindo em pura alegria, instintivamente envolvo meu braço em volta do meu pequeno estômago.

– Ele já surtou, então?

– Ainda não, mas está chegando lá. Eu acho que está acumulado. Estamos surpresos de que ele tenha aguentado tanto tempo. Um aviso, no entanto. Vejo você em breve.

– Pete, você, atente pra ele! Nenhuma mulher, Pete.

– Você está brincando, certo? Elas poderiam rasgar a calcinha agora e ele não estaria olhando pra nenhum lugar, que não em direção a Seattle.

– Posso falar com ele? – pedi, e meu peito sente toda essa excitação.

Um momento passa, em seguida, sua voz profunda e gutural se derrama através do receptor e voa direto para o meu coração.

– Baby, eu estou tão ligado que vou chutar a bunda de todo mundo e ir buscá-la.

– Eu sei! – respondo rindo.

– Vou nocautear todo mundo que eles trouxerem, só pra você.

– E eu estarei esperando por você de manhã cedo, também!

– Tudo bem, fique firme, estou indo buscar você. Use um vestido para mim. Não, use algo agradável e apertado. E o cabelo solto. Ou puxado pra cima, merda, isso me deixa louco também.

– Vou puxá-lo pra cima para que você possa levá-lo pra baixo – ofereço.

Ele arrasta uma respiração audível, e então há um longo silêncio, como se ele estivesse se imaginando fazendo exatamente isso.

– Sim – murmura por fim, e posso ouvir a concisão crescendo em sua voz.

– Sim? – E eu não soo melhor, agarrando o telefone.

Posso ouvir sua respiração se acalmar, e ele parece que está ficando mais áspero e suave, como faz comigo.

– Sim, faça isso.

Ele me derrete, e as vibrações em mim se recarregam de novo. Faço as malas o dia todo e depois tomo banho, experimento um milhão de coisas para vestir, até alguns vestidos. Vejo como fica o cabelo preso e solto, e em tranças, e então escolho um vestido solto de linho branco agradável e sapatilhas, o meu cabelo no rabo-de-cavalo solto que uso quase sempre.

No dia seguinte, eu não acho que tenha me enfeitado tanto assim em toda minha vida, e mal posso ficar parada no conversível de Melanie. Mel é uma das poucas pessoas que já decidiu que, mesmo que chova mais do que duzentos dias por ano em Seattle, os outros cento e sessenta e cinco valem para dirigir com a capota abaixada, e aqui estamos nós, com a capota abaixada em um dos dias bonitos e ensolarados daqueles 165, aguardando o jato pousar.

– Acho que o estou vendo – digo, apontando para o céu azul.

– Brookey, você fica tão doce assim. É como se todos os seus muros tivessem caído e você fosse uma adolescente de quinze anos completamente apaixonada. – Melanie está se divertindo, os olhos verdes brilhando, seus óculos de sol empoleirados no alto da cabeça.

Eu não posso nem responder, porque duas rodas traseiras do jato estão tocando o solo, e o avião é tão branco e bonito, com listras com uma linha azul e prata correndo através de seu centro e que vão por todo o caminho até a cauda elegante, e só posso assistir ao jato pousar. A excitação faz a minha pulsação dançar enquanto enrolo os dedos na porta do carro.

– Eu me sinto como se não o visse há um ano.

– Estou feliz em saber que fui capaz de fazer seu tempo passar rápido – Mel diz sarcasticamente, e então ela guincha e me puxa para frente com um tilintar de suas pulseiras. – Abrace a sua motorista, eu trouxe você ao aeroporto, não foi?

Enquanto o avião taxia até o hangar onde estacionamos, eu me viro e a abraço com tanta força que quase a machuco.

– Eu amo você, Mel. Seja boazinha, e venha me ver em breve, sim?

– Eu vou, assim que terminar o projeto que estou fazendo. – Então ela me cutuca e acena com a cabeça para trás de mim. – Aqui está ele.

Eu me viro. O avião está estacionado tão perto que uma de suas asas está a menos de uma dezena de metros do carro de Mel. À medida que as escadas estão sendo puxadas para baixo por um dos pilotos, abro a porta do carro ansiosamente quando Melanie grita:

– Suas coisas, menina boba! Ei, você não se esquece da cabeça porque ela está pregada no pescoço.

Eu venho buscar minha mala, e quando me viro de novo, Remington está cobrindo a porta. Mil e um sinos tocam animadamente dentro de mim. Sei que deveria ir buscar minhas malas no porta-malas do carro de Mel, mas quando ele desce, pulando três degraus de cada vez, eu corro. Parece que agora eu posso correr e corro diretamente para os braços abertos.

Eu guincho e ele me pega, me aperta e me gira no ar, rindo comigo. Então, olhamos um para o outro, os meus seios arfando contra a parede dura do peito dele, meus dedos do pé ainda pairando a alguns centímetros do chão quando ele me segura em seus braços, e eu vejo como as pequenas manchas azuis nos olhos apanham a luz do sol quando Remy olha para mim, como ele quer me abraçar, me acariciar, me alimentar, e me comer, tudo ao mesmo tempo.

– Leve-me pra casa – suspiro ofegante, agarrando-se ao seu pescoço enquanto ele me abaixa no chão.

– O prazer é meu – diz Remy rouco, engolindo metade do meu rosto em uma grande mão. Sua testa cai para descansar na minha enquanto ele encosta seus lábios nos meus, e ouvimos Mel gritar:

– Remy, cuide dela! Ela meio que parece com um osso duro de roer, mas seu centro de chocolate derretido é para você, você sabe!

Ele ri e vai agradecê-la. Riley pula do avião e se dirige diretamente para Mel.

– Ei, amiga – ele chama.

Melanie diz a mesma coisa de volta enquanto Riley dá um tapinha no ombro de Remington.

– Vou pegar as malas dela.

Assisto enquanto Remington volta para mim, seu corpo se movendo sinuosamente em seu jeans solto e uma camiseta cinza que também deveria ser solta, mas que abraça todos os músculos certos da maneira correta, e eu não estou nem respirando mais quando ele me acolhe em seus braços e olha para mim com os olhos que faíscam três palavras: você é minha.

Ele me carrega para o avião como se fôssemos noivo e noiva e a porta do avião fosse a porta para a nossa nova casa. Diane grita e o treinador e Pete começam a bater palmas quando ele me coloca no chão lá dentro.

– Ei, aí está ela – diz Pete.

– Ooooh, Brooke, você está tão linda grávida!

– Agora finalmente o meu menino vai poder manter sua cabeça nas lutas – resmunga o treinador, quase gemendo de alívio.

Com uma risada suave, chego mais perto para abraçá-los, notando que Remington mantém seu aperto na minha cintura e tem dificuldade para me liberar para que eu possa fazer isso.

Riley sobe no avião depois.

– Porra, aquela garota é linda o tempo todo. E você também, Brooke! Você brilha como uma estrela!

Ouço um rosnado baixo atrás de mim, e eu acho que Remington já teve o suficiente de mim abraçando todo mundo. Antes que Riley possa dar um passo adiante, Remy me agarra pela cintura e me leva, metade me carregando, em direção ao nosso lugar na parte de trás do avião, e sei que ele é extrapossessivo quando está surtado, então sossego e levanto a mão para amorosamente beijar todos os dedos machucados.

– Tudo bem, Rem. Ela está de volta, por isso, chega de atirar as coisas do hotel. Precisamos de você totalmente concentrado – diz Pete, no completo modo de negócios quando o avião começa a taxiar.

– Assim que nos registrarmos no hotel, preciso de sua bunda na academia. Eu quero ir pro inferno se deixar você enfrentar esse filho da puta despreparado quando a gente for para as semifinais – diz o treinador.

– Eu estou sempre no meu melhor, e ele está na merda do meu ringue! – responde Remington, mas apenas metade dele está ouvindo, sua expressão ferozmente protetora enquanto ele me vê beijar cada um de seus dedos.

– Esse é o meu menino! Isso é o que eu gosto de ouvir – diz o treinador.

Remy volta sua mão na minha, de modo que o polegar pode raspar meu lábio inferior. Os olhos preto-cinza líquidos varrem em cima de mim, e a expressão masculina de apreciação de seu olhar só confirma que este vestido de linho branco foi definitivamente a escolha certa. Estou grávida de três meses, mas, juro, o jeito que ele olha para mim agora me faz sentir como uma virgem.

Ele estende a mão e eu prendo a respiração em antecipação de seu toque, de sua mão quente e forte, os calos nas minhas bochechas. Não posso respirar quando sinto a parte de trás de um dedo solitário descer suavemente para baixo no meu queixo.

– Você tem pensado em mim?

– Não – brinco.

Ele sorri com indulgência e arrasta parte de trás desse dedo para baixo, para meu queixo, de volta para a testa e para desenhar a minha orelha.

– Tem alguém mais na sua mente?

Delirando com as faíscas inflamadas pelo toque de Remy, ainda consigo dar de ombros misteriosamente. Ele sorri com indulgência de novo, como se soubesse que não há nenhuma maneira de eu poder pensar em outra coisa que não ele, o centro do universo e o rei do mundo.

– Você está cuidando bem do meu bebê? – pergunta em voz baixa, e descaradamente levanta a saia do meu vestido e desliza a mão para cima e mais para cima, passando por minhas coxas e a calcinha, e então podendo espalhar seus dedos no meu abdômen nu. – Ou você tem saído à noite com uma peruca e vestido de velhinhas?

A equipe lá na frente parece ter feito uma pergunta a ele, mas Remy apenas garante que o vestido esteja cobrindo as minhas coxas, enquanto mantém a mão lá dentro, e nem consigo pensar mais, porque o contato de pele contra pele tem mexido com meu cérebro. Ele sorri ternamente para mim como se soubesse o que está fazendo comigo. Em seguida, desliza a mão livre sob a queda do meu cabelo e começa a me acariciar. Um som de ronronar constrangedor escapa de mim, e eu ouço sua risada de resposta enquanto ele me observa. Dois meses de abstinência. De querer e de falta e de saudade. Agora todas as minhas células foram acordadas. Ele não está sequer tocando meus seios, que doem e parecem mais pesados do que nunca. Ele nem mesmo começou a tocar no meu sexo, que está molhado e apertado com a necessidade, mas, oh Deus, eu sinto prazer das raízes do meu cabelo até as solas dos pés.

Sua mão se mantém estável ao longo do meu abdômen, pele contra pele, mas as pontas dos dedos não param de massagear meu couro cabeludo enquanto ele mexe no meu rabo-de-cavalo, e sinto o toque de seus dedos em cada parte do meu corpo.

Seu peito se expande em uma respiração profunda quando ele abaixa a cabeça e toca seu nariz no meu pescoço, e eu noto que ele está me respirando. Uma necessidade quente e líquida me inunda e eu quase começo a gemer. Enrolando meus dedos em torno da parte de trás de seus braços musculosos, sob a manga de sua camiseta macia, respiro seu nome, e antes que eu possa terminá-lo, ele vira a cabeça para a minha e desliza sua língua entre a costura dos meus lábios. Oh, por favor, oh, oh.

O colo úmido de sua língua volta novamente. O prazer estremece ao longo de meu corpo quando meus lábios se abrem, ao passo que o meu corpo faminto grita para Remy me dar mais, me dar tudo o que eu quero e preciso agora, agora mesmo, por favor, agora mesmo.

Ele dá isso a mim, mas lentamente. Ele me saboreia, a mão se abrindo na minha nuca, seu polegar acariciando a fita do meu rabo-de-cavalo... Me matando aos poucos... Eu gemo e esfrego seus ombros enquanto ele abre meus lábios e mergulha para me provar, mais fundo e mais molhado. Estamos nos mexendo tão devagar, é como se fosse um sonho. Então ele começa a devorar a minha boca ardentemente, saboreando cada centímetro que ganha com a sua língua. Prolongando a duração Remy se retira antes de mergulhar mais uma vez para me provar. O calor se derrama pelo meu corpo, ele está me deixando louca.

Ele desfaz o meu rabo-de-cavalo e se afasta para ver como o meu cabelo se derrama até os ombros, e seus olhos, tão negros agora, me devoram. Ele está maníaco e com fome, mas parece tão feliz, quase aliviado de me ver, que posso ver dezenas de luzes brilhantes reluzindo na sua íris.

Remy desliza a mão para a parte baixa de minhas costas e me puxa para perto quando mergulha outra vez. Seu beijo fica mais áspero e minha cabeça cai para trás com o impulso. Gemendo, mexo a minha boca febrilmente sob a dele e não percebo que o estou agarrando até que sinto sua camiseta presa em minhas mãos.

– Sinto sua falta – suspiro na boca de Remy, que se move, e ele rosna baixinho e lambe meu pescoço.

Cada beijo é fogo, subindo por meu pescoço até meus ouvidos.

– Hoje à noite, após a luta – ele me diz, sua respiração profunda e lenta, a minha rápida e forte.

Ele me aperta enquanto olha para mim, observando o sorriso atordoado em meus lábios.

– Seu desejo é uma ordem.

– Ordeno que você seja minha esta noite, minha para sempre.

Remy diz isso tão a sério que eu rio, mas ele não ri. Ele nem sequer sorri. Remy está olhando para mim como se estivesse esperando eu dizer mais uma vez, mesmo que provocativamente, que o seu desejo é uma ordem. Eu acaricio seu queixo áspero pela barba.

– O que você vai fazer comigo esta noite?

Ele respira no meu ouvido, me mordiscando suavemente.

– Beijá-la. Acariciá-la. Lamber seu corpo. Foder e amar você. Fazer você dormir comigo dentro de você. – Ele move os dedos, grandes e fortes e marcados, no meu abdômen. – Você não se lembra de quem foi que colocou isso em você?

– Oh, eu me lembro. Isso me deixa fervendo, só de lembrar.

– E isso me faz querer colocar mil deles em você. Mas por que você não parece grávida de mim? Você está comendo bem?

– Sim! Por quê? Eu me endireito quando ele retira sua mão debaixo do meu vestido. – Você quer que eu exploda? Você quer que todos saibam que estou grávida?

Ele se inclina para trás com os cotovelos sobre a parte traseira do assento, o movimento delineando cada músculo debaixo de sua camiseta enquanto sorri deliciosamente e assente.

– Pra todo mundo saber que você me tomou e que sou sua? – insisto.

Ele balança a cabeça com um sorriso adorável, que sobe por todo o caminho até seus olhos.

– Minha bunda já é grande e as meninas são maiores também. E faz sentido que o meu estômago siga isso também.

– Acontece que eu gosto da maneira como as meninas ficam nesse vestido. E sua bunda é suculenta.

– Então por que você não conta suas bênçãos? Tenho peitos grandes, uma bunda grande e uma barriga achatada por um tempo.

Suas pálpebras escorregam para baixo sobre os olhos enquanto me observa agradecido pelas meninas, então um sorriso torce sua boca à medida que ele me puxa para perto.

– Venha aqui.

– Você tem um brilho diabólico nos olhos.

Seu sorriso se aprofunda na gargalhada.

– Venha aqui. Eu senti sua falta.

– O que o senhor está planejando?

Ele dá um tapinha em seu colo.

– Vou deixar você escolher.

– Entre ...?

– Música.

– Gostei disso.

– Beijos.

– Você está tornando tudo mais difícil.

– Amassos.

– Agora você está apenas sendo mau.

– Ou todos os anteriores.

Sem aviso, pulo em cima dele, que ri, me apertando instantaneamente.

– Te peguei agora!

– Você me pegou quando olhou pra mim – admito sorrindo e calmamente, como se o seu enorme ego de fato ainda precisasse de uma confirmação. – Na hora que piscou pra mim, eu estava acabada, Sr. Remington Tate... Namorado sexy, lutador assassino e pai do meu filho por nascer. Você definitivamente me pegou agora.

CATORZE

FILADÉLFIA

Ele está muito surtado e não gostou quando conversei com Pete e Riley em nosso caminho para o hotel. Não gostou quando tive que deixá-lo para ir fazer xixi no nosso quarto, e ficou andando pelo quarto, esperando como uma espécie de noivo impaciente, batendo seus lábios nos meus no segundo que saí e me beijando por cerca de meia hora, até que vieram nos buscar para nos levar para a luta. Ele não queria me soltar quando se dirigia para os vestiários, o seu aperto de mão em meus quadris fixando-se mais profundamente quando entramos na arena clandestina.

Disse a ele que não podia esperar para vê-lo lutar, e que eu estaria assistindo. Ele prendeu seu queixo e olhou – prioritariamente e com uma sede dos infernos – em meus lábios. Depois, acenou com a cabeça e deu um tapinha no meu bumbum enquanto gritava a Pete instruções estritas para não mover um pé longe de mim durante a luta.

Agora Pete está ligado a mim como um gêmeo siamês.

Ele é o Homem de Preto e agora está carregando uma arma de choque, spray de pimenta. Pode falar qualquer coisa que Pete já a conseguiu. Ele ainda usa uma carranca intimidante hoje, como se todos devessem ficar longe.

– Você se leva muito a sério – brinco.

– O que o homem quer, ele tem – diz, com uma risada.

Um enxame de insetos desperta no meu estômago enquanto nos dirigimos aos nossos assentos, na primeira fila do lado direito do ringue. E parece que faz um século desde que eu assisti a uma luta. A excitação se mistura com nervosismo e, infelizmente, a azia, que parece ter permanecido depois de todas as náuseas que tive no primeiro trimestre, promete voltar com uma vingança.

– Remington comprou vários assentos de modo que você não vai ter ninguém por perto se acotovelando – explica Pete quando chegamos a nossos assentos, e noto que os dois assentos para os nossos lados e os dois atrás estão vazios.

Pete acena para alguém do outro lado do ringue, e eu segui seu olhar para ver a grande e boa Josephine ali de pé, mantendo um olho em nós.

– De onde a Jô veio? – pergunto, sorrindo alegremente para ela e satisfeita quando ela sorri de volta.

Ela fica de pé como um soldado do exército, e consegue de alguma forma agir de forma educada e discreta e ao mesmo parecendo incrivelmente intimidante.

– Ela parecia ter coisas para cuidar e pegou um voo comercial para nos alcançar. Ela estará dividindo o quarto com Diane e estará em sua cola quando Remington não estiver ao seu lado.

Provavelmente eu teria protestado se não gostasse tanto dela, e se eu não tivesse ouvido falar de como estava feliz de ter conseguido um trabalho que os clientes geralmente contratam homens para fazer. Por isso continuo sorrindo para ela enquanto Pete e eu nos acomodamos e começamos a assistir às primeiras lutas.

– Onde está o Remy?

–Tragam o Remy!

A multidão grita quando o ringue é desocupado pela quarta vez, e no momento em que a gritaria recomeça, só há um nome audível em toda a arena.

– Rem-ing-ton! Rem-ing-ton! Rem-ing-ton!

– Os organizadores adoram fazer o público ter que pedir por ele – diz Pete com uma risada.

E, finalmente, os alto-falantes pegam fogo.

– Isso aí, senhoras e senhores! Suas cadelas e cafetões! Meninas e meninos! Vocês o querem? Vocês o pediram e receberam! Diga boa noite a seu primeiro e único Arrebentadoooooorrrr!

Meu Arrebentador! Minha mente grita animadamente. *Meu* Arrebentador. *Meu* hoje e *meu* para sempre.

Por toda a arena, as pessoas ficam de pé, todas ao redor do ringue. Algumas colocam as mãos ao lado da boca e gritam, enquanto outros estão pulando e agitando cartazes com o nome dele.

– Remy, eu morreria por você, Remy! – Uma voz atrás de mim grita.

A alegria borbulha em minhas veias conforme ele vem trotando para fora do vestiário.

Sua postura forte, perfeita, e os ombros relaxados, seu roupão ARREBENTADOR cobrindo os músculos mais rijos do mundo, tudo isso faz meus bicos dos seios pulsarem de desejo. As luzes dos refletores se focam em Remy, e eu procuro avidamente as covinhas no rosto dele, mas meu olhar pousa sobre as marcas vermelhas de batom em sua mandíbula. E na sua boca.

Pisco, confusa.

Ele pega as cordas e balança para dentro, caindo furtivamente como um gato que já é dono desse cobiçado espaço quadrado, e então o roupão sai e o corpo glorioso de Remington é exibido. Eu o vejo, mas ainda estou confusa com aquilo que também vejo em seu rosto de menino, essas marcas, vermelhas e borradas por todo o seu bronzeado bonito, até que a verdade começa a afundar e vai afundando e afundando dentro de mim, e cada um desses beijos me parecem como uma chicotada.

Mil e uma inseguranças que eu nem sabia que tinha se agitam dentro de mim.

Imagino mãos cuidadas tocando sua pele... Lábios nos lábios... Seus grunhidos para outra pessoa... Seus calos raspando contra a pele de outra pessoa...

Uma queimadura sobe aos meus olhos e Pete calmamente me diz:

– Brooke, isso vem com a vida. Ele não pede essas fãs, ele só quer lutar. Não é grande coisa.

– Se eu pudesse pegar o resto do meu corpo, não o meu cérebro, para entender isso – respondo miseravelmente, e parece que uma nuvem negra de dor caiu sobre mim como um manto, tapando toda a minha luz.

Alguns assentos à minha direita, uma mulher puxa os próprios cabelos e grita:

– Arrebentadorrr! Quero te arrastar pro meu quarto e ser fodida por você até que eu não possa andar!

Deus, eu quero acertar essa cadela taaanto...

E lá está ele, belo e magnífico Remington Arrebentador Tate.

Ele faz a sua voltinha pelo ringue, e eu sinto essa pressão no meu peito, fecho minhas mãos em volta do meu bebê e olho para o pequeno inchaço que tenho agora. Nunca me arrependi de estar grávida, mas agora me sinto tão grávida e tão estúpida...

Respiro lenta e profundamente, enquanto todas as minhas inseguranças corroem minhas entranhas. Nós vamos ter uma família unida. Eu vou ser uma mãe... Mas ele ainda vai ser um lutador, cercado por fãs jovens, bonitas e que farão de tudo para tê-lo.

A Brooke Antes da Gravidez provavelmente sentiria que ninguém jamais poderia levá-lo para longe dela.

Mas a Brooke Grávida se sente um pouco em desvantagem. Porque talvez doa um pouco que ele não tenha pedido para eu me casar com ele. Talvez ele nem sequer queira se casar?

Por que ele se incomodaria com isso, quando já sou dele?

– Brooke, ele está olhando pra você – murmura Pete animadamente.

Ainda me sentindo mais instável do que eu gostaria, respiro fundo e continuo olhando para o meu colo, para o vestido de linho estúpido que eu usava quando me enfeitei para ele nesta manhã.

– Brooke, ele está olhando descaradamente pra você! – diz Pete, agora em alarme.

A multidão se acalma.

O silêncio se tornou opressivo quando o Arrebentador parou de sorrir e agora todo mundo sabe que algo está acontecendo.

Posso sentir seus olhos perfurando o topo da minha cabeça. E sei que quando eu olhar para cima, tudo que verei será aquele batom vermelho em seu belo rosto. Como o batom que eu usei e que o manchou uma vez, mas isso pertence a outra pessoa hoje. Talvez uma das putas que ele comeu quando eu estava longe. Deus.

– Brooke, Jesus, que merda é essa? – Pete me dá uma cotovelada. – Você quer que ele se foda hoje à noite?

Balanço minha cabeça e me forço a olhar para ele.

Ele está olhando para mim com um olhar de completa selvageria e ansiedade. Suas pernas estão abertas, firmes, sua mandíbula contraída e sua postura defensiva, e eu posso dizer que ele percebe que há algo errado comigo, porque suas mãos estão fechadas em punhos ao lado do corpo e ele parece pronto para saltar do ringue e vir me pegar.

Seguro o seu olhar com orgulho, porque nem quero que ele saiba como estou magoada, mas quando ele sorri para mim, não posso sorrir de volta.

Seu sorriso se desvanece.

Seus olhos piscam com mágoa quando ele enrola os dedos em suas mãos e a selvageria em sua expressão quase se agarra em mim, mas eu me sinto igualmente selvagem, e desta vez, não posso apaziguá-lo porque estou magoada demais, com raiva demais, com ciúmes demais e grávida demais.

Vagamente, eu me lembro de que havia momentos em que ficava sentada nessas cadeiras laterais, desejando que esse animal magnífico lá em cima fosse meu. E neste momento eu me sento aqui, grávida de um filho dele, magoada porque uma mulher, ou mulheres, o beijou e tocou no que eu sinto que é meu, e de repente quero o que eu tinha antes. Eu quero ser apenas uma garota, que quer apenas um emprego. Simples. Objetivos simples e uma vida simples. Mas não. Não posso ter isso agora. Porque estou mais apaixonada por Remington Tate do que jamais pensei que fosse possível. E ele é tão evasivo quanto uma estrela cadente que ninguém nunca vai realmente pegar, e se você pegá-lo, ele só vai queimar através de você.

Como queima em mim agora, bem no centro do meu peito, meu amor por ele me corroendo.

Incapaz de olhar em seus olhos escuros por mais tempo, forço meu olhar para longe, para assistir a seu adversário subir ao ringue, e meus olhos deslizam, mas rapidamente voltam, para a tatuagem de um elegante B no bíceps direito de Remington.

Meu coração gagueja em descrença. Olhando para o desenho, atordoada, percebo que sim, está ali mesmo, em seu bíceps direito: um belo e perfeito B.

Isso causa uma reação louca em mim. Minha calcinha de repente fica encharcada e eu começo a pulsar.

Remington se volta para o seu adversário, e vejo seus lábios se enrolarem arrogantemente quando ele deita um olhar para o lutador contra quem vai lutar, alguém jovem e nervoso, claramente muito ansioso para começar.

Eles tocam as luvas e Remington olha para mim. Então, sem sorrir, de modo significativo ele flexiona seu bíceps com o B e beija-o assim que eu o vejo. Uma onda furiosa e quente escorre pela minha vagina, e eu aperto minhas pernas juntas.

Seu sorriso brilha, sabendo que me deixa molhada e que não consigo evitar.

Soa o gongo.

– Quando ele fez essa tatuagem? – pergunto ofegante.

Não consigo parar de olhar para a marca.

– Logo depois que saímos de Seattle – responde Pete.

Remington vai de igual para igual com o "fanfarrão jovem e ansioso", como Pete o chamou, e imediatamente soca o rapaz, então recua e finta, fazendo o jovem ir atrás dele. As fintas do fanfarrão falham, e Remington volta com um poderoso um-dois que lança o homem de volta como um tiro de canhão. O cara salta sobre as cordas, e depois cai de bruços sobre a lona.

– Ooooooooo! – diz o público.

– Ai, isso deve ter doído – diz Pete, mas ele está sorrindo enquanto atrás de mim, alguém grita:

– Isso é o que você recebe quando enfrenta o Arrebentador, otário!

Não importa o que esteja passando pela minha cabeça, observar Remington lutar é uma experiência tão emocionante que, dentro de mim, todos os meus músculos começam a se preparar como se fosse eu a lutar lá em cima.

O outro cara se levanta, e Remington bate nele de novo, seus golpes precisos e potentes, seu corpo se movendo sinuosamente, aquele B preto em seu bíceps ondulando quando esse músculo endurece em ação. Eu sou uma confusão de emoções à medida que a luta avança, e uma gota de suor desliza entre os meus seios.

Minha temperatura corporal parece maior com a gravidez, mas observar o pai do meu bebê lá no ringue – um mestre do desastre completo, com aquela tatuagem gritando para o mundo que ele é meu, mas, ao mesmo tempo sendo beijado por algumas outras cadelas –, isso me deixa possessiva e com raiva. Eu me sinto como um vulcão.

Depois de Remington derrubar o jovem fanfarrão de forma permanente naquela noite, eles trazem lutador atrás de lutador para desafiá-lo. Ele os esmurra com tanta força que os homens batem nas cordas, caem de lado, de cara no chão ou caem de joelhos, todos eles balançando a cabeça em consternação enquanto seus cérebros estremecem dentro deles.

Remy não pode ser detido.

Pete ri ao meu lado.

– Isso nunca deixa de me surpreender, o quanto esse homem gosta de se mostrar quando você está assistindo.

Balanço a cabeça em descrença, e Pete acena para mim com um jeito sombrio.

– Sério. A diferença em seu sangue quando ele é exposto a você, o jeito que você altera sua química e traz pra fora toda a sua testosterona, traz os instintos de lutador à vida, é incrível. Você sabia que a testosterona dos homens aumenta quando eles veem uma nova mulher atraente? A dele não. Ele só vai até o teto quando vê você, a fêmea dele.

As palavras de Pete me matam. Remington parece sempre querer provar para mim que ele é o homem mais forte do mundo e que é aquele que vai me proteger e oh, sim, eu acredito nele.

Ele enfrenta um quarto lutador e depois o quinto, seu corpo um trator de sexo e força que derruba a todos, um após o outro, os olhos escuros me verificando em meu assento, para ter certeza de que estou assistindo. Cada olhar que ele envia em minha direção me faz sofrer um pouco mais por dentro, e de forma embaraçosa, fico um pouco mais irritada e com mais tesão, até que meu sexo fica tão inchado e minhas mãos tão firmemente enroladas no meu colo que não sei o que eu quero fazer mais: fodê-lo ou esbofeteá-lo.

Um sexto e um sétimo lutadores são trazidos para fora do vestiário, e Remington ainda não está cansado. Ele está bloqueando, socando, atacando e defendendo.

– Remy! Remy! Remy!

O público canta para ele e Pete se junta a eles, socando as mãos no ar, cantando a mesma palavra que as outras mil pessoas aqui, quando o mestre de cerimônias pega o pulso grosso de Remington e levanta seu braço na vitória.

– O nosso vencedor! Mais uma vez, senhoras e senhores, eu lhes apresento Remington Tate, o seeeeuuuu Arrebentadorrrrrrrrrr!

Aqueles olhos escuros procuram por mim nas arquibancadas. No instante em que me encontram, minha pulsação acelera violentamente em meu corpo, o meu coração vibra como uma coisa alada no meu peito enquanto ele olha para mim e sorri. Um arrepio percorre-me com a visão dessas covinhas, o sorriso branco, o queixo escuro... E aquele batom vermelho, porra.

Quando fica evidente que não consigo me obrigar a sorrir de volta, as sobrancelhas se fecham sobre os olhos, e ele agarra a corda e desce do ringue.

– Arrebentador, Arrebentador, Arrebentador! – Ouço as pessoas animadas começar a cantar.

Forçando-me a segurar o olhar de aço, fico de pé sobre as pernas trêmulas, vendo-o se aproximar. Ele me dá sua mão, e eu olho para toda aquela porra de batom em seu rosto, em seguida, para sua mão, e a pego. Meu queixo contrai quando ele me puxa para baixo das fileiras.

– Chaves – ele late para Riley, que pula para baixo do canto do ringue e trota, para caminhar ao nosso lado.

– Eu levo vocês.

Vamos para as salas dos fundos, e Remington para nos armários para pegar sua mochila, nunca deixando de lado a minha mão. Eu não consigo parar de olhar para o batom em sua boca sexy e irritante, e para a tatuagem de B em seu bíceps forte. Sensações conflitantes entram em espiral em mim de forma tão rápida que nem sei o que fazer com elas, exceto cerrar os dentes. Liberando a minha mão por um segundo, Remington puxa uma camiseta branca e salta em um par de calças de moletom preto, então pega a minha mão, força seus dedos nos meus e me leva para fora. Ele me empurra para o fundo do Navigator, e uma vez que estamos postos em nossos lugares e Riley liga o carro, agarra meu rosto com uma das mãos, com os olhos brilhando com a mesma fome que já brilhava neles todo o dia. Ou talvez até mais. Ele se inclina para me beijar e eu viro o rosto.

– Não – peço.

Ele força a minha cabeça de volta e murmura em voz baixa e desesperada:

– Quero que você olhe pra mim quando luto. Eu esperei o que pareceu uma eternidade para ter você olhando pra mim.

Ele esmaga a minha boca com a dele, e raios parecem me atravessar enquanto os lábios de Remy estão pressionados contra os meus. A necessidade dentro de mim é tão grande que leva toda a minha força de vontade para forçar minha boca a se fechar sob a dele, e para me contorcer e ficar livre.

– Não me beije! – chio.

Ele pega o meu rosto com uma mão aberta e me vira, e assume minha boca novamente, forçando os lábios a se abrir para que ele possa enfiar a língua em mim com um gemido. Eu gemo com a sua língua tocando a minha, e luto fracamente enquanto me contorço entre Remy e o assento do carro e empurro seus ombros, torcendo minha cabeça.

– Me deixe – reclamo.

– Deus, eu preciso de você como preciso respirar... – Ele desliza sua mão calosa sob o meu vestido, esticando seus longos dedos até minha coxa ao mesmo tempo que pressiona um caminho de famintos beijos molhados pela minha garganta. – Por que você está jogando comigo? Hmm? Eu preciso estar dentro de você agora...

– Disse isso a suas fãs também? – Ofegante e irritada à medida que sua mão avança até a minha coxa, eu empurro o peito de granito e faço um som frustrado quando ele não se move. – Diga isso a quem beijou seu queixo, sua testa, seu queixo e sua boca, porra!

Ele se afasta com uma carranca confusa.

– Você tem batom em todo o seu rosto, Remington! – digo, endireitando o meu vestido.

Com um baixo ruído exasperado, ele arrasta a parte de trás de seu antebraço em seus lábios, em seguida, olha para ele e aperta os olhos quando vê a listra vermelha em sua pele. Ele fecha a mandíbula e cai para trás no banco do carro, deixando a cabeça pender para trás com um gemido. Passa as mãos pelos cabelos e olha com raiva para o teto, respirando pelo nariz. Eu tento escorregar para o outro lado do banco, mas sua mão dispara e se fecha em torno de meu pulso.

– Não – rosna Remy, como se estivesse com dor.

Engulo um caroço de raiva na minha garganta enquanto ele desliza a mão do meu pulso para a minha mão e conecta nossos dedos. Durante toda a viagem, estou perfeitamente ciente de sua palma da mão contra a minha, seus dedos grossos e longos atados no meio dos meus, segurando-me com firmeza, enquanto o meu peito parece rebentar e implodir, tudo ao mesmo tempo.

Chegamos ao nosso hotel e Riley verifica com cautela através do espelho retrovisor.

– Vou pegar o resto da equipe agora – anuncia.

– Obrigado – diz Remington categoricamente enquanto me ajuda a descer do carro. Em seguida, com a mão ainda segurando a minha, ele me leva pelo saguão até os elevadores.

Embarcamos, e sua mandíbula ainda está toda listrada de vermelho. Mesmo com esses traços, o rosto é a fantasia de toda mulher. Seu cabelo despenteado e preto, aquelas calças de moletom descendo baixo em seus quadris, a camiseta que se apega aos ombros e aos largos bíceps protuberantes. Ele ainda é o mesmo símbolo sexual que sempre foi, ao mesmo tempo que me sinto mais grávida do que nunca, com a pequena protuberância em meu estômago.

Ele me puxa para o nosso quarto, a porta batendo com o seu próprio peso atrás de nós, e no instante em que solta minha mão, ele me agarra pela cintura e me levanta para me pousar na mesa de jantar.

– Não faça isso comigo. – Ele morde meu pescoço e desliza de novo a mão sob meu vestido, levantando-o rapidamente para me segurar sobre minha calcinha neste momento. – Não faz isso comigo agora, caralho! – resmunga.

Começo a tremer quando ele arrasta sua boca até a minha mandíbula, mordiscando meus lábios enquanto esfrega a ponta de um dedo sobre minha calcinha. Eu odeio o gemido que sai de mim, mas ele parece gostar, pois geme e vai direto para a minha boca. Afasto a cabeça, minha voz suave e triste.

– Queria beijar você, não elas! – Choro, empurrando fracamente seu peito grande.

– Sou eu.

Ele puxa a mão do meu vestido, pega os lados do meu rosto com as duas mãos e me beija, me lambuzando com o batom de outra pessoa quando cobre minha boca e me abre à força. Eu empurro seu peito até que não consigo mais, enquanto sua língua domina a minha e ele enrola os braços nas minhas costas, inclinando-me sobre a mesa, seus braços me protegendo da superfície dura conforme me suga com fome desesperada.

– Sou eu – rosna, esfregando uma mão na lateral do meu corpo e no meu peito.

Eu solto gemidos de vontade e odeio ter feito isso. Estou tão molhada. Preciso muito dele. Remy cheira bem pra caralho. Estou ficando louca, mas quando ele cobre meu peito com uma mão, ainda estou com tanta inveja e raiva que tento empurrar sua mão. Ele faz um barulho baixo de dor.

– Brooke...

Com um som frustrado, agarra o tecido do meu vestido em ambos os punhos e o rasga ao meio com uma sacudida. Eu suspiro ao mesmo tempo que ele espalha o tecido de lado para me revelar na minha calcinha, sua cabeça escura rapidamente mergulhando para que possa arrastar a língua sobre a minha pele, do meu umbigo para cima, enquanto abre a roupa ainda mais e acaricia as mãos para cima, nas minhas costelas.

Tremores me percorrem e eu agarro a parte de trás de sua cabeça, dividida entre puxá-lo para minha boca ou afastá-lo, e então, eu o puxo pelos cabelos para cima.

– Não – rosno, e ele vai para trás e olha para mim com aqueles olhos selvagens e ferozes, e sei que não deveria provocá-lo, eu deveria acalmá-lo, mas estou com ciúmes demais.

Ele me transformou nisso. Apaixonada e obcecada por ele, imaginando com quem Remy esteve. Ele pode até não reconhecer a si mesmo, mas elas sabem, e elas não são eu.

Tomada de uma nova determinação, eu me sento, agarro sua mandíbula e começo a esfregar as palmas das mãos e os dedos furiosamente sobre as marcas. Quando vejo que não dá para remover a maior parte delas, pego sua camiseta branca e puxo-a para limpar-lhe o rosto. Ele fica lá, de pé, respirando mais pesado do que quando vai lutar, olhando para mim como se estivesse me pedindo alguma coisa, por mim, enquanto pacientemente me deixa limpá-lo.

Meus dedos tremem. Seus olhos são brilhantes nas sombras da suíte enquanto esfrego, mas eu ainda não consigo tirar o batom, e não posso suportar isso.

Eu lambo o dedo e, em seguida, esfrego saliva nas marcas de batom e depois começo a passar a camiseta sobre as malditas manchas.

Remy fica frustrado e enfia os dedos na boca, e depois começa a esfregar nos mesmos lugares que eu, os dedos batendo enquanto passamos saliva por todo o queixo. Levanto a camiseta de novo e esfrego mais uma vez, quase sem fôlego quando a mancha finalmente começa a sair.

Só paro quando não há mais nada, só o maxilar duro, um pouco cru, meu corpo em chamas com a necessidade e meu coração em chamas de amor, cada centímetro de mim ardendo de ciúmes. E eu agarro seu cabelo e me inclino para dar um beijo ali mesmo, onde estava o outro beijo, tentando desesperadamente apagar qualquer coisa que tenha estado ali antes. E coloco outro beijo ali, e mais um beijo onde outra marca esteve. Ele agarra meus quadris apertados à medida que arrasto meus lábios ao longo de sua mandíbula e cabeça, até sua boca, e eu o beijo rápido e quase como se não quisesse, e me afasto, sugando o ar e deixando escapar de novo.

Remy levanta uma sobrancelha.

– Pronto? – pergunta em voz abatida, e eu não acho que esteja respirando quando aceno com a cabeça afirmativamente.

Seu peito se expande conforme pega a camiseta manchada e a ergue em um único movimento, fluido, jogando-a de lado.

– Você e eu vamos fazer amor agora. Nós não temos que esperar um segundo... mais... pra ficarmos juntos.

Arrepios correm por meu corpo e minha voz está crua de emoção:

– Não suporto ver o batom delas em você, Remington, não vou permitir que elas o beijem! E esta não é uma loucura da gravidez nem são as minhas inseguranças! Eu disse há muito tempo que não vou compartilhar. Eu não vou compartilhar você.

– Shh, querida, eu não esperava que fizesse isso, e nem quero. – Ele tira o vestido esfarrapado dos meus ombros, deixando-o se espalhar espalhe debaixo de mim na mesa. Faz-me deitar e olha para mim enquanto me mostro a ele, com os joelhos dobrados para trás. Ele me toca em todos os lugares, as minhas pernas, meus braços, entre os meus seios, enquanto se inclina. – O treinador estava amarrando a faixa em minhas mãos, eu tinha meus fones de ouvido. Não vi ninguém chegando, até que estavam todas por cima de mim. Isso não vai acontecer de novo. Não beijei ninguém. Ninguém. A não ser a minha pimentinha.

Remy se abaixa até os meus seios e lambe um mamilo por cima do sutiã, deslizando o dedo sob o algodão branco e liso, descendo o tecido e prendendo-o por baixo.

– Vou lamber esses dois e vou chupar os dois e depois farei o que eu quiser com eles.

Meu coração bombeia sangue quente em minhas veias quando ele abaixa o tecido do outro lado e lambe o bico sensível, enviando raios de prazer em todos os lugares em mim. Meus seios estão maiores, pontudos, os mamilos mais escuros e enrugados e Remy fecha a mão sobre eles como se estivesse explorando novos territórios que lhe encantam. O som que ecoa do peito faz com que eu mesma emita um som, enquanto me contorço sobre a mesa de tanto tesão. Seus olhos se erguem até os meus quando ouve o som, e ele agarra meus quadris e me arrasta até a borda da mesa, minha bunda voando para fora da mesa, e ele desce e solta sua calça de moletom. De repente eu sinto o quanto ele está duro, a sua ereção pesada esfregando minha entrada encharcada quando ele se inclina para lamber os meus seios novamente, sua dureza aninhada no ápice das minhas pernas.

– Sensível?

Ele aperta um mamilo com o polegar, depois o outro, com as mãos ásperas, mas suaves. Eu arqueio o corpo e gemo suavemente. Quero uma contusão, eu quero a dor, quero a dor na minha pele e em meus músculos como a dor de amor que sinto por dentro por ele.

– Sim – suspiro, e há um nó na garganta e as lágrimas de necessidade estão em meus olhos.

Ele toma os meus lábios em um beijo voraz, depois abaixa a cabeça e geme no meu pescoço.

– Brooke.

Ele acaricia entre as minhas pernas e empurra o dedo no meu corpo quando vira a cabeça e acaricia a minha língua com a sua. Minhas entranhas começam a tremer quando Remy recua para observar como eu me contorço quando ele enfia o dedo em mim.

Vejo a necessidade crua em seu rosto, assistindo a mim, então ele levanta a mão e lambe seu brilhante polegar molhado. Oh Deus, eu o vejo – primal e masculino, ainda com o charme de menino e aquele cabelo preto despenteado e louco, e começo a me contorcer e gemer, porque quero esse homem, eu quero, eu quero.

– Você não para, quer alguma coisa? – A necessidade mal disfarçada na voz de Remy me faz tremer quando respondo:

– Quero lamber você como você me lambe. – E ele assente e se inclina e me dá a sua língua em primeiro lugar, então segura a parte de trás da minha cabeça e me aperta ao pescoço dele.

Molhada e ardente, sua pele é de seda sob a minha língua girando. Eu tremo quando vou para cima e agarro seu cabelo e engulo o lábio superior em minha boca. Ele tem o sabor de Remy, e tem o gosto de quem me deseja. Nós nos beijamos intensamente e minha respiração engata ainda mais. Ele rasga meu sutiã no momento em que mordo seu lábio inferior, e ele está respirando de um jeito profundo quando puxa para baixo minha calcinha e se afasta para me ver completamente nua agora. Seus olhos me seguem e me devoram. Ele vê os meus seios nus se empurrando para fora e eles estão mais cheios, e sei que ele os deseja. Remy fecha a mão em um deles como se estivesse me conhecendo pela primeira vez. Isto é o que ele fez com meu corpo. Isto é o que acontece com meu corpo depois dele.

Ele toca o meu outro seio, então de imediato fecha as mãos nos dois e os acaricia e começa a brincar com eles, assistindo ao que faz com brilhantes olhos escuros.

Seu lábio está sangrando com a minha mordida no lugar que sempre se abre, e seu peito está liso com o suor. Protesto.

– Eu mordi você – digo.

– Basta colocar seus lábios sobre ele.

– Remy...

– Coloque sua língua sobre ele.

Ele se inclina de novo e cutuca os meus lábios com os seus, e eu lambo com suavidade, da mesma forma como um animal instintivamente limpa uma ferida. A forma como chupo aquele lábio sangrando é gentil. Remy arrasta o nariz sobre o meu e, em seguida, lambe meus lábios abertos. Eu o abraço e separo minhas pernas e as coloco ao redor de seus quadris.

A necessidade me atravessa, veloz, quando ele agarra minha bunda e me ergue no ar. Eu levanto minhas costas para ajudá-lo, e estou tão bêbada com o desejo que minha visão embaça quando ele me carrega alguns passos para o sofá.

Ele beija o meu pescoço enquanto me desce, então circula o polegar entre as minhas coxas exatamente onde estou molhada, e eu gemo de forma suave.

– Você está pronta pra mim? – Sua voz desce sobre a minha orelha enquanto ele acaricia minhas dobras molhadas com os dedos. – Prepare-se para mim.

Ele empurra o seu longo dedo dentro de mim para me deixar mais úmida, mas estou tão encharcada que ele desliza facilmente. Eu me contraio e quase não consigo me impedir de gozar quando Remy esfrega dentro de minhas profundezas.

Ele desliza os lábios pelo meu corpo e dobra sua cabeça escura, a língua correndo sobre meu clitóris, lambendo de leve quando me segura aberta pelas coxas. Eu aperto a parte de trás de sua cabeça, assistindo a esse homem fazer isso comigo. Em seguida, ele se ajoelha no final do sofá, agarra meus quadris e me arrasta para baixo mais alguns centímetros e começa a pressionar dentro, completamente. Quente. Mais duro do que qualquer coisa que eu toquei. Arqueio meu corpo e suspiro à medida que Remy enfia cada centímetro de si dentro de mim, meus olhos travados nos dele e os dele, nos meus. Ele fecha a mão em concha no meu rosto e arrasta o dedo pelo meu lábio inferior, puxando-o com amor, enquanto se mantém dentro, até ficar totalmente encaixado na parte mais profunda de mim.

Solto gemidos enquanto ele balança seus quadris.

Ele se inclina e beija minha orelha.

– Você sentiu minha falta.

Viro-me para beijar-lhe a boca, ofegando enquanto procuro inclinar meus quadris.

– Sinto como se nunca tivesse ficado tão molhada e inchada.

– Nunca estive tão duro assim.

Ele puxa para fora e depois coloca de volta para dentro, devagar e com prazer. Sinto que ele me separa, me abre, me toma, me preenche, e depois me deixa... Gemo baixinho e estou prestes a pedir-lhe para voltar quando ele faz isso... Ele penetra... Balançando dentro... Os músculos de seus braços, suas tatuagens celtas e seu B, todos ondulando quando Remy se move. Na terceira vez, ele prende meus braços acima da minha cabeça e empurra com mais força, o movimento empurrando os meus seios.

Eu grito e ele abafa com a boca. Respiro fundo, inalando o cheiro dele.

– Eu te amo... – engasgo.

Ele para em mim, respirando com dificuldade. Um som baixo, gutural vem do fundo de sua garganta quando ele se vira e começa a lamber minha orelha, então desliza seus braços à minha volta, como se quisesse me proteger quando ele pega um ritmo que é rápido, determinado, cru e primal.

Estou quase chorando quando inclino meus quadris e viro a cabeça para a orelha dele, ofegando enquanto ele saboreia o meu pescoço, aperta meus seios, me fode duro e rápido.

– Oh Deus... Remington... Remington...

Ele apoia sua testa na minha conforme seus quadris continuam habilmente a balançar dentro de mim, então traz o polegar para cima e começa a acariciar meu clitóris enquanto seu pênis se esfrega, duro e pulsante, dentro de mim. Eu me solto e me abro mais, tremendo de forma incontrolável enquanto ele toma a minha boca com seu beijo deliciosamente quente. Amor, desejo, necessidade, tudo vem através de mim, quando gozo e explodo abaixo dele.

– Tudo bem? – pergunta Remy, retardando seus movimentos ao mesmo tempo que eu permaneço gozando.

–Sim!

Cada centímetro de mim grita por ele. Arqueio meu corpo contra o dele e começo a ondular um pouco, querendo mais, querendo ele. Ele rosna como se não conseguisse segurar e puxa para fora. Em seguida, empurra de volta, indo mais fundo e com mais força, me segurando com um braço em volta da minha cintura conforme me mexo e ele me mantém no lugar com uma mão enquanto me penetra.

Só consigo gemer e digo:

– Remy.

Seus olhos estão me queimando quando arrasta a mão pela minha garganta, entre meus seios, então se inclina para me lamber mais uma vez.

– Minha – ele sussurra baixinho, lembrando-me.

– Sua, toda sua – respondo, enquanto meu orgasmo se forma de novo.

Ele aperta o nariz em meu ouvido, rosnando quando goza quente em mim, seu grande corpo tenso por cima de mim, um ruído gutural arrancando de seus lábios antes que ele grite de novo:

– Minha.

Depois que goza e me abraça por um minuto, ele me levanta nos braços, ainda dentro de mim, e eu dobro meu nariz em seu pescoço. Remy me carrega em torno da cozinha e pega duas maçãs verdes em uma das mãos, em seguida, dá uma para mim, levando-nos para o quarto principal.

Dou uma mordida enquanto nos acomodamos debaixo das cobertas, e ele morde a dele. Nós nos beijamos um pouco, e ele tem gosto suculento e delicioso de maçã. Remy termina a dele primeiro, então lambe o suco dos cantos dos meus lábios, e eu ofereço a minha maçã para ele, porque suspeito que ele ainda esteja com fome. Ele dá uma grande mordida sorrindo para mim, e eu viro a fruta e mordo no lugar onde ele mordeu antes.

Suas pernas se movem sem descanso sob o lençol, e sei que o meu ligado Remy não vai dormir esta noite, mas se ele quiser fazer amor comigo a noite toda, que faça. Espero que sim. Mudo de posição para mantê-lo ainda dentro de mim enquanto nós dois comemos minha maçã, mordendo do lado oposto ao mesmo tempo. Rimos em uníssono, e eu digo:

– Agora o nosso bebê é do tamanho de uma ameixa.

– Ameixa?

Ele abre sua boca para que eu lhe dê mais maçã, e eu fecho meus dedos para moldar o tamanho de uma ameixa com a minha mão livre.

– Ameixa – repito.

– Tão pequeno... – diz ele com ternura, deslizando uma mão enorme na pequena curva do meu estômago.

– Tão pequeno.

Repito, me aconchegando em seu corpo grande e quente com um suspiro, ouvindo-o terminar a minha maçã e deixando-o lamber todas as gotas suculentas que caem na minha pele.

QUINZE

COMO DERRUBAR UMA ÁRVORE

Remington está absolutamente apaixonado pela minha barriga de quatro meses de gravidez. Está começando de fato a aparecer e isso o excita. Não, mais do que o excita. Ela me excita também, eu amo a minha barriga de grávida! Eu me sinto incrível. Não há mais a náusea. E eu de alguma forma pareço "brilhar", mas acho que isso tem a ver tanto com o bebê que ele colocou em mim quanto com a maneira que Remy faz amor comigo.

Ele mede minha barriga todas as manhãs com as mãos quando estou estudando meu corpo no espelho de corpo inteiro do hotel. O que quer que ele esteja fazendo (saindo do banho, escovando os dentes), ele vem até mim para me examinar, seu olhar brilhando com orgulho quando ele olha e tira as medidas. Sua voz está rouca nesta manhã. Acabamos de levantar da cama e ele está nu atrás de mim, o seu grande corpo perfeitamente visível no espelho enquanto abaixa a cabeça escura para me acariciar.

– Você acha que está comendo o suficiente? – sussurra em meu ouvido, logo antes de me puxar para ele e descer os lábios para o oco na base da minha garganta.

– Não vou começar a comer como você! – acuso quando me viro em seus braços e prendo os dedos na parte de trás do seu pescoço, sorrindo para ele como a tola apaixonada que ele me fez. De brincadeira, começo a cutucar suas covinhas. – Nós estabelecemos que você tem problemas. Você só quer que todos saibam que estou grávida e fui possuída por você.

Ele me levanta fora de meus pés para que nossas bocas fiquem alinhadas e planta um grande beijo em meus lábios, me apertando.

– Isso mesmo!

Hoje na academia ele quer me mostrar como atirá-lo, ou mais especificamente, qualquer um que estiver me ameaçando, ao chão. Agora que estou andando e correndo um pouco, com total aprovação de minha médica, eu me sinto o máximo. Mas o que mais me faz sentir bem é o jeito que Remington olha para mim. Superproprietário, *esta é a minha mulher, este é o meu filho*. Li que é completamente normal sentir-se incomodada quando você está grávida, mas de fato eu não posso sentir o cheiro dele sem queimar por dentro com a necessidade de rasgar a roupa e pular em seus braços sensuais. Coisa que eu tenho feito, pelo menos duas vezes por dia, para seu completo prazer masculino.

Seu lado negro não aflorou nos dois meses desde que cheguei aqui, mas está tramando algo com Pete e Riley. O fato de que os três andam com tantos segredos me preocupa. Acho que tem a ver com Nora, mas quando eu lhe disse "Remy, Nora me enviou este bilhete. Ela não quer que a gente faça qualquer coisa a esse respeito e eu tenho que esperar até o final para falar com ela", ele apenas riu e disse:

– Deixe isso comigo, tudo bem?

Mas não está tudo bem.

Estou assustada.

Nesta manhã, ele teve uma reunião estranha com Pete e Riley na nossa sala de estar. Ele olhou para mim e me disse calmamente:

– Posso conversar a sós com os caras só por um momento?

Desde então, comecei a ficar preocupada com seus planos.

E esta é a única parte relacionada à minha gravidez de que eu não gosto. Ser tratada como uma imbecil, uma fraca e delicada florzinha.

Não, senhor. E hoje vou provar isso na academia quando eu, de fato, conseguir derrubar Remington Tate – apesar de estar grávida.

Fico assistindo quando ele faz abdominais, sua respiração rápida e equilibrada, para dentro e para fora. Assisto quando faz três rodadas pulando corda e três rounds de boxe na sombra, diretos, ganchos, guarda, esquiva... O peito suado, a perfeição masculina, a intensidade com que ele trabalha me deixando abismada. O treinador grita com ele do banco, e Riley anota os tempos numa prancheta.

No momento em que Remington está encharcado e me acena para subir ao ringue, estou embebida numa espuma de luxúria completa e total.

– Pronta?

Balançando a cabeça, subo ao ringue com ele.

Estou vestida com um de meus macacões, com zíper no meio. Seus olhos me sugam nessa roupa e juro que eles me comem em todos os lugares que tocam. Ele puxa o olhar para os meus olhos.

– Pronta? – Sua voz está mais rouca.

– Você não tem ideia de como eu estou pronta. Vou chutar o seu traseiro e isso vai ser incrível.

– Chute minha canela primeiro, e depois a minha bunda. – Ele me puxa para mais perto, sua respiração quente em meu ouvido enquanto ele sussurra: – A chave pra me derrubar é me tirar de meu equilíbrio. Se eu, ou qualquer um mais pesado do que você, estiver equilibrado, você nunca vai derrubá-lo.

– Tudo bem – digo, enquanto ele me deixa de lado, porque quem vai perder o equilíbrio com a proximidade dele sou eu.

– Você chuta minha canela, eu perco o equilíbrio, então você me passa uma rasteira como fez da última vez e chuta a parte mais fraca do meu calcanhar. Veja como fazê-lo agora! Então me faça perder o equilíbrio e me derrube.

Borboletas nervosas levantam voo dentro de mim, e eu gemo e reviro os olhos.

– Eu me sinto como se fosse me machucar novamente. Você ainda é uma árvore, Remington.

– Com uma canela fodida – ele me chama, seus lábios curvados em diversão, as covinhas sexy e brincalhonas. – Vamos. Mantenha seu equilíbrio e tire o meu.

Eu olho em seus olhos azuis e brincalhões, enquanto meu coração sente uma tonelada de amor, sentado bem em cima de mim.

– Ferir você vai contra todos os meus instintos – digo de forma dramática, como se eu acreditasse mesmo que poderia fazer um arranhão nele.

– Você não vai me machucar nem um pouco – diz ele, rindo.

Então eu o agarro pela mandíbula e o beijo direto nos lábios antes de me afastar e esticar as pernas.

– Tudo bem, meu orgulho diz que isso deve ser feito. E se você fosse Scorpion?

Ele faz uma carranca.

– Você vai derrubá-lo, baby, e quero dizer agora. Vamos, balance meu mundo, minha pimentinha.

Eu faço isso. Chuto a canela, colocando todo o meu peso nisso até ele dizer "ai", então giro minha perna tão rápido que pego a parte de trás de sua perna e sinto que ele vai cair no instante em que o acerto. Mas ainda é Remington Tate, e ele, naturalmente, parece se estabilizar. Ele se planta de volta para cima, levando-me fora de equilíbrio quando faz isso. Deixo escapar um guincho quando começo a cair, e ele me agarra e cai de costas, impedindo a minha queda.

Ele ri quando ficamos em pé de novo.

– Você me deixou ganhar – acuso, estreitando os olhos.

Ele balança a cabeça.

– Não, você fez isso por conta própria – assegura Remy.

– Você é um grande e incrível mentiroso – digo, empurrando-o.

Ele ri e se senta reto comigo no colo, roçando meu rabo-de-cavalo na parte de trás da minha cabeça.

– Não foi tão duro, foi? – pergunta, acariciando minha bochecha.

– Não – respondo, e em seguida digo baixinho para que só ele possa ouvir: – Mas você é.

Ele olha para a minha boca, e eu me mexo em cima dele. Remy abaixa a cabeça e me cheira, e sinto arrepios correndo por toda a minha pele quando seu nariz se conecta com a parte de trás do meu pescoço.

– Você gosta de treinar comigo? – pergunto suavemente ao apoiar meus braços em seus ombros, ficando toda animada e excitada por causa de sua enorme ereção debaixo de mim.

– Hmmm... – responde Remy quando levanta a mão e agarra a parte de trás do meu pescoço. – Gosto quando a gente treina assim...

Ele me beija suavemente e empurra a língua na minha boca, e eu sinto a eletricidade correndo de sua língua para todo o meu corpo. Ele está molhado do treino e seu gosto é quente e sedento, e me sinto ainda mais quente e sedenta ao apertar o peito, os músculos lisos e firmes quando me sento de perna aberta sobre ele.

Ele pega meu rabo-de-cavalo, segurando-me no lugar quando levanta a cabeça um pouco e com a voz rouca diz:

– Riley...

– Sim, eu aviso o treinador. – Riley não pode esconder o riso em sua voz quando ele traz mais algumas toalhas e bebidas antes de atravessar o ginásio em direção à saída.

– Remington... – repreendo.

Seus lábios se curvam deliciosamente nos cantos, enquanto os dedos baixam o zíper do meu macacão e Riley grita para o treinador:

– Ei, treinador, temos que ir para que o cara possa ficar à vontade com Brooke!

Eles desaparecem através das portas do ginásio, e depois que elas são fechadas, Remington trabalha seus lábios acaloradamente no meu pescoço.

– Não é possível que alguma coisa seja tão bonita assim – murmura para mim conforme desliza sensualmente a mão aberta ao longo da curva de minha espinha.

– Então é aqui que chegamos à parte do beijo, porque é quase impossível para mim tirar isso – sussurro.

– Está saindo – diz ele, me lambendo.

Ele beija a minha boca e prende o meu pescoço enquanto me beija. Então usa a mão livre para abaixar o zíper do meu macacão. Começo a me contorcer e gemer, porque nós nunca tentamos isso comigo vestindo algo tão complicado.

– Ele pode sair, mas não facilmente.

– Vamos abrir espaço pra mim – murmura em meu queixo Remy, excitado, ao mesmo tempo que desce a mão entre as minhas pernas e puxa um pouco do tecido em cada coxa, a seguir puxando e rasgando o macacão na costura. Sinto o ar entrar pela abertura e pelo centro de meu ser, então ele enfia a mão por dentro do rasgo e diz: – Segure no meu pescoço.

Então ele manobra para rasgar e puxar a calcinha que estou vestindo. Ele puxa pelo rasgão, os olhos brilhando, e uma onda de excitação me varre como uma tempestade.

– Oh, por favor.

Trazendo a cabeça dele de volta para a minha, tomo seus deliciosos lábios, meus quadris balançando desesperadamente por ele.

Remy levanta-me por um segundo, em seguida tira as calças de moletom e me traz de volta para baixo com uma mão no meu quadril, aquela mão solitária forte o suficiente para me baixar e me empalar nele. Enorme, quente, duro. Meu. Eu gemo e lambo seu pescoço, perdida enquanto minhas paredes se abrem para pegá-lo. Ele agarra minha cabeça e beija a minha boca com mais força. Ele está se mexendo, amando, me erguendo e me abaixando com uma mão apenas, a outra na parte de trás do meu pescoço, segurando e prendendo enquanto me beija com sua boca forte e autoritária, abrindo e provando, afastando e provocando.

Gozo depressa e com força, e seus braços me apertam como tornos enquanto minhas contrações ondulam através dele. Ouço quando rosna baixinho enquanto me deixa ordenhá-lo. Então me levanta e me leva através do ringue, me descansando sobre as cordas. Um de seus braços me protege, sem que tenha saído de dentro de mim por um segundo. Remy começa a se mover novamente. Gemo baixinho. Sinto-me como se estivesse flutuando, suspensa no ar por um fio e seu braço, a única ligação em meu corpo com seu braço e seu pau em mim. Meu rabo-de-cavalo cai atrás de mim, minha garganta arde e ele está lá para devorá-la. Gemo mais uma vez quando ele se mexe e tento afundar meus dedos em seus braços inchados, sentindo os bíceps flexionar e contrair quando seu corpo me penetra.

Não falamos. Nós não precisamos falar com palavras, falamos assim. Levanto minha cabeça e começo a morder e lamber Remy, e a ofegar quando ouço sua respiração, quando flexiona seus músculos e se mexe, quando ele se move dentro de mim até que eu goze de novo. Ele nunca, nunca goza antes de mim, Remy espera, me prepara, me observa. Seus olhos escurecem quando me vê gozar agora, então sua mandíbula funciona e seu corpo endurece quando mergulha fundo e mantém-se lá, e é aí que ele explode, quando está inteiro lá dentro, e passo os braços ao redor dele, abraçando-o dentro de mim, ondulando e me agarrando a ele.

Em vez de nos liberarmos agora, intensificamos nosso aperto quando terminamos.

– Fique dentro de mim – imploro.

Estou recuperando o fôlego, minhas unhas arranhando seus ombros.

Ele me puxa para mais perto e afunda a cabeça entre meus seios e respira forte, como se minha pele fosse o seu ar, então morde de leve o topo do meu peito.

– Quero viver em você – ele me diz em sua voz rouca e suave que me faz derreter, e me agarra mais apertado e me lambe, sua mandíbula áspera em minha pele. – Deus, eu quero morrer dentro de você.

Meus ossos parecem ficar líquidos no meu corpo, mas mesmo relaxada, sinto aquela pressão de toda a sua energia trabalhando na minha.

– Você é tão possessivo, sei que vai me levar com você.

– Eu nunca iria machucá-la.

Rio baixinho.

– Não vai ser sua escolha. Vai me levar com você porque eu vou pra onde quer que você vá. Você vai ser o meu fim, Remington Tate, mas essa é a maneira que eu quero ir.

Seu rosto se contorce de dor enquanto ele arrasta a parte de trás dos seus dedos ao longo da minha mandíbula.

– Não, Brooke. Eu vou te proteger, mesmo de mim.

Nós nos olhamos por um momento, e a determinação em seus olhos para me proteger só me assegura que, aconteça o que acontecer, a minha vida será sempre entrelaçada com a dele, para o bem ou para o mal. Vou andar ao seu lado, correr, lutar, nos agarrar e perseguir seus sonhos, que já se tornaram os meus.

– Como você disse, eu vou te amar mesmo se isso nos matar – sussurro ao acariciar seu rosto. – Nós todos morremos. Prefiro morrer amando demais a você.

– Baby, eu sou o único que vai te amar demais – diz ele me apertando, me fazendo rir em felicidade completa e total.

– Remy... Onde é que vamos ter o bebê?

Ele se endireita e me levanta em seus braços, com as minhas pernas ainda fechadas em torno de seus quadris à medida que atravessamos o ringue.

– Onde você quiser. Vai ser fora de temporada, então posso levá-la para qualquer lugar que escolher.

– Estava pensando que eu poderia manter meu apartamento. No início, não estava a fim de renovar o aluguel. Mas pode ser inteligente ter um lugar para cobrir todas as possibilidades. E tenho um quarto vago onde costumava fazer ioga e que poderia se transformar no quarto do bebê. Melanie está louca pra decorá-lo...

Remy nos senta no banco no canto do ringue, onde uma cesta de toalhas e bebidas nos espera. Pega uma toalha e me ajusta em seu colo enquanto lentamente começa a me limpar, seu rosto calmo e relaxado.

– Vou pedir a Pete pra renovar seu contrato por mais um ano, enquanto procuramos alguma outra coisa – diz ele. – Você pode usar o cartão que eu lhe dei para comprar qualquer coisa que quiser.

Dobro um braço ao redor de seu pescoço e cutuco uma covinha escondida.

– Então, sou sua namorada e sua funcionária? Oficialmente?

Ele agarra a parte de trás da minha cabeça, vira meu rosto quase até o teto, e lambe debaixo do meu queixo até a minha boca, engolindo-a com a dele.

– Oficialmente, você é minha.

* * *

– O que acha, vamos pela rotina de todas aquelas vacinas, ou vamos procurar um médico que trabalhe conosco de forma diferente? Há muitas provas de que as vacinas podem ser a causa de autismo – digo a Remington uma noite.

Estou comendo toneladas de legumes e verduras. Li que os vegetais de cores diferentes oferecem diferentes antioxidantes. Vegetais verdes fornecem alguns diferentes do que as verduras roxas e alaranjadas, então como um arco-íris a cada manhã, de tarde e de noite. O melhor para o bebê de Remington.

Além disso, o abacaxi é a fruta do momento. É tudo que eu quero comer. Assim que chegamos a cada local, Remington ordena a Diane para trazer todos os abacaxis orgânicos que ela puder encontrar. Misturo com bananas para fazer *smoothies*. Como com pimenta caiena. Diane faz salteado para mim, com pequenos pedaços de peru. Estou uma doida por abacaxi e Remington se diverte muito por causa disso.

– Eu diria que é uma menina – Diane me disse ontem – porque você está desejando doces. Mas você parece muito bem. Quando você tem uma menina, ou pelo menos, quando eu tive as minhas meninas, eu parecia uma merda.

– Por quê?

– As meninas roubam sua beleza. E o amor do seu homem. – Seus lábios se curvam enquanto ela estuda o meu estômago com olhos estreitos e curiosos. – Mas eu não trocaria minhas meninas por nada no mundo. Você já fez aquela coisa da corda com um anel?

– Não – respondo.

E ela mostra como você enrola uma corda em torno de um anel e segura sobre sua barriga e observa se ele faz círculos para um menino ou linhas para uma menina. Parecia bobo, mas, é claro, agora eu deito nua na cama e seguro o anel que tomei emprestado de Diane sobre a minha barriga. Remington está jogando xadrez em seu iPad, as costas de nossas cabeças pressionando uma à outra enquanto ele faz o seu negócio e eu faço o meu. Em poucas semanas estamos indo para Austin, e sei que isso está começando a deixá-lo inquieto, porque ele não está dormindo muito.

Fico de fato maravilhada com a forma como ele usa o xadrez para se centrar. Todas aquelas noites em que ele estava inquieto antes e pegava seu iPad, descansando-o em mim, eu não tinha ideia de que ele jogava xadrez.

Agora, eu amarro o anel falso em um fio quando ele me diz:

– Vamos chamar um médico de quem gostarmos e fazê-lo trabalhar com a gente no nosso calendário de vacinação. – E eu aceno quando finalmente consigo pendurar o anel no meu estômago e assistir a seu movimento.

– É um círculo ou uma linha? – pergunto.

Ele para de jogar e coloca o iPad de lado, virando-se para olhar. Eu acho que é um menino, porque a barriga está baixa e estou dormindo do meu lado esquerdo, e meu cabelo está encorpado e brilhante, mas não tenho certeza de que essas lendas das velhas viúvas são verdadeiras...

– Está fazendo as duas coisas – respondo a mim mesma, rindo. – Que fiasco!

E solto um guincho quando ele me agarra pelas axilas e me arrasta para mais perto.

– O que você quer que ele seja? – pergunta Remy, espalhando-se por cima de mim e colocando uma mecha solta atrás da minha orelha.

– Qualquer coisa. Estou muito curiosa para saber.

– Você pode saber – ele me diz, beijando a ponta do meu nariz. – Vou levá-la a um médico para que você possa saber, mas eu não quero.

– Por que não quer saber? – deslizo meus braços em torno dele e olho em seus olhos azuis. – Você tem medo de amá-lo muito, muito, antes mesmo de conhecê-lo?

– O que quer que eles digam, não vai ser real até que eu segure o bebê.

Ele deita de costas e me puxa para o seu lado, então coloca a mão na parte de trás da minha cabeça e ajusta o meu rosto contra o pescoço dele, e fecho meus olhos e lambo devagarinho do jeito que me ensinou que gosta. Ele é tão grande, ele ama tanto, ele luta tanto. Estou dando a Remy aquilo que ele nunca teve e provavelmente nunca sequer soube que queria. Ele tem medo de ter esperança...

No dia seguinte, ando pela lateral do ringue, observando-o bater o saco pesado. Tum tum tum tum. Estou fazendo alguns alongamentos de ioga quando sinto um solavanco vindo de dentro de mim. Paro de respirar. Sinto isso de novo e fico completamente imóvel, e vem mais uma vez. Não é uma bolha. Sinto como se algo dentro de mim estivesse me socando, assim como papai está socando o saco pesado.

Meu coração salta uma batida e fico de pé imediatamente.

– Remington. Remy! Remington Tate!

Ele oscila e para o saco que estava balançando com uma mão.

– Venha sentir isso!

Pego a luva dele, tiro-a e coloco a mão trêmula no meu estômago, meu coração acelerado. Vamos, bebezinho...

Remington franze a testa, perplexo. Ele chuta.

Remy semicerra os olhos e aperta a mão mais perto, seus olhos passando rapidamente até os meus.

– Isso é...?

Concordo com a cabeça.

De repente, ele me abre um sorriso branco, suas covinhas mais fundas do que já vi, os olhos mais azuis do que o mar do Taiti enquanto baixa a cabeça como se estivesse pronto para conversar com o bebê.

– Diga a ela pra fazê-lo novamente – ele sussurra.

– Ela não presta atenção em mim. – Meus lábios formam um sorriso quando dou uma cutucada nele, brincando. – E é ele. Porque meu cabelo está brilhante e estou com a barriga baixa, acho... E ele tem um belo soco. Talvez se você pedir a ele de modo educado, ele possa lhe mostrar outros de seus movimentos.

– Chute para o papai e vamos em frente! – grita o treinador do outro lado do ginásio.

Remy sorri para mim e Riley se aproxima, todo preguiçoso naquela arrogância de surfista-boy.

– Ele se mexeu? Jesus, tenho que sentir isso – ele estende a mão.

– Não toque – Remington rosna, batendo a mão para o lado.

– Cara, ela é como uma irmã...

– Tire as mãos, Riley – adverte, empurrando-o de lado com um braço.

Riley libera uma grande gargalhada, enquanto Remington me puxa mais perto com uma mão e mantém a outra espalhada no meu abdômen, nossos olhares se segurando enquanto esperamos como dois tontos o bebê se mexer.

Quando o bebê chuta novamente, ele começa a rir. E estou tão cheia de amor que vou abraçá-lo.

– Isso é real o suficiente pra você? – pergunto, o sorriso dançando em meus lábios enquanto inclino a cabeça para ele, minhas narinas pegando o delicioso aroma de sabonete e suor agarrado à sua pele.

– Isso foi surreal, porra – ele sussurra, os olhos vivos de alegria, e, como se fosse uma competição de velocidade, beija a minha testa, meu nariz, meu rosto e meu queixo, então me agarra pela cintura e me arremessa no ar, um grito de alarme me escapando quando ele me pega.

– Remington Tate, você é o único homem que arremessa sua namorada grávida no ar desse jeito!

– Ela é uma pequena pimentinha e adora isso! – Ele me atira para o ar novamente.

Naquela noite, pela primeira vez, tocamos uma canção para o bebê. Remy coloca seus fones de ouvido no meu estômago e toca "With Arms Wide Open", do Creed.

A canção conta ao bebê como Remy vai lhe mostrar o mundo e recebê-lo "de braços abertos", e juro que posso sentir o conforto do bebê, enquanto seu sexy e bonito pai se estende ao meu lado e começa a me beijar.

– Será que ela foi fisgada? – pergunta ele entre esses beijos suaves enquanto ouvimos a música tocar em minha barriga.

– Com certeza, porque afinal tudo se trata de você – provoco, segurando seu queixo com as mãos.

Ele ri.

– Tudo se trata de mim?

– Tudo isso. Tudo. Toda a minha vida – respondo com um toque dramático que torna óbvio que estou exagerando, mas seu sorriso é tão deslumbrante e enorme, o seu grande ego de leão tão grande no quarto, que dou um tapinha no queixo e rio, e por alguma razão, tenho que dizer isso de novo, só para ficar olhando para aquele grande sorriso largo no rosto. – Sim, Remy, é realmente tudo sobre você.

DEZESSEIS

AUSTIN AGUARDA

– Então, as manchetes todas anunciam que a namorada de Arrebentador está grávida – diz Pete enquanto voamos para Austin.

Agora Josephine voa com a gente também, e hoje ela se senta com Pete, Riley, e Remington em uma das seções de sala de estar, enquanto o treinador está no banco e Diane e eu ocupamos a outra seção de assentos. Remy e os homens parecem estar discutindo a minha segurança para as duas lutas em Austin. Aparentemente, estamos nos aproximando das semifinais, então Scorpion estará agora lutando nas mesmas noites que Remington.

Uma parte de mim está ansiosa para ver se vamos topar com Nora nas lutas, enquanto a outra parte de mim teme o resultado de tal encontro.

Remy está em seu modo rude e superprotetor. O fato de que seus pais vivem em Austin e que ele vendeu a casa onde costumávamos ficar sem dúvida o aborrece. Pete alugou outra casa para nos manter longe da mídia, mas Remington não se acalmou. Sei que ele não gosta da ideia de eu estar no mesmo estado em que está Scorpion, e muito menos no mesmo código postal.

Enquanto mostro a Diane as fotos enviadas por Melanie do esquema de cores para o quarto do bebê, ouço a voz de Remington, baixa, como se ele não quisesse que eu escutasse, mas ainda autoritária.

– Qualquer um que se aproxime dela ou sequer olhe pra ela de forma errada, vocês tratem de cuidar dele imediatamente.

Com o canto do olho, vejo como Pete acena sombriamente e coloca a mão na gravata preta.

– Não se preocupe, Rem, vou protegê-la como se ela fosse minha.

– Ela não é sua, seu merda. Ela é minha.

– Senhor Tate – Josephine exclama – estarei atenta e me certificando de que ela não seja de forma alguma ameaçada ou incomodada.

– Realmente amo esse esquema azul e verde – Diane me diz, me desligando da conversa do outro lado do avião.

Voltando para as imagens, comento tristemente:

– Queria que aquela coisa do anel tivesse funcionado. O Remington não quer saber, e eu não quero saber de um médico e comentar acidentalmente com ele.

– Ei! – Riley grita da outra seção. – Vocês já escolheram o nome?

Os ombros de Remington estão curvados enquanto se inclina e estuda algo que Pete está mostrando a ele em seu telefone, e não acho que esteja me ouvindo, mas eu continuo falando:

– Se for um menino, ainda não consegui pensar em nada. Mas tenho o nome perfeito, se for uma menina.

– Sério? E qual é? – Riley fala, recostando-se em seus braços, curioso.

– Iris – digo baixinho.

Remington se volta instantaneamente para olhar para mim, e a intimidade do seu olhar me queima por dentro como uma onda de luxúria e de amor que me atravessa.

– Gosto de Iris – diz ele com a voz rouca, assentindo com aprovação.

É preciso muito mais esforço de Pete para fazer Remy se concentrar novamente no que lhe estava mostrando ao telefone, porque Remington continua olhando para mim do outro lado do avião. Não consigo me concentrar no que diz Diane também, porque também fico olhando para ele.

Só me parece errado ter todos esses assentos entre nós, meu iPod escondido na minha bolsa, e meu homem tão longe.

Ele se inclina para trás em seu assento, tanto quanto possível, e estica o braço através do avião, abrindo sua mão enorme. Conecto meus dedos com os dele, e então tudo parece melhor de novo. Ele continua checando as coisas de Pete, e eu continuo conversando com Diane sobre as coisas do bebê, sua mão segurando a minha do outro lado do corredor.

* * *

Enquanto Pete e eu nos acomodamos na arena de Austin, tenho a infelicidade de ver dois dos capangas de Scorpion nos observando do outro lado do ringue. Pisco de surpresa e verifico imediatamente a multidão para achar Nora.

Não posso encontrá-la em qualquer lugar, e quando a minha atenção flutua de volta para os dois asseclas, acho que a atenção deles ainda está sobre nós.

Um dos caras tem a cabeça raspada, e o outro usa com orgulho uma tatuagem de Scorpion em sua maçã do rosto, assim como seu chefe costumava fazer antes de Remington arrancá-la fora quando foi atrás de Nora.

Nora...

O pensamento dela confraternizando com Scorpion e seus asseclas me faz muito infeliz, e o pensamento, infelizmente, também vem com a sensação de mil pernas rastejando na minha pele. Estou dividida entre os vários impulsos: vomitar, fugir, e marchar sobre esses bandidos e exigir saber onde minha irmã está. Parece que sou como uma bússola enlouquecida e não sei o que fazer, para onde apontar ou como reagir, por isso fico sentada aqui, assistindo a eles dois e me sentindo como um bebê, mesmo com Pete sentado a meu lado e armado até os dentes com seus pequenos apetrechos.

Quando os dois homens lentamente se levantam e fazem seu caminho em torno do ringue, a percepção de que eles estão vindo direto para nós faz meus pulmões se contraírem. Meu coração começa a bater ferozmente na minha caixa torácica enquanto minhas entranhas rebeladas desabam em completo pavor.

Tenso em sua cadeira de plástico, Pete sussurra:

– Eles provavelmente devem assistir à luta de Scorpion mais tarde, ou estão seguindo Remington. Checando como ele está lutando, se há alguma lesão visível. Por favor, pelo amor de Deus, não faça nada, o melhor é ignorá-los.

Assisto ao par de brutamontes parar diante de nós com um afundamento na boca do estômago.

– Não se mova, Brooke – Pete adverte baixinho.

Ferozmente consciente do bebê de quase seis meses em minha barriga redonda, forço os olhos a olhar para o chão de cimento, ao mesmo tempo que os meus vasos sanguíneos se dilatam dentro de mim. Minhas pernas tremem enquanto enrolo minhas mãos protetoramente em torno do nosso bebê, cujo coração nós já ouvimos e que eu quero que fique bem longe desses homens o máximo possível.

Mas estes são os dois idiotas que tentaram provocar Remington para brigar em uma boate na última temporada, e fingir que não os vejo quando posso inclusive sentir o seu fedor, vai contra todos os meus instintos para chutar seus sacos e esmagar as bolas lá dentro.

– Não é a cadela do Remy? Olá, quer nos dar um beijinho? – Um deles zomba.

A raiva e a impotência se acumulam bem dentro de mim, enquanto as fileiras de assentos começam a encher em torno de nós, e eu me forço a manter meus olhos em seus pés e espero que eles desapareçam, ou que Pete vá finalmente mostrar que tem colhões e fazer alguma coisa.

– Sugiro que vocês dois caiam fora – diz Pete calmamente.

– Nós não estamos falando com você, magrelo, estamos falando com esta vaca aqui. Ela não lembra da boceta ficar toda molhadinha e assanhada como uma foca quando o chefe obrigou ela a beijar ele? E bem neste instante, a irmãzinha dela está sendo bem comida pelo chefe na frente de todas as outras meninas!

Minha cabeça se volta para cima enquanto meu corpo se inunda de humilhação. Balançando no meu lugar, cerro os dentes e fecho os punhos do lado do corpo enquanto desejo ter duas garrafas para acertar os crânios desses dois:

– Voltem pro buraco de onde saíram e digam ao seu chefe que o Arrebentador vai enterrá-lo vivo!

–Brooke – Pete agarra meu cotovelo em alerta enquanto os dois idiotas riem de mim.

– Você quer mesmo que a gente conte a ele o que você falou? A mais nova puta de Remy? – O careca cospe no chão, a um centímetro dos meus pés. – Quer mesmo, cadela?

– Estou avisando pra cair fora – repete Pete, levantando-se e enfiando a mão no casaco.

Estou no modo de defesa total, e meu sangue está bombeando quando viro para fora o meu dedo do meio para eles.

– Quero. Diga a ele pra se foder e que ele logo vai se arrepender de não deixar minha irmã em paz.

De repente, Josephine pega os caras pelas costas de suas camisas, sua voz enganosamente calma quando ela pergunta:

– À procura de uma mulher de verdade, senhores?

Pete me puxa de meu lugar e me arrasta para baixo da fileira, enquanto o meu coração bombeia com tal violência que mal posso respirar.

– O que foi aquilo? – Pete me gira o corpo, seus olhos em chamas em indignação. – Um pouco de spray de pimenta no meu bolso faz você ficar toda briguenta?

– Pete, você é uma florzinha. Então, por que não usou? Eles estavam respirando no nosso pescoço!

– Brooke, um pouco de sutileza, por favor! Você não pode provocar esses sujeitos! Se eles voltarem quando Remington estiver lutando e ele vir que eles estão a dois metros de sua cadeira, ele vai sair do ringue e ser desclassificado, e esta é a última merda de que precisamos... – Pete para de falar, respira fundo e faz uma carranca para mim. – O que ele te disse pra fazer exatamente agora, nos vestiários? Hein?

Lembro-me com clareza do pedido de Remington, e instantaneamente a minha voz cai.

– Pra ficar sentada quieta no meu lugar.

– Bem, então! Ele pode gostar de que você seja uma pimentinha, mas não quero que você faça isso comigo, e certamente não quero me queimar.

– Pete, Remy não ia gostar de me ver sentada de cabeça baixa enquanto aqueles dois palhaços ficavam me ofendendo. E tenho certeza de que ele não esperaria que eu não fizesse nada.

– Ele não espera que você faça alguma coisa, por isso mesmo me disse pra tentar manter as coisas sob controle.

– Se ele fosse você, ele teria feito alguma coisa, e se não estivesse grávida, eu também.

– Eu não sou a porra do Arrebentador, Brooke. Olhe pra mim! – Pete aponta para si mesmo em seu paletó preto e gravata. – Admito que não estou grávido e que poderia ter usado um desses brinquedinhos que eu tenho sobre eles, mas isso iria levantar todos os tipos de bandeiras vermelhas e quando Rem saísse para o ringue, iria perceber que algo estava acontecendo ao seu redor e iria abrir mão da luta. Nem sempre tudo se resume a atacar.

– Pete, me desculpe, entendi. Vamos sentar, e estou contente que os dois tenham ido embora – digo, e ambos soltamos a respiração ao voltarmos aos nossos assentos, mas as minhas mãos ainda estão tremendo com a adrenalina bombeada em minhas veias.

O salão está repleto de pessoas no momento em que a primeira luta é anunciada pelos alto-falantes.

– Bem-vindos, bem-vindos, senhoras e senhores...

O barulho e a emoção nos rodeiam conforme vemos lutadores indo e vindo. Ver todo aquele sangue de novo, os sons de ossos se esmagando contra ossos, me deixa ansiosa de novo.

Remy... Oh, Deus. Só de pensar que ele poderia topar com Scorpion nos vestiários meu nervosismo já vai para o telhado.

Estou inspirando e expirando quando Pete me diz:

– Você sabe o que é, Brooke? Ele me disse que não queria que ninguém ficasse olhando, então tem razão, ele iria querer que eu os levasse o mais longe possível daqui. Mas não posso encarar isso de forma literal, estou tentando manter as coisas calmas por aqui. Por favor, entenda que eu tenho que ser a cabeça fria aqui.

– Entendo, Pete, mas você – falo exageradamente – é como uma arma carregada sem gatilho.

– Estamos em negociações diretas com Scorpion, Brooke – ele diz então, em voz baixa. – A última coisa que quero é agravar a situação, ou isso só vai custar mais a Remington.

– O quê? – Meus olhos se arregalam. – Você sabe alguma coisa sobre Nora?

– Só que, desta vez, Remington está cuidando das coisas e você deve ser deixada completamente de fora.

Ele franze os lábios de forma significativa e assente, e não posso nem discutir, porque então Remington é chamado dos vestiários, seu nome explodindo através dos alto-falantes e ao redor da multidão.

– Sim, senhor, traga o Arrebentador para essas pessoas! – o locutor grita, e a multidão ruge "Arrebentador".

Meu coração salta uma batida, a minha consciência imediata passa a se concentrar em um lampejo de vermelho que se aproxima do ringue.

Esta noite de luta é tão significativa. Não só porque ouvimos dizer que Scorpion foi desclassificado por usar soqueiras em uma luta na noite anterior e porque Remington está em primeiro lugar por um monte de pontos de vantagem, mas porque sei que Austin é o lugar onde ele nasceu, onde ele, em sua cabeça, acredita ter sido rejeitado. Mas não por esta multidão. Oh, não. Nunca por esta multidão.

A arena reverbera com gritos sanguinários quando Remy pula para o ringue, trazendo todas as cores para este espaço branco e monótono.

– Se ele passar por esta noite sem derrotas, então deixaremos Scorpion muito atrás. Só boas notícias – diz Pete.

Concordo com a cabeça emocionada, meus olhos agora focados em mais nada, a não ser Remy.

Riley e o treinador tomam seus lugares no canto do ringue enquanto Remington tira o robe ARREBENTADOR e entrega a eles.

Quando seu oponente é chamado, Remy levanta os braços e sorri para seu público, então aponta para mim e as pessoas rugem. "Brooke, Brooke, Brooke", começam a cantar.

Ele ri, e eu estou de bochechas vermelhas com o conhecimento súbito de que todo mundo aqui sabe sobre mim agora. Seus fãs todos sabem que eu sou a namorada grávida do Arrebentador, de modo que, droga... Aceno como uma idiota e envio a ele um beijo, e amo o jeito que ele agarra esse beijo e o leva à boca. Acho que isso é o que as pessoas estavam pedindo quando começaram a gritar *Brooke*, porque no instante em que seu braço balança para pegar meu beijo no ar e trazê-lo para si, a multidão vai à loucura, e nós rimos em uníssono.

Um novo lutador entra no canto direito, faltando toda a fanfarra da entrada da Remy, e a luta começa.

Remington é especialmente brincalhão com os lutadores mais jovens. Eles parecem esperar que ele seja poderoso, mas não tão rápido, e posso ver que isso os deixa malucos. Ele dá muitas fintas, brinca um pouco e depois os derruba sem piedade – para a alegria de sua torcida.

Hoje à noite ele passa por doze lutadores e acaba encharcado e ligeiramente ferido em seu lado esquerdo. Quando voltamos para a casa alugada, Remy começa a questionar Pete assim que chega à grande sala de estar que se separa em dois longos corredores, cada um levando a uma sala separada.

– Tudo bem por lá?

– Hum... Quase.

– Algum olheiro?

– Dois. Os mesmos de sempre.

– Eles olharam pra Brooke?

– Er...

Remy gira o corpo, franzindo as sobrancelhas.

– Perguntei se eles olharam pra Brooke, caralho!

Pete olha para mim, depois para ele.

– Eles vieram para falar. Brooke mostrou o dedo a eles. Eu lhes disse para ir embora. Josephine se aproximou. Puxei Brooke de lado.

Remy olha para mim, e agora as sobrancelhas estão levantadas no alto.

– Você mostrou o dedo a eles?

Respondo rápido:

– Você preferia que eu chutasse o saco?

Sua descrença se desloca para Pete. Muito lentamente, frustrado, ele arrasta a mão pelos cabelos até a parte de trás do seu pescoço. Em seguida balança a cabeça e agarra a minha nuca quando me dirige ao nosso salão.

– Vamos discutir isso em nosso quarto – resmunga para mim.

– Boa noite, pessoal – diz Pete.

Remington para e vira o corpo.

– Nenhum sinal da irmã de Brooke?

– Nenhum – responde Pete, e vejo que a emoção no rosto dele quase me derruba.

Ele e Remington se envolvem em algum tipo de comunicação silenciosa entre homens, e então é isso, e nós seguimos em diferentes direções.

Assim que Remy nos leva em nosso quarto, me vejo pressionada contra a porta e vejo o nariz enterrado em meu decote quando ele me cheira novamente.

Minha boceta se fecha enquanto ele rosna:

– Por que você mostrou o dedo para aqueles idiotas? – Remy leva a cabeça para trás e me dá toda a força do seu olhar de olhos azuis. – O que eles disseram?

– De repente eles estavam bem ali na nossa cara, e eu odeio dizer isso, mas Pete é como uma arma carregada sem gatilho.

– Ele é agora.

– Foi realmente uma coisa boa ele ter sido capaz de manter a calma hoje, porque eu não consegui. Fico louca só de pensar que Nora está lá fora com esses homens. O que você vai fazer?

Ele balança a cabeça e vai para o chuveiro.

– Você deve ficar fora disso.

Vou atrás dele.

– Você não vai ao menos me contar?

Ele abre a água do chuveiro, e ergue seu mais sombrio olhar até agora sobre mim.

– Por nós, Brooke – sussurra sério, acariciando sua mão ao longo de toda a curva do meu abdômen. – Por nós três. Quero ter a sua promessa de que você vai ficar de fora. E se você quebrar sua promessa pra mim, que Deus me ajude...

– Não! Que Deus me ajude se *você* se colocar em perigo por causa dela... Por minha causa... Eu vou...

–O quê? – Ele ergue uma sobrancelha, divertido, então dá um tapinha na minha bunda com um sorriso. – Gosto quando você me bate, e gosto de você com raiva também.

– Pois vou ficar muito brava, como você nunca me viu! – Olho ameaçadoramente para seu peito enquanto ele começa a tirar seu equipamento de boxe. – Não, Remy. – Alcançando meu homem antes de ele entrar no chuveiro, pego sua mandíbula e o forço a olhar para mim. – Prometa-me.

Vejo um brilho de diversão em seu olhar quando ele corre um dedo na minha testa.

– O que eu vou fazer com você, pimentinha?

–Prometa-me – insisto.

– Prometo a você – ele me diz – que a sua irmã estará de volta com vocês muito em breve, e que esmagarei aquele inseto neste ano.

Ele solta meu queixo e vai para o chuveiro, e não posso explicar o alívio que sinto. Ele nunca mentiu para mim. Suas palavras não são tão abundantes, mas carregam esse peso. Ele está vencendo este ano, e o que quer que esteja negociando, Nora estará livre em breve. Um pouco mais aliviada, vou pegar meus óleos. Ele leva exatamente quatro minutos para se ensaboar, lavar o cabelo e sair com uma toalha ao redor da cintura, enquanto usa outra para secar o peito.

– Venha até aqui para que eu possa massageá-lo – digo a Remy, e ele me segue até o banco que costumamos encontrar aos pés da maioria das nossas camas de hotel. Ele me puxa para seus braços e beija o oco do minha orelha.

– A quem você pertence? – pergunta baixinho.

Derretendo...

– A algum cara de sorte – respondo, pedindo que se sente enquanto luto contra o desejo de beijar cada centímetro dele.

– Diga- me o nome dele – ordena, assim que se deita para que eu possa esfregar os músculos.

Ele me observa ajoelhar diante de si e colocar todos os meus materiais nas proximidades, e usa uma inclinação devastadoramente sexy nos lábios que é francamente irresistível.

– Por quê? Você gosta do jeito que o nome dele soa em minha voz? – pergunto ao desenroscar a tampa do meu óleo de arnica.

– Porra, adoro isso, diga o nome dele agora.

Olhos azuis cálidos assistem enquanto derramo o óleo em minhas mãos e começo a esfregar para que se aqueça, e então deslizo o líquido grudento pelos ombros e pelo peito.

– Mas ele é complicado – sussurro, enrolando meus dedos em torno de sua clavícula e na garganta. – Eu o conheço muito bem, e ainda assim... – Faço uma pausa e esfrego o óleo de arnica por todo o comprimento sólido de um braço musculoso. – E, ao mesmo tempo, ele continua sendo ainda um mistério. – Correndo de volta até seu braço e derramando o óleo em seus trapézios, sussurro em seu ouvido: – Ele passa por Arrebentador às vezes, mas eu o chamo de Remy. E sou louca por ele.

Seu peito se move com uma risada, e vejo as pequenas estrelas de alegria dançando dentro de seus olhos quando ele olha para minha cara e belisca meu nariz.

– Você é boa para o meu ego, minha Brooke-linda-e-grávida-Dumas.

– Mas não deixe que o ego fique ainda maior – aviso, agora esfregando o óleo quente ao longo de seus peitorais quando baixo minha voz para dizer-lhe: – Você é meu.

Sorrindo, deslizo os dedos para baixo ao seu braço, até a palma da mão e então, impulsivamente, ergo essa mão e beijo os nós dos dedos, olhando naqueles olhos azuis que brilham com ternura enquanto ele me observa.

– Isto é meu também? – pergunto incerta.

Ele baixa a voz para um tom mais brincalhão enquanto corre a parte de trás de um dedo ao longo da minha bochecha.

– Depende, pimentinha. Você quer?

– Quero.

– Então é seu, garota.

Tomando a outra mão, repito o que eu fiz com a primeira e beijo os nós dos dedos.

– E esta?

– Você quer? – Ele levanta as sobrancelhas e alegremente empurra a cabeça na direção da porta. – Todas aquelas moças lá fora queriam também...

– Mas *eu* que quero! – protesto.

Ele sorri com indulgência e passa um dedo na minha mandíbula novamente.

– Então ele é seu.

Minha voz engrossa quando puxo para baixo sua calça de moletom para que eu possa passar óleo nas pernas e coxas poderosas. Eu o vejo em sua cueca branca sexy, sorrindo, com essas covinhas e o cabelo amassado, e pergunto:

– E vocês? Todos vocês?

À medida que passo minhas mãos oleosas na barriga de tanquinho, levanto a cabeça para procurar seus lábios. Ele geme quando começo a lamber a costura de sua boca. Suavemente. Continuo massageando sua carne enquanto movo meus lábios sobre os dele. Remy é uma máquina de combate e ele é meu, e meus olhos se fecham brevemente enquanto cuido dele e respiro:

– E você, Remington? Você é meu?

Sua voz grossa faz os bicos de meus seios endurecerem:

– Você me quer?

Deus. Meu adorável homem e menino grande. Um menino com a força de mil homens. Brincalhão e possessivo. Estou morrendo de necessidade e de amor quando sussurro:

– Eu quero você – em seu ouvido. – Inteiro. Negro e azul e qualquer outra cor que vier.

Gemendo, ele puxa minha cabeça para baixo, para os lábios e me beija, forte e profundamente.

– Vou responder a isso na cama.

Pega a minha mão como se estivesse pronto para ir para a cama, mas eu começo a rir e puxar para trás.

– Cinco minutos mais!

Ele balança a cabeça.

– Dois.

– Quatro.

– Três, e agora é pegar ou largar, senão vou lhe atirar em cima da cama bem ali, neste exato segundo.

– Fechado.

– Fechado, eu lhe atirar na cama? – provoca ele.

– Fechado, mais três minutos! – respondo rindo, acelerando minhas mãos enquanto esfrego ao longo de seus peitorais duros. Minha risada desaparece quando os meus pensamentos se voltam para os homens do Scorpion. – Ela costumava se enfiar na minha cama à noite, quando tinha pesadelos. Tinha uma imaginação tão vívida, ela via as coisas, boas e más, onde não havia nada.

– Do que você está falando? – pergunta ele com voz rouca.

– Nora – respondo, incapaz de esconder a tristeza em minha voz. – Eu só quero que você saiba por que eu... Não sei, porque eu sempre a protegi.

Ela parecia precisar de mim, e entramos nesses papéis. Ela sempre precisava de proteção. Mas agora me pergunto se eu não deixá-la resolver seus próprios problemas, será que nunca vai aprender a lição? Eu sempre quis protegê-la, mas agora nada vai me fazer arriscar o bebê e você, nem mesmo ela.

Sua expressão é tão gentil e compreensiva, um pequeno nó de emoção acaba no meu peito.

– Shh. Relaxe – diz ele, acariciando meu cabelo com a mão. – Ele não está recebendo o campeonato, ou o prêmio, ou sua irmã. Ele não está ganhando. Eu recebo tudo, entendeu? Recebo o ouro, o campeonato, a liberdade da sua irmã... E eu tenho que proteger, e, por favor, eu amo minha namorada.

DEZESSETE

AUSTIN É UM TURBILHÃO

Um grupo de cervos salta em toda a área verde por trás dos jardins que se alastram pela casa alugada em Austin. Eu os aponto e digo:

– Veja!

Mas Remy apenas solta uns grunhidos, um pouco ocupado em lançar um pneu gigantesco de trator para longe, e uma vez mais.

Está tão quente aqui no Texas que o suor escorre pelo meu pescoço e mergulha em meu decote.

Apertando os olhos no sol da tarde, pergunto a Remy e ao treinador se eles querem alguma coisa de dentro da casa, e o treinador balança a cabeça, enquanto Remy grunhe e começa a girar o pneu na direção oposta.

– Estamos quase terminando. – O treinador me deixa saber.

Concordo com a cabeça e levanto dois dedos – o que significa que levarei dois minutos para fazer a minha quinta viagem para a casa atrás de uma limonada.

Dentro da casa, vejo Riley na borda da sala, tão parado que quase não o enxergo. Suas mãos estão enfiadas nos bolsos do terno e ele está olhando para a porta da frente com uma enorme tristeza. Meu corpo entra direto para o modo de alerta, um pouco de frio se instala no núcleo profundo dentro da minha barriga.

– Os pais dele – digo com nojo.

Os pais dele. Dois espécimes de pessoas que não merecem um pênis e ovários, e muito menos ser autorizados a produzir algo tão magnífico como Remington! Criá-lo? Oh, não. Aqueles idiotas apenas pegaram seu menino, largaram em uma instituição de saúde mental e nunca mais voltaram.

Com os lábios apertados, Riley me faz um gesto afirmativo de cabeça.

– Pete está cuidando disso.

Enrolando meus braços em volta do meu estômago por puro instinto protetor, meu olhar cai sobre a porta da frente, juntamente com o dele.

– Por que eles continuam incomodando? Será que eles querem fazer as pazes?

– Brooke! – Riley quase engasga com o meu nome, sua risada uma das mais sem graça que já ouvi alguém dar. – Eles são idiotas. Passamos por isso dezenas de vezes e eles sabem que Remington vai fazê-los ir embora com um cheque bem gordo.

Uma raiva poderosa toma conta de mim quando penso no modo como Remy fica inquieto toda vez que chegamos perto de sua cidade natal. Na última temporada, seus pais o procuraram de novo e receberam um cheque com a assinatura do filho.

– Eles não merecem nada dele, nada! – sussurro.

Antes que eu mesma perceba, já estou atravessando a sala.

– Brooke! Deixe que o Pete os afaste – propõe Riley.

Mas em vez de fazer isso, abro a porta e lá estão eles, na varanda, todos na boa. O homem... Ele é grande como uma montanha, e envelheceu bem. Juro que quase dói ver a semelhança de Remy com ele. Olhos do mesmo tom azul elétrico como os de Remy caem imediatamente em mim, mas a expressão nestes olhos é em todo diferente. A vida e vitalidade, a motivação e a força que vejo nos olhos de Remington estão completamente ausentes em seu pai.

E sua mãe? Enquanto ela me examina com um olhar crítico, eu a examino de volta e com esse vestido pequeno de dona de casa, ela parece pequena, calma e doce, o que só faz mais avassaladora minha confusão.

Estas são pessoas para quem eu poderia sorrir em um elevador, ou passando por elas na rua. Eles parecem bons e carinhosos, mas como poderiam? Como podem ter abandonado Remy e depois ter a ousadia de vir bater à sua porta, e outra vez, como se fosse o seu direito?

O simples pensamento de abandonar este pequeno bebê que tenho dentro de mim me repugna, e ainda não consigo entender por que alguém faria isso com seu próprio filho.

– Vocês o deixaram sozinho a vida toda, por que não podem deixá-lo sozinho agora? – pergunto carrancuda.

Os dois me olham genuinamente horrorizados com a minha aparência ou com meu desabafo ou, muito possivelmente, com ambos.

– Queremos falar com ele – diz a mulher.

Porque é o que ela é, apenas uma mulher. Nunca posso olhar para ela e pensar nela como sendo a mãe de alguém, em especial de Remy.

– Olhe... Já ouvimos falar sobre o bebê – acrescenta. Os olhos dela descem para minha barriga e sinto Pete se aproximar de mim, como se esperando que a mulher chegasse e tentasse tocar em mim e ele, em nome de Remington, pretende impedi-la. – Este bebê – a mulher continua, franzindo os lábios em uma linha fina e apontando para mim – poderia ser como ele. Você percebe?

– Sim – digo, empurrando o queixo para cima. – Eu espero que seja.

– Nosso filho não está em condições de ser pai! – O homem troveja em uma voz profunda que me assusta. – Ele pode machucar alguém. Ele precisa ser medicado e contido!

– Oh meu Deus, hipócritas! Vocês querem falar sobre como é ser bons pais? – pergunto, tão ultrajada que meus pulmões nem trabalham direito agora. – Seu filho cresceu e se tornou um homem nobre e honrado, apesar do que ele teve que lidar, enquanto vocês abandonaram o seu único filho! Vocês pegaram a infância dele e o atiraram para longe, e ainda querem vir até aqui pra dizer a ele como viver o resto de sua vida?

– Nosso filho está doente! Queremos que ele seja tratado e medicado numa instituição psiquiátrica periodicamente para a certificação de que está calmo e sereno, como uma pessoa normal – diz a mulher.

– Não! Vocês é que precisam fazer isso! Pelo menos ele sabe qual é o problema dele, mas acho que vocês devem descobrir o seu.

A porta atrás de nós se abre, e Riley sai com o olhar mais feroz que eu já o vi usar.

– Vocês perderam um ser humano incrível – diz Riley, e eles parecem tão chocados com a sua calma e suas palavras ameaçadoras que acho que esta é a primeira vez que ele saiu para cumprimentá-los também. – Como seus pais, vocês deveriam ter cuidado dele. E nós não sentimos por ele, realmente, porque ele cresceu e prosperou. Mas sentimos muito por vocês.

– Nós somos a família dele – bufa a mãe de Remy.

– Vocês eram a família dele – corrige Pete quando se aproxima mais de mim. – Ele é nosso agora. E esta é a última vez que irei lhes pedir pra ir embora. Da próxima vez que vierem aqui sem ser chamados, vou avisar as autoridades.

O homem olha para mim, e isso é tão estranho, os olhos tão parecidos com Remy, mas olhando para mim com tal desprezo frio, o contrário do calor do filho.

– Você deve ter uma cabeça fraca pra deixar meu filho pegar você desse jeito – diz ele, apontando para minha barriga.

De repente, sou puxada de volta para uma parede musculosa. Minha respiração se enrola na minha garganta quando uma mão protetora se abre sobre minha barriga e o som da voz de Remington por cima da minha cabeça faz todos os pelinhos em meus braços ficar em pé.

– Cheguem perto dela ou de qualquer coisa minha de novo, e vou mostrar-lhes num piscar de olhos o quão perigoso eu sou – diz ele em um tom monótono, ainda mais predatório por sua tranquilidade.

A energia volátil que emana de seu corpo musculoso faz meu pulso acelerar na expectativa da resposta de seu pai. Nenhum deles parece capaz de manter o olhar de Remington por muito tempo. Com os lábios franzidos e apertados, o homem agarra a mulher e arrasta-a para baixo da entrada de carros em direção ao carro pequeno no meio-fio.

Minhas pernas estão tremendo, a maioria do meu peso descansando contra ele quando Remy aperta meus quadris e murmura:

– Entre.

Vamos para dentro.

Remington pega uma garrafa de água da cozinha e a despeja sobre a cabeça. Ele ainda está usando as roupas de treino, os músculos brilhando. Ele sacode o cabelo molhado, então cai em um dos sofás da sala de estar e lança a garrafa vazia no chão, observando-a girar com raiva. Seus cotovelos estão nos joelhos, os ombros largos estão tensos, e sua cabeça escura está dobrada enquanto olha para nada, a não ser a garrafa girando, mais e mais.

– Não acho que seus pais concordaram com sua escolha de mulher, Rem.

Riley é o primeiro a falar. Sei que ele está tentando deixar o que aconteceu mais leve, mas ninguém ri. A tensão no ar é tão espessa que se poderia cortá-la com um machado.

Remington levanta a cabeça e me olha de cima a baixo com seus olhos azuis.

– Se eles chegarem perto de você, quero ser o primeiro a saber. Entendeu, pimentinha?

A feroz proteção embutida em seu olhar faz uma sensação igualmente protetora prender-se com firmeza em minhas entranhas.

– Eles não estavam atrás de mim, estavam procurando por você.

– Não quero essas pessoas perto de você. Nem perto de nossos filhos – diz ele com raiva.

Meu coração torce no peito. Ele disse "filhos", no plural? Quero sorrir e abraçá-lo, mas o olhar nele... É primitivo em sua dor.

– Já acabou? – pergunto alegremente, apontando lá fora, onde ele estava treinando.

Ele assente lentamente, o rosto contraído enquanto vê que me aproximo.

Remy está emburrado, sua raiva palpável no ar. Ele usa uma expressão estranha, como se estivesse tentando se recompor. A cada segundo, seu maxilar se move, abrindo e fechando. Odeio que ele tenha tido que ficar cara a cara com seus pais, mas uma vez mais, provou que vai fazer de tudo para me proteger.

Meu coração parece estar tanto machucado quanto inchado quando me acomodo ao seu lado e trago o braço mais próximo a mim, imediatamente pegando o pulso grosso e começando a trabalhar nele.

– Não posso acreditar que dois idiotas como eles criaram algo tão maravilhoso como você – sussurro baixinho.

Pete silenciosamente vai para a cozinha e Riley dirige-se para o gramado para ajudar o treinador a guardar tudo.

Seus passos desaparecem, e tudo ao nosso redor fica em silêncio quando Remington olha para mim. Sua voz carrega aquela calma mortal que adquire quando ele está muito ocupado lutando contra alguma coisa dentro de si.

– Eles estão certos, pimentinha.

Sinto como se tivesse sido golpeada com um taco de beisebol direto no meu peito.

Respirando fundo, ele me olha ferozmente.

– Brooke, eu não desejaria um pai como eu pra prole do Scorpion, muito menos pra nossa.

Não. Não é um taco de beisebol. Acho que um trem me atropelou. A dor percorre o meu corpo e deixo seu braço cair.

– Por favor, não diga isso. Por favor, não pense outra coisa senão que você será o melhor pai do mundo.

Remy fecha a mandíbula e posso dizer que ele suaviza sua voz por minha causa.

– Ele pode ser como eu.

– Como você? O que isso quer dizer? – respondo ferozmente, segurando meu estômago. – Bonito por dentro e por fora? Com mais força de vontade do que qualquer um que já conheci. Hercúleo, generoso, amável...

Ele parece tão atormentado que seguro sua mandíbula e o forço a olhar para mim.

– Você é a melhor coisa que já me aconteceu. Você é humano, Remy, e real, e eu não teria você de outra maneira. Queremos isso. Queremos uma família juntos. Nós merecemos isso como qualquer outra pessoa.

De mandíbula fechada, Remy range os dentes.

– Pimentinha, querer isso não significa que está certo. Eu sou inútil para qualquer outra coisa que não seja lutar.

– Não, não é. Você é um grande lutador, mas não é isso que faz VOCÊ ser quem é. Remy, não vê como é uma pessoa inspiradora? Você é honesto, motivado, apaixonado, feroz e doce. Você protege e sustenta sem qualquer expectativa. Eu nunca ouvi você julgar as pessoas, criticar. Vive a sua vida por suas próprias regras e faz o seu melhor para proteger aqueles que o cercam. E ama ainda com mais intensidade do que luta, e nunca vi ninguém lutar como você. Ninguém o ensinou a ser como é, isso é inato. Seja de qualquer forma ou maneira que surja, você é o único pai que eu iria querer para meus filhos, e o único homem que sempre amarei. Por favor, esqueça aqueles dois. Eles apenas o fizeram biologicamente, mas não fizeram você ser quem é!

Ele absorve as minhas palavras, e enquanto pensa sobre elas, agarro a parte de trás de sua cabeça e puxo para baixo para que eu possa beijar aqueles belos lábios e impedi-los de dizer qualquer coisa mais dolorosa sobre Remy.

Sua boca, difícil no começo, amacia sob minha pressão, até que eu sinta a tensão nele se esvaindo conforme sua língua me procura e murmura contra os meus lábios:

– Você está cega porque é minha.

– Ao contrário, eu vejo você porque sou sua.

Remy se afasta para buscar a minha expressão, o olhar brilhando tão protetor em mim, sei que ele vai fazer de tudo para me proteger e a nosso bebê.

– Eles não concordam com a minha escolha. Você está bem com isso? –pergunta.

Deus, estou bem com qualquer coisa que ele fizer, de tanto que confio, respeito e amo esse homem. Sei que ele está perguntando sobre a sua escolha de usar meios naturais para o controle de sua condição. Provavelmente custa o dobro do esforço que ele levaria para se medicar; é preciso disciplina e um estilo de vida inteiramente dedicado ao seu bem-estar, e, francamente, não é como se ele estivesse estabelecendo uma posição política sobre o problema. É a vida dele e ele está tentando vivê-la, e quero viver a minha com ele. Todo mundo que já ficou doente ou já usou medicação por longo prazo sabe que quando você corrige uma coisa quimicamente em seu corpo, você desiste de outra. Olhe para a lista de efeitos colaterais. Não há pílula mágica para a saúde.

Somos uma obra constante, sempre em andamento, e a saúde não é um lugar estático. É uma meta que está sempre em movimento e precisa ser perseguida, diariamente, e para sempre. Remington vai sempre lutar essa luta... E sempre vou lutar com ele.

– Sim, concordo com a sua escolha, Remy – digo, sustentando seu olhar, então ele sabe que quero dizer exatamente isso.

O sorriso que aparece em seu rosto é oh, tão suave.

– Nós vamos ter um pequeno alguém que depende de nós. Você tem que me dizer se isso é muito pra você, Brooke.

– Eu lhe informarei – concordo.

Ele pega minha mão na sua mão enorme e nós dois ficamos observando nossas mãos enquanto entrelaçamos os dedos.

– Então me dê sua palavra de que vai me contar se eu ficar fora de controle e que você gostaria que eu fosse me medicar, e dou-lhe a minha palavra de que irei fazer isso no instante em que você me pedir.

– Dou a minha palavra, Remington – digo, apertando a mão dele.

– E eu lhe dou a minha. – Ele me puxa para mais perto e me envolve em seus braços, e eu deslizo para dentro, absorvendo seu abraço forte, protetor, ao mesmo tempo que meu homem espalha seus dedos na minha barriga redonda e abaixa a cabeça sobre o meu ombro para olhar. – Vou proteger você até morrer – sussurra contra meu ouvido: – Nada nunca vai machucar as duas. Se ela for como eu, vou apoiá-la como eles nunca fizeram. Vou mostrar a ela que pode crescer e frutificar. Que ela é uma pessoa que vale a pena.

Estou completamente derretida quando viro minha cabeça para enterrar meu nariz no peito suado, não querendo estar em outro lugar.

– Sim, mas vai ser um *ele*. E ele tem isso. Assim como você.

DEZOITO

NEGRO

Eles o ativaram. Seus pais. Eles o ignoraram toda a sua vida, e nas vezes que vêm vê-lo, tudo que eles fazem é machucá-lo. Não demorou, mas um par de horas depois da visita que fizeram em Austin, Remy ficou totalmente negro.

Pete sabe disso. Riley sabe disso. O treinador e Diane, eles sabem disso também.

Na manhã após a visita, ele mal conseguia sair da cama, e tem sido assim há dias. Remy está na lona. Dói vê-lo e sinto como se eu estivesse levando um chute no estômago diariamente.

– Não se levantou ainda? – Pete me pergunta da sala de estar hoje.

A equipe está espalhada por sofás ao me ver fechar a porta do quarto principal por trás de mim. Balanço a cabeça em desespero. Remy se afundou tão totalmente que está fechado como nunca o vi antes.

Ele mal olha diretamente para mim. Mal come. Mal fala. Ele está em um mau, mau humor, mas parece estar lutando para não descontar em alguém, e, portanto, não diz nada, absolutamente nada. Tudo o que posso ver de sua luta interna são aqueles punhos dele, abrindo e fechando, abrindo e fechando, enquanto fixa seu olhar em um ponto e o mantém lá, durante minutos e minutos e minutos, como se tudo o que visse estivesse dentro dele.

– Merda. Mais um dos ruins – diz Pete, arrastando a mão pelo rosto. Ele continua chamando de "ruim".

Os rostos de Diane, Lupe, Pete e Riley estão da maneira como eu me sinto: terríveis.

– Será que ele, pelo menos, tomou as cápsulas de glutamina? – perguntou o treinador, a testa enrugada até no alto de sua cabeça calva. – Caso contrário, ele vai perder a massa muscular que trabalhamos tão duro para construir...

– Tomou, sim.

Ele simplesmente tirou de minha mão, empurrou-as com um gole de água, e se jogou de volta na cama.

Ele nem sequer me puxou para si como nas vezes em que está maníaco.

É como se ele não gostasse de si mesmo... E não gostasse de mim.

Silenciosamente, e sentindo-me cinza como se eu tivesse uma nuvem de tempestade em cima de mim, vou me sentar em uma cadeira e fico olhando para as minhas mãos, e sinto os olhos de todos me observando por um longo, terrível minuto. Estão focados em cima da minha cabeça, como se eu soubesse como lidar com esta merda. Eu não sei. Passei duas noites segurando um grande leão pesado em meus braços, chorando em silêncio para que ele não me ouvisse. O resto dos dias, passei esfregando os músculos, tentando trazer Remington Tate de volta para mim.

Remington simplesmente não percebe que ele é o único que nos mantém juntos. Agora estamos todos lutando para erguê-lo. Somos tão codependentes, todos estamos de alguma forma deprimidos junto com ele. Eu sei de fato que, depois de ver os rostos de todos eles por quase três dias, nenhum de nós vai sorrir até que vejamos duas covinhas novamente.

– Ele disse alguma coisa? – Pete quebra o silêncio. – Ele está, pelo menos, irritado com esses idiotas? Com alguma coisa?

Balanço a cabeça.

– Esse é o problema com Rem. Ele apenas leva a pancada. Continua de pé, mas leva. Às vezes eu espero que ele diga alguma coisa, o que está sentindo, porra! – Pete se levanta e começa a andar.

Riley balança a cabeça.

– Eu respeito isso, Pete. Quando você abre a boca pra dizer alguma coisa, essa coisa torna-se real. Seja o que for que está remoendo em sua cabeça, o fato de que ele não expressa significa que está lutando contra isso. Ele não está deixando o assunto ser importante o suficiente para cuspir pra fora.

Deixo cair meu cabelo como uma cortina e pisco de volta a umidade em meus olhos, recusando-me a deixá-los ver como tudo isso me afeta. Mas afeta. Eu fiquei deprimida uma vez na minha vida. É um buraco fundo e negro. Não era uma depressão leve, como quando você fica triste e tem TPM. É o sentimento avassalador que lhe faz desejar morrer. E querer morrer é completamente contra todos os nossos instintos de sobrevivência. Nosso instinto normal é matar para proteger nossos entes queridos, matar para sobreviver. Só imaginar que Remy está sentindo a mesma bagunça que senti quando minha vida explodiu em torno de mim é algo que me puxa tão profundamente na escuridão que fico mais preocupada em não ser capaz de tirá-lo do buraco, do que de cair lá dentro com ele.

Seja o que for que ele esteja sentindo, preciso me lembrar de que ele não pode controlar os pensamentos que sua mente está jogando. Sua mente não é ele, apesar de ela agora controlar suas reações. Quero apoiar, ser estável, compreensiva. Não emocional, carente, como se fosse desmoronar a qualquer momento. E, Deus, com seis meses de gravidez, eu estou definitivamente emocional, carente, e desmoronando sem ele.

– Pelo menos ele está vindo esmurrar os sacos de areia. Você não sabe o quanto eu o admiro por isso – acrescenta Riley melancolicamente.

– Você acha que ele vai sair dessa antes da luta, Brooke? – o treinador me pergunta. – Por Deus, ter visto o meu menino ser humilhado em sua última temporada lá fora... Este era o seu ano. Esta era a sua temporada.

– Eu não acho que ele vá lutar hoje à noite – admito.

– Então podemos dizer adeus a um ranking em primeiro lugar – diz Pete.

– Você não pode deixá-lo lutar assim, Pete! Ele pode se machucar. Ele poderia ferir a si mesmo – explodo, e respiro fundo para tentar me acalmar.

– Teria sido melhor se ele não se lembrasse – diz Pete, com uma quantidade infinita de amargura em sua voz.

– O que você quer dizer?

– Seria melhor se ele não se lembrasse do que seus pais fizeram com ele.

Meus instintos protetores surgem com uma vingança.

– O que eles fizeram com ele?

Há algo alarmante na maneira como Pete hesita, na maneira como os olhos passam por todo o grupo e, em seguida, acomodam-se em mim. Meu pulso palpita mais rápido do que o normal quando ele finalmente fala.

– A primeira vez em que eles o internaram por conta de um surto foi quando ele tinha dez anos, Brooke. Mas antes, pensaram que ele estava possuído. Ficaram fanáticos com isso e mandaram fazer um exorcismo em Rem.

Quando essas últimas palavras se filtram no meu cérebro perturbado, fico de coração tão partido e rasgado que sinto que ele murcha em meu peito. Emito um som e cubro minha boca.

Diane cobre o rosto.

Palavrões caem dos lábios de Riley quando ele vira a cabeça para o tapete.

O treinador olha para suas mãos.

O silêncio que se estende... É tenso com a tristeza, com a descrença, e com essa agonizante frustração... De um menino doente que era tão incompreendido...

Penso em "Iris", a canção que ele tocou para mim. A canção pela qual ele queria ser visto e compreendido por mim. Quando nem mesmo seus próprios pais o entendiam.

Oh, Deus.

– Rem foi colocado em um círculo de exorcismo em sua própria casa – diz Pete, empurrando o punhal mais fundo dentro de mim. – O quarto dele foi despojado de tudo para que ele não fizesse mal a ninguém, e ele foi amarrado à sua cama. Isso durou por dias, não sabemos exatamente quantos, mas mais de uma semana, até que um menino vizinho que costumava brincar com Rem veio procurar por ele, e os pais intervieram. O "homem santo" foi demitido, e Remy foi então internado.

Não há nenhum som na sala.

Eu parei de respirar. Sinto como se eu tivesse deixado de viver.

– Infelizmente – Pete continua: – Ele se lembra daquele episódio maníaco, porque na instituição, eles fizeram alguma hipnose experimental pra apagar suas memórias. Pra ver se alguma terapia iria funcionar. Não deu. Pior é que o seu próprio corpo o teria protegido dessa lembrança dolorosa se não tivéssemos fodido com aquela merda de hipnose.

Ainda não há um som.

Mas posso ouvir meu coração batendo dentro de mim, tão forte. Forte e pronto, como naqueles momentos em que eu poderia correr como o vento. Posso até ouvir o sangue jorrando pelas minhas veias, rápido e furioso. Estou pronta... E com raiva... E desesperada para lutar contra algo. Para lutar por ele. Eu me lembro dele me dizendo que tinha uma lembrança de seus pais. Como sua mãe fazia o sinal da cruz sobre ele de noite. Uma dor indescritível racha meu corpo por dentro em minúsculos lugares. Oh, Remy.

– Então ele se lembra de tudo isso? – pergunto, enquanto o meio do meu corpo queima de raiva impotente.

– Sei que ele sabe que eles estão errados... Quando ele está bem. Mas quando esse lado negro vem, sei que ele pensa sobre isso. – A frustração e o desespero de Pete estão esculpidos em cada linha de seu rosto. – É natural se perguntar por que você não foi querido.

– Mas ele é querido! – Eu choro.

– Nós sabemos, Brooke, acalme-se. – Riley levanta e se aproxima .

Ele me abraça com ele, e eu percebo que as minhas mãos estão no meu estômago, e a imagem de meu Remington como um menino sofrendo tal coisa por causa de algo que não era sua culpa rebate dentro de minha cabeça. Oh, como eu gostaria de ter aqueles pais dele na minha frente agora e, ao mesmo tempo, estou feliz de que eles não estejam aqui, porque não sei o que eu faria ou diria a eles. Mas eu quero machucá-los por terem machucado o filho! Quero bater e gritar com eles e correr atrás deles com um tridente. Aperto minhas mãos e me afasto de Riley. Ele e Pete são como meus irmãos agora, mas Remy não gosta que eles me toquem, e não gosto de fazer nada que o magoe, mesmo que ele não esteja vendo. Quero ser confortada, mas o único conforto que quero é do homem na cama no quarto principal.

Silenciosamente, volto para lá.

– Vejo vocês mais tarde, obrigada por terem vindo saber dele.

– Um de nós vai estar por perto – informa Pete.

Não quero fazer barulho, então aceno da porta e a fecho atrás de mim, e meu coração faz todas as coisas loucas que ele faz quando vejo Remy. Sua forma muscular está na cama, deitado de rosto para baixo, como um leão em repouso. Meu menino brincalhão, meu protetor, meu namorado ciumento, meu lutador arrogante. Meu menino mal compreendido.

Meus olhos correm por toda a sua extensão, seu cabelo escuro espetado contra o travesseiro, sua mandíbula bonita e quadrada. Ele está quieto e descansando. Descansando como se estivesse ferido em algum lugar onde minhas mãos não podem chegar e meus olhos não podem ver.

Alcançando atrás de mim, tranco a porta, então começo tirando minhas roupas. Não são razões sexuais que me fazem querer ficar nua, mas porque preciso sentir sua pele na minha. Ele nunca, nunca dormiu uma noite sequer comigo tendo qualquer coisa entre nós.

Ele gosta de me sentir, e morro de vontade de senti-lo.

Subindo na cama, abraço-o por trás.

– Olhe pra você – digo, imitando o que ele me diz às vezes, passando meus lábios por sua orelha e deslizando minha mão pelo seu ombro e seu peito, espalhando a minha mão onde seu coração bate.

Ele geme quando beijo a parte de trás de sua orelha.

– Olhe pra você – digo carinhosamente em seu ouvido.

Lambo a parte de trás de sua orelha suavemente, como ele faz para mim, passando minhas mãos por toda a extensão dele, acariciando-o como faz comigo.

– Eu adoro, amo, preciso e quero você como nunca pensei ser possível amar e adorar e precisar de outro ser humano ou qualquer outra coisa neste mundo – sussurro.

Ele rosna baixinho, como se fosse de gratidão, e meus olhos ficam úmidos porque é tão injusto que ele tenha que lidar com isso. Por que alguém tem que lidar com algo assim? Por que uma pessoa bonita que não quer prejudicar ninguém sente impulsos químicos para ferir a si mesmo? Sentir que a vida não vale nada? Que ele é inútil? E pensar que pode preferir morrer?

Ele não precisa me dizer. Eu estive lá. Mas estive lá apenas uma vez. Ele está lá com tanta frequência, e não importa quantas vezes volte para cima, ele sempre vai ter certeza de que no futuro será arrastado para baixo de novo. Ele é um lutador. Carinhosamente, traço minha língua sobre os sulcos do seu abdômen, seus braços musculosos, sua garganta, na costura dos lábios.

Ele se vira.

– O que estou fazendo, Brooke? – pergunta.

Eu endureço ao ouvir seu tom de voz vazio.

– Eu acho que posso ser um pai? Que eu poderia até ser um marido pra você?

Ele se vira com um estranho ruído de dor e enterra o som no travesseiro, seus músculos inchando quando desliza os braços sob o travesseiro para prendê-lo em seu rosto.

– Remy – digo, forçando a minha voz a parar de tremer e a dor dentro de mim a se calar. Foda. – Eu não me importo com o que a sua mente está lhe dizendo, em como ela está fazendo o seu corpo se sentir... Você sabe, Remy. Você é bom, nobre e merece isso. Você quer isso.

Deslizo meu braço em volta de sua cintura e pressiono para mais perto.

– Eu mereço ser jogado fora. Como um cão.

As lágrimas que haviam se formado poucos momentos atrás deslizam para fora das minhas pálpebras.

– Não, não, não, você não merece isso.

Ele se desloca para longe de mim, mas não deixo. Prendo meus braços ao redor dos ombros para impedi-lo de rolar para mais longe, e corro meus dedos pelos cabelos.

– Eu te amo. Eu te amo. Eu te amo. Eu te amo como a porra de uma doida lunática. Se você é uma bagunça, eu quero ser uma bagunça com você. Deixe-me tocar você, não se afaste – sussurro.

Ele geme e vira o rosto para mim, e quando o toco, ele estremece. Mas toco seu braço, o B em seu bíceps, as tatuagens celtas. Os ruídos que ele faz, como um verdadeiro leão, como um leão ferido, me fazem sentir tão desesperada e feroz como uma leoa tentando atrair de volta o interesse de seu companheiro.

Quando ele está maníaco, algumas vezes eu pensei que era difícil, porque ele fica uma bola de energia, e por isso difícil de controlar. Mas nada é tão difícil como agora, quando o meu lutador está lá embaixo, no escuro, quando ele não quer fazer nada. Quando sente que não vale a pena.

Levando os dedos do queixo e para cima, arranho minhas unhas em seu couro cabeludo de uma maneira que eu sei que ele gosta, e ele me deixa, mas não abre os olhos, só faz esses ruídos baixos, rosnados escuros.

– Não me deixe, pimentinha – ele fuça em mim, quase como se estivesse com dor. – Por favor, nunca me deixe.

– Nunca, Remington – prometo, apertando meus braços. – Nunca.

– Eu te amo – rosna com raiva. – Eu não mereço, mas estou muito apaixonado por você.

– Merece sim, sou aquela que quer provar pra você que eu o mereço. Você quer ouvir música? – pergunto.

Quando ele assente brevemente, pego seu iPod e coloco um fone de ouvido nele e um em mim, e toco "I Choose You", de Sara Bareilles.

Ele ouve a música enquanto o abraço e o acaricio, exatamente como ele faz comigo e quero que ele sinta exatamente como o seu carinho me faz sentir. Quero que ele se sinta amado, protegido, compreendido e nutrido. Por isso tento o meu melhor... Sei que as minhas mãos não são tão grandes quanto as dele, e que a minha língua é menor... Mas sei que ele gosta do meu toque, e gosta da minha língua nele...

Assim, "I Choose You" fala sobre Brooke o escolhendo... E de como ele está se tornando meu e eu estou me tornando sua...

Sussurro em seu ouvido:

– Remy, sempre escolherei você. Desde o primeiro dia que te vi, eu amei o que vi e todos os dias eu amo mais. E eu amo o que eu toco, o homem que seguro bem aqui, agora. – Pressiono a minha barriga contra a base de suas costas.

Estou grávida, sem dúvida, e agora essa é uma manobra difícil de ajustar, mas quero mesmo segurá-lo o mais próximo que puder.

Subitamente, ele se vira. Seus braços passam em torno de mim e ele descansa a testa entre os meus seios, me segurando. Eu sinto a sua necessidade. Escura, perigosa, devoradora. Beijo o topo de sua cabeça com meus lábios e relaxo em seu aperto, para que ele saiba que gosto de estar aqui.

Ele geme na minha pele, de repente, e seus músculos ondulam quando desliza os braços em volta de mim.

– Sou tão egoísta quando se trata de você. Deveria deixá-la sair daqui. Mas não sou bom assim.

Mesmo quando diz isso, ele aperta seu braço sobre mim, como se não pudesse suportar mais um segundo sem a minha presença.

Algo se aperta em minha alma. Não quero que Remy se sinta mimado ou ache que tenho pena dele, por isso ajusto meu travesseiro como se tudo estivesse bem e o seguro, sussurrando:

– Não quero ir a lugar nenhum, prefiro ficar aqui com você.

Ele olha para mim e meu coração se move apenas para sentir os olhos dele. E o coração bate mais depressa quando ele se aproxima de meu corpo. Deslizando os dedos em meu cabelo, o olhar não me deixando em nenhum momento. Os olhos de Remy nunca foram tão sombrios assim, parecendo assombrado, mas na escuridão da íris, ainda o vejo. Aquele fogo que ele é. Essa motivação, essa intensidade à espreita, no fundo, como um tigre. Suas mãos descem pela minha coluna, então se arrastam na minha frente e passam por meus mamilos duros e sensíveis, para descansar sua cabeça na minha e espalhar a mão aberta no meu estômago.

– Prometa-me que vai estar sempre comigo – exige bruscamente.

O caçador nele ainda está lá. O leão. O instinto cru que ele é. Ele me prende na cama com um olhar interrogativo que quase se parece com um comando. Sim, seus olhos são escuros e sombrios, mas as íris ainda estão vivas e com fome. Fome de meu afeto, percebo. Para mim.

– Sim, Remy – digo, sem um pingo de dúvida, nem na minha voz, nem em mim. – Prometo. Não quero nada mais do que estar com você. E não me chame de masoquista, porque você é meu tudo. Minha aventura e minha verdade, em um só pacote sexy e ciumento e bonito que me deixa ridiculamente feliz. Nora pode ter se transformado em uma viciada, e agora percebo que não sou diferente. Estou viciada em você. Você é o meu crack, e também é meu único fornecedor.

Ele fecha os olhos e expira, como se minhas palavras fossem uma espécie de elixir.

– Você pode não querer estar com você mesmo agora, mas eu quero ficar aqui – digo a ele. – Deixei a minha vida inteira só para vir ficar com você. Só você. E eu não tinha uma vida ruim, como sabe – acaricio o cabelo dele. – Tinha meu apartamento alugado, pais bons e carinhosos, amigos legais, e eu poderia conseguir um emprego na minha nova carreira. Deixei tudo isso. Deixei os meus sonhos pra trás para que pudesse perseguir os seus, e a você. Como uma dessas fãs idiotas – dei uma risada.

Remy levanta seu corpo sólido e se senta na cama, puxa minha cabeça para trás e sufoca meu riso com sua boca.

– Você não é uma fã idiota – sussurra ele dentro de mim, sugando minha resposta antes de acrescentar: – Você é minha mulher, e você é boa pra caralho pra mim.

Tremo quando ele me puxa para baixo e sob ele, e gemo e toco cada pedaço de sua pele que alcanço.

– E você é meu homem e é muito bom e precioso para qualquer um, mas você ainda é *meu*. Homem. Meu.

Ele rosna e rola em cima de mim para que a ereção fique entre as minhas pernas, seu olhar atormentado agarrado à minha esperança quando empurra uma das minhas pernas ao redor de seus quadris. Então, me agarra pelo joelho e faz o mesmo com a outra perna.

– Eu te amo – digo sem fôlego.

Achei que já tinha dito isso muitas vezes, mas Remy precisa que eu o diga bem agora, pelo modo como suas feições ficam mais cruas quando escuta; e isso faz minhas entranhas borbulharem com a necessidade de dizê-lo novamente.

– Mais uma vez – ele rosna.

Levantando minha cabeça, repito a frase a cada beijo que deposito no rosto. Decido que vou dizê-lo que até que ele se canse, e demora muito tempo até Remy tomar minha boca para me acalmar.

Pelo menos sessenta e quatro beijos.

Ele me penetra no beijo treze. Move-se em mim, empurrando profundamente a cada vez que digo "Eu te amo", assumindo minha declaração com um golpe, exigindo-a de mim, "De novo", como se a única maneira de ele achar que o amo fosse forçando isso de mim.

– Eu te amo – gemo depois da estocada seguinte, e ele fecha os olhos e sinto que ele suga desesperadamente a minha ternura.

Tento segurar meu orgasmo enquanto prendo os ombros dele, dizendo "Eu te amo, eu te amo", mas ele é gostoso, é lindo, precisa de mim e eu preciso dele. Remy me leva ao êxtase mesmo quando luto contra isso, e gozo totalmente no "Eu te amo" sessenta e dois, e ele para de dizer "De novo" só para que me possa assistir chegar ao clímax.

Os olhos de meu homem parecem ainda mais vorazes quando gozo, como se todos os meus "Eu te amo" só acendessem mais a sua fome, sua sede insaciável. E quando ele começa a gozar dentro de mim, fica me observando como se ainda não me acreditasse, porque não acredita que possa ser uma pessoa amável. Assim, quando esmaga a minha boca com a dele e enfia a língua dentro, forte e áspera, eu o agarro e o beijo ainda mais forte.

Ele sussurra meu nome como uma prece e treme dentro de mim, os músculos se contraindo. Agarra meus quadris para que eu fique parada, mas eu balanço, persuadindo-o a vir mais fundo em mim, prolongando seu orgasmo. Ele geme baixinho e suga minha língua, e eu enrolo minhas pernas mais apertadas, prendendo-as na base de suas costas, meus braços apertados ao redor dele enquanto ele solta, e quando seus músculos param de flexionar e de ondular, continuo presa a ele, para que ele não possa se livrar de mim. Remy me poupa de seu peso quando cede, e eu gozo junto com ele, enredada, enterrando meu rosto em seu pescoço à medida que ele rola para o lado. Ele ainda está em mim, e não quero que ele saia.

– Não tire – gemo.

Ele sai quando me vira, então manobra para trás e começa a me lamber, uma mão espalmada em meu peito, a outra sobre o meu estômago. Gemo de novo e acho que quero chorar de felicidade, porque o meu leão está de volta. Pelo menos ele se preocupa o suficiente sobre alguma coisa. Sobre nós.

Como o bebê e eu me preocupamos com ele também.

Mais tarde, ele toca uma canção para mim chamada "Hold Me Now", de Red, e percebo que está me pedindo para segurá-lo. Então faço isso, virando-me para ele depois que para de me acariciar, instando-o a colocar o rosto para baixo no meu peito até que seu grande corpo parece enrolado como se ele estivesse tentando se encaixar em mim e, mesmo então, sua mão está espalhada possessivamente sobre o nosso bebê.

* * *

Uma semana se passa.

Afora as poucas horas que Remington se obriga a ir treinar, ele fica em nosso quarto, e parece não me querer fora de sua vista. Ele não fala muito comigo, mas mantém um braço em volta de mim como um torno, e quer que eu o alimente e transe com ele o tempo todo. Tento mantê-lo interessado na vida, então lhe conto sobre as pequenas coisas que sou capaz de vislumbrar quando saio do quarto para nos trazer comida. Digo a ele que peguei Diane e o treinador se beijando outro dia. Conto que Melanie está trabalhando duro para encontrar padrões para o quarto do nosso bebê, e que Pete parece triste com Nora. Ele gosta de ouvir, sei que gosta.

As finais se aproximam e Remington ainda não conseguiu subir ao ringue em nenhuma das últimas noites. Ele caiu para segundo lugar, atrás de Scorpion. Poderia ter caído ainda mais se Scorpion não tivesse perdido umas duas lutas, ele está lutando entupido de drogas, de acordo com Pete, e não tem sido tão cortante como de costume. E pensar que Nora anda com aquele idiota me deixa doente de preocupação. Ela pode estar igualmente drogada e impotente, mas o pensamento me corrói de tal maneira que não posso mesmo pensar nisso agora. Tudo que quero é que Remington possa concluir com êxito esta temporada, que é o sonho dele. Então... Então teremos que pensar em um meio seguro de levar Nora de volta para casa, mesmo que eu saiba, aqui dentro, que os caras andam planejando alguma coisa... Mas isso não alivia a minha inquietação.

Agora, porém, estamos a três dias da grande luta, e Remington ainda está completamente em surto. Hoje ele foi treinar e nem sequer olhou para alguém nos olhos. Eu sei que ele sente as coisas, coisas ruins. Sei que ele não as expressa, pois estaria perdendo, e ele nunca vai perder. *Exceto quando se perdeu por você*, uma vozinha triste me diz.

Todo mundo tem ficado muito preocupado, e eu me sinto especialmente preocupada quando Remy me pede para chamar Pete e Riley. Eles batem à porta, cubro o corpo nu de Remy com o lençol branco, de modo que apenas os braços e costas musculosas ficam expostos, e os levo para dentro.

– Eles estão aqui – informo.

Riley se aproxima primeiro e se ajoelha ao lado da cama.

– Ei, Rem, como está?

– Mal – adverte.

– E aí, o que foi? – pergunta Pete.

Silêncio.

– Eu quero que vocês me levem... Para o maldito hospital... E me internem.

Os olhos de Riley se arregalam, assim como os de Pete. Os rapazes olham para mim por um momento, e Remington repete exatamente o que acabou de dizer.

– Eu quero que vocês me levem... Para o maldito hospital... E me internem. *Pra eu passar pelo procedimento* – acrescenta.

Algo em suas palavras – na forma como os homens hesitam antes de responder – envia uma nova onda de alarme que desliza por mim.

– Você quer fazer isso de novo – diz Riley.

Ele acena com a cabeça contra o travesseiro.

– Agora – salienta firmemente.

Riley se vira impotente para Pete, que depois de um momento pega seu telefone.

– Primeiro temos que ver quando isso pode ser feito. Deixe-me ligar para o hospital – diz ele, e começa a teclar os números e a caminhar para fora do quarto.

– Isso vai te animar, cara – diz Riley enquanto se levanta e dá um tapinha nas costas de Remington.

Remington o agarra pelo pulso e o puxa para perto quando ele se senta na cama:

– Não me trate com essa porra de condescendência. Apenas me leve até lá e não se atreva a deixá-la ver – diz, rangendo os dentes.

Minhas sobrancelhas se agitam para cima quando percebo que Remington acha que não estou no quarto, e os olhos de Riley se movem momentaneamente para meu lado, um sinal para não deixar transparecer que eu ouvi. Mas não, nunca mais mentirei para Remington, por isso dou um passo à frente.

– Quero ficar com você. Se você for se medicar ou fazer qualquer outra coisa. Eu quero estar lá e vou estar lá.

Ele se endireita com o som da minha voz, mas primeiro olha para Riley.

– Riley... – adverte.

Riley afrouxa a gravata quando Remy balança a cabeça para olhar para mim.

– Você fica aqui e logo eu estarei de volta.

Ele fala com a voz rouca, mas com cuidado óbvio, usando um tom completamente diferente comigo do que aquele que tinha utilizado com os homens.

– Não mesmo. – Dou o contra teimosamente, porque, sério, não vou aceitar isso.

Os três estão agindo como se eu fosse um botão de rosa fraco e incompetente!

Remy estreita os olhos e trava sua mandíbula diante de minha teimosia, e eu levanto minhas sobrancelhas e cruzo meus braços.

– Vou onde quer que você vá, entendeu? Seja o que for, não é grande coisa – insisto.

Ele continua sustentando meu olhar, um músculo trabalhando na parte de trás de sua mandíbula.

– Não é grande coisa – asseguro, blefando com tudo que eu tenho.

Mas não vou deixá-lo fora da minha vista.

DEZENOVE

NEGRO *VERSUS* AZUL

Plenamente consciente de que estou acompanhando os caras quase à força, sabiamente fico quieta durante a nossa viagem para o hospital. Todo mundo parece estar no mesmo canal. Nem uma palavra é trocada. Nem mesmo um olhar. Nós todos parecemos estar esperando que Remy diga alguma coisa, mas sua atenção está firmemente fixada no cenário da cidade que passa, o perfil dele duro de determinação. Não acho que ele esteja vendo alguma coisa, está é perdido dentro de sua cabeça.

Quando chegamos, sinto o calor de seu corpo de repente me envolver quando ele se abaixa e toma meus lábios brevemente com os seus. O tremor de sua voz me alcança quando me diz:

– Sairei em breve.

– Não! Quero ir com você! – grito para suas costas largas conforme ele desaparece no final do corredor com uma enfermeira, enquanto Pete vai para o balcão fazer o *check-in*.

Começo a suspeitar que isso, na verdade, é mesmo uma coisa grande quando Riley começa a falar comigo como se eu fosse um bebê.

– Seria muito melhor se você ficasse aqui, Brooke – ele praticamente ordena.

Faço uma carranca.

– Não me trate como uma flor, Riley. Quero estar lá com ele. Eu preciso estar lá com ele.

Pete se dirige na direção em que Remington desapareceu, e eu rapidamente corro para ele.

– Pete, posso ir com ele?

Por um momento, há uma comunicação de homem para homem acontecendo entre os caras, então Pete finalmente acena para Riley e me diz:

– Virei buscá-la quando ele estiver preparado.

–Preparado?

Pete desaparece no mesmo corredor que Remington.

– Riley?

Estou completamente confusa aqui.

Riley suspira.

– Ele vai passar por um procedimento para induzir uma convulsão cerebral. – E quando ele começa a explicar, eu escuto como se tivesse acabado de deslizar para o outro lado de um túnel, e estou ficando cada vez mais longe a cada segundo. Um incêndio queima em meus olhos e tudo o que sei agora é que as paredes do hospital são brancas. Brancas e lisas... – E seu cérebro vai receber uma corrente elétrica...

O coração é um músculo oco, e vai bater bilhões de vezes durante a nossa vida.

Aprendi, na minha curta vida, que você não pode correr se romper um ligamento, mas o seu coração pode ser quebrado em um milhão de pedaços, e ainda assim pode amar com todo o seu ser.

Seu todo miserável e insanamente vulnerável ser...

Posso sentir meu coração batendo forte como sempre no meu peito, *tump tump tump*. Mesmo que esteja tentando agir como se isso não fosse nada, meu cérebro rebobina à medida que tento entender o que Riley acaba de explicar para mim. Que Remington está prestes a comprometer-se a levar eletrochoques. A porra da corrente elétrica vai ser enviada através de seu couro cabeludo para o seu cérebro para dar-lhe uma convulsão cerebral do caralho.

Agora ele está me dizendo que pode haver alguma perda de memória de curto prazo, que será dada uma anestesia de curta ação, que seus níveis de oxigênio no sangue e a frequência cardíaca serão monitorados, e que além da possível perda da memória de curto prazo, não existe nenhum outro efeito colateral conhecido. Juro que quando repito na minha cabeça a cena de Remington desaparecendo pelo corredor com o pessoal do hospital, ouço um som baixo e maçante ecoando nas paredes brancas, um som frio, baixo, sem brilho vindo de mim.

– Oh, Riley.

O nome dele sai em um baixo e miserável gemido, e cubro o meu rosto quando o pânico e o medo crescem em mim como uma maré, me afogando.

Meu pulso vacila quando Pete aparece e faz um sinal para mim. Corro para ele, metade morrendo e metade viva, entrando em um quarto. Vejo máquinas, fico consciente da frieza insuperável do hospital, e no meio da sala, eu o vejo. Ele está sendo amarrado com faixas de velcro em torno de seus pulsos grossos.

Seu belo corpo está estendido sobre a superfície plana, e coberto por um roupão de hospital enquanto olha para o teto.

Remy.

Meu lindo e arrogante e brincalhão menino de olhos azuis e meu homem sério e sombrio que me ama como ninguém na minha vida nunca me amou.

O desejo de protegê-lo de tudo o que está vindo é avassalador. Eu me aproximo com passos lentos, mas determinados, com uma mão enrolada debaixo da barriga do tamanho de um melão onde está nosso bebê. Todo o meu braço está tremendo incontrolavelmente quando chego perto da enorme mão bronzeada que está amarrada à mesa. Amarrada. À mesa. E minha voz racha-se como vidro enquanto esfrego suavemente meus dedos nos dele, tentando parecer calma e racional, ao passo que me sinto louca com vontade de gritar.

– Remy, não faça isso. Não se machuque, por favor, não se machuque mais.

Ele aperta os dedos e movimenta os olhos para longe de mim.

– Pete...

Pete pega meu cotovelo e me puxa para longe, e surto quando percebo que Remington realmente não quer me ver aqui. Ele não olhou nos meus olhos. Por que ele não vai olhar nos meus olhos? Eu me viro para Pete, que me puxa para fora do quarto, minha voz um grau abaixo de histérica:

– Pete, por favor, não deixe que ele faça isso!

Pete agarra meus ombros e assobia baixo, de modo que nós não chamemos a atenção:

– Brooke, este é um procedimento comum usado em pessoas bipolares, é a forma como eles puxam as pessoas que estão à beira do suicídio! Nem todo mundo acha a dose certa de remédio, e os médicos estão cientes disso. Ele vai ser sedado durante o processo.

– Mas é apenas uma luta, Pete – discuto miseravelmente, apontando para o quarto. – É apenas uma luta estúpida e isso é ele!

– Ele vai sair dessa. Já fez isso antes!

– Quando? – grito.

– Quando você foi embora e tivemos que impedi-lo de *cortar a porra dos pulsos por sua causa!*

Oh, meu Deus. Meu coração se parte tanto, acho até que ouvi, e não é só meu coração, mas meu corpo inteiro está desmoronando por dentro, quebrando sob a tristeza diante do que Pete acabou de me dizer. A dor é tão grande que eu me curvo protetora em volta do meu estômago e tento freneticamente me lembrar de respirar. Se não for por mim, pelo bebê. O bebê dele.

– Brooke, é nessa merda que ele viveu em toda a sua vida. Ele está em cima, em baixo, por todo o lado. Suas decisões podem machucar, mas tomando essas decisões é que ele consegue seguir adiante. Foi assim que ele foi formado, por isso ele é quem é. É forte por causa dessas coisas! Você pode ser lamentável ou pode ser poderoso, mas não pode ser ambos. Ele é poderoso. Você tem que ser forte com ele, porque Remy vai se despedaçar se souber que isso a abala tanto.

Mesmo que meus medos tenham roído toda a minha confiança e meu estômago esteja prestes a virar do avesso, de alguma forma consigo me aprumar em alguma aparência de uma pessoa. Eu me viro para endireitar minha coluna e levantar a cabeça, e tomo fôlego, áspero, porque vou fazer isso por ele. Vou fazer isso com ele e vou provar para mim mesma, e para ele, que vou ser forte o suficiente para amá-lo por inteiro.

Tomo outro fôlego e limpo os cantos dos meus olhos.

– Eu quero estar lá.

Pete sinaliza para a porta e me dá um aceno de aprovação.

– Seja minha convidada.

Meus passos são silenciosos e quase hesitantes quando entro no quarto. Ele é grande e maciço e forte, eu sei, e mesmo que meu coração esteja em frangalhos e todo o meu sangue congelado dentro de mim, vou provar-lhe que sou digna de ser sua companheira e que ficarei sempre a seu lado quando ele não puder lutar. Não sei como poderei provar isso, porque estou desabando como um prédio derrubado enquanto caminho. Pareço bem, mas dentro, no fundo da alma, estou desintegrando, nervo por nervo, órgão por órgão.

Agora ele olha para mim direto nos meus olhos, e posso ver a preocupação em seus olhos escuros. É claro que tem medo que eu vá cair. Ele não quer ver isso em meus olhos.

– Tudo bem? – pergunta num sussurro rouco.

Concordo com a cabeça e alcanço sua mão. Minha resposta deveria ser: "Mais do que bem". Certo?

Mas eu simplesmente não consigo fazer mais palavras passarem pela minha garganta fechada. Então esfrego os dedos dele nos meus e quando ele aperta a mão, lembro-me de nosso voo de Seattle, de sua mão, aquela que não vou soltar, e aperto de volta tão forte quanto posso e sorrio para ele.

– Essa é a minha garota – diz ele, roçando o polegar sobre o meu.

Ele está amarrado e prestes a receber eletrochoques e pergunta por mim. Oh Deus, eu o amo muito, se ele morrer eu quero morrer com ele e isso não é piada. Pisco com as lágrimas e aperto mais forte.

– Posso segurar a mão dele? – pergunto a uma das enfermeiras.

– Desculpe, não durante o procedimento – ela responde.

Remington cautelosamente me olha quando me forço a dar um passo atrás e elas prendem alguns eletrodos na testa. Uma bola de fogo está em minha garganta, em meu coração e no meu estômago. Eu não estou sequer respirando quando uma enfermeira lhe pergunta:

– Você está pronto?

– Pode soltar – responde Remy, seus olhos passando rapidamente por mim para verificar a minha reação antes de olhar o teto mais uma vez.

Eles começam o fluxo IV para sedá-lo.

E começam lhe fazendo perguntas.

– Nome completo?

– Remington Tate.

Meus olhos umedecem.

– Data de nascimento?

– 10 de abril de 1988.

– Local de nascimento?

– Austin, Texas.

– Nomes dos pais.

– Dora Finlay e Garrison Tate.

Porra! Mal posso entender o fato de que ele esteja preso, falando sobre seus pais, que o fizeram assim negro, sua voz profunda e forte, respondendo a tudo o que perguntam.

Em seguida, a enfermeira diz:

– Conte de um a cem – e eles colocam uma boquilha em Remy.

Ele começa a contar, e eu conto na minha cabeça com ele. Seus olhos fechados. Belos cílios escuros contra as maçãs do rosto fortes.

Meu instinto protetor se enraivece de tal forma que quero gritar para que eles parem, agora que ele não pode me ver e não pode me impedir. Mas eu estou aqui porque ele quer fazer isso. Porque ele é forte. Mais forte do que eu. Ele vai ficar em forma tão depressa quanto a vida o jogou nisso.

E o choque começa.

Seu corpo grande se agarra e se contrai em cima da mesa.

Meu corpo se contrai e começa a implodir.

A máquina faz um sinal sonoro.

Seus dedos enrolam.

Eu não sabia se ele estaria se batendo, quebrando coisas porque é tão forte, mas seu corpo ainda permanece relativamente parado enquanto toma o choque em seu cérebro. Oh meu Deus.

Oh meu Deus.

Oh meu Deus.

Sou apaixonada por Remington Tate e ele tem transtorno bipolar 1, e isso cai em cima de mim como uma avalanche.

Não acho que já tenha chorado desse jeito, colocando todo o meu esforço para não chorar ao mesmo tempo que as lágrimas estão explodindo para fora dos meus olhos e meus braços estão tremendo e meu corpo tão fraco com a dor, e vou para trás e me escorrego na parede e, sem sucesso, tento sugar de volta as minhas lágrimas.

– Ei, Brooke, ei – diz Pete, ajoelhando-se ao meu lado, me abraçando.

– É tão difícil – digo, cobrindo meu rosto e tentando me afastar dele porque Remy não iria querer isso. Remy não iria gostar. – Não me toque, Pete, oh Deus, isso é tão difícil. Tão difícil! – Ele me agarra e me aperta um pouco, sua voz reconfortante, seus olhos mostrando dor.

– Ele não está sofrendo, Brooke. Ele só quer ficar melhor. Brooke, ele não é uma vítima. Ele faz suas escolhas com base em suas circunstâncias. E vai se preocupar com você. Você precisa se condicionar do mesmo jeito que ele faz, por favor, peço-lhe para ser forte.

Aceno com a cabeça, enquanto tudo o que posso pensar é no belo cérebro de Remy, seu belo corpo, meu templo, meu santuário, suportando isso.

– Brooke, isso também me machuca muito. Tudo bem? Também me dói muito. Você não pode deixá-lo ver isso. Ele é forte porque, no que lhe diz respeito, esta é a sua realidade, ele lida com ela, e nunca teve nada diferente disso. Ele não lamenta. Não deixe que ele veja que isso a afeta tanto, senão vai afetá-lo também. Você não tem de salvá-lo, basta estar junto enquanto ele salva a si mesmo.

Tentando me recompor, aceno com a cabeça de novo e enxugo minhas lágrimas. Enquanto fico de pé, o médico e as enfermeiras informam que terminaram.

Remy ainda está sedado, em cima da mesa, e eles tiram o bocal e de alguma forma limpam seus dutos de ar. Pego sua mão quando eles o desamarram, levo-a a meus lábios e beijo cada um de seus dedos, em seguida, seco minhas lágrimas.

A forma como eles cuidam de Remy...

Pete é um homem tão bom, parte meu coração que a minha irmã não deva ter visto isso.

– Pete, minha irmã realmente gostava de você, eu não sei o que aconteceu – sussurro.

Suas sobrancelhas voam até a linha do cabelo.

– O quê? Brooke, eu gosto dela também, ainda gosto. Mas não vou largar o meu irmão por ninguém.

Balançando a cabeça em silêncio, estudo a mão de Remington. Cada calo, cada linha nesta palma... Os nós dos dedos, o comprimento e a forma de seus belos dedos, as unhas curtas e quadradas.

Silenciosamente, traço as linhas da palma da mão de Remy e, em seguida, levanto a cabeça e sorrio para os olhos castanhos e bondosos de Pete.

– Um dia você vai encontrar alguém que o faça querer fazer tudo por ela. Pete, eu vou cuidar dele. Você vai me ensinar a cuidar perfeitamente de Remy.

Ele sorri e dá um tapinha no meu ombro.

– Até lá, nenhum de vocês terá que fazer isso por conta própria.

Ele coloca a mão no ombro de Remington, e eu juro de coração e mente que, mesmo que não seja de sangue, ele é de fato irmão de Remington, e neste momento, como eu queria que minha irmã e eu fossemos assim tão próximas e leais como eles.

– Brooke, eu fiz algo que me deixou muito envergonhado, e acho que lhe devo um pedido de desculpas – Pete deixa escapar.

Vendo o desespero em seus olhos, um cubo de gelo se planta no meio da minha barriga.

– Quando você foi embora, ele ficou muito mal. Estava no modo de suicídio no hospital, e eles continuavam a lhe dar sedativos quando acordava, porque ele destruía as coisas e queria ir atrás de você. Deram-lhe antidepressivos, e não deu certo, porque com bipolares de ciclo rápido como Remy, essa não é uma boa ideia. Então, tivemos que começar com isso nele... – e aponta para a mesa. – Nós fizemos isso por várias semanas para que ele pudesse ser descarregado...

Ele olha para mim, e acho que nem estou respirando. Estou apenas olhando, esperando por mais, confusa e parcialmente paralisada por causa dessa montanha-russa.

– Após os três primeiros tratamentos ele ficou um pouco melhor, então recebeu alta e voltávamos aqui três vezes por semana para novos choques durante algumas semanas. Durante esse tempo, ele ainda estava negro e nós lhe trouxemos catorze mulheres.

Meu coração racha com essa menção, e me sinto erguendo vários bloqueios mentais enquanto aperto meu estômago e meu cérebro grita, *eu não quero saber, eu não quero saber, eu não quero saber!*

– Eu sempre faço todas essas mulheres assinarem a papelada de que não vão falar, que não vão tirar fotos, vão usar proteção dupla... E depois de meia hora todas saíram com os pacotes de preservativos intactos, o que confirma que elas não conseguiram excitá-lo e nem fazê-lo tirar a cabeça da cama. Ele mandou que elas fossem embora. Todas elas.

Continuo olhando, e Pete esfrega o rosto com as mãos, acrescentando:

– Ele não dormiu com nenhuma delas, Brooke, por mais que a gente tentasse. Ele estava obcecado com a porra da sua carta, lendo e relendo a cada momento em que ficava acordado. Quando finalmente passou por esse período de depressão e voltou aos olhos azuis normais, não se lembrava de nada. Talvez porque estivesse em surto, ou por causa dos efeitos colaterais do eletrochoque. Ele passou por doze tratamentos. Mas nós quase o perdemos, Brooke, sabe? Riley e eu estávamos... Loucos da vida com você, por isso dissemos a ele que estivera se divertindo com todas aquelas mulheres.

–Pete! – engasgo de horror.

– Sinto muito! Mas nós queríamos que ele se lembrasse de como costumava ser, antes de você. Para que se lembrasse de que existem centenas de mulheres por aí, e não apenas você. – Pete encolhe os ombros e olha para mim quase suplicante. – Mas mesmo quando tentamos fazê-lo pensar que estava indo bem sem você, acho que a cabeça não é o que governa um homem como ele. Ele ouviu tudo sobre as mulheres, não se pronunciou a respeito, depois começou a arrumar as malas e disse que estávamos voando para Seattle e que tínhamos que levar sua irmã de volta para você. Então, sim, Riley e eu mentimos para ele – continua. – Isso está me matando, porque assim que ele souber a verdade, nunca mais irá confiar em nós.

Pete para de falar e se vira quando Riley entra no quarto. Riley olha de um para o outro, sentindo que estava acontecendo alguma coisa. Finalmente, Pete diz, em um tom triste, cansado:

– Eu contei a ela, cara.

Riley encontra o meu olhar incrédulo, com o rosto abatido.

– B...

Isso é tudo que ele diz. Uma letra. A letra que está tatuada no bíceps direito de Remy.

– Vocês precisam contar a ele – digo, olhando para um e depois para o outro, incapaz de suportar a dor que sinto por Remington agora. – Vocês não podem nunca mais mentir a ele de novo, não é justo com Remy. Eu fiz isso uma vez também, e entendo que queriam protegê-lo também... Mas é confuso pra ele. É confuso esquecer algumas das coisas que você faz. Vocês não podem, nenhum de nós pode mentir a ele outra vez. Vocês me ouviram?

Riley passa a mão pelo rosto e sua voz oscila também.

– Ele vai mandar a gente embora.

Olho para ambos, as expressões angustiadas, e balanço a cabeça:

– Se você realmente acredita nisso, então não o conhece nem um pouco.

* * *

Remy acorda na cama logo depois que os dois vão embora. Os olhos estão preguiçosos, mas pousam em mim e ficam mais agudos. Ainda não estão azuis, mas vejo um pouco de vida naquelas piscinas negras, e sinto uma fisgada de formigamento por dentro que se torna um enorme nó de emoção.

– Olhe pra você...

A voz é de alguém anestesiado. Posso ouvir o elogio óbvio em suas palavras, como se eu estivesse fantástica, e quando vejo uma covinha aparecer, a força das minhas emoções quase me derruba. Ele não sabe a bagunça em que estava sem mim, mas eu sei. Ele não sabe que levaram mulheres para seu prazer e que ele não as quis. Ele não sabe que é magnífico, perfeito, bonito, nobre, tudo de bom e tudo que eu sempre quis.

E agora, dói saber que seus irmãos, a quem cuida e ama, também não sabiam o que fazer e mentiram a ele.

– Olhe pra você – rebato ternamente, e de imediato me ajoelho no piso perto da cama e coloco meu queixo em seus dedos. Beijo cada machucado em sua mão mais uma vez.

– Ei, eu já fiz isso, não quero que você se preocupe – diz ele, acariciando, com a mão livre, a parte de trás da minha cabeça.

– Eu sei.

Abaixando a cabeça, esfrego o rosto contra o lençol para que ele não veja as lágrimas perdidas vazando dos meus olhos. Beijo carinhosamente seus dedos mais uma vez.

– Sei que você fez...

Mesmo com o efeito da anestesia ainda no corpo, sua voz tem o mesmo efeito em mim que sempre teve.

– Venha até aqui. O que você está fazendo aí? – murmura com a voz rouca enquanto me puxa para cima.

Sei que eles lhe deram relaxantes musculares, mas mesmo assim, antes que eu perceba, ele me puxa para cima de seu corpo e me estica para ficar do jeito que dormimos à noite quando estamos na cama. Minha barriga redonda fica no caminho, mas não é tão grande, então me inclino de lado e cheiro o pescoço dele e enterro meu rosto em seu peito.

– Suas enfermeiras vão me expulsar quando me virem assim – digo.

Ele agarra minha bunda e me ajusta um pouco melhor.

– Eu não vou deixar. Você é o meu remédio.

Fecho meus olhos e cheiro Remy. Que tem o cheiro dele. Seus braços são os dele. Tudo é normal, exceto que eu estou vestindo roupas e ele está em um roupão de hospital, e nós não estamos em um quarto de hotel. Ele ainda é ele, usando meu coração em sua manga. Tudo o que eu quero está aqui, nos meus braços.

Deslizo a minha mão para o queixo e beijo todas as partes que consigo de seu rosto, enquanto o aperto de um jeito um pouco desesperado:

– Remy, você é meu rei. – Eu o abraço apertado. – Não há nenhum jogo de xadrez para mim sem você.

Ele se desloca e mexe no controle sob a cama para que possamos nos sentar um pouco. Depois me ajusta em seu colo, seus lábios em minha orelha.

– Você é a rainha que vai me proteger – diz ele, divertido, e quando aceno com a cabeça porque não consigo falar, ele acaricia meu cabelo enquanto olha para meu rosto e eu sei que, mesmo que não me diga, Remy vê meus olhos inchados e sabe que estive chorando.

Sinto seus lábios pressionando minhas pálpebras, primeiro uma e depois a outra, enquanto passa a mão no meu cabelo e fala:

– Fique forte, minha pimentinha. Fique forte comigo.

Concordo com a cabeça.

– Vou tentar, porque você me inspira.

– Conseguimos o que você queria, Rem – diz Riley da porta.

Estou tão confortável nos braços de meu homem que nem me viro para cumprimentá-lo. E então sinto algo suave contra minha bochecha. Abro os olhos e vejo Remy segurando uma rosa para mim. Dele. No hospital. Dando-me uma rosa com aqueles olhos escuros, mas brilhando com as manchas azuis.

– Remy – eu digo, confusa, uma risada perplexa escapando de meus lábios.

– Eu te daria um jardim inteiro se pudesse, porra. – Ele puxa meu queixo para trás e me segura nesse olhar. – Por estar aqui comigo, agora.

–Oh, Deus – escondo a cabeça em seu peito porque não suporto mais, meus dedos já se enrolando no roupão do hospital. – Vou estar aqui sempre que precisar fazer isso. Eu estarei aqui, prometo.

Saindo do hospital, eu recebo um texto de Melanie.

Como estão as coisas em Felizes Para Sempre? Mais do que felizes?

Eu sorrio enquanto voltamos para o carro alugado como se fosse apenas mais uma segunda-feira, e Remington sobe no carro comigo e passa o braço na parte de trás de meu assento como ele sempre faz. Eu passei por um inferno e estou de volta ao céu, e de repente sei que esse é o jeito que minha vida vai ser: depois da escuridão, eu sempre, sempre, vou encontrar a minha luz, que é ele.

Digito a resposta, *perfeito.*

– Da última vez, o choque nos ajudou a tirá-lo dos pensamentos suicidas, mas tivemos que fazer três por semana, e simplesmente não temos tempo pra isso agora. Não podemos dar-lhe mais nenhum relaxante muscular, então vamos ter de esperar que isso tenha sido suficiente para recompor as coisas – diz Pete a todos nós.

– Estou bem pra caralho – rosna Remington.

Todos nós parecemos procurar seu olhar, mas é Riley quem reúne a coragem para falar.

– Rem, Pete e eu gostaríamos de ter uma palavra com você sobre uma coisa – diz, olhando rapidamente para mim e usando uma voz que praticamente me implora para persuadir Remy a raciocinar com razão. – Pete tem uma novidade sobre a irmã de Brooke e a gente quer lhe contar uma coisa. Amanhã de manhã, antes de ir para a academia?

–Eu ouvi – diz ele simplesmente, surpreendendo a todos no carro. – E ainda estou pensando sobre o que fazer com vocês, palhaços.

– Merda, Rem – diz Riley, horrorizado. – Estou prestes a ir mudar minhas malditas calças, basta ser razoável.

Pete parece realmente chateado.

– Rem, juro por Deus que não iria nunca mentir sobre qualquer outra coisa, parecia inofensivo, parecia que só iria ajudar o seu estado de espírito.

– Meu estado de espírito não é ajudado sabendo que não posso confiar em vocês, seus merdas – ele rosna, e ambos ficam quietos e continuam a ouvir. – Vocês são meus irmãos, mas ela é minha. Se ela tivesse me abandonado por causa de sua mentira, eu mataria os dois agora, neste minuto.

– Nós iríamos buscá-la de volta, Remington – Pete promete. – Juro, se soubéssemos o nível do seu... Eu juro que a traria de volta pra você.

– Rem, estávamos tentando ajudá-lo a sobreviver. Como sempre fazemos. Nós pensamos que tudo tinha acabado, cara. Pensávamos que estávamos ajudando. Mas, então, Brooke voltou e percebemos o quão errado... Merda, como estávamos errados. Nós nem sequer sabemos como corrigir isso sem parecer idiotas pra você.

Remy fica pensativo por um longo tempo, e os três trocam olhares estranhos, tipo de irmãos. Então Remington balança a cabeça e desliza o braço em volta da minha cintura, me puxando para ele, e quando ele fuça minha garganta com um grunhido suave e espalha sua mão sobre a minha barriga, toda a tensão escoa dos meus ombros. Eu me derreto em seus braços.

Mil coisas difusas vibram dentro de mim quando o ouço inspirar de novo, desta vez mais longa e mais profundamente, como se ele precisasse de meu perfume para encontrar seu centro. Eu me inclino e beijo sua cabeça negra, passando minhas mãos pelos cabelos. Juro que não consigo parar de beijá-lo. Beijo seu queixo, a testa, para chegar à sua mão, beijar a parte de trás dos dedos.

Quando chegamos à suíte, Diane serve o jantar, com o rosto todo brilhando ao vê-lo à mesa, e quando Remy olha para mim do outro lado da mesa e dá um tapinha em seu colo, eu quase corro para ele. Quando ele levanta o garfo para mim, eu me sinto como um pássaro faminto estúpido que está sendo alimentado pela primeira vez em um século.

Quando me pergunta: "Mais?", observando atentamente a minha boca quando levanta o garfo, eu aceno e mordo e antes mesmo de mastigar, pressiono meus lábios nos dele, porque não posso expressar o alívio que sinto após este procedimento, uma vez que ele está bem. E, na verdade, um pouco melhor.

Ele preguiçosamente bate na cama, seu corpo ainda relaxado com os restos da anestesia e dos relaxantes musculares que lhe deram, o colchão rangendo quando Remy cai sobre ele, solto.

– Venha aqui – chama, mesmo sem levantar a cabeça ou olhar para ver onde estou.

Nós escovamos os dentes e estou pegando as roupas que ele deixou espalhadas ao redor do quarto, então junto as minhas num monte na cadeira de canto e deslizo nua para debaixo das cobertas com ele. Nossas peles se tocam. Cada sensação é intensificada para mim. Sou grata por seu toque. Por ouvir a sua voz. Por esse momento que tenho agora com ele. Agora vejo como é precioso. Cada canção que ele me toca, quando essa mente brilhante está bem e resplandecente com luz e pensamentos. Preciosa até quando ele está no escuro, em silêncio combatendo-a e agarrando-se a mim.

Seu braço passa em volta da minha cintura, e seus dedos estão curvados em meu osso ilíaco quando me arrasta para perto. Minha ansiedade por tê-lo visto passar pelo que passou ainda me atravessa, e não posso deixar de me pressionar com força extra em seu corpo. Eu o ouço soltar uma risada de diversão.

Ouvir a sua risada sexy...

Oh Deus.

– Não é engraçado – digo entre lágrimas, ao enfrentá-lo. – Não é engraçado porra nenhuma.

– Talvez seja – ele sussurra com uma covinha adorável, sua voz profunda enquanto esfrega a ponta do polegar para baixo do meu nariz. – Ninguém nunca se preocupou comigo antes.

– Sim, eles se preocupam, Remy. Todas as pessoas que você ama o amam muito também. Pete, Riley, o treinador e Diane. Eles são apenas melhores em esconder isso de você.

Ele olha para mim, pensativo, em seguida espalha a mão no meu estômago enquanto seus lábios raspam, macios e suaves, sobre os meus.

– Eu fiz isso antes, fiz isso, pimentinha. – Com os olhos escuros me olhando, ele esfrega o polegar sobre minha testa agora. – Não fique com aquela carinha olhando pra mim, tá? – Remy me esmaga contra ele de olhos fechados, gemendo como se sentisse bem ao me segurar. – Quero fazer você feliz. Eu quero fazer você feliz, porra, nunca mais quero te deixar triste.

– Tudo bem – respondo, ainda um pouco emocional, pressionando meus lábios em seu queixo.

–Tudo bem? – pergunta, virando a cabeça e pressionando seus lábios nos meus.

Deslizando o meu braço em volta do meu estômago, prendo meus dedos nos dele enquanto concordo com a cabeça:

– Mais do que bem.

Correndo minha mão livre sobre seu cabelo, enrolo uma de minhas pernas em seu quadril e dou mil e um beijos em seu rosto, fazendo-o rir. Rio baixinho com ele, um sorriso curvando os lábios com cada beijo que continuo a pressionar sobre ele, mas não paro.

Agora sei que ele é realmente meu. Estes dedos passaram a ser meus a partir do momento em que me tocou. Este rosto. Estes lábios. Seu coração enorme, gentil, protetor, possessivo, e complacente. Ele tem sido meu desde que eu fui sua, e saber disso me faz sentir como se eu estivesse sendo cortada em partes e, em seguida, reunida novamente, toda nova e feliz.

– Quero dormir com você em mim – imploro, arrastando minha boca aberta ao longo de sua mandíbula, os dedos de repente quase arranhando a pele de seu ombro conforme respiro em sua pele quente e tento chegar mais perto com a minha barrigona entre nós dois.

Ele desliza a mão entre nós e começa a me preparar com os dedos quando vira a cabeça lentamente, sem pressa toma minha boca, sua língua me retardando, lambendo em mim com prazer preguiçoso.

– Você está pronta? – murmura de forma acalorada, em seguida, acrescenta laconicamente – Eu te amo tanto, Brooke. Sinto muito que você tenha tido que ver isso.

– Pois eu não... Quero tudo de você, cada segundo e cada experiência, tudo...

Um som ofegante borbulha em minha garganta quando ele me agarra pela cintura e me afunda em seu comprimento, me preenchendo tanto que me sinto repleta e muito penetrada por ele, e mal posso falar, ou respirar, ou pensar em nada que não seja em Remy dentro de mim, pulsante e quente, sua boca me levando, lenta e calmamente, tranquilizando-me por ter me pegado. E ele me pegou.

* * *

Remy ainda está negro no dia da luta, e a atmosfera na suíte do hotel é espessa com a tensão enquanto esperamos que ele fique pronto.

Pete, Riley e o treinador pairam pela porta do quarto principal, enquanto estou sendo devorada viva por minha própria e doentia preocupação, porque realmente não sei se ele deve lutar assim.

– Mencione o nome desse filho da puta! – o treinador assobia para Pete. Acho que ele quer provocar a energia turbulenta de Remington para que entre em ação, mas Pete balança a cabeça.

– Nós não vamos usar a raiva. Ele está cheio de ódio de si mesmo quando fica tão pra baixo – Pete sussurra.

Mas o que eu pessoalmente mais senti foi sua luta interior. Ele está dentro de si, lutando. Não libera uma palavra de autoaversão, mas sinto que ele pensa as palavras, sente-as em sua alma. O eletrochoque ajudou, mas ele ainda está mal. Sinto-me despedaçada por ele precisar lutar desse jeito.

– Tente aquecer os músculos, Brooke – Pete sugere.

Vindo para onde Remy está amarrando as sapatilhas em silêncio, eu deslizo minhas mãos para cima e para baixo em suas costas e solto qualquer músculo que puder, despertando-os lentamente, pressionando meus dedos de modo deliberado.

– Vamos lá, Rem, vamos nos aquecer. Eu sei que você gosta dessa – diz Pete enquanto coloca o iPod de Remy em meus alto-falantes.

"Uprising", do Muse, irrompe pela sala em alto volume. A batida rebelde da música parece atingir os ouvidos de Remington, e seus músculos começam a se envolver sob meus dedos, como se ele não pudesse deixar de responder.

Meu coração treme um pouco. Ele está voltando para si mesmo?

Remy tem estado tão ocupado lutando dentro de si que só quero saber se ainda restou luta suficiente para Scorpion.

Ele empurra a outra sapatilha no pé enquanto continuo a esfregar os músculos rígidos e tentar transmitir cada grama de energia que eu tenho para ele. Aqueço cada músculo, um por um, movendo para cima nas costas, prestando atenção nos punhos. Quando não consigo me impedir de me curvar para sua cabeça e perguntar como ele se sente, Remy gira o corpo e agarra a parte de trás da minha cabeça, segurando-a enquanto prende sua boca na minha e me invade.

Quando se afasta, minha boca queima do calor úmido da dele, e seus olhos fervem com um desespero sombrio e feroz. Ele olha para mim como se eu fosse a única esperança do mundo, o olhar tão selvagem e feroz que acende em mim a esperança de que talvez ele vá lutar. Talvez ele queira tanto isso para poder avançar. Eu sei o quanto ele quer esta vitória, e sei como ele absolutamente detesta quando o seu lado negro fode com ele.

– Remington, cara, isso é o que você estava esperando. – Pete agarra seus ombros e chama a sua atenção para ele com um aperto reconfortante. – Tudo o que você sempre quis está ao alcance. Tudo. Você tem planos para depois do campeonato, eu sei que tem. Ganhar vai fazê-los acontecer. Brooke, o bebê...

Com essas palavras, eu o vejo apertar os olhos por um momento de silêncio, então respira fundo longa e lentamente. Pete se inclina para sussurrar algo em seu ouvido, e Remington balança a cabeça e com a voz rouca e lhe diz:

– Obrigado.

Quando abre os olhos de novo, ele se levanta, e as sinapses no meu cérebro parecem disparar de emoção.

Já vestido em sua vestimenta de boxe, seu corpo bronzeado lembra em cada centímetro a máquina de combate que ele construiu. Quando ele diz "Brooke, venha cá", estou tão insanamente nervosa com essa luta que quase tropeço ao andar.

Ele me toma em seus braços e me abraça apertado, dando um beijo quente na parte de trás da minha orelha.

– Preciso de você no mínimo em minha visão periférica. Em todos os momentos. Em todos os momentos.

De repente, minhas entranhas tremem com o conhecimento de que ele vai lutar e, venha o inferno ou o céu, eu estarei assistindo.

– Não vou sair do meu lugar, prometo – digo.

Remy concentra sua atenção em mim por um segundo a mais, então beija a parte de trás de minha orelha mais uma vez e dá um tapinha em meu bumbum. Isso é tudo o que faz. Então começa a saltar no lugar, girando os braços para cima e ao redor de si mesmo, e toda a atmosfera muda drasticamente quando a equipe começa a respirar novamente.

– Onde está Jô? – pergunta rispidamente a Pete.

Um formigamento começa dentro de mim, quando percebo que ele realmente está voltando.

– Já está aferindo a área – responde Pete, e há um tremor de excitação em sua voz quando ele provavelmente percebe o mesmo que eu.

– Nem você nem Jô devem tirar os olhos Brooke, está me ouvindo? – ordena Remy, ao estalar o pescoço para um lado, depois para o outro.

– Entendemos, cara – Pete assegura.

– Tudo bem, estamos prontos aqui?

O treinador pega a mochila contendo roupas limpas de Remy, Gatorades e fones de ouvido extra e coloca sobre seu ombro.

– Pronto.

Remington responde enquanto retira seu iPod dos alto-falantes. A música morre instantaneamente, e todos nós vemos quando ele pega os fones de ouvido do criado-mudo e os prende no iPod.

– Aí sim, esse é o meu garoto! – grita o treinador.

Riley acompanha.

– Esse é o cara!

– Quem está detonando? – O treinador soca as costas de Remy quando se dirigem à porta.

– Eu estou. – Ouço o rosnado baixo de Remington.

O treinador dá um soco ainda mais duro nas costas dele.

– O nome de quem eles vão gritar na arena?

– O meu.

– Diga.

– Arrebentador.

– Não é assim que os filhos da puta vão falar.

Remington bate um punho no peito e grita:

– Arrebentador!

– É isso mesmo! – o treinador grita de volta.

Eles batem as juntas, e depois o treinador o leva para fora do quarto em direção ao elevador, e o resto de nós segue atrás.

– Você tem o suficiente pra essa luta, rapaz?

– Tenho.

O treinador acena com a cabeça, e em seguida estimula:

– O que vamos fazer se ele não se submeter, rapaz? Você já sabe o que fazer?

– Eu sei o que fazer.

Quando ouço esta afirmação tão calma, meu sangue se concentra em meus pés e parece que todas as outras partes de mim tremem enquanto nascem um milhão de arrepios. Uma parte de mim quer ser corajosa e assistir a essa luta, mas não me lembro de alguma vez me sentir tão carente de coragem na vida.

Com uma careta repentina, Remington enfia um dedo espesso no peito do treinador.

– Aconteça o que acontecer, você não vai jogar a toalha. Você me ouviu? Nós nunca, nunca nos submetemos.

A tensão no ar aumenta dramaticamente, e um par de olhares são trocados. Quando não há resposta imediata do treinador, Remington empurra-o de volta um passo.

– Treinador. Você não vai jogar a toalha. Nós não nos submetemos. Ponto final.

Os olhos do treinador se dirigem brevemente em minha direção – brevemente, sim, mas não rapidamente o suficiente para eu deixar de notar a hesitação em seu olhar antes que ele concorde com a cabeça. Expirando ao meu lado, Pete pega a minha mão quando ouvimos um *ting*.

– Vamos – murmura.

Embarcamos no elevador, mas eu estou estupidamente nervosa, meu coração batendo tão ferozmente que vai quebrar um par de minhas costelas no momento em que chegar ao subsolo. Remington brinca em silêncio com seu iPod, seus fones de ouvido em uma mão. Ele está tentando entrar na zona. Com todo o amor que tenho por ele em meu coração, vejo quando ele abaixa a cabeça, coloca os fones de ouvido e toca sua música.

– Por que você prometeu? – Riley confronta o treinador enquanto Remy escuta a música, seu tom acusatório. – Se as coisas ficarem feias, não vamos deixar ele morrer lá fora hoje!

– Os olhos estão ficando azuis! Se alguém vai morrer esta noite, não é o nosso rapaz – responde o treinador.

Tudo bem, isso é conversa de louco! Meu estômago se enrola como uma cascavel, e simplesmente não consigo ficar parada aqui, muda, por nenhum segundo a mais.

– Pete, do que eles estão falando? Estou começando a ficar com medo.

– Houve boatos sobre esta ser a luta da década – responde em voz baixa. – Os dois são teimosos como o diabo, e é preciso que um se submeta para a vitória, Brooke. A coisa pode ficar feia, e como você disse... É mais do que uma merda acontecendo.

Uma pequena lembrança da final da última temporada passa pela minha cabeça, um flash espontâneo e indesejado. Lembro-me do corpo caído de Remy na lona ensanguentada. A multidão gritando o seu nome. E depois o silêncio quando perceberam que seu Arrebentador – feroz, apaixonado, o lindo Arrebentador – estava derrotado.

Enquanto todas as minhas entranhas se retorcem como *pretzels* com essa lembrança, saímos do elevador, mas Remington pega a minha mão e me segura. Ele sussurra em meu ouvido:

– Em minha visão periférica.

Seus olhos mergulham dentro de mim, e rezo muito para que ele não veja o medo em meus olhos, mas ele puxa os fones de ouvido até o pescoço e eu ouço a música fluindo entre nós. Louca e rápida.

– Em seu lugar o tempo todo, Brooke.

Ele desliza as mãos no meu cabelo e esmaga sua boca na minha, roubando um gosto de mim enquanto me oferece um gosto dele que me deixa atordoada. Remy repousa a testa na minha, seu olhar incandescente quando olha para mim.

– Adoro você, a cada respiração em cada grama de mim, eu te adoro. – Com mais um beijo rápido e forte, ele dá um tapa minha bunda. – Assista-me quebrar o sujeito.

No caminho de carro para a arena da luta, Remy mantém um braço esticado na parte de trás do meu assento enquanto ouve a sua música. O resto do carro está quieto. Eu posso provar a violência no ar quando ele vai embora para os vestiários, e quero gritar mil "Eu amo você", mas ele está com o seu iPod agora, entrando em sua zona.

– Pete, ele está realmente pronto pra isso? – sussurro, incerta.

– Espero que sim, Brooke. Eu odiaria que esse novo surto lhe custasse mais um de seus sonhos. Vamos – diz ele, enquanto abrimos caminho para chegar em nossas cadeiras.

Pelo menos duas mil pessoas enchem a arena esta noite. Os organizadores provocaram o público por toda a temporada, e agora eles estão sedentos de sangue para assistir a Scorpion contra o Arrebentador. Os rostos estão pintados de vermelho, simulando sangue. "Erres" brilhantes e vermelhos decoram o rosto das mulheres e a parte de cima de alguns seios enormes.

Vejo o vermelho de Arrebentador pelos assentos e até lá atrás, com a multidão de pé, onde há também um pouco de preto também. O preto de Scorpion.

Acomodando-me em meu lugar ao lado de Pete, noto que Remington mais uma vez garantiu dois lugares vazios para os nossos lados, e a impressão é a de que ficamos esperando uma vida inteira. Ficar olhando para o vazio do ringue parece que só faz a multidão gritar mais alto enquanto espera Remington e Scorpion preencherem aquele quadrado.

– Arrebentadoooor!

Um grupo de amigas grita em uníssono do outro do lado do ringue.

Atrás, começa um cântico:

– Traga-os pra fora! FORA! FORA! FORA!

Os alto-falantes crepitam quando o microfone é ligado, e um locutor aparece no palco. Eu quase pulo para fora da minha pele.

– Senhoras e senhores, olá! – As pessoas rugem sua saudação antes de o locutor continuar: – Bem, aqui estamos nós nesta noite com todos vocês! Estão todos prontos? Estão todos prontos para uma luta diferente de qualquer outra? Diferente de qualquer outra, gente! Juiz?

O juiz no canto do ringue vira toda a sua atenção para o locutor.

– Senhor, nós não vamos precisar de seus serviços esta noite – informa galantemente o locutor, acrescentando uma reverência dramática que provoca um trovejante som ao redor da arena enquanto a multidão se levanta e grita a sua aprovação.

– Isso mesmo! – o locutor grita em um vozeirão de volta para a multidão. – Hoje à noite não há regras, vale tudo. Vale tudo, gente! Não há nocautes, esta é uma luta de submissão! Submissão!

– Ou morte! – gritam as pessoas animadamente.

– Senhoras e senhores! Sim! É uma luta de submissão aqui, esta noite, na arena! Agora, vamos chamar o seu pior pesadelo para o ringue! O homem por quem suas filhas choram! O homem de quem vocês fogem. O homem que certamente ninguém quer encarar no ringue. Nosso atual campeão, Benny, o Blaaaack Scorpionnnnnn!

Estou respirando depressa. Não sei como pude pensar que conseguiria ficar sentada aqui, assistindo a essa porra desta luta da década, porque cada órgão dentro de mim está tremendo de nervoso e acho que vou vomitar meu coração. Vale tudo. Sem árbitro. Exatamente do jeito que eles achavam que iria acontecer, e vai, e nem sei ao certo qual o estado de espírito de Remington.

– Pete, vou vomitar. – Sufoco, tomando fôlego enquanto meu estômago se aperta em uma súbita contração.

Ao longe, uma figura com um manto negro batendo atrás dele se aproxima do ringue, e a náusea sobe com força total quando o vejo.

Scorpion.

Com o dedo médio gigante apontado no ar, decido que ele é ainda pior do que o Voldemort, porque esse cara está realmente vivo.

– Um idiota – diz Pete com nojo.

Na última vez que tive o desprazer de assistir a Scorpion sair para lutar, Remington desistiu da luta para resgatar Nora desse espécime repugnante de homem. E Nora, onde ela está agora? O que Scorpion anda fazendo com ela? Remington me disse para confiar nele, e eu confio, mas o meu medo é tão grande quando olho para o rosto de pesadelo daquele nojento, que cada grama de razão em mim se esvai. É impossível silenciar os gritos frenéticos em minha mente, me dizendo que Remington vai ficar ferido esta noite. Ele vai se machucar e, mais uma vez, *você não pode parar isso! Você não pode fazer nada sobre isso!*

De repente, vejo Nora nas arquibancadas, e uma raiva terrível passa por mim quando ela evita cuidadosamente o meu olhar.

Scorpion salta para o ringue, e seu time tira o roupão, o escorpião preto extragrande que ele parece ter recentemente tatuado nas costas cumprimenta a multidão enquanto o homem se vira para deixar todo mundo ver. O cara é ainda mais feio do que o rabo de alguém, e eu sinto um prazer perverso vendo essa cicatriz em seu rosto, uma terrível cortesia de Remy.

– A boa notícia é que ele ainda é nojento – diz Pete.

– Pete, eu não posso acreditar que minha irmã se livrou dele e então voltou pra esse sujeito. Isso me deixa doente. – Dou mais um olhar para Nora do outro lado do ringue e sua traição me corta como uma faca.

– Não é o que você pensa, Brooke – Pete diz, acenando para o ringue com a cabeça. – Seu cara está sabendo. Espere e verá.

– O que você quer dizer? – pergunto confusa, mas se Pete respondeu, eu não ouvi.

Scorpion virou na direção de Nora, e ela olha para ele com uma expressão sombria que realmente não me parece o olhar de uma jovem mulher apaixonada. Então ele se vira para olhar para mim, só para levantar o dedo do meio no ar. Diretamente para mim.

– Cara, Brooke, pelo amor de...

Eu levanto os meus dois dedos médios em resposta, e a besta sorri seu sorriso amarelo para mim.

Pete geme e suspira como se tivesse indigestão:

– Certo, se Remington souber que o cara levantou o dedo e você fez o mesmo em resposta...

Buuuu!

As pessoas gritam instantaneamente, e ele lhes mostra o dedo também, juntamente com o seu sorriso amarelo, e como se isso não fosse grosseria o suficiente, também põe a mão em seu saco.

Buuuu!

Grita a multidão.

Deus, não consigo entender por que minha irmã estaria com tal espécime! Ela costumava ser tão romântica. Ela costumava querer um príncipe. E ela vai com Scorpion?

– E desafiando o nosso campeão hoje à noite, todos nós sabemos o nome dele! Estamos todos esperando para ver o que ele vai fazer no ringue esta noite. Assim... é ele? Preparem-se pra acolher o primeiro e único Remingtooooooon Tate, o seu Arrebentadoooorrrr!

É impossível abafar o raio que passa através de mim ao ouvir seu nome. Tinha sido barulhento quando Scorpion saiu do vestiário. Mas a forma como as pessoas começam a gritar para Remington faz minha garganta fechar de emoção e meu coração saltar dentro do meu peito.

Remington, Remington, Remington!

O cântico se espalha no meio da multidão. A cor vermelha assume toda a arena. Então vejo um vislumbre de algo vermelho que estou morrendo de vontade de ver quando o seu nome gritado me rodeia tão completamente quanto a sua cor acabou de fazer.

– Remyyyyy, mate esse cara!

– Vai, Arrebentador!

As minhas funções corporais aumentam em todos os sentidos. Meus pulmões, meu coração, minhas glândulas suprarrenais, os meus olhos, cada parte de mim geme por ele. No instante em que meu homem vem trotando para a arena, estou girando em um turbilhão de nervosismo, medo e excitação. Dividida entre o desejo de levá-lo à segurança e querer torcer por ele como o resto de seus fãs faz, para que ele saiba que eu sei que, se alguém é dono desse ringue, esse alguém é ele.

Com um salto, ele toma o ringue e imediatamente deixa Riley puxar o robe de seus ombros. Juro que ouvi um suspiro coletivo das mulheres próximas a mim.

– Remyyyyyyy ! Mate-o, Remy! – alguém grita.

E então, o incrível acontece.

Ele começa com a sua assinatura arrogante. Todos os seus músculos são gloriosos, fortes e bronzeados, e ouço uma mulher gritando que seu corpo deveria ser imortalizado, de tão masculino e tão perfeito. E ele olha para mim. Os olhos azuis brilhando. O mais azul do azul. Um flash das covinhas, e percebo com um tremor no coração que era isso que o treinador estava falando quando disse que o azul estava voltando. Seus olhos estão azuis. De um azul limpo e brilhante. Aqueles olhos e covinhas falam diretamente com as borboletas no meu estômago, e quero explodir com elas.

Um frenesi de emoção dispara por mim, e de repente eu sei, com cada fibra do meu ser, que ele está sabendo. Ele é Remington Tate. Ele é um homem que cai e se levanta de novo e de novo. Ele empurra, mergulha de cabeça, saqueia, continua. Ele está sabendo. Eu me lembro de quem ele é. De onde vem sua motivação, de alguma fonte inominável que ninguém neste mundo possui. Ele é invencível e imbatível e vai esmagar Scorpion, assim como queria.

O gongo soa e meu homem não perde tempo. Vai direto para o centro do ringue e enquanto Scorpion parece pensar que eles vão saltar um pouco um em torno do outro, Remington enfia-lhe três jabs de forma rápida o suficiente para fazer o animal feio tropeçar para trás.

Bolhas de excitação explodem dentro de mim. Fecho a mão em torno da boca e meus gritos se juntam instantaneamente aos outros.

– Remy!

– Brooke?

Pete me força para baixo para o meu lugar, mas estou tão excitada que não posso ficar sentada muito tempo. Eu sinto Remy na minha barriga, sinto que ele está vivo dentro de mim e sinto sua energia em meu corpo.

A luta começa com força total.

Remy soca o queixo de Scorpion, sacudindo seu corpo. Meu peito mal pode conter todas as emoções dentro de mim enquanto meus pulmões trabalham para conseguir respirar. Deus, estive esperando para ver isso acontecer como se fossem mil anos, e mal posso suportar. A multidão também esteve esperando a mesma coisa, e estão gritando a plenos pulmões. Assim como eu!

– Vai, REMY!

– Mate-o, Remy!

– Remington, eu te amo pra caralho! Oh meu Deus, eu te amo! – grito.

– Brooke – diz Pete, apontando para minha barriga. – Esses pulos todos podem não fazer bem!

– É bom, Pete, tão bom!

O bebê está se mexendo e estou sentindo algumas contrações toleráveis, e as sinto de vez em quando – li que o corpo começa a praticar três meses antes do parto. Acho que meu bebê sente a adrenalina. Ou que ele sabe que o papai está lutando. Ele se contorce toda vez depois de uma contração, e acho que há ação demais para ele relaxar agora. Como podemos relaxar assistindo a isso? Oh meu Deus!

– Não sei bem o que existe entre Remington e esse ringue – diz Pete. – Mas ele parece entrar nisso e não importa o que esteja vivendo, ele luta. Riley diz que é sua memória muscular, mas eu não estou muito certo.

– É Remy, Pete – digo animadamente, e eu o abraço.

Remington soca perfeitamente de novo, levanta a guarda, saltando e batendo, enquanto Scorpion não conseguiu dar um único soco. Nem um único. Um cântico se espalha no meio da multidão:

– *Mate-o! Mate-o!*

Pete me disse que todo o treinamento do mundo não pode transformar um lutador em um pegador, ou você é um pegador feroz ou não é. Diz que se pode trabalhar a velocidade, mas não fazer sua mão ficar pesada, e agora posso ver a diferença entre o poder dos golpes.

Agora eu posso ver por que Scorpion teve que trapacear para ganhar o campeonato na última temporada.

Entre os assaltos, Remy salta com energia, enquanto Scorpion senta em seu banco com a cabeça abaixada para o chão, sua equipe trabalhando em passar vaselina ou algo assim em seus cortes.

O gongo bate novamente.

Remington sai das cordas e jabeia, mas desta vez Scorpion responde, com rapidez e precisão, interrompendo seu ritmo.

Eles vão para um clinch. Remington se livra e dá um gancho de direita. Scorpion se cobre e volta com um golpe poderoso que pousa em cheio no peito de Remy.

O ar sai de seus pulmões, mas Remy não se abala. Não. A minha árvore não foi abalada. Em vez disso, ele começa a socar os golpes em profusão, o rosto feroz em concentração, e a cabeça de Scorpion começa a balançar, o sangue escorrendo de ambas as narinas e de um corte perto de um de seus olhos.

Scorpion devolve, o punho conectando-se ao queixo de Remington, fazendo com que o sangue comece a derramar para fora de sua boca. Outra contração me agarra, e desta vez estou tendo dificuldade para me lembrar de respirar. A luta é intensa, emocionante e extremamente dolorosa de assistir.

O turbilhão de golpes continua. Esquivas, socos, eles continuam a se bater. A diferença entre o poder de cada soco é aparente. Remington é mais rápido e mais forte, e Scorpion parece ser o saco de pancadas de escolha hoje. Ele está abalado e está quase acabado, mas não vai cair e continua se esquivando e acertando diretos em Remy. Ele pega Remington pelo pescoço e tenta jogá-lo no chão, e quando não consegue, levanta o joelho e enfia em seu estômago.

– O quê? Isso não pode – grito.

– Remington é um boxeador, ele nunca usa suas pernas, exceto para ficar de pé, mas vale tudo aqui, Brooke. Se Scorpion quiser morder...

O medo espreita dentro de mim, e outra contração me aperta, com força suficiente para me fazer morder de volta um gemido de dor e sentar-me por um momento.

Com um grunhido irritado, Remington empurra Scorpion de volta e começa a demolir o homem. Soco após soco. *Wham! Wham! Wham!*

Eu vi Remy demolir seu saco de areia, e seu saco mais pesado, mas nunca vi martelar um homem desse jeito. Scorpion cobre a cabeça e se abaixa, e Remington ataca, acertando o estômago uma, duas, três vezes. Scorpion salta para trás nas cordas e cai de joelhos.

Ele cospe no chão e se levanta com esforço, ao mesmo tempo que Remington vai para trás enquanto toma fôlego, suas sobrancelhas sobre os olhos brilhando como um predador.

Scorpion carrega para frente e acerta um direto na mandíbula de Remy, então ele consegue outro golpe pesado na caixa torácica direita. Remy balança para trás.

Vejo o sorriso amarelo no rosto de Scorpion quando ele acerta um terceiro soco direto na testa e Remington cai para trás nas cordas com um som que é tão angustiante de ouvir, que balanço na cadeira com um grito de dor crua.

Ele se endireita com um suspiro trêmulo que expande seu peito largo, e meu coração se sente massacrado. A dor que sinto a cada vez que ele leva um soco faz minhas contrações parecerem alegres! Estremeço por dentro quando ele se aproxima de Scorpion de novo, agora sangrando livremente como seu adversário.

Os dois voltam a se socar mais uma vez, e ouço todos os ruídos de seus golpes, *pow pow pow!*

Meus nervos ardem enquanto os assaltos se arrastam. Um após o outro. Nenhum se submete e nem cai. Contorcendo-me ansiosamente no assento, sinto um som me atingindo e olho para baixo, horrorizada ao ver que há água escorrendo debaixo da minha saia, pelas minhas pernas nuas.

– Não.

Sentindo-me em puro pânico, olho para Remington e depois para Pete, e ele está tão envolvido na luta que fecho meus olhos e mentalmente começo a dizer para o bebê – *por favor, não até que seu pai esteja pronto!*

Estou apenas com seis meses e meio, sete no máximo, não posso entrar em trabalho de parto agora!

Remington ataca com um punho voando, o braço balançando repetidamente. Ele é tão rápido, mal posso ver seus movimentos, no máximo se ouve o som de ossos sendo esmagados.

Não há dúvida. Comecei o trabalho de parto. Contrações. Tudo o que eu li no livro está acontecendo. Minha bolsa estourou. Graças a Deus não está inundando, mas está escorrendo pela minha perna, vazando para fora de mim. Respiro fundo enquanto a dor toma conta. As contrações antes de a minha bolsa estourar eram nada comparadas com a dor que sinto agora quando meu abdômen se contrai, e não vou a lugar nenhum até que ele esteja pronto para sair.

Oh meu Deus, eu ainda não tinha tido tempo para ter medo do trabalho de parto até agora!

Estou tão ocupada tentando me lembrar do que li no livro sobre como respirar relaxadamente, que não percebo Nora sair de seu lugar e vir até mim.

– Está tudo bem, Brooke? – pergunta, preocupada.

Merda. Ela notou.

– Tudo bem – suspiro, quando as contrações aliviam.

– Brooke, Benny não se submeterá. Ele preferiria morrer – acrescenta ela com uma voz trêmula, as lágrimas brilhando em seus olhos. – Você não quer que Remy o mate, Brooke, as coisas que isso vai causar em sua mente... E Benny não é esse monstro, nem tanto...

– Nora. – Pete estende-lhe a mão e a chama para ele. – Isso foi cuidado, Nora. Scorpion não vai ferir você novamente. – Olhando-a, ele ergue sua mão e toca seu rosto, e a respiração de Nora pula ao toque. – Nós negociamos. Estamos conseguindo.

– O quê? – pergunto perplexa. – O que está acontecendo?

Pete fica de pé para dar seu lugar a Nora e se senta na cadeira vazia ao meu lado.

– Pete, o que está acontecendo? – exijo saber.

– Pete! – grita Nora.

Ela balança a cabeça freneticamente, e Pete hesita.

– Pete! – exijo furiosamente. – Juro que não posso aguentar essa merda agora!

Pete puxa a gravata por um momento, então abaixa a cabeça no meu ouvido e fala:

– Scorpion quer o sangue de Remington. Ele não acha que Remington pode fazê-lo se submeter, ou que ele tem isso dentro dele, de matá-lo, então fez Remington concordar que o campeonato seria por submissão. Se o nosso cara ganhar, leva o campeonato, mas, o mais importante para ele, recebe o... *vídeo* de Nora.

Nora faz um barulho de dor e enterra o rosto nas mãos, e eu estou tão atordoada que meu cérebro quase grita à medida que tenta processar a informação. Nora estava sendo chantageada com um vídeo dela? E Remy... Concordou com isso?

– Ele queria fazer isso – Pete diz imediatamente.

– Deus, Nora...

O pensamento de que aquele louco estava usando a minha irmã para fazer Remington ter que escolher entre, o quê, *matar* o Scorpion foi algo que me fez temer por todos nós. Se o desgraçado não pudesse acabar com Remy, ele estava determinado a transformá-lo em um assassino?

E fazê-lo ficar negro para sempre...

Concentro toda a minha atenção em minha irmã quando outra contração toma conta, e Nora desliza lentamente a mão sobre minha barriga.

– É o bebê?

Tomando fôlego e inclinando-me para ela para Pete não ouvir, eu aceno concordando.

– Sim...

– O que eu faço, Brooke?

– Apenas segure a minha mão enquanto assisto a meu cara dar um jeito nisso.

Como se estivesse me ouvindo, Remington continua abatendo Scorpion lá em cima. Meus nervos estão em frangalhos. O sangue quase preto de Scorpion está espalhado pela lona, e embora esteja tropeçando, ele se recusa a cair.

Ofegante, mas sem parar, Remington agarra-o pelo pescoço e empurra-o ao redor para encarar o espaço vazio onde a cadeira de Nora fica vazia. Seus lábios se movem quando ele murmura algo no ouvido de Scorpion, e logo quando Scorpion solta uma risada sarcástica, um estalo alto enche a arena.

– AAAAAA!

Os suspiros do público enchem a arena quando o cotovelo de Scorpion quebra e seu braço oscila molemente a partir do meio para baixo.

Meu estômago se enche de nós quando a luta fica ainda mais cruel e Remy prende Scorpion no canto e esmurra a cabeça do oponente de um lado para o outro, atacando-o como se fosse seu saco de areia. Scorpion luta e força uma joelhada na barriga de Remy.

– Brooke – choraminga Nora – eles vão se matar.

Uma bola de medo queima a minha garganta enquanto nós duas assistimos à luta com pavor. Eles ainda estão batendo duro. Scorpion deu um par de chutes e eles voltaram ao centro do ringue. Remy está coberto de sangue, dele e de Scorpion, e ainda que Scorpion mal possa ficar de pé, ataca furiosamente com os ombros, tentando derrubar Remy com cabeçadas.

– Um deles tem que parar agora! – Nora sussurra baixinho.

– Tem que ser Scorpion – respondo.

E então, Remington solta um poderoso um-dois que derruba Scorpion instantaneamente de joelhos. Um grito de emoção irrompe entre a multidão, e Remy limpa a parte de trás de seu braço na testa e procura-me entre os espectadores.

Quando me encontra, ele não tira os olhos de mim enquanto agarra Scorpion pelos cabelos e o puxa para ficar de pé, mostrando-lhe Nora ao meu lado.

Ele sussurra algo para Scorpion, e, em resposta, Scorpion cospe um sangue vermelho no chão.

Remy empurra-o para longe e se posiciona novamente, levantando a guarda de uma forma que claramente diz *Tudo bem, seu babaca, então vamos continuar lutando e ver quem se desgasta primeiro.*

Então eles lutam novamente. Remington lança socos com a mesma força antinatural que sua torcida ama, e eles gritam em aprovação imediata quando vemos todos os seus músculos se contraírem enquanto trabalha com eles. Scorpion dura dois jabs e um gancho, e desaba de rosto no chão.

O público grita excitado, e um cântico familiar sobe em um crescendo:

– *REM- ING -TON! REM- ING -TON!*

– Acabe com ele! Feche a conta! – grita um jovem no canto da primeira fila.

O silêncio desce quando Remington se aproxima do corpo imóvel de Scorpion, e acho que nem estou mais respirando. Meu coração está fazendo todos os tipos de movimentos no meu peito ao mesmo tempo que ouço Nora começar a soluçar baixinho ao meu lado.

Scorpion rasteja no chão. O olhar de Remington está preso fixamente em mim, seu peito amplo expandindo a cada respiração, e sei que minha testa está franzida de dor, mas, por favor, não quero que ele perceba que tem algo de errado.

– Vá, Remy!

Grito, mas não consigo ficar de pé, então tenho que gritar do meu assento. Ele se vira e empurra Scorpion de volta para baixo quando ele tenta se levantar.

As pessoas uivam sua aprovação.

Remy agarra o braço ainda são de Scorpion e quebra todos os dedos da mão em um movimento, e então quebra o pulso.

Os olhos de Scorpion saltam para fora. Ele começa a se contorcer quando Remington desliza suas mãos até seu cotovelo inteiro. Remington começa torcendo-o em um ângulo estranho, e uma contração dolorosa me rasga por todo o meu corpo, me fazendo engolir um gemido de dor.

Scorpion se agita sob ele e começa a gaguejar. De repente, há um grito alto, e uma toalha preta cai no ringue, ao lado do corpo se contorcendo de Scorpion.

Remington fecha sua mandíbula quando vê a toalha, e o público vaia quando percebe que o corner de Scorpion cedeu a submissão por ele. O desapontamento pisca no rosto de Remy, e ele demora alguns segundos antes de liberar o braço de seu oponente. Scorpion cospe uma tonelada de sangue da boca e olha para ele, ofegante.

Remington começa a se afastar, então ouve Scorpion murmurar algo baixinho, a seguir se vira e o esmurra, deixando o miserável inseto inconsciente.

– Arrebentadorrrrrrrrrrr! – ouço o locutor gritar.

Remy olha para mim, sua expressão tão feroz quanto a dor dentro de mim. Uma tempestade de testosterona rodopia ao seu redor, e posso ver suas emoções fervendo em seus azuis irritados, gritando silenciosamente:

– Não brinque comigo ou com o que é meu nunca mais!

Ele vem para a borda do ringue e eu balanço a cabeça não, não venha. Quero vê-lo lá em cima, com o braço erguido, pegando seu maldito título de campeão, ouvindo seu nome ser falado pelo locutor, ouvindo esse mesmo nome sendo gritado através dos alto-falantes.

O locutor pega o braço dele e o ergue no ar antes que Remington possa alcançar as cordas, e a felicidade que me inunda se mistura com a dor enquanto ouço...

Ouço o que eu deveria ter ouvido naquela luta final da temporada passada...

– O vencedor do campeonato Underground desta temporada, e eu lhes dou, REMINGTON TATE, o Arrebentadoorrr... Ei, onde você está indo?

Meus olhos ardem e ele se torna um lindo borrão...

Estou chorando porque sei que ele acaba de pular do ringue e está vindo me pegar. Ele sabe que tem alguma coisa errada, ele sempre sabe. Nem preciso contar. Pete senta-se a meu lado, alheio a isto. Mas minha irmã sabia. E Remy, ele sabe. Sinto seus braços, suados e ensanguentados, quando ele se ajoelha diante de mim.

– Brooke, oh, princesa, ela está vindo, não é? – Quando aceno confirmando com a cabeça, ele diz ofegante, os olhos azuis brilhando enquanto enxuga minhas lágrimas. – Eu tenho você, certo? Você me pegou, baby, e agora eu pego você. Venha aqui.

Ele me apanha e eu choro em sua garganta úmida e encerro meus braços ao redor dele enquanto Remy me leva para a saída.

– Ele não tinha... Não era esperado tão cedo... É cedo demais... E se ele não...

Todas as minhas emoções tampadas e engarrafadas agora estão me inundando. Nós deveríamos fazer isso depois, depois dessa luta. Depois que tivéssemos o quarto pronto e estivéssemos em Seattle.

A multidão nos cerca e os fãs estendem as mãos para acariciar o peito musculoso e molhado dele enquanto abre caminho para nós, ignorando cada grito, cada chamada, tudo menos eu.

– Arrebentadorrr, você é o cara! Arrebentadorrrr!

Uma música começa a tocar estridente através dos alto-falantes, e eu não reconheço nem a canção e nem o cantor quando uma voz surge ao mesmo tempo.

– A pedido do nosso vencedor, que tem uma pergunta muito especial a fazer... – Ouço o locutor dizer quando Remington avança em meio à multidão, com a minha cabeça pressionada contra o peito. Ouço seu coração batendo. Sua respiração. Cada parte dele, eu sinto isso.

Ele continua a atravessar a multidão de pessoas, e até mesmo através da minha dor, eu observo que os fãs têm rosas brancas nas mãos conforme caminhamos por eles, e alguns, da arquibancada, estão jogando essas flores em nós. Então eu ouço a letra da música até que algumas palavras me atingem como um tiro de adrenalina correndo pelo meu sangue: *Case-se comigo...*

– O quê?

Ele não responde.

Ele está dando instruções a Pete para trazer o carro quando finalmente saímos da arena, e ao entramos no carro, Nora sobe na frente com Pete.

Remington pega meu rosto em suas mãos e olha para mim, com a voz cheia de emoção e desidratada, com o rosto inchado e ensanguentado e me matando, porque eu não posso fazer nada a respeito.

– A música era para te pedir para se casar comigo, mas você vai ter que se contentar comigo fazendo o pedido – sussurra ele, os olhos poderosos e azuis brilhando no escuro. – Mente. Corpo. Alma. Toda você para mim. Tudo isso meu.

Ele aperta meu rosto entre as mãos úmidas e calejadas e sangrando.

– Case-se comigo, Brooke Dumas.

VINTE

QUANDO CHEGAR O MOMENTO

Eu disse sim!

E fui repetindo sua proposta na minha cabeça vezes sem conta enquanto paro de pensar nessas contrações dolorosas. Estão ficando cada vez mais perto, menos de um minuto se passando de uma para outra. O desejo de fazer força é agudo enquanto fico deitada na cama do hospital, mas não devo fazer isso ainda.

Remy prende um fio de cabelo atrás de minha orelha com uma expressão de dor.

– Brooke... – Isso é tudo que ele foi capaz de dizer, quase como um pedido de desculpas quando olha para mim.

E dói em mim olhar para ele. Seu rosto está manchado de sangue e sua mandíbula está ligeiramente inchada. Eu quero tocar e cuidar e curar, mas cada vez que tento chegar e fazer algo sobre isso, ele me interrompe e coloca um beijo na palma da minha mão.

– Precisamos de gelo para o seu rosto – protesto.

– Quem se importa com a porra da minha cara – ele contrapõe.

E então eu gemo quando outra contração me agarra e ele rosna como se sentisse.

Remy trava a mandíbula, lutando para mantê-la fechada. Quando a enfermeira verifica que estou com sete centímetros, ela pergunta se eu quero andar para chegar até dez. Eu não quero, mas concordo. Remington visivelmente estremece conforme tenta se controlar, e me ajuda a levantar da cama. Aperto seu antebraço para o apoio à medida que começo a caminhar para fora do quarto, pedindo-lhe:

– Fique comigo. Fique comigo, ok?

– Ok, Brooke – murmura automaticamente em resposta.

Damos as mãos, e seu aperto reconfortante me enche de coragem, enquanto caminhamos pelo corredor do hospital.

Ele envolve o braço livre em volta da minha cintura quando uma nova onda de contrações me abala.

– Distraia-me – imploro.

– Você gostou da luta? – pergunta Remy no meu ouvido.

Seus olhos azuis dançam em delírio, os lábios esticados e tortos por causa da parte inchada em seu queixo, e estouro de rir dolorosamente entre as contrações porque, claro, é claro, Remy iria querer saber.

– Você chutou a bunda como disse que faria, mas quem está chutando minha bunda agora é o bebê.

Ele me ajuda a voltar para o quarto. Logo estou em uma névoa de dor e tudo que eu quero é empurrar, empurrar, empurrar.

No momento em que o médico me diz que posso empurrar, já estou exausta.

Envolvendo seus braços fortes ao redor dos meus ombros por trás de mim, Remington enterra seu nariz no meu pescoço, como se o meu cheiro fosse acalmá-lo. O cheiro dele me acalma, e eu tento não gritar por causa dele, porque o quero comigo, e sei que ele nunca iria querer esquecer um momento como este. Mordendo meus lábios com força, empurro e aperto sua mão, enquanto engulo de volta os meus gemidos. Empurrando com mais ímpeto contra a dor, empurro de novo, mais e mais. Nunca me perguntei antes por que isso era chamado de "trabalho de parto", mas agora eu sei. Quando o bebê finalmente desliza para fora depois de vários esforços, grito de alívio quando a minha cabeça cai para trás em cima da mesa.

O médico o pega e através de um olhar embaçado com alívio, vejo algo molhado, liso e rosado.

– É um menino. – Ouvimos e, em seguida, o primeiro choro do bebê atravessa o quarto.

Seus pulmões podem não estar totalmente desenvolvidos, mas aquele pequeno gemido suave faz meu coração transbordar de alegria.

– Um menino – suspiro.

– Um menino – Remington repete, e meu peito se inunda quando ouço a aceitação e o contentamento na palavra.

Remy não precisa me dizer, mas eu sei que, agora, nosso filho é real para ele. Nosso filho é real para nós dois.

Sorrio em silêncio para mim mesma enquanto os meus olhos se enchem de lágrimas. O médico murmura para as enfermeiras, que cortam o cordão umbilical.

– Respirando sozinho, sem complicações. Mas ele é prematuro, ainda precisamos incubar.

– Nós queremos ver... – Choro sem fôlego.

Meus braços estão tão fracos que mal consigo levantá-los, e nem sei por que, uma vez que quase não fizeram nada enquanto eu fazia força.

O pequeno bebê solta outro uivo quando o limpam, e afinal eles o trazem para nós. Não acho que Remington estivesse respirando, enquanto a minha própria respiração sai correndo da minha garganta quando seguro este pequeno pedaço de vida pela primeira vez.

O médico começa a me arrumar, a enfermeira espera para levar o bebê para a UTI, mas Remington inclina a cabeça na minha. Nós nos acariciamos mutuamente sobre a cabecinha careca do bebê.

– Eu o amo, Remy – sussurro, dobrando a cabeça ansiosa por sentir sua respiração quente em meu rosto, seus lábios nos meus. – Eu te amo tanto. Obrigada por este bebê.

– Brooke – responde ele laconicamente, engolfando nós dois em seus braços.

Eu sei que, no fundo, Remy não acredita que mereça isso. Ninguém lhe ensinou que merecia, então aperto seus ombros fortes em mim com a máxima força que posso com um de meus braços fracos e cansados, enquanto seguro o bebê com o outro.

– Se ele for como eu, vamos apoiá-lo – sussurra Remy preocupado em meu ouvido. – Se ele for como eu, estaremos lá com ele, sempre.

– Sim, Remy. Nós vamos ensinar-lhe música. E a se exercitar. E como cuidar deste pequeno corpo. Ele será forte e vai surpreendê-lo e talvez, frustrá-lo, por vezes, também. Vamos ensiná-lo a amá-lo. E amar a si próprio. Nós vamos lhe ensinar o amor.

Remy limpa os olhos com as costas das mãos.

– É... – e coloca um beijo na minha testa. – Sim, nós vamos ensinar tudo isso.

– Venha abraçar-nos de novo – peço, quando ele dá um passo atrás, como se eu e este bebê que faz um ruído de esquilo não pudéssemos ser dele.

Remy volta e nos derrete em seus braços. Ele dá os melhores abraços e cabemos perfeitamente dentro deles. Sinto quando enxuga uma lágrima de cima da minha cabeça e isso me faz começar a chorar baixinho também. Ele é muito forte. E nunca pensei que este pequeno momento o tocaria assim. Seguro o bebê em um braço porque preciso segurar Remington no outro.

– Venha cá – incentivo, estendendo um braço. Então, ele deixa cair a cabeça e me cheira e eu não sei se meu rosto está mais úmido do que o dele. – Estou tão apaixonada por você – sussurro para ele. – Você merece isso e muito mais. Enquanto você lutar lá fora, vou lutar para que volte para casa pra ele.

Ele rosna um som exasperado e enxuga os olhos de novo, como se odiasse chorar, então toca meu rosto e beija a parte de trás da minha orelha, a voz mais grossa do que eu já ouvi.

– Eu te amo pra caralho. Obrigado por este bebê. Obrigado por me amar. Eu não posso esperar mais para fazer de você a minha esposa.

* * *

Estou em um quarto individual quando vejo Nora novamente. Ela entra parecendo corada e feliz, seguida por Pete, que parece quase tão corado quanto ela. Talvez mais, até. Enquanto Pete abraça Remy e felicita o novo papai, Nora faz uma linha reta até onde estou.

– Brooke, eu o vi! Eu o vi pela janela! Ele é o bebê mais lindo que existe!

– Eu sei, Nora, e é tão pequenininho! – Minha voz treme de emoção ao falar sobre o bebê. – Ele não deveria nem estar aqui ainda, mas os médicos estão surpresos pela forma como ele é desenvolvido para sua idade.

Ela se senta no canto da minha cama e pega a minha mão, com os olhos brilhando de felicidade. Nós sustentamos os olhares por um momento, e embora não queira tirar esse sorriso do seu rosto, tenho que fazer a pergunta incômoda que está na parte de trás da minha mente.

– Nora, o que você estava fazendo com o Scorpion? – estremeço um pouco quando tento me endireitar, e então alcanço o botão debaixo da cama e ajusto a minha posição. – Por que você não nos disse que ele estava chantageando você para que pudéssemos ajudar?

Um rubor se espalha a partir do queixo até a testa, e ela esconde o rosto entre as mãos novamente.

– É tão embaraçoso.

Remington sinaliza da porta que ele está saindo com Pete, e olho para o meu grande leão, seu cabelo despenteado, no moletom e capuz que vestiu, e percebo que temos um bebê juntos, e meu peito incha tão poderosamente que me sinto começando a flutuar como uma nuvem.

Ele sussurra suavemente, seu olhar brilhando de orgulho de macho.

– Estaremos aqui fora.

– Perdão por ter lhes causado tantos problemas – diz Nora a ele.

Ele segura a porta aberta e balança a cabeça, com uma covinha aparecendo.

– Problema nenhum.

Quando a porta se fecha atrás dele, tudo que eu posso ouvir são os soluços suaves de minha irmã no quarto, e a minha voz, quando estendo o braço para acariciar suas costas e perguntar:

– Ele machucou você?

Nora apanha um lenço da bolsa e enxuga os cantos dos olhos.

– Não. Ele estava mal e disse que sentia falta de mim. Ele me queria de volta e faria qualquer coisa para me manter. É provavelmente por isso que ele estava lutando tanto daquele jeito – diz ela. – E estou feliz que ele tenha perdido. Odeio que isso ainda me machuque.

– Oh, Nora.

– Quando você chegou em casa, eu não conseguia nem pensar direito. Você é tão... protegida. Ter um filho dele! Ele está tão apaixonado por você e eu estava no inferno! Benny avisou que iria espalhar o vídeo se eu não voltasse. Ele queria machucar você de novo, queria ter uma maneira de fazer Remington perder. Eu não queria estar com ele, mas tinha medo de que fosse chantagear vocês com esse vídeo sobre mim! Então eu voltei. Ele me ofereceu as drogas... que eu queria. Eu de fato queria, mas sabia que se as tomasse jamais poderia voltar para casa. Meu plano era ficar com ele – ela enxuga o rosto enquanto as lágrimas continuavam a escorrer, embora sua voz estivesse firme e forte – até a temporada acabar, então eles não iriam mais precisar de mim pra machucar vocês dois. Pensei que poderia conseguir uma maneira de conseguir o vídeo e fugir dele.

– Nora... – Abro meus braços, e ela se inclina e repousa a cabeça no meu ombro. – Precisamos seguir em frente agora – sussurro.

As palavras saem quase como um pedido, porque eu tenho um bebê agora. Um bebê. Ele vai precisar de mim, assim como meu companheiro, e quero que Nora seja forte por sua própria conta. Remy a protegeu por mim, mas sei que meu dever é proteger meu filho e meu homem tão ferozmente como fez Remy, e isso inclui protegê-los mesmo de minha família.

Ela enrola o dedo mindinho, como fazíamos quando crianças ao prometermos alguma coisa. Rindo, enganchamos os dedos.

– Não conte ao papai e à mamãe. Eles estão desesperados para ver o neto e estão voando pra cá no momento em que estamos conversando – diz ela.

– Ninguém tem que saber sobre esse vídeo. Mas eles devem ter ficado emocionados ao ouvir a sua voz no telefone.

Com uma emoção nova de curiosidade, ela aponta para a porta.

– E como vocês vão chamar o coisinha?

Sorrio para ela, de orelha a orelha, e digo:

– Não tenho ideia, mas espero que o pai tenha...

* * *

O nome dele é Racer.

Racer Tate Dumas.

Porque ele estava correndo para a linha de chegada antes mesmo de montarmos acampamento.

As enfermeiras dizem que ele é um menino grande, para um prematuro, apesar de Remy e eu acharmos ele tão pequeno.

Deus, ele é a perfeição. Dez dedos minúsculos. Dez pequenos dedos. Boquinha rosa. Narizinho redondo.

Ele precisou da incubadora por quatro semanas, mas agora, aparentemente, está quase pronto para ir para casa. Ele não precisa mais de um tubo para ser alimentado e pesa três quilos e meio, saudável, o que impressiona a todos que nem acreditam que seja um prematuro. Então, é claro, eles veem o pai e entendem por que o bebê é tão grande.

Remington passa o dia treinando para a próxima temporada enquanto fico no hospital, determinada a alimentá-lo com meu leite, pois assim ele terá todos os nutrientes e benefícios do sistema imunológico que ele precisa. Eu também li sobre um "método canguru", pelo qual as enfermeiras colocam o bebê contra a pele nua da mãe para fortalecer e amadurecer todos os seus sistemas. Adoro ler sobre todas as evidências científicas a respeito do que o contato de pele com pele pode fazer.

Uma vez por dia as enfermeiras trazem Racer para mim, quando abro minha camisa para sentir o nosso pequeno bebê nu na minha pele nua. Às vezes, Remy está aqui, e se espalha por trás de mim, então ele é o meu canguru, e eu sou o bebê canguru – como o método é chamado. Mas não. Remy não se sente como um canguru atrás de mim, ele é muito primal para isso. Ele fuça minha clavícula e espia para baixo, para o nosso bebê, enquanto eu o sinto na minha pele, e é exatamente hoje, enquanto estamos fazendo isso, que Racer finalmente abre os olhos para olhar para nós. E eles são azuis, de um azul imaculado dolorosamente familiar, e me apaixonei pela segunda vez na minha vida.

* * *

Recebemos alta do hospital e estamos nós três agora em Seattle, para finalmente brincarmos de casinha.

É o quadragésimo dia após o parto, e hoje à noite Remington e eu seremos finalmente capazes de fazer sexo. E ele está determinado que a primeira vez que me possuir de novo... Eu seja completamente dele. Por isso, ao meio-dia, vamos para a prefeitura.

Deus, estou morrendo para ficar com o pai sexy de meu bebê.

– Ele está dormindo – sussurro da cadeira da sala de estar onde me sentei para dar de mamar a Racer nesta manhã.

Remington ainda está em seu pijama e sem camisa, e ele vem com um brilho de proteção, orgulhoso, em seu rosto, que morro só de olhar.

– Venha sentir o cheiro dele – sussurro, com um enorme sorriso apaixonado.

Ele vem e dá um grande cheiro a partir do topo da cabeça do menino.

– Ele cheira bem, né? – digo.

– Tão bem quanto você – responde Remington, e enquanto cheiro o bebê, ele me cheira.

Nós rimos, e ele desliza as mãos sob o meu corpo para me prender e me diz:

– Segure-o.

Eu faço isso e ele me levanta enquanto seguro o bebê e nos leva para a cama.

– Diane está tão animada com ele, todos estão. Ela já chegou? – pergunto.

– Está a caminho.

Concordo com a cabeça ansiosamente.

Nossos alto-falantes do iPod estão tocando "Kiss Me", de Ed Sheeran. A música parece familiar de alguma forma, mas a familiaridade só realmente me atinge quando coloco Racer no berço do meu lado da cama e Remington me envolve em seus braços e começa a me beijar. Eu quero fazer a coisa de menina e me queixar de minha barriga. Ainda não está totalmente plana, mas ele gosta e a beija. Quero reclamar com todos esses hormônios em mim, mas me sinto preciosa e amada, e tenho tanta sorte, que nem tenho palavras para dizer o quanto eu desejo isso para as pessoas que amo. Eu sei o que significa a Remington ter uma família agora. Ele nunca lamentou não ter uma. Mas agora que tem, sei que ele vê a diferença. Sei que vê o que estava faltando. Agora ele tem uma família para cuidar, e que cuida dele.

A batida na porta nos interrompe e quando Remy abre, Diane entra em cena, radiante ao me ver no roupão vermelho de Remington e ele de calças de pijama:

– Eu achei que os dois já estariam prontos!

Ele me beija com entusiasmo, com os olhos ardendo com um brilho de fogo.

– Vá se arrumar, mal posso esperar pra torná-la minha.

– Já sou sua.

Ele esfrega o polegar em meu lábio.

– Vou torná-la minha por toda a sua vida.

Correndo para o banheiro onde deixei minha roupa, visto-as com mãos rápidas e ansiosas.

De fato eu não posso ficar longe de Racer por mais de duas horas, e nosso compromisso é ao meio-dia, então não quero me torturar com trajes complicados. Assim, escolho uma saia e um top rendado branco simples. Remington me disse que vai me dar um grande casamento na igreja mais tarde, que ele apenas não pode mais esperar para me fazer sua. Respondi que não me importo com isso, só quero o homem!

As borboletas que ele me dá vibram com força total enquanto prendo meu cabelo para trás em um coque que parece descuidado, mas bonito, então tento animar meu rosto um pouco, apertando as bochechas para que ninguém possa dizer que Racer me acorda tantas vezes de noite.

Quando saio do banheiro, meu homem já está na sala de estar. Cada hormônio no meu corpo corre o risco de cair sobre mim e me fazer debulhar em lágrimas quando vejo Remy em seu terno preto. Alto e de ombros largos, ele está perfeitamente esculpido, seu cabelo espetado todo despenteado como sempre, os olhos azuis brilhando com amor e entusiasmo, e suas covinhas... Ele é todo homem, todo menino e todo meu.

Antes que eu perceba estou chorando, e Remy se aproxima e enxuga minhas lágrimas, rindo baixinho para mim por eu ser tão emotiva, lambendo o canto de meus olhos, me erguendo do chão e me levando para fora do nosso apartamento.

Toda a turma se amontoa na prefeitura, todos, exceto Diane e nosso precioso Racer, que não devemos expor demais, até que ele fique mais forte.

Lá estão Melanie, Riley, o treinador Lupe. O treinador ainda está com uma foto enorme de Diane sorrindo e explica:

– Ela queria estar em dois lugares ao mesmo tempo, então me ofereci para trazer a foto dela, enquanto cuida do futuro campeão!

Meus pais riem ao seu lado. Minha mãe tem lágrimas nos olhos, e meu pai está radiante de orgulho. Pete e Nora estão ao lado deles de mãos dadas, uma vez que estão tentando fazer o relacionamento funcionar agora que estaremos em Seattle por um alguns meses, durante o período entre temporadas. E Jô. Ela está aqui também, com aquele sorriso aberto e a postura militar.

A emoção que sinto borbulha em meu peito e queima dentro de mim enquanto Remington e eu andamos até onde iremos assinar, minha mão ligada à dele, àquela mão enorme e calejada e bronzeada, que nunca vou soltar.

E então, estamos oficialmente casados depois de assinarmos. Remy pega a minha mão entre as suas, seus olhos azuis cintilantes e líquidos e inteiramente proprietários quando desliza um anel no meu dedo.

O anel é de platina.

– O diamante branco é você – diz em um sussurro conciso, levantando a minha mão até a minha linha de visão.

E à direita do diamante branco central está um azul e à esquerda, um negro.

– Você é os outros dois – digo, e a profundidade dos meus sentimentos quase me sufoca quando prendo seu queixo duro entre as minhas pequenas mãos e o beijo ternamente. – Eu te amo.

A seguir, pego a mão dele e deslizo o anel de platina onde gravei do lado de dentro PARA MEU REAL, A SUA BROOKE DUMAS.

– Sr. e Sra. Arrebentador! – a turma grita quanto terminamos.

Nós rimos e Remington me levanta do chão, atira-me no ar e me pega.

– Agora você é minha – afirma alegremente, então me aperta junto e seu riso se transforma em um olhar ardente.

Correndo os olhos com admiração sobre o meu rosto, ele segura a parte de trás do meu pescoço, inclina-se para baixo, e me dá o mais suave, mais delicado, mais persistente beijo que já me deu em sua vida.

– Temos um presente, Brooke – Pete e Riley seguram uma caixa quando se aproximam. – É de toda a equipe, incluindo o novo membro, Jo.

– Aceno para Jo no final do corredor e, em seguida, rasgo o pacote.

Um vislumbre vermelho aparece e tiro um roupão vermelho brilhante idêntico ao de Remy. Mas nesse se lê ARREBENTADORA.

Sorrindo alegremente, abraço os dois, mas não por muito tempo, porque ouço um grunhido e sou puxada para dentro de braços fortes, grandes e ainda mais possessivos do que antes.

Quarenta dias de desejo sexual reprimido andam com a gente no caminho de casa. Uma energia sexual primitiva gira entre nós como um tornado crescente, alimentando-se de nossas emoções. De nossa felicidade, nosso amor. Nossa necessidade. Quando entramos em nosso apartamento, Racer está dormindo em seu berço, que Diane parece ter puxado para a sala de estar. Ela põe para baixo uma revista quando chegamos e, com um grito feliz, abraça Remington tão apertado que ele ri surpreso, então ela envolve seus braços quentes em volta de mim.

– Espero que os dois saibam que vou tratar esse bebê como meu neto – ela nos diz.

– Diane – respondo, totalmente emocionada por suas palavras – obrigada.

Remington sorri para ela, suas covinhas todas lindas, e Diane abraça-o uma última vez antes de sair. Remy tira a gravata preta e a joga de lado. Abrindo o primeiro botão de sua camisa branca, ele me puxa para seus braços e toma a minha boca, juntando sua língua na minha enquanto me levanta para um console de madeira na entrada.

– Preciso beijar minha linda esposa. – E desliza suas mãos por todas as minhas curvas.

Tremores de felicidade e de amor percorrem todo o meu corpo enquanto deslizo minhas mãos em seu cabelo espetado e devoro seus lábios tão ferozmente quanto ele faz com os meus. Racer acorda, como um relógio, com um gemido repentino, e nós nos separamos e nos viramos para o berço. Antes que eu pudesse pular do console, Remington me coloca no chão e beija a parte de trás da minha orelha, sua voz lacônica:

– Alimente-o para que possa me alimentar em seguida.

– Eu tenho uma boa ideia do que você quer, então tudo bem.

– Tudo bem? – diz Remy enquanto vai para a cozinha e eu pego Racer do berço.

– Mais do que tudo bem! – grito. – Traga o berço quando vier para o quarto.

Rapidamente eu me sento na beira da cama, então abro a blusa, puxo o sutiã para baixo e coloco nosso bebezinho reclamão contra meu seio, verificando o relógio para alternar entre os seios.

Logo, Remy coloca o berço no meu lado da cama e começa a andar.

Meu leão está inquieto.

Uma corrente sexual supercarregada flutua entre nós, e vem sendo carregada por quarenta dias. Na minha mente, eu comi Remington de mil maneiras, e sei que ele está me comendo a cada dia.

Enquanto dou de mamar a Racer, Remington observa atentamente. Ele termina um pêssego e duas maçãs, e agora está andando de novo, me olhando alimentar nosso filho enquanto abre os botões do paletó e depois da camisa. Seus olhos estão com fome. Estou com tanta fome. Nunca o desejei assim. Estamos acostumados a soluções rápidas nesta vida, mas não há nenhuma maneira rápida de consertar seu corpo após o parto, e tivemos que esperar, sem alternativa. Mas Deus, Racer é um bebê tão bom. Ele come e dorme. Sinto que ele sabe que o pai é especial. E tenta tornar tudo mais fácil para mim. Acho que se ele não o fizer, vamos buscar ajuda. Temos opções. Escolhas. Nós possuímos a nós mesmos, nossas vidas, e nós e as pessoas ao nosso redor estamos felizes com elas.

– Já terminou?

Remy pergunta andando até mim para ver de perto, enquanto tira a camisa de dentro das calças. Ele é tão possessivo. Todos os dias, todas as noites, ele me puxa para perto e me diz que sou dele. Mas não percebe que, a cada vez que diz isso, também está dizendo que ele é meu. Você realmente não pode possuir algo que não o possua de volta, nem mesmo um carro.

Enquanto alimento nosso filho, ouvimos música e tocamos canções um para o outro, e algumas para Racer. Agora a camisa de Remy está fora das calças e aberta, revelando a barriga de tanquinho e ele chega mais perto e coloca sua mão sobre o peito que Racer ainda não está usando. Segura meu pescoço e me dá um beijo.

O desejo corre em minhas veias e quando Racer para de mamar e cochila, Remington dá um passo atrás e olha para mim, suas pálpebras pesadas, os meus lábios latejantes por causa de seu beijo.

– Você se lembra de perguntar sobre a família da qual não sentia falta, porque nunca teve uma? – sussurro, estendendo a mão e passando sobre seu queixo, amando que seus lábios pareçam inchados de nosso beijo também. – Você não sente falta porque tem uma. Construiu uma, Remington. Acabou sendo o chefe desta família. E sabe o que mais? Sua família não está com você por causa do destino ou sangue ou porque não tem escolha. Eles estão com você porque o amam. E o escolheram. – Olho em seus olhos azuis. – Eu escolhi você.

Ainda mantendo Racer em meu peito, alcanço por trás de mim e puxo um envelope dobrado que tinha enfiado na minha mesa de cabeceira atrás de mim.

– Eu lhe escrevi uma carta.

Com os lábios se enrolando em um sorriso, ele estende a mão para pegá-la, mas eu a seguro com um sorriso de malícia.

– Vou entregá-la em troca de minha velha carta.

– Não – diz ele, torcendo meu nariz.

Eu rio.

– Que cara ganancioso! Sim! – insisto.

– O que diz ela? – pergunta Remy, levantando as sobrancelhas em um desafio.

– Só vai saber se me entregar a carta antiga, que escrevi quando era mais nova e assustada, e vai ter esta nova, que escrevi agora, quando sou... Quando sou sua.

Os olhos dele brilham com as minhas últimas palavras, e então ele puxa a carta antiga de sua mesa de cabeceira, e eu rapidamente a agarro, assim ele nunca terá que se lembrar de que um dia o deixei, porque agora nunca mais irei partir.

– Você pode ler esta nova carta a qualquer momento – digo quando fico de pé e vou para o berço, e seus olhos brilham.

Remy assente com a cabeça e coloca a carta na mesinha.

Em vez de lê-la, ele fica me olhando enquanto coloco Racer para dormir, esperando que eu me acomode na cama a seu lado, indo para seu iPod já com nossos fones de ouvido. Quando voltamos da prefeitura, eu lhe disse que gostaria que ele ouvisse "From this Moment", com Shania Twain e Bryan White, e de repente a música está enchendo o nosso quarto.

Meu coração treme quando me viro para olhá-lo, minhas mãos vazias, vazias dele. Ele enrola os dedos a seu lado e respira fundo, o olhar ardente com uma saudade quente e azul, e numa fração de segundo, ambos começamos um movimento dos lados opostos da cama. Começo a freneticamente tirar minha saia e ele arranca sua camisa, nossos olhos observando o que o outro faz.

Fico nua antes dele, e subo na cama me rastejando por ela, estendo a mão para abrir as calças de Remy. Em um movimento, ele agarra a parte de trás da minha cabeça e esmaga minha boca como se não tivesse me beijado em toda a sua vida. Faíscas correm através de meu corpo quando nossas bocas se alimentam uma da outra e nós dois emitimos gemidos de fome. Ansiosamente, empurro as calças pretas dele para baixo e a fivela do cinto bate no chão. Ele chuta para o lado e me deita na cama, e nem por um momento sua boca deixa a minha. Minhas mãos deslizam para cima dos músculos do braço, da pele macia, enquanto sinto todos os calos raspando em mim e todas as partes de meu corpo se acendem por ele.

– Quero você, eu te amo como nada na porra da minha vida, nada – rosna Remy apaixonadamente, escovando meu cabelo para trás e eu estremeço quando nossos lábios se tocam novamente e rolamos na cama.

Ele puxa meus braços para cima e entrelaça nossos dedos enquanto fecho minhas pernas em volta dele. Que penetra em mim, e suspiro e gemo e lambo sua boca enquanto sinto seu comprimento, sua largura, sua dureza pulsante avançando em mim. Gemendo de prazer, ele me lambe de volta, penetrando com lento controle, delicioso, apesar de eu sentir a tensão vibrante em seu corpo acima do meu.

– Você está bem? – pergunta Remy com a voz rouca, acaloradamente beijando meu pescoço, abrindo os dedos nos meus e ligando-os ainda mais apertados enquanto seus lábios esfregam e dançam sobre os meus.

– Mais do que bem – respondo.

Arqueando minha espinha, separo a minha boca enquanto sua língua se aprofunda e toma a minha, nossos quadris balançando, nossas bocas se movendo rapidamente enquanto os nossos corpos se movem lenta e demoradamente no amor que fazemos pela primeira vez como marido e mulher.

– Eu te amo – sussurro como um cântico quando ele me preenche, mais e mais, e ele repete de volta toda vez que empurra para dentro, apertando as minhas mãos:

– Eu também te amo.

Ele me deixa toda pegajosa, por dentro e por fora, e quando estamos cansados e desgastados, Remy rosna e me puxa para perto, deslizando o dedo para baixo da minha coxa, então lenta e amorosamente empurra seu sêmen de volta com o dedo enquanto me agarra. Usando seu nariz, ele afasta meu cabelo para trás, afagando meu pescoço enquanto faz todas as suas coisas leoninas, me acariciando e me lambendo, sussurrando que eu sou sua. Fecho meus olhos quando ele agarra meu estômago, como se às vezes a gente se esquecesse de que Racer não está mais lá, e eu prendo a sua mão sobre a minha e aceno quando ele murmura no meu ouvido, "*Minha*".

À noite, Racer não chora para comer, e acordo assustada e preocupada, apenas para descobri-lo tranquilamente dormindo nos braços de seu pai. Remington o segura do mesmo jeito que faz comigo, com firmeza, mas com cuidado. O menino faz barulhinhos como de um esquilo enquanto respira, seu cabelo escuro como o do papai, mas sua pele é rosada e macia, enquanto a do papai é morena e áspera, e de repente, estou chorando baixinho da felicidade que sinto.

O coração é um músculo oco, e vai bater bilhões de vezes durante a nossa vida. Quase do tamanho de um punho, tem quatro câmaras, duas aurículas e dois ventrículos. Eu o uso como uso minha alma e meu corpo, e os meus ossos, minhas fibras, meus nervos, para amar com todas as partículas e moléculas em mim. Ele bombeia a vida em mim para que eu possa dar esse amor livremente a este homem, e a este menino que ele me deu.

Estou apaixonada e serei para sempre transformada por este amor, por este homem, e por nossa nova pequena família.

Eu costumava sonhar com medalhas e campeonatos, e agora sonho com um menino de olhos azuis que vai se transformar em um homem, e com meu lutador de olhos azuis que um dia mudou a minha vida quando colocou seus lábios nos meus.

PARA ELE

QUERIDO REMINGTON,

Eu era uma menina formada na faculdade quando vim vê-lo lutar e você me transformou em uma mulher. Você me fez uma mulher. E me fez uma mãe. E me fez, e todos os dias me faz, a mulher mais feliz do mundo. Vou passar o resto da minha vida amando você. E amando os nossos filhos. E correndo com você, comendo com você, permitindo que você me pegue, me jogue no ar e me lamba. Serei sua amiga, sua amante, sua enfermeira, sua companheira de exercícios, seu amor, sua esposa e a leoa que luta ao seu lado. Eu sempre, sempre, serei sua fã número um. Obrigada, Remington, meu amor, por me inspirar todos os dias com sua gentileza e sua motivação. Obrigada por ser o pai que nunca poderia ter conjurado para meus filhos. Obrigada por me dar meu pequeno lutador. Quero que saiba que eu estarei muito feliz de trabalhar com você para que possamos também em breve dar nossas boas-vindas à nossa Iris.

Eu te amo, e estou apaixonada por você, para sempre e sempre, agora e a cada segundo. Negro e azul, cada centímetro de seu eu magnífico é meu. E vou guardar e cuidar de você para sempre.

Sua Brooke